Treasures for Scholars Worldwide

· 诗刻 · 题记 · 题名 · 榜书 · 图刻 ·

湖南两宋
摩崖石刻考释

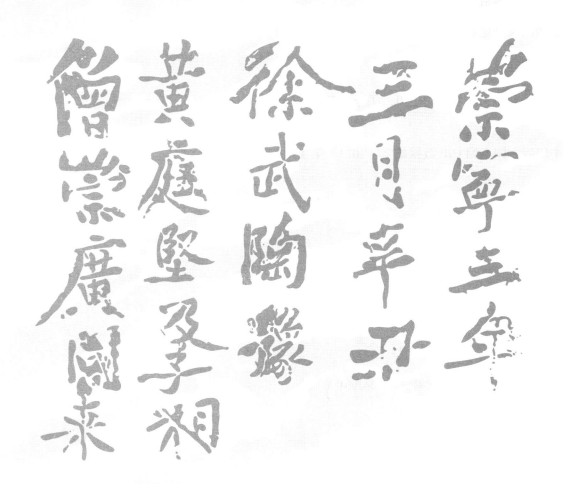

GUANGXI NORMAL UNIVERSITY PRESS
广西师范大学出版社
· 桂林 ·

李花蕾 —— 著

图书在版编目（CIP）数据

湖南两宋摩崖石刻考释 / 李花蕾著．—桂林：广西师范大学
出版社，2021.8
ISBN 978-7-5598-4063-9

Ⅰ．①湖… Ⅱ．①李… Ⅲ．①摩崖石刻—研究—湖南—宋代
Ⅳ．①K877.494

中国版本图书馆 CIP 数据核字（2021）第 151958 号

广西师范大学出版社出版发行

（ 广西桂林市五里店路 9 号　邮政编码：541004 ）
（ 网址：http://www.bbtpress.com ）
出版人：黄轩庄
全国新华书店经销
常州市金坛古籍印刷厂有限公司印刷
（江苏省常州市金坛区晨风路 186 号　邮政编码：213200）
开本：880 mm×1 240 mm　1/16
印张：25　　　字数：558 千字
2021 年 8 月第 1 版　　2021 年 8 月第 1 次印刷
定价：168.00 元

如发现印装质量问题，影响阅读，请与出版社发行部门联系调换。

前　言

　　石刻泛指雕刻在石头上的文字或图案,内容包括诗、词、文、赋、题名、地图、造像等。今人将石刻笼统地称为碑刻,是极不严谨的,石刻种类繁多,绝不能简单地以一"碑"字概括。清末金石学家叶昌炽说:"石刻不尽为碑。"他将立碑之例分为述德、铭功、纪事、纂言四种,"此外石刻,为碣,为表,为志,为蝪,为石阙,为浮图,为幢,为柱,为摩崖,为造像,为井阑,为柱础;其制为方,为圆,或横而广,或直而修,或觚棱,或莘确。皆非碑也"(叶昌炽《语石》卷三)。其中提到的摩崖就是一种和碑刻完全不同的石刻类型。《说文》云:"碑,竖石也。"碑刻是指竖立在亭榭、寺庙、墓地等特定场所的石刻,选料讲究,经过精细的裁切、打磨和雕琢。如西安碑林、孔庙碑林等地的石刻,大多为碑。从字面上看,"摩"通"磨"。《诗经·卫风·淇奥》:"如切如磋,如琢如磨。"《尔雅·释器》:"骨谓之切,象谓之磋,玉谓之琢,石谓之磨。"摩崖即磨治山崖使之平滑,故又称"磨崖"。所谓摩崖石刻,就是指雕刻在打磨过的山崖石壁上的文字或图案,其特点是就地取材,成品与自然环境浑然一体。如泰山、龙门石窟、浯溪碑林等地的石刻,大多为摩崖。

　　湖南摩崖石刻的显著特征是水石相依,石刻群大多沿河流分布,文人的浪漫情怀与石之坚、水之柔完美融合在一起,形成厚重的人文景观。其中尤以潇、湘二水流域分布最密。潇水源出九疑山三分石,古称三分石水、深水、营水,后多称潇水。湘水与漓水均源出海阳山,至灵渠分水,南入漓水,北入湘水,至湖南永州零陵之萍洲,与潇水合流。潇、湘二水合流之处,古称潇湘。"潇湘"之名,最早见于《山海经·中山经》:"(洞庭之山)帝之二女居之,是常游于江渊。澧沅之风,交潇湘之渊。"《山海经》异文又称"潇湘之川""潇湘之浦",《淮南子》佚文载"弋钓潇湘""躬钓潇湘",桓谭《新论》佚文载"潇湘之乐",王子年《拾遗记》载"潇湘洞庭之乐"。《水经注》亦称"二妃从征,溺于湘江,神游洞庭之渊,出入潇湘之浦"。此后,"潇湘"语词不断被赋予新的内涵,成为文学、美学的意象,如古琴曲有《潇湘水云》,词牌有《潇湘神》,景观有"潇湘夜雨""潇湘八景",等等。唐代以来,"潇湘"逐渐成为永州乃至整个湖南区域的雅称。

　　沿潇湘水系,分布着阳华岩、含晖岩、月岩、朝阳岩、澹岩、浯溪碑林等数十个摩崖石刻群,刻石年代自唐至民国绵延不绝,其中尤以宋刻最为丰富。柯昌泗在《语石异同评》中曾说:"宋人题名,最先著录,莫先于湖南一省。《萃编》所录,已极详悉。后贤踵访,益见美富。北宋迁谪名流,大半途出湖南。南宋偃藩长沙，暨列郡守倅，类多风雅好事。登览留题，情事与东都诸刻不尽同，各见风趣。"笔者考释湖南两宋摩崖石刻，对此深有同感。两宋文人对自然之美尤其敏感，善于发现，也巧于欣赏。水清濯缨，水浊濯足。《说文》云："潇，水名。"又云："潚，深清也。"《水经注》云："潇者，水清深也。"无论生平遭际如何，面对潇湘清深之水，两宋文人似乎都暂时抛却了忧愤，一洗闷浊，诗文中流荡出一股清新之气。如邢恕谪零陵，在朝阳岩刻下"颓然一睡足，岩溜尚潺湲"；柳应辰过浯溪，刻下"不能歌，不能吟，潇湘江头千古心"；黄庭坚游澹岩，刻下"去城二十五里近，天与隔尽俗子尘"。而土生土长的本土文人们，如李长庚，更是三番五次携亲朋好友游览阳华岩、狮子岩，于青山绿水间留题甚夥。

历代金石著作及地方志书都对湖南摩崖石刻有所涉猎，集大成之作主要有宋代欧阳修《集古录》、赵明诚《金石录》，清代王昶《金石萃编》、陆增祥《八琼室金石补正》、宗霈《零志补零》、宗绩辰《留云庵金石审》、瞿中溶《古泉山馆金石文编》、叶昌炽《语石》等。新中国成立以来，图书馆成为石刻拓片的主要收藏和研究机构，图书馆的拓片研究工作主要围绕两个方面展开：一是对馆藏旧拓片进行编目，二是构建拓片数据库。目前，这两项工作都已初具成效，拓片资源共享指日可待。但是，据笔者对近七十年来石刻拓片研究成果的初步了解，发现在拓片著录方面尚有许多进深的空间，尤其拓片文本还缺乏系统考释。

在古代，囿于交通条件，金石家往往只能通过拓片获取资料，即便如欧阳修、赵明诚、王昶、陆增祥、瞿中溶、叶昌炽、罗振玉等大家，也难以将拓片与原石一一进行核验。近二十年以来，实地考察变得相对容易，但湖南摩崖石刻的分布极不规则，山畔水涯，形式各异。有些悬空，上无攀援之端；有些俯水，下无立足之地；有些则藏于幽岩深洞，甚至洞中有洞，空间狭小，中无容身之所。凡此均增加了考察的难度。正如叶昌炽所云"危崖绝巘，人迹不到之区，赢粮裹毡，架梯引縆，然后得之"。

考释摩崖石刻，又需要精通书法、历史、文学、考古、文献等各学科知识，耗时耗力。欧阳修云："物常聚于所好，而常得于有力之强；有力而不好，好之而无力，虽近且易，有不能致之。"笔者虽好摩崖，无奈才疏学浅，力有不逮，难免有疏漏和讹误见笑于大方之家，望学界予以批评指正。

李花蕾

2020 年 4 月于湖南科技学院图书馆

凡　例

　　本书甄选湖南两宋摩崖石刻一百幅,分为诗刻、题记、题名、榜书、图刻五类。各类之下,按时间依次编联。每幅拓片又分为标题、图像、提要、释文、人物小传、考证六项,事多则详,事简则略。

　　一、"标题"一项。石刻本身有标题者直接著录,无标题者则以序跋或正文中的点题之语代之。为便于检索,标题前均冠以作者姓名。

　　二、"图像"一项。图像均拍摄自石刻拓片。近现代以来,拓片的文献传播功能虽减弱,但在文献和美学领域的价值却始终是照片所无法替代的。摩崖石刻的风貌尤其适合用拓片来展现,因长期曝露于野外,绝大多数摩崖石刻都存在自然侵蚀现象,那些雕刻得较细较浅的笔画,通过照片往往难以辨认,拓片则能够将石刻的纹理展露无遗,帮助人们识别文本。本书提供的图像均为墨拓。

　　三、"提要"一项。分为题名、责任者、年代、原石所在地、存佚、规格、书体、前人著录八个子项。"题名"对应"标题"项。"责任者"包括撰书人、刻石人或参与者。"年代"即刻石时间,石刻中有年款则直接著录,无则著录考证之年款,年号后附公元纪年。"原石所在地"著录石刻的地理位置。"存佚"著录石刻的现存状况,大致分为完好、磨泐、残缺、凿损、不存五种情况,均为笔者近十年来亲自实地考察之结论。"规格"一是著录石刻的尺寸,以厘米为单位;二是著录文字的行数,如石刻尚存,以现存行数为准;如不存,则以前人旧拓为准。"书体"一项如题。"前人著录"主要列举记载过该石刻的古籍文献。

　　四、"释文"一项。著录石刻全文,如内容与前人著述有异,则以现存石刻为准;如遇石刻残缺、磨泐、不存等情况,则参考前人著述补充完善;文字取通式,对石刻中习见的异体字、俗别字不作严格释读(人物姓名及专有名词除外)。

　　五、"人物小传"一项。考证石刻"责任者"的生平,尤其侧重于从石刻文本中挖掘人物历史,填补史料空白。

　　六、"考证"一项。解析石刻内容中存在的疑点、难点,根据石刻内容和相关史料,梳理石刻所述事件的来龙去脉,厘清人物之间的关系,更正前人著述中出现的讹误。

目　录

诗　刻

题 记

题 名

榜　书

图　刻

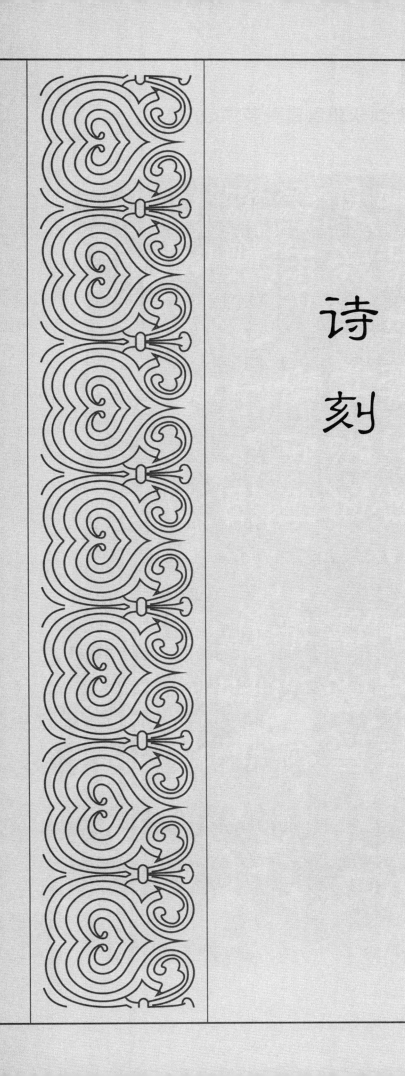

诗
刻

1.贾黄中《送新知永州潘宫赞若冲赴任》

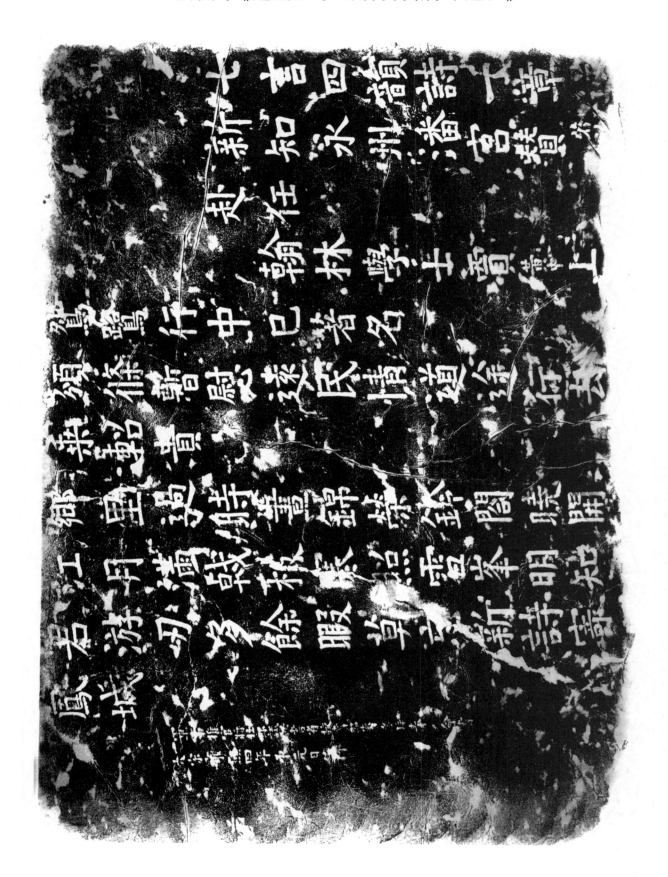

提 要：

题名：送新知永州潘宫赞若冲赴任

责任者：贾黄中撰；潘孝孙书

年代：宋雍熙四年（987）七月十五日

原石所在地：朝阳岩下洞右侧

存佚：完好

规格：高64cm，宽92cm，13行

书体：楷书

著录：《留云庵金石审》《八琼室金石补正》《湖南金石志》《宋诗纪事补遗》

释 文：

七言四韵诗一章，送新知永州潘宫赞若冲赴任

翰林学士贾黄中上

鸳鹭行中已著名，颁条暂慰远民情。道途行去乘轺贵，乡里过时昼锦荣。

铃阁晓开江月满，戟枝寒照雪峰明。知君游刃多余暇，莫忘新诗寄凤城。

军事推官将仕郎试秘书省校书郎潘孝孙奉命书，大宋雍熙四年中元日镌。

人物小传：

①贾黄中

贾黄中，字娲民，沧州南皮人。

《宋史》有传，系与李昉、吕蒙正、张齐贤合传。略云：十五举进士，授校书郎、集贤校理，迁著作佐郎、直史馆。太平兴国八年，与宋白、吕蒙正等同知贡举，迁司封郎中，充翰林学士。雍熙二年又知贡举，俄掌吏部选。端拱初加中书舍人，二年兼史馆修撰。凡再典贡部，多抉拔寒俊，除拟官吏，品藻精当。淳化二年秋，拜给事中、参知政事。《传》称："黄中幼聪悟……六岁举童子科，七岁能属文，触类赋咏。""黄中端谨，能守家法，廉白无私。多知台阁故事，谈论亹亹，听者忘倦焉。""当世文行之士，多黄中所荐引，而未尝言，人莫之知也。然畏慎过其，中书政事颇留不决。"

史官论赞云："太宗励精庶政，注意辅相，以（李）昉旧德，亟加进用，继擢（吕）蒙正、（张）齐贤，迭居相位；复进（贾）黄中，俾参大政。而四臣者将顺德美，修明庶政，以致承平之治，可谓君臣各尽其道者矣。君子谓李昉为（卢）多逊所毁而不校，蒙正为张绅所污而不辨，齐贤为同列所累而不言，黄中多所荐引而不有其功，此固人之所难也。而况四臣者皆贤宰辅，又能进退有礼，皆以善终，非盛德君子，其孰能与于斯！"

《宋史·艺文志》著录《贾黄中集》三十卷,《神医普救方》一千卷,与扈蒙、董淳合撰《显德日历》一卷,张泊撰《贾黄中谈录》一卷。《宋史·礼志》又载:"开宝中,四方渐平,民稍休息,乃命御史中丞刘温叟、中书舍人李昉、兵部员外郎知制诰卢多逊、左司员外郎知制诰扈蒙、太子詹事杨昭俭、左补阙贾黄中、司勋员外郎和岘、太子中舍陈鄂撰《开宝通礼》二百卷,既又定《通礼义纂》一百卷。"今文集三十卷已佚,《贾氏谈录》一卷尚存。

②潘宫赞

潘宫赞即潘若冲。潘若冲,南楚旧臣,后归宋。文献或作"潘若仲""潘欲冲""潘若同"者,均误。

石刻所云"知州",《宋史·职官志》:"宋初革五季之患,召诸镇节度会于京师,赐第以留之,分命朝臣出守列郡,号权知军州事,军谓兵,州谓民政焉。……掌总理郡政,宣布条教,导民以善而纠其奸慝,岁时劝课农桑,旌别孝悌,其赋役、钱谷、狱讼之事,兵民之政皆总焉。""宫赞"即赞善大夫,简称"赞善",为东宫属官,故又简称"宫赞"。《宋史·职官志》:"阶官未行之先,州县守令,多带中朝职事官外补,阶官既行之后,或带或否,视是为优劣。"

厉鹗《宋诗纪事》卷四:"潘若冲,太平兴国中官桂林守。"《沅湘耆旧集》卷十七录潘若冲诗三首,小传云:"若冲,楚人,事马氏。入宋,知桂州事。"李调元《全五代诗》卷六十四录潘若冲诗二首,小传云:"若冲,楚人,事马殷。入宋,官桂林守。"

阮阅《诗话总龟》卷二十六引《雅言杂载》:"兴国中,潘若冲罢桂林,经南岳,留鹤一只与廖融,赠诗一章。……若冲到京,授维扬通理,临行,复有诗寄融。"(按:通理,通判别称。)清雍正《扬州府志》、乾隆《江都县志》、嘉庆《扬州府志》、光绪《增修甘泉县志》、民国《续修江都县志》均载:"崇道宫,宋博士孙迈及赞善潘若冲所建。"徐铉《杨府新建崇道宫碑铭并序》:"今上嗣位之六年,诏太常博士孙君迈佐理斯郡。……创朝修之宫。……未及僝功,移典秋浦。……太子右赞善大夫潘君若冲负儒雅之才,韫恬淡之量,允膺朝选,代抚斯民,庶政交修,能事毕举。"吴廷燮《北宋经抚年表》卷四云"(太平兴国)六年,太常博士孙迈知扬州,改池州。右赞善大夫潘若冲代"。

据此,潘若冲早年事南楚马氏,太平兴国初任桂林知府,太平兴国六年通判扬州,雍熙四年以赞善大夫本官出任永州知州。

孙猛《郡斋读书志校证》:"若冲,太平兴国六年以右赞善大夫知扬州,官终桂林守。""官终"误。王河《宋代佚著辑考》谓"以右赞善大夫授维扬通理,雍熙初年,知零陵县","知县"亦误。

《宋史·艺文志》著录"潘若冲《郡阁雅言》二卷"。宋晁公武《郡斋读书志》卷十三云:"《郡阁雅言》一卷,皇朝潘若同撰。太宗时守郡,与僚佐话及南唐野逸贤哲异事佳言,辄疏之于书,凡五十六条,以资雅言。或题曰《郡阁雅谈》。"宋陈振孙《直斋书录解题》卷十一云:"《郡阁雅言》二卷,赞善大夫潘若冲撰。案晁公武《读书志》称'潘若同撰',《文献通考》云《书录解题》作《郡阁杂言》,题'赞善大夫潘欲冲'撰,今此本仍作《郡阁雅言》,惟称'若冲'则互异。"考晁公武父名晁冲之,称"潘若冲"为

"潘若同",乃避父讳而改。阮阅《诗话总龟》、计有功《唐诗纪事》、厉鹗《宋诗纪事》、王士禛《五代诗话》引其书或作《雅言杂载》,或作《郡阁雅谈》。今书已佚,内容散见于《诗话总龟》《竹庄诗话》《说郛》等书。

潘若冲与廖融友善,《全宋诗》载潘若冲诗五首,四首都与廖融有关,分别为《留鹤赠廖融》《寄南岳廖融》《闻融与鹤相继而亡感赋绝句》《哭廖融》。曾慥《类说》引陶岳《荆湖近事》:"廖融诗云'远山秋带雨,水馆夜多风。'潘若冲《阳朔县诗》云'门连百越水,地管数千峰。郭影云连树,林声月带春。'二人更唱迭和,诗家之劲敌。太宗惩五代场屋之弊,以词赋策论取士,融冲之徒稍稍引去。融曰'岂知今日之诗道,一似大市里卖平天冠,并无人问耶!'"

③潘孝孙

潘孝孙,陆增祥谓省、府志均失载,是也。由署款可知,雍熙四年,潘孝孙以将仕郎、试秘书省校书郎的本官,出任永州推官。又检曾巩《元丰类稿》卷四十五有《旌德县太君薛氏墓志铭》,曰:"女二人,长适开封黄思问,次适吴郡潘孝孙,皆进士。"

考　证:

此为贾黄中送永州知州潘若冲赴任诗,当作于汴京。诗作于汴京,刻于永州,古称这种异地刻诗的方式为"寄刻"。

宗绩辰《留云庵金石审》:"右正书,先零陵辑《补零》时拓手误遗下二行,失其时次,遂疑即是潘衢,今补拓改正。""先零陵"谓其父宗霈,纂《零志补零》,现存嘉庆二十二年刻本三卷。《八琼室金石补正》:"《永志》载此误'试'为'兼',据石正之。潘若冲知永州,《通志·职官》误'冲'为'仲'。潘孝孙为推官,省、府志均失载。贾黄中,字娲民,史有传。雍熙初,掌吏部,选除官吏,品藻精当。史又称其多所荐引,然未尝自言,人亦莫之知。潘若冲或亦所荐引也。"

《宋史·太祖本纪》:乾德元年三月,"戊寅,慕容延钊破三江口,下岳州,克复朗州,湖南平。得州十四、监一、县六十六"。至此雍熙四年,距湖南归附已二十四年。

贾黄中于雍熙二年知贡举,掌吏部选,陆增祥云"潘若冲或亦所荐引",可谓言有所自,"鸳鹭行中已著名"一句,或即由此而发。

而贾黄中自署"翰林学士贾黄中上",以品位而论,不得言"上",或由年齿。又潘若冲与贾黄中俱为十国遗臣。《沅湘耆旧集》:"若冲楚人,事马氏,入宋知桂林事。"按《宋史·世家·湖南周氏》,马殷专有湖南,在唐乾宁二年,至后周广顺初,马氏入于南唐,遂为周行逢所据。开宝四年,宋平南汉。《宋史·贾黄中传》:"岭南平,以黄中为采访使,廉直平恕,远人便之。"

贾黄中与潘若冲或契知于桂林。桂林前属马楚,后为南汉地,《宋史》言贾黄中以"谨厚"为太宗所知遇,良有以也。《宋诗拾遗》载贾黄中《桂林还珠洞》诗:"赫赫威声震百蛮,昔携筐筥涧溪山。无人为起文渊问,端的珠还薏苡还。"《积书岩宋诗选》《宋元诗会》"昔"作"肯",《全宋诗》"肯"作"昔"。

今按:贾黄中《桂林还珠洞》诗,《明文衡》载陈琏《桂林志辩疑三事·还珠洞》:"宋人题此洞,有云'凛凛威声震百蛮,肯将稇载溷溪山。无人为起文渊问,端的珠还薏苡还'。"《桂胜》《广西通志》《粤西诗载》系该诗于宗道传名下,题作《伏波岩》,前两句作"铜柱威声凛百蛮,肯贪稇载溷溪山"。

2.朱昂、洪湛、刘鹭、孙冕、李防《送新知永州陈秘丞瞻赴任》

提　要：

题名：送新知永州陈秘丞瞻赴任

责任者：朱昂、洪湛、刘骘、孙冕、李防

年代：咸平元年至三年（998—1000）间

原石所在地：朝阳岩下洞

存佚：完好

规格：高 71cm，宽 102cm，23 行

书体：楷书

著录：《八琼室金石补正》《留云庵金石审》《金石萃编》《朝阳岩集》《永州府志》

释　文：

送新知永州陈秘丞瞻赴任

翰林学士知制诰判史馆事朱昂

赴郡逢秋节，晨征思爽然。过桥犹见月，临水忽闻蝉。

野色藏溪树，香风撼渚莲。此行君得意，千里独摇鞭。

尚书比部员外郎直史馆洪湛

零陵古郡枕湘川，太守南归得意年。茶味欲过衡岳寺，橘香先上洞庭舡。

锦衣照耀维桑地，（自注：同年家于衡山，今出其下。）石燕翻飞欲雨天。若到浯溪须舣棹，次山遗

颂想依然。

秘书丞直集贤院刘骘

秋风清紧雁初飞，半醉摇鞭出帝畿。名郡又分红旆去，故乡重见锦衣归。

剖符虽暂宣皇泽，视草终须直紫微。从此南轩多倚望，好诗芳信莫教稀。

开封府推官秘书丞直史馆孙冕

桂林南面近征黄，又爱江乡出帝乡。新命不辞提郡印，旧山重喜过衡阳。

楼台满眼潇湘色，道路迎风橘柚香。知有太平经济术，政闲时节好飞章。

秘书丞李防

昔年同醉杏园春，别后花枝几番新。彼此宦游疏翰墨，等闲交面喜丝纶。（自注：比至拜遇，已领

郡符。）

荣亲未必须莱子，昼锦何当只买臣。布政莫为三载计，清朝台阁整搜人。

人物小传：

①陈瞻

陈瞻，湘阴人。进士，官永州知州、道州知州。

陆增祥《八琼室金石补正》卷八十五陈瞻《题朝阳岩》诗刻："陈瞻，湘阴人，雍熙二年梁灏榜进士，官至大理寺丞。见《通志·选举》。"

洪武《永州府志》卷十《道州·宋朝太守题名》："陈瞻：太常博士，景德元年九月到。"

康熙《长沙府志》卷八《荐辟》："雍熙：陈瞻，湘阴人，梁灏榜，大理司丞。"乾隆《长沙府志》卷二十五略同。

道光《永州府志》卷十一下《职官表》："真宗咸平：陈瞻，元年任。"

光绪《道州志》卷四《职官》："知军州事：陈瞻，景德元年任。"

②朱昂

朱昂，字举之，潭州人。

《宋史·文苑传》有传，略云：朱昂，字举之，其先京兆人，世家渼陂。唐天复末，徙家南阳。梁祖篡唐，父葆光与唐旧臣颜荛、李涛数辈挈家南渡，寓潭州。宋初，为衡州录事参军。开宝中，拜太子洗马、知蓬州，徙广安军。宰相薛居正称其能，迁殿中丞、知泗州。迁监察御史、江南转运副使。太平兴国二年，知鄂州，加殿中侍御史，为峡路转运副使，改库部员外郎，迁转运使。端拱二年，以本官直秘阁，赐金紫。久之，出知复州。迁水部郎中，复请老，召还，再直秘阁，寻兼越王府记室参军。真宗即位，迁秩司封郎中，俄知制诰，判史馆，受诏编次三馆秘阁书籍，既毕，加吏部。咸平二年，召入翰林为学士。景德四年卒，年八十三。著《资理论》三卷，文集三十卷。

又云："昂少与熊若谷、邓洵美同学。朱遵度好读书，人号之为'朱万卷'，目昂为'小万卷'。昂尝间行经庐陵，道遇异人，谓之曰'中原不久当有真主平一天下，子仕至四品，安用南为？'遂北游江淮。时周世宗南征，韩令坤统兵至扬州，昂谒见，陈治乱方略，令坤奇之，署权知扬州扬子县。"

又云："闲居自称退叟。弟协以纯谨著称，昂以书招之，协亦告老归。兄弟皆眉寿，时人比汉之'二疏'。"

事迹又见宋王称《东都事略》卷三十八、明柯维骐《宋史新编》卷一百六十九、明周圣楷《楚宝》卷十八等。

石刻署款"翰林学士知制诰判史馆事"，与《宋史》合。又据《宋史》，咸平二年为学士翰林，景德四年卒，年八十三。朱昂作诗已届晚年，逾七十五岁，宜其列为第一首也。

又按《宋史》本传，"旧制，致仕官止谢殿门外，昂特延见命坐，恩礼甚厚。令俟秋凉上道，遣中使赐宴于玉津园,两制三馆皆预,仍诏赋诗饯行,缙绅荣之"。想陈瞻外任,朱昂等五人赋诗送行,尊荣亦与朱昂相似,宜其到任刻石也。

其诗"逢秋节"云云,全咏时序变化,"忽闻蝉"云云,谓秋意已深。此与朱昂届乎晚年之敏感亦有关。

《全宋诗》第一册卷一四收诗三首,此诗据《金石补正》收录。

③洪湛

洪湛,字惟清,升州上元人。

《宋史》有传,略云:举进士,有声。雍熙二年,廷试已落,复试,擢置高等,解褐归德军节度推官。召还,授右拾遗、直史馆。端拱初,通判寿、许二州。出知容州,再迁比部员外郎,知郴、舒二州。咸平二年召还,命试舍人院,复直史馆。有集十卷。

又云:"湛幼好学,五岁能为诗,未冠,录所著十卷为《龆年集》。……湛美风仪,俊辩有材干,凡五使西北议边要。真宗有意擢任,顾遇甚厚。曲宴苑中,赋赏花诗,不移晷以献,深被褒赏。"

《宋诗纪事补遗》卷三:"洪湛,字惟清,升州上元人。幼好学,五岁能为诗,未冠,录所著十卷为《龆年集》。雍熙二年解褐,累官比部员外郎,知彬、舒二州,试舍人院,直史馆。咸平六年卒,年四十一。"

其诗全咏风物景致,想象沿途所经洞庭、衡岳、浯溪、湘川,见橘柚、石燕、遗颂,皆一一道来。"石燕",《水经注》:湘水"东南流径石燕山东,其山有石,绀而状燕,因以名山。其石或大或小,若母子焉,及其雷风相薄,则石燕群飞,颉颃如真燕矣"。"遗颂"谓元结《大唐中兴颂》。

诗有自注,称陈瞻为"同年"。可知六人唱和乃由同年进士之故。按陈瞻、孙冕、洪湛、刘骘四人均为雍熙二年进士。惟李防"举进士,为莫州军事推官",史书不载何年。

《续资治通鉴长编》卷二十六雍熙二年三月,"己未,上御崇政殿,覆试礼部贡举人,得进士须城梁颢等百七十九人。庚申,得诸科三百一十八人,并唱名赐及第,唱名自此始","壬戌复试,又得进士上元洪湛等七十六人。癸亥,得诸科三百二人并赐及第"。

据《宋会要辑稿·选举二》,此年登进士第者有梁颢、钱熙、洪湛、陈世卿、陈充、孙冕、陈瞻、刘骘、凌策、赵安仁、钱若水、刘师道、李维、张贺、刘综、陈彭年、鞠仲谋、陶岳等。洪湛在此年进士科中颖脱而出,显露头角。洪迈《容斋续笔》卷十三云:"太宗雍熙二年,已放进士百七十九人。或云'下第中,甚有可取者。'乃令复试,又得洪湛等七十六人,而以湛文采遒丽,特升正榜第三。"钱若水《太宗皇帝实录》卷三十二:"其时或云'下第进士中,甚有可取者,上未尽得之。'壬戌复试,又得进士七十六人,复为三等,以洪湛文词可采,特升为第三人,余皆附本等。"所述与《宋史》本传"廷试已落,复试,擢置高等"相合。

《全宋诗》第二册卷九六收诗二首,此诗据光绪《零陵县志》收录。此诗极明快,踔厉风发。惜其人不寿,不三年即卒。

④刘骘

刘骘,湘乡人,曾任道州知州。刘骘之"骘",文献或作"隲",据石刻当作"骘",兹皆径改作"骘"。

陆心源《宋诗纪事小传补正》:"刘骘,湘乡人,雍熙二年进士。官潭州教授,秘书丞直集贤院。"

洪武《永州府志》卷十《道州·宋朝太守题名》:"刘骘:刑部员外郎、直集贤院,大中祥符二年十月到。"

康熙《长沙府志》卷八《荐辟》:"雍熙:刘骘,攸县人,泸州[教]授。"乾隆《长沙府志》卷二十五同。

道光《永州府志·职官表》:"道州:刘骘,大中祥符二年任。"

同治《攸县志》卷三十六《选举》:"雍熙乙酉科梁灏榜:刘骘,潭州教授。"

光绪《道州志》卷四《职官》亦载:"刘骘,大中祥符二年任。"

邓显鹤《沅湘耆旧集前编》卷十七:"骘,湘乡人,一作攸人。雍熙二年乙酉进士,秘书丞,直集贤院。有《送陈秘丞诗》,见朝阳岩石刻。又《永州志》有和虞舜庙诗。""案《湖南通志·选举表》,雍熙二年乙酉梁灏榜,湖南进士五人:陈瞻、唐准、周仪、陶弼,其一即刘骘也,下注'潭州教授'。又《职官表》,真宗朝知道州。不言秘书丞,或疑是两人。不知《通志》讹漏如此者不一而足。考朱昂、洪湛俱见《宋史·文苑传》,骘虽不见史传,与陈秘丞、陶商公同年,无由知其别为一人矣。"

《全宋诗》第二册卷七二收诗八首,此诗据王昶《金石萃编》收录。

⑤孙冕

孙冕,字伯纯,新淦人。

宋释文莹《湘山野录》载孙冕晚节云:"孙集贤冕,天禧中直馆几三十年,江南端方之士也。节概清直。晚守姑苏,甫及引年,大写一诗于壁。诗云:'人生七十鬼为邻,已觉风光属别人。莫待朝廷差致仕,早谋泉石养闲身。去年河北曾逢李(见素),今日淮西又见陈(或云陈、李二人被差者也)。寄语姑苏孙刺史,也须抖擞老精神。'题毕拂衣归九华,以清节高操羞百执事之颜,朝廷嘉之,许再任,诏下已归,竟召不起。王冀公钦若,里闬交素也。冀公天禧中罢相,以宫保出镇余杭,舣舟苏台,欢好款密,醉谓孙曰:'老兄淹迟日久,且宽衷,当别致拜闻。'公正色曰:'二十年出处中书,一素交潦倒江湖,不预一点化笔。迫事权属他,出庙堂数千里,为方面,始以此语见说,得为信乎?'冀公愧谢,解舟遂行。"

明正德《姑苏志》卷三十八《宦迹》亦载其事云:"孙冕,字伯纯,新淦人。咸平中为两浙转运使,天禧中以大中大夫、行尚书礼部侍郎(一作郎中)、直史馆、上柱国、赐紫金鱼袋知苏州。治狱不滥,断讼如神,弛张在己,无所吐茹,吏畏而民爱之。尝病痏,州人争为诣佛寺祈福,复立生祠于万寿寺。甫及引年,大书一诗于厅壁,拂衣归九华山,朝廷高其风,许再任,召之不起。"

《大明一统志》卷五十五《临江府·人物》:"孙冕,新淦人,雍熙间举进士,后守苏州,甫及引年,大书一诗于壁,有曰:'莫待朝廷差致仕,早谋泉石养闲身。'题毕拂衣归九华山,再召竟不起。"

雍正《浙江通志》卷一百四十六《名宦》:"孙冕,嘉靖《浙江通志》:'字伯纯,新淦人,雍熙进士,咸平中为两浙转运使,治狱不滥,断讼如神,弛张在己,无所吐茹,吏畏而民爱之。"

雍正《江西通志》卷七十三《人物·临江府》:"孙冕,新淦人,雍熙进士,天禧末守苏州。王钦若出镇余杭,素与冕友,舣舟吴门,佯醉,谓冕曰:'兄淹迟日久,当别置委曲。'冕正色拒之,钦若愧谢。后谢郡归九华山,召竟不起。"

乾隆《江南通志》卷一百十三《职官志·名宦·苏州府》:"孙冕,字伯纯,新淦人。天禧中知苏州,治狱不滥,断讼如神,吏畏而民爱之。尝病痈,州人争诣佛寺为冕祈福。"

《大清一统志》卷二百十五《浙江省·名宦》:"孙冕,新淦人。咸平中为两浙转运使,治狱不滥,断讼如神,吏畏而民爱之。"

《全宋诗》第二册卷七二收诗二首,此诗据王昶《金石萃编》收录。

⑥李防

李防,字智周,大名内黄人。

《宋史》有传,略云:举进士,为莫州军事推官。改秘书省著作佐郎、通判潞州,迁秘书丞。擢开封府推官,出为陕路转运副使,徙防梓州路转运使,累迁尚书工部员外郎,为三司户部判官。景德初,安抚江南,又为江南转运。徙知应天府,又徙兴元府,入为三司盐铁判官,失举免官。后起通判河南府,徙知宿、延、亳三州,为利州路转运使,累迁兵部郎中、纠察刑狱,擢右谏议大夫、知永兴军,进给事中,复知延州,更耀、潞二州,卒。

又云:"防好建明利害,所至必有论奏,朝廷颇施行之。其精力过人。防在江南,晏殊以童子谒见,防命赋诗,使还荐之,后至宰相。"

李防此诗署款"秘书丞",可知出仕未久。由"彼此宦游疏翰墨,等闲交面喜丝纶"二句,似与陈瞻无甚交往,仅此一面。

李防著作无考。按民国《元氏县志·金石》载宋李防《忍字碑》,"忍之为言耐也。昔人有称'耐辱翁'者,正亦谓忍。其于《传》,'恕'字亦近之"云云,不知是否同一人。

《全宋诗》第二册卷七二收诗一首,据光绪《湖南通志》收录,"几番"误作"几度","何当"误作"何尝",又脱原注。

考 证:

诗刻共五首,与雍熙四年贾黄中《送新知永州潘宫赞若冲赴任》同为赴任送行诗,亦同为寄刻,黄焯、王昶、宗霈、宗绩辰、陆增祥等有著录。《全宋诗》据《金石萃编》、光绪《零陵县志》、光绪《湖南通志》分别著录,失其全貌。五首书写字迹皆相同,与陈瞻《题朝阳岩》《宣抚记并序》亦同,当为陈瞻亲笔。

黄焯《朝阳岩集》五首分置在"五言律诗""七言律诗"二处。"赴郡"误作"越郡","藏溪树"误作"紫溪树","遗颂"误作"石刻","喜丝纶"误作"岂私论"。

王昶《金石萃编》:"按陈瞻,史无传,其知永州也,作诗送之者五人。其中刘骘、孙冕二人见《宋诗纪事》,余无考。《纪事》云:刘骘,官工部员外郎直集贤院,有诗见《西昆酬唱集》。孙冕,字伯纯,新淦人,雍熙进士,天禧中尚书礼部郎中直史馆,出守苏州。此石刻不题年月,据孙冕守苏州在天禧中,则其官推官当在天禧以前。因总附于大中祥符之末。"

宗绩辰《留云庵金石审》:"右正书二十三行,不著年月。"

宗绩辰道光《永州府志·金石略》:"王煦等《省志》云:'案陈秘丞即前题诗之陈瞻,朱昂、洪湛并详《宋史·文苑传》,李防史亦有传。'"王煦等《省志》即嘉庆《湖南通志》,其《金石志》二十卷,瞿中溶所纂。

刘骘诗"紫微",道光《永州府志》、光绪《零陵县志》、光绪《湖南通志》均误作"紫薇"。光绪《湘阴县图志》卷三十二载云:"陈瞻,雍熙中进士,官秘书丞,咸平间知永州。湘乡刘骘赠诗云:'秋风清景雁初飞,半醉摇鞭出帝畿。名郡又分红旆去,故乡重见锦衣归。剖符虽暂宣皇泽,视草终须直紫微。从此南轩多倚望,好诗芳信莫教稀。'"所引与摩崖有异,"秋风清景"当作"秋风清紧"。

孙冕诗"征黄"谓黄霸。《汉书·循吏传》:"黄霸字次公,淮阳阳夏人也。"为河南太守丞,"俗吏上严酷以为能,而霸独用宽和为名。会宣帝即位,在民间时知百姓苦吏急也,闻霸持法平,召以为廷尉正,数决疑狱,庭中称平"。又为颍川太守,"以外宽内明得吏民心,户口岁增,治为天下第一"。"征霸为太子太傅,迁御史大夫。五凤三年,代丙吉为丞相,封建成侯。""江乡"谓江南鱼米之乡。"帝乡"谓春陵,在道州。《后汉书·刘隆传》:"河南帝城,多近臣;南阳帝乡,多近亲。"同书《光武帝纪第一上》:"世祖光武皇帝讳秀,字文叔,南阳蔡阳人。高祖九世之孙也。出自景帝生长沙定王发,发生春陵节侯买。"同书《宗室四王三侯列传》:"敞曾祖父节侯买,以长沙定王子封于零道之春陵乡,为春陵侯。买卒,子戴侯熊渠嗣。熊渠卒,子考侯仁嗣。仁以春陵地势下湿,山林毒气,上书求减邑内徙。元帝初元四年,徙封南阳之白水乡,犹以春陵为国名。"

3.陈瞻《题朝阳岩》

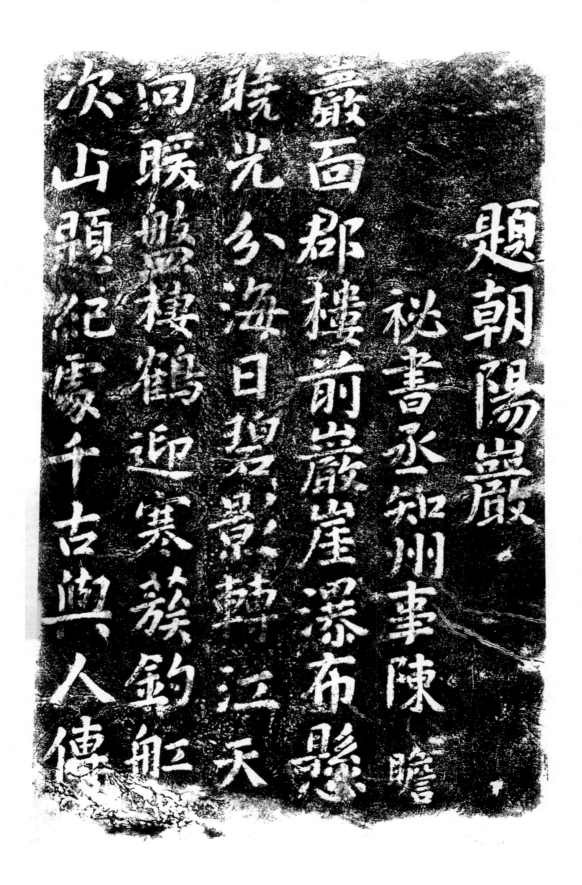

提　要:

题名:题朝阳岩

责任者:陈瞻

年代:咸平元年至三年(998—1000)间

原石所在地:朝阳岩下洞

存佚:完好

规格:高64cm,宽42cm,6行

书体:楷书

著录:《朝阳岩集》《留云庵金石审》《八琼室金石补正》《永州府志》

释　文:

题朝阳岩

秘书丞知州事陈瞻

岩面郡楼前,岩崖瀑布悬。晓光分海日,碧影转江天。

向暖盘栖鹤,迎寒蔟钓舡。次山题纪处,千古与人传。

人物小传:

陈瞻,见《送新知永州陈秘丞瞻赴任》诗。

考　证:

此诗最早著录见黄焯《朝阳岩集》,题为"陈瞻:秘书丞知州事"。

又见宗霈《零志补零》卷中。

《留云庵金石审》:"右正书六行,不著年月。《零陵补志》作咸平三年,据官表也。"

嘉庆《湖南通志·金石》:"咸平三年,秘书丞陈瞻题,文见零陵县《宗志》。"《宗志》即宗霈《零志补零》。

道光《永州府志·金石略》:"宋陈瞻朝阳岩诗,存。《题朝阳岩》,秘书丞陈瞻。"

邓显鹤《沅湘耆旧集前编》卷十七著录,标题为"陈秘丞瞻一首"。"岩□瀑布悬"句脱一字。陆心源《宋诗纪事补遗》卷三同。

《八琼室金石补正》卷八十五:"《永志》所载,脱'知州事'三字。"

光绪《湘阴县图志》卷三十二:"瞻在永州有朝阳岩诗云:'岩面郡楼前,岩端瀑布悬。晓光分海日,碧影转江天。向暖栖盘鹤,迎寒蔟钓船。次山题纪处,千古与人传。'刻之岩石,至今犹存。"传中所引与摩崖有异文，"岩端"当作"岩崖"，"栖盘鹤"当作"盘栖鹤"，"钓船"当作"钓舡"，当为传抄之误。

陈瞻诗，存世仅此一首。《全宋诗》第二册卷七二据嘉庆《零陵县志》收陈瞻此诗，"题纪"误作"题红"。

此诗"晓光"暗指"朝阳"，"千古与人传"命意与《朝阳岩铭序》"自古荒之而无名称"、《朝阳岩下歌》"荒芜自古人不见"相接。"次山题纪"指元结《朝阳岩铭》，可惜石刻自宋以后失传。

诗刻未署年月，按陈瞻任永州知州在咸平元年，姑定为咸平间作。

诗刻在《送新知永州陈秘丞瞻赴任》及《宣抚记并序》诗刻北侧，书写字迹相同，惟字体较大，当为陈瞻亲笔。

据载，陈瞻还曾重刻元结《朝阳岩铭》。《朝阳岩铭》原有刻石，铭文中已明言"刻铭岩下，将示来世"，"刻石岩下，问我何为"。南宋王象之《舆地纪胜》卷五十六载："朝阳岩记，元结所刊记尚在岩下。自唐迄今，名公留题皆镌于石。"所说"朝阳岩记"即《朝阳岩铭》。但石刻自宋以后不见。至明正德十六年，朱衮重刻《朝阳岩下歌》及《朝阳岩铭并序》，行书，在下洞中右侧内壁。铭在嘉靖二十四年戴嘉猷《游朝阳岩》《归泛潇江》诗及吴源《和韵》诗刻内，经人为打磨，上部残字尚依稀可辨。"崖深"之"深"写作"浂"；"刺史"之"刺"写作"刾"。朱衮重刻大部残毁，幸原文收入黄焯《朝阳岩集》，并载其跋语云："此刻宋咸平五年知州事陈瞻尝作之矣，顾石款薄劣，岁就摩灭，弗称观视。乃为重作之石，视旧刻特加闳焉。惜石之肤凹而理逆，卒莫以复拓也。大明正德辛巳八月二十五日朱衮子文书。"

4.王羽《朝阳岩诗二章》

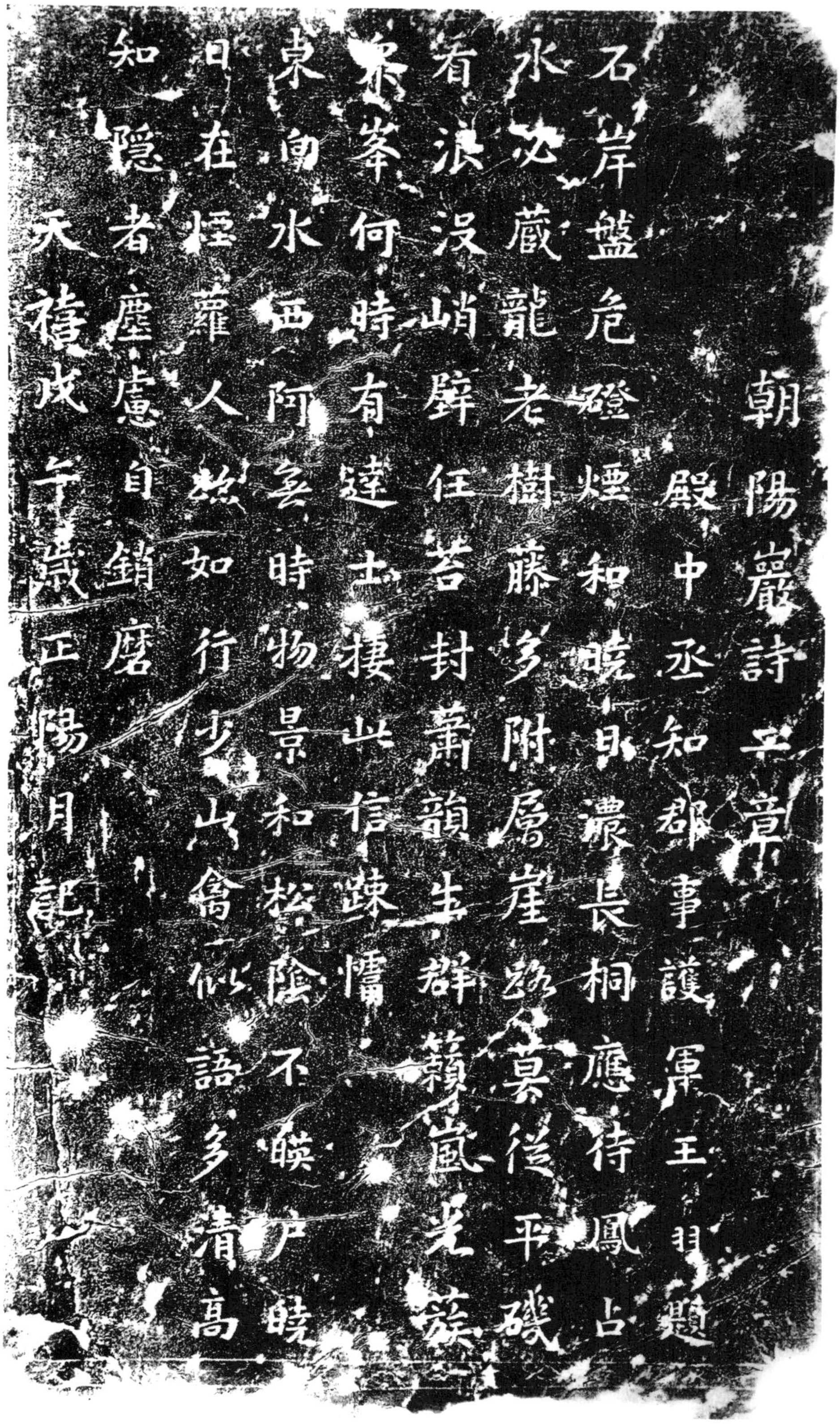

朝陽巖詩二章

殿中丞知郡事護軍王羽題

石岸盤危磴　煙和曉日濃　長桐應待鳳占

水次藏龍老　樹藤多附層崖路　暮後平磴占

有浪浸峭壁任苦封蘿生群籟嵐光蘸

泉峯何時有達士栖山景和松陰

日南水西阿無時物景和松陰不映戶曉

知隱者塵慮自銷磨

泉在煙蘿人然如行步山禽似語多清高

天禧戊午歲正陽月記

提　要:

题名:朝阳岩诗二章

责任者:王羽

年代:天禧二年(1018)四月

原石所在地:朝阳岩下洞

存佚:完好

规格:高 80cm,宽 47cm,10 行

书体:楷书

著录:《永乐大典》《朝阳岩集》《湖南通志》《留云盦金石审》《永州府志》《零陵县志》《零志补零》

释　文:

朝阳岩诗二章

殿中丞知郡事护军王羽题

石岸盘危磴,烟和晓日浓。长桐应待凤,占水必藏龙。

老树藤多附,层崖路莫从。平矶看浪没,峭壁任苔封。

萧韵生群籁,岚光蔟众峰。何时有达士,栖此信疏慵。

东向水西阿,无时物景和。松阴不暎户,晓日在烟萝。

人迹如行少,山禽似语多。清高知隐者,尘虑自销磨。

天禧戊午岁正阳月记。

人物小传:

王羽,《全宋诗》据《续资治通鉴长编》卷四七,载其真宗咸平三年为大理评事,据明万历《郴州志》卷二载其以虞部员外郎知郴州。

又据石刻可知,王羽于天禧二年以殿中丞的本官,出任永州知州军事兼护军。

宗绩辰以为王羽曾经重修万石山亭,殆误认王羽、王顾为一人所致。道光《永州府志》卷二上《名胜志》:"万石山多怪石,其名肇于唐刺史崔能作记,使山有闻实惟司马柳宗元。趣二百年,宋真宗天禧初,王羽作守,重剔治之,其时柳碑尚存,属欧阳修为诗,勒山石。……按元和十年至真宗天禧元年二百有三年,《职官表》天禧二年有刺史王羽,诗中'王君'断为是人。"然欧阳修生于宋仁宗景德四年(1007),天圣八年(1030)登进士第,宋真宗天禧(1017—1021)初尚是孩童,不可能因王羽作万石山诗。

《欧阳文忠公文集》载《永州万石亭》诗云："天于生子厚,禀予独艰哉。超凌骤拔擢,过盛辄伤摧。苦其危虑心,常使鸣声哀。投以空旷地,纵横放天才。山穷与水险,下上极沿洄。故其于文章,出语多崔嵬。人迹所罕到,遗踪久荒颓。王君好奇工,后二百年来。翦薙发幽荟,搜寻得琼瑰。感物不自贵,因人乃为材。惟知古可慕,岂免今所咍。我亦奇子厚,开编每徘徊。作诗示同好,为我铭山隈。"《四部丛刊》景上海涵芬楼藏元刊本题下注云:"寄知永州王顾,一本上有'寄题',注云'柳子厚亭'。"

检隆庆《永州府志》卷四下《职官表下》:王羽,天禧。王顾,皇祐三年任。康熙九年《永州府志》卷四《永州府历代官属表》:王羽,天禧二年任。王顾,皇祐三年任。康熙三十三年《永州府志》卷七《秩官·府官表》、道光《永州府志》卷十一上《职官表》同。可知宗绩辰误认王羽、王顾为一人。但沈梊蕙《增订欧阳文忠公年谱》系此诗于"己丑:皇祐元年,公四十三岁"。则皇祐三年任与皇祐元年作诗,年月亦不合。

刘沛光绪《零陵县志》卷一《山》录宗绩辰语,而同书卷十五《杂记》载王元弼《欧苏未至永州辨》:"欧阳文忠有《题万石亭》诗,后人谓为在永之作。……按公诗集'永州万石亭'下有'寄知永州王朝'之注,一本则'永州'上有'寄题'字,则其诗固非在永时作无疑。"刘沛所辨,为欧阳修诗是否作于永州,不辨王羽事。而所言"王朝"亦误,当作"王顾"。王顾又名王憪,《欧阳文忠公文集》又载《送王公憪判官》诗,梅尧臣《宛陵先生集》卷三十七有《永州守王公憪寄〈九岩亭记〉,云此地疑是柳子厚所说万石亭也,因为二百言以答,愿当留咏》,可知王顾、王憪为一人,但非王羽。

考　证:

诗刻《永乐大典》卷九千七百六十三《岩》、黄焯《朝阳岩集》、嘉庆《零陵县志》、《零志补零》、《留云盦金石审》、道光《永州府志·金石》、光绪《零陵县志·艺文·金石》及光绪《湖南通志·金石》均有著录。

《朝阳岩集》署为"王羽,殿中丞知郡事护军"。正文二首分置"五言律诗""五言长篇"二处,又"物景"误作"景物"。

《零志补零》卷中署为"宋殿中丞知郡事兼护军王羽"。

《留云盦金石审》:"右正书十行,字与潘、陈诸刻俱相类,戊午为天禧二年。"

《八琼室金石补正》卷八十五:"《永志》'护军'上多'兼'字,石本所无。"

以上四书均据石刻著录,故称难得。

《全宋诗》据嘉庆《零陵县志》,著录王羽诗仅此。

张如安《全宋诗订补稿》云:"《全宋诗》据清武占熊嘉庆《零陵县志》卷一四辑录王羽《朝阳岩》二首,文献出处太迟,宜改为《永乐大典》卷九七六三,且'景物'作'物景','人迹如'作'人路应',异文可资校勘。"今按:其说是也。不仅《永乐大典》较嘉庆《零陵县志》为早,黄焯明嘉靖二年至九年任永州知府,所纂《朝阳岩集》也较嘉庆《零陵县志》为早。但诗刻真迹至今尚存,自应以诗刻为最早的出处。

此诗第一首"长桐应待凤"命意与唐牛峤《题朝阳洞》"应有梧桐待凤栖"相接,第二首"晓日在烟萝"与唐李当《题朝阳洞》"回首恋烟萝"相接,可知当日题诗时,曾先观览昔人旧刻。

5.卢察《再题浯溪》

提　要：

题名：再题浯溪

责任者：卢察作；卢臧上石

年代：明道元年（1032）、嘉祐二年（1057）

原石所在地：浯溪

存佚：磨泐

规格：5 行

书体：楷书

著录：《古泉山馆金石文编》《全宋诗》

释　文：

再题浯溪

殿中丞卢察字隐之

逆孽滔天乱大伦，忠邪淆杂竟何分。欲知二圣巍巍力，止在浯溪一首文。

明道元年作，嘉祐二年十二月男臧上石。

人物小传：

①卢察

卢察，字隐之，河南人。"举进士，授复州司士参军，累调光化军乾德、襄州襄阳二主簿，夔州奉节令，泉州观察推官，迁大理寺丞。登朝为太子中舍，殿中丞、国子博士。入尚书省，为水部、司门员外郎。凡历知河南密、江陵公安、彭州永昌三县，知蒙州事，白波发运判官。最后通判河南府。"详见尹洙《河南先生文集》卷一六《卢察墓志铭》。

②卢臧

卢臧，字鲁卿，河南人。嘉祐二年权永州推官。

考　证：

卢察曾两至浯溪，各赋诗一首。

《古泉山馆金石文编》著录："太子中舍、知蒙州卢察。《留题浯溪》：'□后声名人始贵，真卿笔札次山文。二贤若使生同世，□□□悲不放君！'天圣辛未九年八月作，嘉祐丁酉二年□月男臧上石。"惜石刻已佚。

天圣九年（1031）与明道元年（1032）仅一年之隔。《留题浯溪》署款"太子中舍、知蒙州"，可知卢察自蒙州至汴京,经灵渠逾岭,沿湘水水路北返。

二首均在嘉祐二年(1057)上石,已是二十五年之后,其时卢察已卒十八年。

桂多荪《浯溪志》"竟何分"误作"竟难分","欲知"误作"岂知","一首文"误作"一颂文"。《留题浯溪》亦未说明,仅云"曰'再题',自有'初题'"。

卢臧有嘉祐二年六月九日与米君平等浯溪题名,又有嘉祐四年五月与张子谅等澹岩题刻、嘉祐六年正月与徐大方等澹山岩题刻,又有嘉祐四年十月与张子谅等朝阳岩题刻、嘉祐六年正月与徐大方等朝阳岩题刻,并作《永州三岩诗有序》。

6.陈统《读元颜二公中兴颂碑》《经浯溪元次山旧隐》

提　要：

题名：读元颜二公中兴颂碑、经浯溪元次山旧隐

责任者：陈统撰；郑纮书；周贲刻

年代：景祐五年（1038）

原石所在地：浯溪

存佚：磨泐

规格：17 行

书体：楷书

著录：《八琼室金石补正》《金石萃编》《湖南通志》《永州府志》《宋诗纪事补遗》《古泉山馆金石文编》

释　文：

读元颜二公中兴颂碑

提点刑狱公事尚书祠部郎中陈统

中兴碑颂立峥嵘，三百年来蠹不生。湘水无穷流善价，□山长在耸高名。

文传幼妇词原赡，翰洒崩云笔力精。按部舣舟同访古，拂尘珍赏乐晴明。

经浯溪元次山旧隐

次山曾此隐，溪壑水清漪。废宅群山合，高名千古垂。

修篁森钓渚，乐石耸丰碑。唯有乔林色，苍苍似昔时。

景祐五年十月二十四日。

内殿崇班、□□祗候、同提刑柴贻正同赏。

进士郑纮书，进士周贲刻。

人物小传：

①陈统

陈统，生平不详。陆增祥《八琼室金石补正》云："陈统名亦不见于官志。"

②柴贻正

柴贻正，雍正《广西通志》卷五十一《秩官》，宋有广西提点刑狱柴贻正，与诗刻"同提刑"正合。

考　证：

"读元颜"磨泐，《金石萃编》作"□元颜"，据桂多荪《浯溪志》补。

"提点刑狱公事"，《金石萃编》作"提点□□公事"，据道光《永州府志》、光绪《湖南通志》、桂多荪《浯溪志》补。

"尚书祠部郎中"，道光《永州府志》、《八琼室金石补正》、光绪《湖南通志》、《宋诗纪事补遗》同。《金石萃编》作"尚书刑部中"，脱"郎"字，陆增祥云："'祠'误'刑'，并脱'郎'字"。

"中兴碑颂"，《金石萃编》、道光《永州府志》、光绪《湖南通志》同，桂多荪作"摩崖一颂"，审拓本，仍可见"石"旁，当作"碑颂"。

"立峥嵘"，《金石萃编》、道光《永州府志》、光绪《湖南通志》作"□峥嵘"，据桂多荪《浯溪志》补。

"蠹不生"，《金石萃编》、道光《永州府志》、光绪《湖南通志》同，桂多荪《浯溪志》作"藓不生"，审拓本，仍可见"虫"旁，当作"蠹"。

"□山"，《金石萃编》、道光《永州府志》、光绪《湖南通志》同，桂多荪《浯溪志》作"崦台"，审拓本，仍可见"山"字。当作"□山"。

"词原赡"，道光《永州府志》、光绪《湖南通志》同，《金石萃编》误作"源"。桂多荪《浯溪志》作"词华赡"，审拓本，当作"原"。

"翰洒"，道光《永州府志》、光绪《湖南通志》同，《金石萃编》作"□"。桂多荪《浯溪志》作"翰寓"，姑从"洒"。

"同访古"，《金石萃编》作"因访古"，道光《永州府志》、光绪《湖南通志》作"思访古"，姑从"同"。

"乐晴明"，《金石萃编》、道光《永州府志》、光绪《湖南通志》均作"眼偏明"，姑从"乐晴明"。

桂多荪《浯溪志》无"内殿崇班□□祗候同提刑柴贻正同赏"一行。《湖湘碑刻·浯溪卷》录作"内殿崇□□□同提刑柴□"。

"内殿崇班□□祗候同提刑"，宗绩辰云："《宋史·兵志》有内殿直，有散祗候，各有都虞候指挥使，兼同提刑无考。"今按：宋官制有阁门祗候，常遣为使，《宋史·舆服志》："其诸司使、副使以下至阁门祗候，如有摄事合请朝服者，并同六品。"《选举志》："其内职，自借职以上皆循资而迁，至东头供奉官者转阁门祗候，阁门祗候转内殿崇班，崇班转承制，承制转诸司副使。"又载："有求补阁门祗候者，真宗以宣赞之职，非可以恩泽授。"《冯瓒传》：冯克忠官至"内殿崇班、阁门祗候"。《解晖传》解守颙官至"内殿崇班、阁门祗候"。《田绍斌传》田守信"为内殿崇班、阁门祗候"。《李谦溥传》李允恭"为内殿崇班、阁门祗候"。《米信传》米继丰为"内殿崇班、阁门祗候"。《刘谦传》刘怀诠为"内殿崇班、阁门祗候"。其例甚多，故知当作"阁门祗候"。

宗绩辰云："案进士周贲于元祐三年刻华严岩张绶题名，去仁宗景祐五年，凡五十一年，此人岂自少至老为进士且专为人刻字耶？疑此人后来题赏重刻。细审'进士郑纮'之上剥蚀数字，其第一字似'元'字，则或元祐时所刻也。"《浯溪志》《湖湘碑刻·浯溪卷》均作"进士□□观"。

王昶《金石萃编》、瞿中溶《古泉山馆金石文编》、宗绩辰《永州府志》著录。陆心源《宋诗纪事补遗》据《湖南通志》著录,不录署款。

《古泉山馆金石文编》:"陈统诗,正书十七行,字数不齐,在磨崖壁间。《浯溪新志》遗去前一首,而以后《次山旧隐》一诗属之书人郑纮,谬甚。"

桂多荪《浯溪志》著录第二首《经浯溪元次山旧隐》,而以第一首《读元颜二公中兴颂碑》作为附录。《湖湘碑刻·浯溪卷》著录《读元颜二公中兴颂碑》作者为陈统,《经浯溪元次山旧隐》作者为"柴氏"。

7.陶弼《古歌赠岩主喜公》

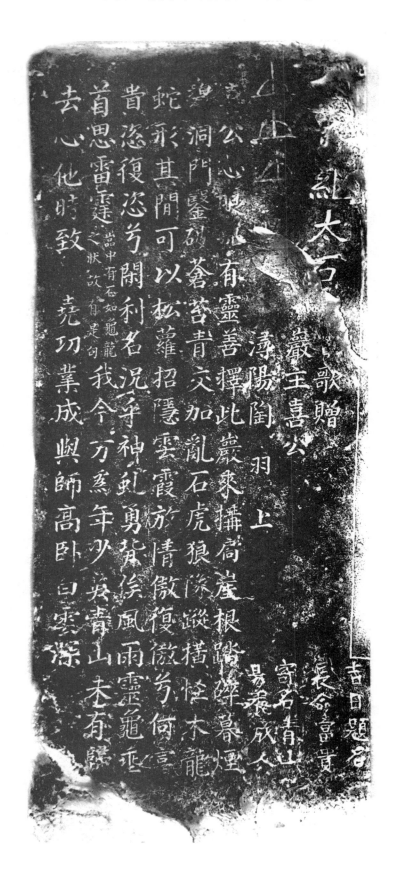

提　要：

题名：古歌赠岩主喜公

责任者：陶弼

年代：治平四年（1067）以前

原石所在地：九龙岩

存佚：磨泐

规格：9 行

书体：楷书

著录：《八琼室金石补正》《湖南通志》《永州府志》《躬耻斋文钞》《全宋诗》

释　文：

古歌赠岩主喜公

浔阳陶羽上

喜公心眼如有灵，善择此岩来构扃。崖根踏碎暮烟碧，洞门凿破苍苔青。

交加乱石虎狼队，踪横怪木龙蛇形。其间可以松萝招隐，云霞放情。傲复傲兮何富贵，恣复恣兮闲利名。

况乎神虬勇背俟风雨，灵龟垂首思雷霆。（自注：岩中有石如龟龙之状，故有是句。）

我今方为年少英，青山未有归去心。他时致尧功业成，与师高卧白云深。

人物小传：

陶弼（1015—1078），字商翁，又称陶公、陶翁、陶商翁、陶邕州，永州祁阳人。

《宋史·列传第九十三》卷三百三十四："陶弼，字商翁，永州人。少倜傥，放宕吴中……一见丁谓，谓妻以宗女，因从学兵法，能持论纵横。庆历（1041—1048）中，杨畋讨湖南猺，弼上谒，畋授之兵使往袭，大破之。以功得阳朔主簿。"

陶弼墓志铭今所见共三通，内容各有不同。黄庭坚《山谷集》卷二二有《东上阁门使康州团练使知顺州陶君墓志铭》（以下简称黄志），刘挚《忠肃集》卷一二有《东上阁门使康州团练使陶公墓志铭》（下文简称刘志），李时亮有《大宋故东上阁门使康州团练使知顺州天水郡侯陶公墓志铭并序》（下文简称李志），残碑在零陵文庙。又沈辽《云巢编》卷八有《东上阁门使康州刺史陶公传》。

黄志云："府君讳弼，字商翁。陶氏盖柴桑诸陶有讳矩者，避地将家占零陵之祁阳。矩生蠋，蠋生均，赠殿中丞。殿中生岳，仕至职方员外郎，赠刑部侍郎，是为君考。府君少孤，志行磊落权奇，左《诗》《书》，右《孙》《吴》，同学生叹伏之，以为一日千里。困穷无地自致，乃聚晚学子弟讲授六经，以奉母夫人长沙太君甘旨。庆历中,莫傜诸唐据湖南山溪,钞掠郡县,提点刑狱杨畋召君俱行,颇用其策谋。君亦分军薄嵲,得桃油平、太平峒,于畋军中功第二。以进士调授桂州阳朔县主簿。侬智高蹈籍二广,畋以书召君掌机宜。乘驿至曲江,畋檄君下英州,议救广府,贼已走连、贺,蒋偕一军没,余众溃入山林,贼声势张甚。君以便宜颇取败军,白旗大书曰'招安蒋团练下败兵',使十数辈持徇村落,收得散卒,则回路趋贺州就粮。州将持法拒君,君晓以大义,乃听,活千余人,送幕府。会畋罢去,不为功,然畋在朝廷,每为人言:'湖南军中独得陶弼一人耳。'君久次乃为阳朔令,以吏考,除大理寺丞,监潭州粮料院。广南西路提点刑狱李师中论荐其能,擢知宾州。诏换崇仪副使知容州,以六宅副使知钦州。数以母老乞归,极恳恻,不听。既丁内艰,徒行奉丧,归葬祁阳。夺哀,以崇仪使知邕州,招纳训利等六州蛮。及广源内附,侬智高千余众皆就耕食,君亦再满任,乃得请知鼎州。诏使按治辰州,南江诸溪蛮宣抚使举君知辰州,又奏君不上吏课者二十年。迁皇城使,措置北江,用反间使彭师晏自攻伐,归其地县官。王师问罪安南,以知邕州,又用宣抚使辟知顺州,四迁为东上阁门使、康州团练使。年六十有四,终于顺州之官舍。娶丁氏钱塘县君,生子通,冠而死,以兄之孙同为通后,授郊社斋郎。六女,长嫁宁乡尉严介而卒,其五居室。君不治细故,独以文章自喜,尤号为能诗。年三十起从军,心通悟,达兵家机会,能得士死力,智度闳深,调护不虞,不见圭角。遇仓卒,大军常倚以为重。作郡县,顺民立条教,当其艰勤,与吏士同甘苦,不以远朝廷故不尽心力。所临数州,夷夏斩斩,以约信为威。尝请郴、桂灵渠通漕湘江,军兴,转粟可十倍。使者不能听,李师中在广西乃用之,于今为功。广源酋长刘纪数请和市太平寨,规觇国,欲生事,徼功者吹嘘助之,君伐其谋。后数年,和市议下,刘彝、沈起之事起矣。顺州草创,存亡不可知,受命即上道,折棰指挞,溪洞晏然。在军中三十年,夷险一概。使者多朝廷大吏,察治状,无以易君,故求去,辄进官重任使,遂老于桂林表里。事母孝谨,白首尽其驩。平生诗文书奏十有八卷,读其书知非录录者。元丰三年十月丙子,葬零陵之金釜山下。铭曰:武夫面墙,文吏疾武。维此康州,俎豆军旅。乌合其兵,忠信成城。教子弟战,卫其父兄。乘羸行权,处女脱兔。及其既平,左规右矩。虎媚养己,时其饱饥。康州用士,可赴深溪。子拊苙蘩,姑息夷獠。我一以律,不残不傲。药不瞀手,漂絮终身。或千户封,奇偶匪人。梓庆为镶,不怀庆赏。康州抚师,尚以义往。大能小施,夸者技痒。我安义命,民得休养。边陲之守,不必摧锋。我铭康州,式劝士功。"

据刘志,"生一子通,早世。取兄之孙同为通后,又卒"。据李志,陶弼病亟,有侄在侧,卒后十年,有弟护丧归,皆不载名字。葬于零陵金釜山之原,即黄志所记之元丰三年。可知三通《墓志铭》皆为元丰以后追补。推测黄庭坚撰铭乃是崇宁三年在永州祁阳应陶豫之请。

考　证:

诗题为楷书"古歌赠""岩主喜公""浔阳陶羽上"三行,其中"古"字已磨灭。"陶"字和"羽"字之间间隙较大,"羽"字偏小。

道光《永州府志·金石略》卷十八著录该诗为"宋陶羽九龙岩诗","踪横"作"纵横","利名"作"名利","神虬"作"龙虬"。光绪《东安县志》卷八系该诗于"治平中陶羽"名下,"踪横"作"纵横","招隐"作"名隐","利名"作"名利","神虬"作"龙虬",无自注。《湖南通志》卷二百七十八著录为"宋陶羽九龙岩诗","利名"作"名利","神虬"作"龙虬",无自注。《金石审》云:"右刻正书,题三行,诗六行,与周子题名共一石而在其前,不著时代,总当在周子未至之前也。案喜公名已见于仁宗时,题名此诗度刻仁英二朝之际,故列于此。"《金石补正》云:"'纵横'作'踪',古字假借。'勇'疑亦'涌'之借字。'利名','名'字叶韵,《永志》作'名利'者非。"

考宋代史料,未见陶羽生平及著作。《全宋诗》据《湖南通志》著录该诗作者为陶羽,诗文有误,并在作者简介中称陶羽为仁宗时浔阳(今江西九江)人,此说别无可考,可能仅据《金石审》"题名此诗度刻仁英二朝之际"而下结论。笔者认为石刻上的"陶羽"即陶弼。刘瑞认为,陶弼或故意把自己的名字写成"陶羽",或者石刻"羽"字上磨灭了"公"字。刘瑞《北宋陶弼的一首佚诗——九龙岩诗刻〈古歌赠岩主喜公〉考辨》一文还列举了四条佐证,略举于下:

一、陶弼曾至九龙岩题诗

九龙岩,位于永州东安县芦洪市镇,自唐时已显名,多有文人雅士游览题诗。陶弼为祁阳人,东安与祁阳在宋代隶属永州,两地相距不足百里。道光《永州府志·金石略》卷十九、光绪《湖南通志·艺文志·金石》卷二百七十八均载陶弼九龙岩诗:"岩有真龙卧未醒,此龙于物本无情。可能暂起为甘雨,洗我征南十万兵。"《湖南通志》诗后有题识"熙宁九年秋七月五日陶弼题,婿严介、孙同、外孙谢甫侍行。"可证陶弼曾至九龙岩题诗。

二、陶弼与《古歌赠岩主喜公》的写作时间相吻合

此诗左侧紧贴周敦颐题名:"治平四年五月七日自永倅往权邵守同家属游春陵,周敦颐记。"题名顶端与诗齐平。诗中有"我今方为年少英,青山未有归去心。他时致尧功业成,与师高卧白云深"的诗句,可知此诗是作者年轻时期所作,并可见其伟大抱负。《湖南通志》引《金石审》,判断此诗"总当在周子未至之前也",也就是治平四年(1067)之前。《金石审》考订"题名此诗度刻仁英二朝之际",故而此诗摹刻时间定在1010年至1067年之间。刘志云:"公讳弼,字商翁。少孤,慷慨有气节。……庆历中,莫瑶诸唐寇略州县,提刑狱杨畋被诏督捕,以礼奉币致公幕下。公喜,幡然以起,为尽谋画。俄率所募士破贼于桃油平,以功补衡州司户参军。又破太平峒,调桂州阳朔主簿。"庆历中(1045年前后),陶弼三十岁左右,任衡州司户参军,在此之前一直在家乡奉养母亲,从年龄上看,可谓"年少英"。后积极平乱,可见其向往建功立业,与诗中透露的作者年龄以及志向相吻合。

三、陶弼的诗歌艺术与《古歌赠岩主喜公》一致

陶弼存《邕州小集》一卷,诗七十三首,另有一百余首诗歌散见于《舆地纪胜》《两宋名贤小集》《粤西诗载》及各地方志。陶弼工于诗文,喜爱游山玩水,所到之处往往发为诗歌,如《合浦还珠亭》

《融州仙岩》《宾州仙影山》《膏泽峰》《丹灶山》《会仙岩》《罗秀山》《莫铘关》《祝融峰》等诗,都是对地方山水、景物的描摹,借以抒写情志。

《古歌赠岩主喜公》是一首酬赠诗。该诗通过描摹九龙岩碧烟苍苔、乱石怪木的人间妙境,表达了对隐于九龙岩的喜公的敬仰以及自己建功立业之后将追随喜公归隐的情怀。喜公,名元喜,又称喜师、九龙岩主,为寺中开山僧人。陶弼为官期间,纵情山水之余,亦喜寻僧访道。其《莫铘关》:

> 三任边州六往还,此时才入莫铘关。访僧莫道无闲事,手指青天口说山。

《尝游龙洞访僧不遇》:

> 一锡游何处,岩端静掩扃。独寻危石坐,闲把细泉听。野鼠缘斋钵,山花落净瓶。斜阳过溪去,回首乱峰青。

均记述了访僧之事。又有《丹灶山》:

> 羽客朝元地,遗坛古寺中。炼成丹灶在,骑去鹤巢空。

不难见其对于僧道的倾慕之情。且陶弼有诗直抒欲归隐之心,见其《寄桂林欧阳咸寺丞溪藤杖》:

> 劲节寒梢屈曲根,虎牙龙爪蟒蛇鳞。采从黄鹤独飞处,寄与青山先退人。高阁倚吟留落月,小园扶醉过残春。惟存一本自收拾,即日溪边蹑后尘。

以上诗歌中表达的陶弼思想与《古歌赠岩主喜公》的主旨几乎一致。

纵观全诗,韵律较为齐整,读来朗朗上口。该诗韵脚为灵—青—形—情—名—霆—英,诗用下平声,青韵(依平水韵),非常整齐。巧合的是,陶弼题刻在九龙岩的另一首七绝(见前文),韵脚为醒—情—兵,也是下平声,青韵。如果这两首诗同韵属于偶然,那么再看陶弼的其他诗歌:

公安县

> 门沿大堤入,路趁浅沙行。树短天根起,山穷地势倾。孤舟难泊岸,远水欲沉城。半夜求津济,烟中获火明。

阁皂

万仞天然阁皂形，阴阳不似众山青。一区海上神仙宅，数曲人间水墨屏。华表鹤归春谷响，玉京龙起夜潭腥。可怜张葛无人继，三级高台拂杳冥。

邕州

南极诸蛮傲典刑，斗门时复见飞星。君王仁恕将军老，五十溪州六万丁。

合浦还珠亭

合浦还珠旧有亭，使君方似古人清。沙中蚌蛤胎常满，潭底蛟龙睡不惊。

顺应庙

白崖山下古松青，暂卷牙旗谒庙灵。见说昆仑关北畔，曾将草木作人形。

梧州苍梧郡

水有潇湘色，猿同巴蜀听。令人思舜德，一望九疑青。

以上六首诗的韵脚分别为行—倾—城—明，形—青—屏—腥—冥，刑—星—丁，亭—清—惊，青—灵—形，听—青，均为下平声，青韵或与青韵临近的韵。另，以上六首诗只是陶弼诗歌中用下平声青韵的部分诗歌。由此可知，陶弼作诗，下平声青韵是其常用的韵脚，故而这是陶弼即《古歌赠岩主喜公》的作者的又一证据。

总而言之，《古歌赠岩主喜公》一诗在诗的题材、主旨、修辞、押韵等艺术手法上与陶弼的诗歌艺术风格极为一致。

四、陶弼祖籍浔阳

《宋史》有陶弼传，然对于其人家世仅有"陶弼，字商翁，永州人"数字简介。其父陶岳，《大清一统志·永州府·人物》："陶岳，祁阳人，性清介，以儒学有名，官太常博士，尚书职方员外郎。"至"陶弼"条："岳子，倜傥知兵。"故而对于陶弼的出生地多言"永州""祁阳"。

然参阅陶弼墓志，可考其先祖乃系浔阳陶渊明。李志称"其先浔阳晋渊明先生之后，前代更乱，转徙江湖间。高祖矩避地有山水之乐，遂家祁阳，今为永州人也"。刘志称"惟陶氏世家浔阳，靖节先生之后，有避地湖、湘者，公之高祖矩至祁阳，乐其山水而居之，今为永州人"。黄志称"陶氏盖柴桑诸陶，有讳矩者，避地将家占零陵之祁阳"。柴桑，古县名，西汉置，因县西南有柴桑山得名，是陶渊明故里。三志互证陶弼祖籍浔阳，故而可以自称"浔阳陶翁"或"浔阳陶弼"。

8.柳应辰"心记"之东

提 要：

题名："心记"之东

责任者：柳应辰

年代：熙宁七年（1074）三月

原石所在地：浯溪

存佚：残缺

规格：残存20行

书体：楷书

著录：《古泉山馆金石文编》《八琼室金石补正》《湖南通志》《永州府志》《宋诗纪事补遗》

释 文：

□□□□□，□老如包□。□□□苍黄，□□□□□。

身虽□□□，□□垂髫鬏。□□□□疲，但为妻子谋。

道傍多朱门，势利交相求。他宾尔虽佳，闭关如避仇。

敲门声剥啄，谢客语咿呦。侯何所尚殊，不与兹辈侔。

摄职顾未久，善化应已柔。近岭山更佳，九疑清气衰。

我方困羁鞅，侯想多长讴。何当郡斋内，一罇相献酬。

熙宁七年甲寅三月望日，刻于浯溪"心记"之东。

人物小传：

柳应辰，字明明，仁宗宝元元年（1038）进士，熙宁六年至九年任永州通判。道光《永州府志》载"十年任"有误，据熙宁九年丙辰"比任满，泊舟江下"题记，熙宁十年他已离任。

擅诗文，工书，宗绩辰道光《永州府志》谓其书法"逼真颜书"。

兄柳拱辰，见柳拱辰、周世南、齐术题名。

考 证：

右下角石面崩落，残刻存二十行，五言诗，每行七字。据诗韵推测，尚有首一行，标题一行。

《古泉山馆金石文编》著录，题为"熙宁七年浯溪诗"，瞿中溶按语云："右熙宁七年诗，正书，在'心记'之后，其前为近人磨去改刻，姓名已无考，仅存后二十行。此刻前人未见。"道光《永州府志》题为"宋熙宁七年浯溪诗，存，佚名"，《八琼室金石补正》题为"熙宁残诗刻"，光绪《湖南通志》题为"宋熙宁七年浯溪诗"，陆心源《宋诗纪事补遗》题为"无名氏《浯溪》"。

此诗刻于"心记"东面高处。按柳应辰"心记"题刻,在"夬"字上方。中间为年款"大宋熙宁七年甲寅岁,刻于浯溪之石,尚书都官员外郎武陵柳应辰明明",左为题记"押字起于心",右为题诗"浯溪石在大江边"。诗刻署款无姓名,有年月。其字迹均为颜体,楷书端雅,刻工深切清晰,显然出于一人之手。时间与"心记"之"熙宁七年甲寅"相符,正是柳应辰初任永州之时。作者可判定为柳应辰无疑。

诗刻的主题为唱和同僚。柳应辰在永州所任通判,实为副职,诗中所说之"侯"只有知州可以当之,据《永州府志·秩官表》,当时永州知州为李士燮。推测这首诗应当是柳应辰写给李士燮的。

9.柳应辰"押字起于心"题记、"浯溪石在大江边"诗刻

提　要：

题名："押字起于心"题记、"浯溪石在大江边"诗刻

责任者：柳应辰

年代：宋熙宁七年（1074）

原石所在地：浯溪

存佚：完好

规格：18 行

书体：楷书

著录：《沅湘耆旧集前编》《容斋随笔》《茶香室丛钞》《全宋诗》《语石》《宋文纪事》

释　文：

押字起于心，心之所记，人不能知。

大宋熙宁七年甲寅岁，刻于浯溪之石，尚书都官员外郎武陵柳应辰明明。

浯溪石在大江边，心记闲将此处镌。向后有人来屈指，四千六百甲寅年。

人物小传：

柳应辰，见柳应辰"心记"之东。

考　证：

刻于巨幅"夬"字榜书上端，二者当是同时所刻，亦即对"夬"字榜书之注解。

《沅湘耆旧集前编》著录，题为《刻浯溪石上》。

宋代以来，世人盛传柳应辰"押字"故事。

康熙《零陵县志·杂记》有"柳押字"一条，共二事。其一："柳应辰在郡夜读书，有物引手入窗，柳援笔书字于其手而去，明日见于州治后古槐上，遂伐之。"其二："虞庙前江边多巨石，其下潭水甚深，有崖穴。或曰有水怪，人多溺死者。柳因谒庙识之，作大书押字于石上，字高三尺，广二尺。信宿风雨晦冥，雷电大作，霹雳巨石而折。逾数日，有鳖鼋浮出，其后沙涨，潭水浅。永人镌押字以记，今名'雷霹'。"

道光《永州府志》又载："柳应辰维舟浯溪，夜有怪，登其舟，应辰书'夬'字符于其手。诘朝，符见于崖端，遂刻以镇之，怪遂绝。"并引《湘侨闻见偶记》云："一称浯溪旧有山怪，应辰泊舟，有巨手入窗，应辰为书押，其旦字在石壁，乃刻之。一称应辰守道州，以押字镇水怪，降槐树妖。其说甚幻。"

洪迈《容斋四笔》"鄂州南楼磨崖"一条云："庆元元年，鄂州修南楼，剥土，有大石露于外，奇崛可

观。郡守吴琚见而爱之,命洗剔出圭角,即而谛视,乃磨崖二碑。其一刻两字,上曰'柳',径二尺四寸,笔势清劲,下若翻书'天'字,唯存人脚,不可复辨。或以为符,或以为花押,邦人至裱饰置神堂,香火供事。或云道州学侧虞帝庙内亦有之,云柳君名应辰,是唐末五代时湖北人也。"

《容斋五笔》"柳应辰押字"一条又云:"予顷因见鄂州南楼土中磨崖碑,其一刻柳字,下一字不可识,后访得其人,名应辰,而云是唐末五代时湖北人也,既载之《四笔》中,今始究其实。柳之名是已,盖以国朝宝元元年吕溱榜登甲科,今浯溪石上有大押字,题云:'押字起于心,心之所记,人不能知,大宋熙宁七年甲寅岁刻,尚书都官员外郎武陵柳应辰。'时为永州通判。仍有诗云:'浯溪石在大江边,心记闲将此地镌。自有后人来屈指,四千六百甲寅年。'有阆中陈思者,跋云:'右柳都官欲以怪取名,所至留押字盈丈,莫知其何为。押字,古人书名之草者,施于文记间以自别识耳。今应辰镌刻广博如许,已怪矣,好事者从而为之说,谓能祛逐不祥,真大可笑。'予得此帖,乃恨前疑之非。石旁又有蒋世基《述梦记》云:至和三年八月,知永州职方员外郎柳拱辰受代归阙,祁阳县令齐术送行,至白水,梦一儒衣冠者曰:'我元结也,今柳公游浯溪,无诗而去,子盍求之?'觉而心异之,遂献一诗,柳依韵而和。'其语不工。拱辰以天圣八年王拱辰榜登科,殆应辰兄也,辄并记之。"

按"此地镌",石刻作"此处镌";"自有后人",石刻作"向后有人"。俞樾《茶香室丛钞》、曾枣庄《宋文纪事》《全宋诗》第六册第三四七卷均据《容斋随笔》著录,故均误。

叶昌炽《语石》卷八:"昔人论书,大则径丈一字,小则方寸千言。余所见擘窠书,以鼓山朱文公'寿'字为最巨,其次则淡山柳应辰押、朱熹'洼尊'两大字,皆摩崖也。"("淡山"当作"浯溪"。)

今按:柳应辰所到之处多写"夬"字,仅写一字,确似隐语,学者或称之为"押字符",民俗称之为"镇妖符",其实为《易经·夬卦》。《夬卦》有三义:其一谓治民。《易经·系辞下传》:"百官以治,万民以察,盖取诸《夬》。"其二谓文教。《夬卦》卦辞:"夬,扬于王庭。"《汉书·艺文志》曰:"言其宣扬于王者朝廷,其用最大也。"其三谓君子小人之辨。《易经·杂卦传》:"《夬》,决也,刚决柔也,君子道长,小人道忧也。"柳应辰题"夬"字刻石,或者寄托其官宦境遇,或者寄托其心记宗旨,总之不离《夬卦》者近是。

10.米芾"胡羯自干纪"

提 要：

题名："胡羯自干纪"

责任者：米芾

年代：熙宁八年（1075）十月

原石所在地：浯溪

存佚：完好

规格：9 行

书体：行书

著录：《宝晋英光集》《方舆胜览》《潜研堂金石文跋尾续》《金石萃编》《古泉山馆金石文编》

释 文：

胡羯自干纪，唐纲竟不维。可怜德业浅，有愧此碑词。

米黻南官五年，求便养，得长沙掾。熙宁八年十月望经浯溪。

人物小传：

米芾（1051—1107），初名黻，后改芾，字元章，湖北襄阳人，时人号海岳外史，又号鬻熊后人、火正后人。

米芾精于书法、绘画，与蔡襄、苏轼、黄庭坚合称"宋四家"。

《宋史·文苑传》有传云："（米芾）为文奇险，不蹈袭前人轨辙。特妙于翰墨，沉着飞翥，得王献之笔意。画山水人物，自名一家，尤工临移，至乱真不可辨。精于鉴裁，遇古器物书画则极力求取，必得乃已。王安石尝摘其诗句书扇上，苏轼亦喜誉之。冠服效唐人，风神萧散，音吐清畅，所至人聚观之。而好洁成癖，至不与人同巾器。所为谲异，时有可传笑者。无为州治有巨石，状奇丑，芾见大喜曰：'此足以当吾拜！'具衣冠拜之，呼之为兄。又不能与世俯仰，故从仕数困。"

考 证：

"胡羯"指安禄山，"干"谓干犯，"纪"谓纲维、政统。

米芾《宝晋英光集》著录，题为《过浯溪》。文渊阁《四库全书》本"胡羯"改为"横逆"，因清初避"胡"字。

米黻后更名米芾，熙宁八年二十五岁，长沙掾即长沙县主簿。今按：米本作芉，芾即芉的草写。

祝穆《方舆胜览》著录诗文，不录跋。

《潜研堂金石文跋尾续》著录云："右米黻五言绝句，在祁阳县之浯溪，后题'米黻南宫'云云廿三字。考元章生于皇祐辛卯,至是才二十五岁,笔力纵劲,已有颜平原风格,故知小技亦由天授也。

《金石萃编》著录云:"米黻,《史传》字元章,吴人。《宋诗纪事》作襄县人。以母侍宣仁后,藩邸旧恩,补含光尉,历知雍丘县、涟水军、太常博士、知无为军,召为书画学博士,擢礼部员外郎,出知淮扬军卒,未尝为长沙掾也。黄潜《笔记》云:元章自署姓名,米或为芈,芾或为黻,史作米芾。此题作米黻,无疑即一人。芾年四十九,《宋诗纪事》称其官淮阳军在大观二年,其母常侍宣仁后在仁宗末年,则芾之官长沙便养母,当在神宗时。此题熙宁八年,正即其时也。由大观二年逆推至熙宁八年,三十余岁,则官长沙掾不及二十岁,年幼官卑,史文从略。又据《潜研跋》,谓元章生于皇祐三年辛卯,则熙宁八年为二十五岁,至四十九岁,为元符二年,则其官淮扬军不应在大观二年,《宋诗纪事》恐误。《史传》但云历知雍丘县,则长沙掾隐括于'历知'二字中矣。"

《古泉山馆金石文编》著录云:"右米黻诗,行书九行,在磨崖左韦瓘题名下。'怜'乃'憐'之俗字。元章书之可见俗字,有相沿已久者,书家不究。六书虽颜鲁公书碑,尚有缪体,所谓'羲之下笔即俗字',非苛语也。"

11.柳应辰《浯溪》

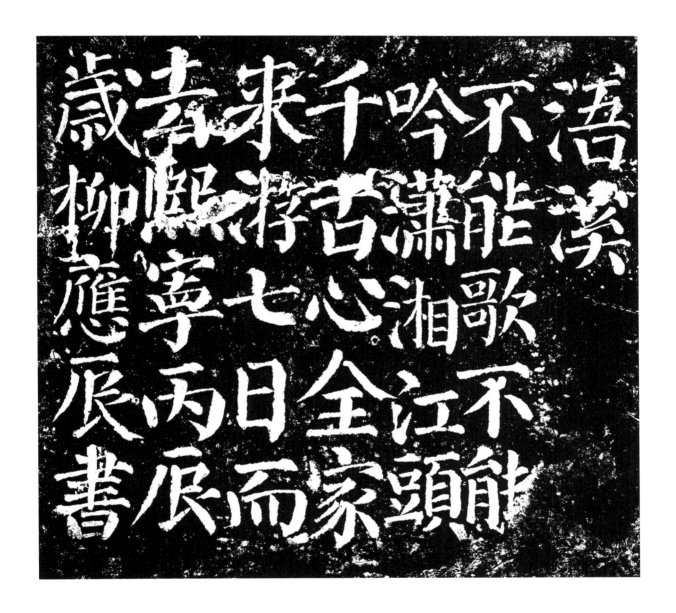

提　要：

题名：浯溪

责任者：柳应辰

年代：熙宁九年（1076）

原石所在地：浯溪

存佚：完好

规格：7 行

书体：楷书

著录：《沅湘耆旧集前编》《八琼室金石补正》

释　文：

浯溪

不能歌，不能吟。潇湘江头千古心！

全家来游，七日而去。熙宁丙辰岁，柳应辰书。

人物小传：

柳应辰，见柳应辰"心记"之东。

考　证：

诗题"浯溪"一行。"不能歌，不能吟。潇湘江头千古心！"诗三句为一首。"全家来游，七日而去"，二句是跋。"七日"暗寓《易经》"七日来复""复其见天地之心"之意。

《沅湘耆旧集前编》著录，题为《浯溪诗》。

石刻与柳应辰"比任满"题记同时，为柳应辰任满临别所刻。

《金石补正》："右刻有年无月，而是年残诗刻后云刻于浯溪心记之东，则是刻必在三月前矣。"

12.练潜夫《赋得同江华令贯之黄兄游阳华岩一篇》

提　要:

题名:赋得同江华令贯之黄兄游阳华岩一篇

责任者:练潜夫

年代:元祐四年(1089)

原石所在地:阳华岩

存佚:磨泐

规格:18 行

书体:楷书

著录:《八琼室金石补正》《湖南通志》

释　文:

赋得同江华令贯之黄兄游阳华岩一篇

建安练□□潜夫

万里苍山麓,阳华古洞天。晨光迎海日,昼暝入溪烟。

穴窾蛟龙蛰,峰巇鬼魅镌。初筵堂半辟,末势雷孤穿。

玉乳垂虚窦,金沙引漫泉。栏危浮绝壁,庋迥跨遥川。

隐约烧丹灶,横斜种玉田。刿桐鱼烛烛,挝石皷鼟鼟。(自注:祠中有石皷,贯之,制桐鱼,挝之,响震岩谷。)

翠羽岩蕉静,元幢石桂圆。扪穿藤黝纠,衬步草茵绵。

暂止苏门啸,来因叶县仙。篮舆收弱屐,桂楫荡轻舷。

胜赏平生兴,寻幽最可怜。奇游陵宇宙,班坐馥兰荃。

谷鸟酤新酿,松风韵古弦。只应销永昼,何用蠹尘编。

蒋赋初无得,元铭久更妍。(自注:□□防有诗,元结有铭。)留连资旷士,吟咏属高贤。

尘土闲中厌,山林老更便。临分凉月白,回首正依然。

人物小传:

①练潜夫

练潜夫,名亨甫,神宗、哲宗时人,生平不详。

②黄贯之

黄贯之,神宗、哲宗时人,生平不详。

考 证：

《八琼室金石补正》卷一百六著录："右练潜夫诗。潜夫，其字，而名已剥泐矣。永明层岩有其诗刻，瞿氏跋引《舆地纪胜》载练潜夫熙宁间作《笑岘亭记》，是神宗、哲宗时人也。江华令黄贯之，亦是字而非名。神、哲时邑令姓黄者三：一为黄潜，元丰三年到官；一为黄安中，元祐元年到官；一为黄炎，元祐八年到官。炎字晦之，不字贯之，贯之疑安中之字，字与名义相协。安中于元祐五年去任，姑列于元祐五年，以俟再考。诗云'蒋赋初无得'，注云'□□防有诗'，防上是'蒋'字，蒋防有合江亭诗，是唐大和年间人。其阳华岩诗从未有人言及者，据此知湮没之多。审视拓本，行间隐隐有字迹，是磨古刻而为之者。'藤'即'藤'，'瞿'即'瞿'字之俗。"

光绪《湖南通志·金石志》著录，引《金石补正》："右练潜夫诗，十八行，正书，未见年月，恐是失拓。练潜夫名亨伯，见澹岩王子京题名，时在元祐二年。"

光绪《永明县志》卷五十著录练潜夫层岩诗并序：

练学士诗

游层岩，睹提刑朝请张公熙宁初令营道日题刻，土人云：异时山夔木怪之所凭依，颇为人所患苦，自公留题，无复盼蟮。兴言感叹，辄成古风一篇寄呈。建安练潜夫顿首上。

朝寻白鹅山，夕次层岩曲。中虚谷窈窕，一水流其腹。澄淳江渊窬，冬夏不盈缩。初疑有神物，毛骨森戚促。魂惊不敢唾，发腻不敢沐。跨梁怛临深，刻敢濯余足。闻昔宅秘怪，蒙鸿状河渎。黄昏嗥猩鼯，正昼飞蝙蝠。豚肩走巫觋，歌舞神所欲。寻幽到其趾，精悚戒托宿。张公熙宁初，曾是舒幽独。镌题百许字，焕烂夺人目。叱呵护守严，百魅不敢触。往往风雨夜，啾啾鬼神哭。乃知正直士，所至即蒙福。往时元次山，今时蒋颖叔。或镵华阳铭，或刻舜祠录。与公成三人，万代仰高躅。因书岩石间，聊用美淇澳。

县尉兼主簿事黄铎书丹，西川剑南节度推官知永明县孙温恭立石。

《八琼室金石补正》卷九十五著录《王子京题名》：

余谪官零陵踰年，邂逅建安练亨甫潜夫，亦有营道之行。且世之所谓名山洞府者，虽未尝周游而历览，如建安之武夷，温之雁荡，台之天台，处之仙都，皆天下胜绝处也。余尝为部使者久之，索幽殆无遗矣，然是洞之耸拔峭特，宽容超旷，风云含虚，日月匿景，盖未之有也。以四山之胜，尚无有若是洞者，则天下之洞不待遍观而后可知矣。

元祐二年孟冬十九日，蓬莱王子京硕甫题，男椐、柽随之。

按语云："右刻在岩顶,前人未见,同治癸酉秋始搜得之。王子京,史无传,《永志·流寓》亦不载,其初任何职,何事迁谪,均未得知。练潜夫有阳华岩诗,得此刻知其名亨甫也。"

练潜夫为《笑岘亭记》："次山之意以为好嗜与世界,而我所独之,故以'吾'名之,其言曰'命曰浯溪',旌吾之所独有也。"(见《舆地碑记目》)

13.邢恕《独游偶题》

提　要：

题名：独游偶题

责任者：邢恕

年代：元祐七年（1092）

原石所在地：朝阳岩下洞

存佚：完好

规格：高28cm，宽23cm，5行

书体：行楷

著录：《潜研堂金石文跋尾》《八琼室金石补正》《寰宇访碑录》《金石汇目分编》《永州府志》《宋诗纪事补遗》《朝阳岩集》

释　文：

独游偶题

颓然一睡足，岩溜尚潺湲。面几即山郭，寂无人世喧。

邢恕和叔

人物小传：

邢恕，字和叔，河南原武人。进士，历官起居舍人、吏部尚书兼侍读、御史中丞、知汝州、知应天府、知南安军、龙图阁学士、显谟阁待制。《宋史》及《东都事略》《宋元学案》《古今纪要》有传。事迹又散见于《续资治通鉴》《宋史纪事本末》《续资治通鉴长编纪事本末》《二程遗书》、邵伯温《邵氏闻见录》、邵博《邵氏闻见后录》、吕本中《紫微诗话》、陈长方《步里客谈》《伊洛渊源录》《近思录》等。

宋王称《东都事略》卷九九："邢恕，字和叔，郑州原武人也。少俊迈多学，能文章，喜功名富贵，谋大而术疏。论古今天下事，多战国纵横之说。从程颐学，中进士甲科，调永安簿。颐称其才于吕公著，荐崇文院校书。王安石行新法，恕谓其子雱曰：'更法，人皆以为不然，子盍言之？'安石怒，出知崇德县。恕于是谢病不仕者七年。元丰初，为馆阁校勘，改校书郎，迁著作佐郎，又迁职方员外郎。哲宗即位，除右司员外郎、起居舍人。恕教高公绘上书，乞尊礼太妃，为高氏异日之福。宣仁后呼公绘问：'谁为汝作此书？'公绘不敢隐，乃曰：'起居舍人邢恕作也。'时恕已召试中书舍人，为言者论列，出知随州，改汝州，寻复直龙图阁，知襄州，移河阳，俄以集贤殿修撰知沧州。初，神宗升遐，恕为蔡确画谋，妄作策立之功，以谤宣仁后，见《蔡确传》。至是，谏官梁焘、刘安世、吴安诗皆言恕与蔡确、章惇、黄履交结，人以'四凶'目之，遂谪监永州酒。绍圣初，除直龙图阁，知徐州，迁宝文阁待制，知青州，入为刑部侍郎，权吏部尚书，御史中丞。恕言刘奉世当元祐间与刘挚为谋主，倾害策立大臣，奉世坐贬。又言张舜民历御史宰属，不闻正论，而舜民被黜。恕每上殿奏事，移时不下，章惇疑之，出其元祐初谪随州时上宣仁后《自辨书》，称宣仁后功德，有'宗庙大计，旬日之前固已先定'之语，遂出知应天府，责知南安军，复龙图阁待制，知定州，改荆南。言者论：'恕昨自谓闻司马光所说北齐宣训事，谓光等有凶悖之意，遂以其语告于章惇，而光及范祖禹等缘此贬窜。又以文及甫私书达于蔡确妻明氏，谓刘挚、梁焘、王岩叟皆有奸谋，而挚等几至覆族。恕反复诡诈之人也。'遂落职分司西京，均州居住，起知随州，复龙图阁待制，历郑、定、渭三州，除龙图阁学士，徙太原。坐知渭州日西人入寇落职，知虢州，移汝州，俄复显谟阁待制，知郑州，提举崇福宫，以中大夫致仕。初，蔡京为相，以恕气豪，不可与时辈同立朝，连用为边帅，欲使自外循至将相，然亦不谐也。恕病且死，尚与章惇争定策功云。臣称曰：邢恕始以持论有守，坐废七年，天下高其风。然其为人，贪功名，反复不靖者也。与蔡确、章惇徼幸天功，不为世所容。及惇用事，复与之胶固为一，凶德参会，以济其说，故虽谤及君亲而不恤也。乌虖！所谓'交乱四国'者与'利口覆邦家'者与！迹其所为，则汉之江充、息夫躬，唐之李训、郑注之流，异世而同辙矣。"（按：《宋史》《续资治通鉴长编》《宋通鉴长编纪事本末》《邵氏闻见后录》等载蔡确母明氏，妻孙氏。蔡确妻明氏一说仅见于此，盖误记。）

宋朱弁《曲洧旧闻》卷六："邢恕，字和叔。吕申公、司马温公皆荐其才可用。子居实，字惇夫，年未二十，文学蚤就，议论如老成人，黄鲁直诸公皆与之为忘年友，所谓'原武（一作元城）小邢'是也。元祐初更张新政之初，不本于人情者，和叔见申公，密启曰：'今日更张，虽出于帘帏，然子改父法，上春秋鼎盛，相公不自为他日地乎？'申公不答，未几，复以此撼摇温公。公曰：'他日之事，吾岂不知？顾为赵氏虑当如此耳！'和叔忿然曰：'赵氏安矣，司马氏岂不危乎！'温公曰：'光之心本为赵氏，如其言不行，赵氏且未可知，司马氏何足道哉？'和叔恚恨二公不听纳其说，绍圣中，言二公有废立之意，而己独逆之，阴沮其事，蔡元度乘虚助之，踪迹诡秘，士大夫莫不知之。章子厚入其言，酝酿已成，密令觇者于高氏南北二第，讥察其出入。哲宗将御后殿施行之，钦成知之而不能遏，以闻钦圣，钦圣曰：'事急矣！'乃同邀车驾问曰：'常时不曾御后殿，今必有大事也。'哲宗亦不隐，钦圣曰：'大臣既有异谋，必上累娘娘。且官家即位后，饮食起居尽在娘娘合，未尝顷刻相离也。使娘娘果怀此心，当时何所不可，乃与外廷谋乎？'哲宗始大悟，怀中探一小策子，以授钦圣，遂降指挥，不御后殿，其事遂寝，然申、温二公犹追贬也。惇夫是时已蚤世矣，鲁直诗曰：'鲁中狂士邢尚书，自言扶日上天衢。惇夫若在镌此老，不令平地生丘墟。'正谓此也。建中靖国间，钦圣降出小册子，和叔放归田里。曾子开行词头，其略云：'使光、公著被凶悖之名，蒙窜斥之罪，欺天误国，职汝之由。矧汝于彼二人，实门下士，借重引誉，恩意非轻。一旦翻然，反为仇敌，挤之下石，孰谓虚言！'子厚于谪所，闻之皇惧，于谢表中自叙云：'极力以遏，绝徐王觊觎之谤；一意以推，尊宣仁保祐之功。岂惟密尽于空言，固亦显存于实状。反复诡诈，掠虚美者他人；戆直拙疏，敛众怨于一己，所谓欲盖而弥彰也。'"（按："士大夫莫不知之"一句，疑衍"不"字。）

宋黄震《古今纪要》卷十九："邢恕:和叔,郑州。从伊川学,劝王雱言新法于安石,安石怒,谢病不仕者七年。为蔡确画策,妄作策立功,以谤宣仁。绍圣为中丞,章惇疑之,出其上宣仁自辨书,以宣训事诬司马凶悖,诬刘挚等,几至(复)[覆]族。"

兹据文献所载条列邢恕履历简表如下:

仁宗庆历元年(1041):邢恕生。

庆历六年:程颢受学于周敦颐,慨然有求道之志。

嘉祐二年(1057):程颢再见周敦颐于合州。

治平元年(1064):程颢移泽州晋城令,过磁州省亲,邢恕以师礼来见。《二程全书》附《门人朋友叙述》载河间邢恕曰:"恕早从先生之弟学,初见先生于磁州。"先生之弟指程颐。此年周敦颐任永州通判。治平间,居太学,与黄履同学。举进士,与司马光之子司马康同年登科。补河南府永安主簿。

神宗熙宁元年(1068):子邢居实生。诏翰林学士王安石越次入对。

熙宁二年:为崇文院校书,迁比部员外郎。二月,以王安石参知政事,王安石以程颢为条例司属官。八月,程颢以吕公著荐,授太子中允、权监察御史里行。

熙宁三年:出知延陵县,在镇江丹阳。司马光因与王安石政见不合,出知永兴军,改判西京留司御史台。程颢上书论新法之害,改京西路提刑,又改签书镇宁军节度判官在澶州。邢恕见程颢于澶州。

熙宁五年:废延陵县,邢恕罢,不复调,浮沉陕洛间者七年。

熙宁六年:周敦颐卒。

熙宁七年:王安石第一次罢相。

熙宁九年:王安石第二次罢相,召还司马光等。

熙宁十年(1077):邵雍卒,邢恕尝作《康节先生伊川击壤集后序》。程颢知扶沟。

元丰二年(1079):邢恕复为校书。

元丰五年:蔡确拜尚书右仆射兼中书侍郎。

元丰八年:邢恕累迁职方员外郎。三月,神宗崩,哲宗即位。六月,程颢卒,邢恕撰《门人朋友叙述》,明崔铣《程志》引之。

哲宗元祐元年(1086):邢恕迁右司员外郎、起居舍人。哲宗即位,宣仁太后称制,召司马光主国政。三月,程颐至京师,除宣德郎。九月,司马光卒。

元祐二年:邢恕黜知随州,改知汝、襄、河阳。子邢居实早卒。

元祐四年:邢恕贬永州监仓。丁忧去官,服阕三年。

元祐七年:邢恕在永州,游朝阳岩、群玉山、火星岩、愚溪、华严岩、石角山、浯溪,有诗刻、题刻。

元祐八年:九月,高太后崩,哲宗亲政。邢恕召为刑部侍郎。

元祐九年(绍圣元年,1094):四月改元。邢恕再迁吏部尚书兼侍读,改御史中丞。

哲宗元符元年(1098)：邢恕为章惇所陷，出知汝州。

徽宗建中靖国元年(1101)：邢恕为少府少监，分司西京，居均州。程颐还洛阳，复官通直郎，权判西京国子监。

崇宁三年(1104)：邢恕起为河东路经略安抚使，徙知太原，连徙永兴、颍昌、真定，寻夺职。

大观元年(1107)：程颐卒，年七十有五。

政和元年(1111)：邢恕复官显谟阁待制。卒，年七十。

邢恕在北宋政局与理学人物中，一向被视为奸臣叛党，其诗文石刻与书法真迹，亦罕有论者。然细绎史实，邢恕之性格为人、言论政绩，仍有其复杂多样之一面。

作为北宋士人中的一个独特人物，邢恕一生兼涉道、学、政三途，行事介于刚柔善恶之间。他是程颢早期精进的弟子，同门稔称"邢七"，《宋元学案》称"邢尚书"；又曾就教于邵雍，及出入司马光之门；既得到吕公著的举荐，受到王安石的赏识；与章惇相投，又与蔡确一见如素交；参与册立哲宗皇帝，预谋废黜宣仁太后；身列《奸臣传》，又名登《二程遗书》与《伊洛渊源录》。

邢恕有《将还河北留别尧夫先生》，邵雍作《先天吟示邢和叔》《和邢和叔学士见别》，司马光作《〈无为赞〉贻邢和叔》，传世有《司马温公与邢和叔帖》。而邢恕与北宋文士之交往，除其本师二程、邵雍、司马光、吕公著之外，如文彦博、文及甫父子，王安石，黄庭坚，曾巩、陈师道师生二人，章惇、安惇"二惇"，蔡确、蔡京、蔡卞"三蔡"，以及黄履、赵挺之等人，或为上舍及第，或为进士出身，虽有"邪正杂用"之嫌，不在宋儒道统之中，要皆一时儒士。

《宋史》本传称邢恕"博贯经籍，能文章，喜功名，论古今成败事，有战国纵横气习"，表明他本是一个有学识的实干家、性格率直的实力派。

邢恕由于出身程门，"得游诸公间，一时贤士争与之交"。吕公著荐于朝，王安石亦爱之。后王安石派宾客谕意邢恕，要其养晦以待用，邢恕不能从，而对其子王雱语新法不便。王安石怒，将邢恕由崇文院校书贬为延陵知县，县废不复调，"浮湛陕洛间者七年"。至蔡确为相，对邢恕亟结纳之，邢恕亦深自附托，为蔡确画策，史称二人"稍收召名士，于政事微有更革"。

有一番邢恕与哲宗的问对，最能显示他的言辩。史载邢恕"尝于经筵读宝训，至仁宗谕辅臣，以为人君当修举政事，则日月薄食、星文变见为不足虑。恕言仁宗之旨虽合于荀卿书，然自古帝王孰肯自谓不修政事者，如此则天变遂废矣。帝嘉纳之，数登对"。按邢恕这番问对的背景，正是王安石的"三不畏"，其说虽有助于更革，而贻患实深，一旦相权不举，君权则无法限制。古人所以讨论"天变"，都是以之作为限制皇权的一大法宝，那么邢恕此言当是有感而发。他借否定荀卿而否定王安石，特别是当着哲宗的面指出"帝王孰肯自谓不修政事"，不作董仲舒三策之委曲，而取魏玄成贞观之直谏，明言天变之义本不在天而实在于君王，揭出儒家政治一大关键，真有古人执简抱龟不让君师之遗义。此种话语，并非"战国纵横气习"所能为，更非迂阔陋儒所能道。《宋史》于此事称邢恕"善为表襮，蚤致声名""内怀猜狷,而外持正论",非平心之论。

《元城语录解》载刘安世言:"蔡确、黄履、邢恕、章惇四人,在元丰之末,号为死党。"李焘《续资治通鉴长编》卷八十三哲宗绍圣元年:"元丰末,(黄)履尝为中丞,与蔡确、章惇、邢恕相交结,每确、惇有所嫌恶,则使恕道风旨于履,履即排击之,时谓之'四凶',为刘安世所论而出。至是惇复引用,俾报复仇怨,元祐正臣无一得免矣。"南宋杨仲良《续资治通鉴长编纪事本末》卷九十"蔡确邢恕邪谋"一条所记尤详。

夷考邢恕所以列入《奸臣传》,罪名有二:一曰"天资反复,行险冒进,为司马光客即陷光,附章惇即背惇,至与三蔡为腹心则之死弗替";二曰"上谤母后,下诬忠良,几于祸及宗庙"。

按北宋政局一大线索即党争不断,其始末诚如王夫之《宋论》卷四所言:"朋党之兴,始于君子,而终不胜于小人,害乃及于宗社生民,不亡而不息。宋之有此也,盛于熙、丰,交争于元祐、绍圣,而祸烈于徽宗之世,其始则景祐诸公开之也。……好善则进之,恶恶则去之,任于己以持天下之平者,大臣之道也。引之不喜,激之不怒,居乎静以听天下之公者,天子之道也。而仁宗之世,交失之矣。……天子无一定之衡,大臣无久安之计,或信或疑,或起或仆,旋加诸膝,旋坠诸渊,以成波流无定之宇。"

司马光、王安石、苏轼等人,各有偏颇,沉浮错落,罕有全者。刚善为义,刚恶为强梁;柔善为慈,柔恶为邪佞。不得仅以忠奸二端论定。

即朱子于邢恕,亦未尝一概以好人、恶人而论定。"又问:'邢和叔、章子厚之才,使其遇治世,能为好人否?'曰:'好人多须不至如此狼狈。然邢亦难识,虽以富、韩、马、吕、邵、程,亦看他不破。'曰:'康节亦识得他?'曰:'亦只是就他皮肤上略点他耳。'又曰:'他家自有一本《言行录》,记他平日做作好处。顷于沧峡见其家有子弟在彼作税官,以一本见遗,看来当初亦有得他力处。盖元丰末,邢恕尝说蔡持正变熙丰法,召马、吕,故《言行录》多记此等事。尝见徐端立侍郎说,邢和叔之于元祐,犹陈胜、吴广之于汉,以其首事而先起也。'"见黎靖德《朱子语类》卷一百三十《本朝四》。

邢恕仕于英宗、神宗、哲宗政局多变之际,恃才不甘自沉,与时上下,以手段为目的,在权力场中本属平常。如王夫之所论,惟是过于热中"分朋相角""以名位争衡"而已。所作所为,还说不上祸国害民,古人有谓"纣之不善不如是之甚也"。

王夫之《读通鉴论》卷二十六又云:"盖唐自立国以来,竞为奢侈,以衣裘仆马、亭榭歌舞相尚,而形之歌诗论记者,夸大言之,而不以为作。韩愈氏自诩以知尧、舜、孔、孟之传者,而戚戚送穷,淫词不忌,则人心士气概可知矣。……延及有宋,膻风已息。故虽有病国之臣,不但王介甫之清介自矜,务远金银之气;即如王钦若、丁谓、吕夷甫、章惇、邢恕之奸,亦终不若李林甫、元载、王涯之狼藉,且不若姚崇、张说、韦皋、李德裕之豪华;其或毒民而病国者,又但以名位争衡,而非宠赂官邪之害。此风气之一变也。"此语确为旁观者清之论。

人臣以忠奸为大节,而党争未必皆以忠奸为判。熊克《皇朝中兴纪事本末》卷四十一载绍兴七年七月，"壬申，宰执奏都督府干办官邵溥，进其父秘阁修撰伯温所著《辨诬书》，上曰：'事之纷纷，止缘一邢恕尔。数十年来，士大夫相攻诋，几分为国？几分为民？皆缘私意，托公以遂其事。宣仁之谤今已明，纷纷之议可止矣。'上平日恶士大夫之用私意，所以厚风俗如此"。（又见熊克《中兴小纪》卷二十二、李心传《建炎以来系年要录》卷一百十二、留正《皇宋中兴两朝圣政》卷二十一、徐乾学《资治通鉴后编》卷一百十二。）

邢恕先问学于小程，时在仁宗嘉祐间。后问学于大程，时在英宗治平间。此后屡问学于大程，事见《程氏遗书》。对于大程政绩，亦时加注意，《程氏遗书》附录《门人朋友叙述》载邢恕曰："先生为澶州幕官，岁余罢归。恕后过澶州，问村民，莫不称先生，咨嗟叹息。"同时与小程亦相往还，吕本中《紫微诗话》有"邢和叔尚书尝以丹遗伊川先生"一事。邢恕对大程之学，多有体会。按大程弟子最著名者如刘绚、李吁均早卒，而杨时、游酢、谢良佐等从学均晚，在熙宁十年程颢知扶沟时。程颢卒时，《程氏遗书》附录《门人朋友叙述》惟四人，即刘立之、朱光庭、邢恕、范祖禹。故邢恕得称程门早期精进弟子。

论及邢恕与二程的关系，最为敏感的一件事，即绍圣四年十一月，程颐被贬送涪州编管。事后有人问及此事，怀疑出于邢恕所为，程颐有明确的回答，说他不如此认为。杨遵道所录《程氏遗书》卷十九《伊川先生语五》云："谢某曾问：'涪州之行，知其由来，乃族子与故人耳。'（原注：族子谓程公孙，故人谓邢恕。）先生答云：'族子至愚，不足责。故人至厚（原注：一作情厚），不敢疑。孟子既知天（原注：一作系之天），安用尤臧氏？'因问：'邢七虽为恶，然必不到更倾先生也。'先生曰：'然。邢七亦有书到某云：屡于权宰处言之。不知身为言官，却说此话。未知倾与不倾，只合救与不救，便在其间。'"《伊洛渊源录》卷十四所载略同。其事又见于《伊川先生年谱》《宋元学案》《道命录》，"知其由来"作"良佐知之"，"族子与故人"下有"之为"二字。谢某，谢良佐自谓。知其由来，谓知程颐被贬编管涪州之缘由。族子与故人，原注为程颐之孙与邢恕，此孙不知何人。倾，谓倾陷。言官，谓邢恕时任御史中丞。据上文，谢良佐是肯定程颐被贬出于程颐之孙与邢恕所为，但程颐本人明确否定。程颐谓其孙"至愚"，或者其孙曾设法援手，反至添乱。谓邢恕，则有"至厚""情厚"之论，《道命录》又有"邢恕与先生素善"之语。然后谢良佐亦不再怀疑邢恕，而说"必不到更倾先生"，而程颐又道出邢恕曾经致书说"屡于权宰处言之"。结论大致认为邢恕如果有错，不在其有倾陷之恶，而在其无救助之心。"身为言官，却说此话"之意，大概是认定邢恕有援救旧党的能力。

在救与不救一事上，当时传闻邢恕有"今便以程某斩作千段，臣亦不救"之语，大悖尊师之道。《朱子语类》卷一三〇《本朝四》云："问：'邢恕少年见诸公时，亦似好。'先生曰：'自来便尖利出头，不确实，到处里去入作章惇用。林希作御史，希击伊川，只俟邢救，便击之。恕言于哲宗："臣于程某尝事之以师友，今便以程某斩作千段，臣亦不救！"当时治恕者，皆寻得明道行状后所载说，即本此治之。恕过恶如此，皆不问。只在这一边者，有毫发必治之。'"李心传《道命录》卷一："初，御史中丞邢恕与先生（程颐）素善，同知枢密院事林希，意恕必救先生，因以倾恕。恕与友人曰：'便斩颐万段，恕亦不救。'闻者笑之。"但细绎其语,又明载"只俟邢救,便击之""有毫发必治之",知邢恕确有自身难保之虞。甚至林希攻程颐是假,攻邢恕是真,而邢恕的最大把柄,便是在程颢的行状后面附上了《门人朋友叙述》一段话。"斩程颐万段"云云,一作邢恕对哲宗之语,一作对友人语,揣测邢恕是故意作些表面文章,而其暗中所为则是"屡于权宰处言之"。所以朱熹言及此事,并无特别的指责,而李心传的记载也只是"闻者笑之"了。

北宋党争之烈,本有"孰能不波"之势。邢恕至绍圣间已曾三历废贬。实际上,邢恕不仅是"为司马光客即陷光,附章惇即背惇",他也是较早反对王安石新法、受到王安石排斥的一个人。

熙宁元年,神宗即位,诏翰林学士王安石越次入对。二年二月,以王安石为参知政事,主政。邢恕由永安主簿迁崇文院校书,擢为比部员外郎,大概即与"王安石亦爱之"有关。同时程颢亦由王安石的推举迁为条例司属官,不久迁太子中允权监察御史里行。但到熙宁三年,他就因对王安石之子王雱"语新法不便,安石怒"被贬。同年,司马光也因与王安石政见不合出知永兴军,改判西京留司御史台,又以端明殿学士兼翰林侍读学士居洛阳,纂修《资治通鉴》。程颢因上书论新法之害,由太子中允权监察御史里行,改京西路提刑,又改签书镇宁军节度判官。

元祐元年,哲宗即位,宣仁太后称制,司马光拜左仆射兼门下侍郎,主国政。程颐于元祐元年三月至京师,除宣德郎、秘书省书郎,后经皇太后面谕,为崇政殿说书。邢恕也由职方员外郎迁右司员外郎、起居舍人。

元祐八年九月,皇太后崩,哲宗亲政,次年四月改元绍圣,章惇、蔡卞主政,欲尽除旧党。邢恕由永州贬所被召回,擢宝文阁待制、知青州,迁刑部侍郎,再迁吏部尚书兼侍读,改御史中丞。程颐则于绍圣四年被贬送涪州编管。追贬司马光、吕公著、吕大防以下三十三人贬窜,苏轼贬为琼州别驾,居儋州。

大略而言,邢恕与二程等旧党人物,有一种熙宁初同进退、元祐初同进、绍圣初邢恕进程颐退的趋向。与前者之同步相较,后者之反差尤大,遂造成此后邢恕与二程师生关系的敏感。

神宗崩时,哲宗皇帝才九岁(称十岁),能书佛经、颂《论语》而已。在嗣君的废立上,邢恕先是主张迎立雍王,后又主张迎立哲宗;先是拉拢宣仁太后,后又责之预谋废立,将不利于哲宗。邢恕所为虽举止反复,但仍不出乎"陛下家事"的范围,虽有违于忠孝,在政治家则属平常。

元祐四年,邢恕贬为永州参军,监酒税务。《宋会要辑稿》职官六七之二:"元祐四年,蔡确败,邢恕贬永州监仓。"《宋诗纪事补遗》卷二十八:"邢恕,元祐八年,责监永州酒税。"康熙三十三年《永州府志·职官表》:"元祐七年邢恕以参军监酒税。"

按邢恕贬永州的时间,史书与方志记载不同,所载在元祐七年。征诸石刻,邢恕在永州石刻中的最早纪年是元祐七年九月,最后为元祐九年(绍圣元年)正月。究其原因,当是元祐四年至七年,邢恕丁忧服阕三年。李焘《续资治通鉴长编》卷四百六十七:"初,邢恕服丧,贬永州,丧除,赴贬所。"同书卷四百九十:"邢恕谪永州,未赴,亦以丧在怀州,数通书","邢恕居忧怀州,已有永州监酒谪命"。宋李埴《皇宋十朝纲要》卷十二：元祐四年五月，"丁酉，丁忧人邢恕，候服阕日，落直龙图阁，监永州盐仓"。宋杨仲良《续通鉴长编纪事本末》卷九十九："初，邢恕服丧，贬永州，丧除，赴贬所。"宋刘安世所作刘挚《忠肃集》原序："邢恕谪永州未赴，亦以（畏）[丧]在怀州，数通书，有怨望语。"宋朱熹《三朝名臣言行录》卷十二《丞相刘忠肃公》："邢恕责永州未赴，亦以丧在怀州，数通书，有怨望语"，"先是，文及甫持丧在河阳，邢恕在怀州"。清徐乾学《资治通鉴后编》卷八十九：元祐四年五月，"诏直龙图阁邢恕，候服阕日，落职，授承议郎，监永州盐酒税"。清毕沅《续资治通鉴》卷八十一，元祐四年五月："诏直龙图阁邢恕，候服阕日落职，授承议郎、监永州盐酒税。"

考　证：

题刻在朝阳岩下洞内左侧石壁上，刘蒙、邢恕、安惇题刻之左，下临流香泉。从左向右读。

明黄焯《朝阳岩集》收录，作者题为"原武邢恕"，诗句全同。

康熙九年《永州府志》卷二十三《艺文志六》有著录，题为"宋邢恕《独游朝阳岩偶题》"，诗句与石刻全同。康熙二十三年《零陵县志》卷十三《古今名贤诗》、康熙三十三年《永州府志》卷二十三《艺文》同。

清钱大昕《潜研堂金石文跋尾》著录题目云："邢恕《独游偶题》诗，行书，在永州府朝阳岩。"清孙星衍《寰宇访碑录》、清吴式芬《金石汇目分编》略同。

道光《永州府志》卷二上《名胜志》著录，题为"独游诗"。同书卷十八《金石略》著录，题为"邢恕朝阳岩独游偶题诗"，并云："右行书五行，极似苏书。（《留云庵金石审》）"

陆增祥《八琼室金石补正》卷八五据拓本著录云："邢恕《独游》诗：高一尺三寸五分，广一尺，四行，行字不等，径寸许，款一行，字较小，行书，左行。"文字与诗刻全同。陆增祥曰："右刻在流香洞右，当与《愚溪诗》同时所刻。《通志·山川》内载此，尚有一首云：'濯足临澄碧，和雪卧石室。淅沥天风生，披襟当呼吸。'石本无之，或别有一刻也。"

清陆心源《宋诗纪事补遗》卷二十八据嘉庆《湖南通志》卷十三《山川六·永州》著录，题为"朝阳岩绝句二首"。

光绪《零陵县志》卷十四、光绪《湖南通志》卷二百七十二《艺文志二十八·金石十四》综录之。

《全宋诗》卷八七四据《八琼室金石补正》收录。

"即山郭"，《全宋诗》误作"郎山郭"。"人世喧"，光绪《零陵县志》误作"世人喧"。

诗刻有署款，无年月。陆增祥谓与《愚溪诗》同时所刻，按二诗刻并不同时。邢恕朝阳岩题刻凡十见，其中七处有年月，最早为元祐七年九月二十日，最晚即《题愚溪寄刻朝阳岩》为元祐八年十二月十四日，至元祐九年正月作浯溪诗则已在回程中矣。此诗既题"独游"，当别具月日，要之当在《题愚溪》之前，暂定为元祐七年。

此诗意在以山水自遣，知山崖能慰己也。《题愚溪》则跋云"时谪零陵将去矣"，喜意溢于言表。

14.邢恕《题愚溪寄刻朝阳岩》

提　要：

题名：题愚溪寄刻朝阳岩

责任者：邢恕

年代：元祐八年（1093）十二月

原石所在地：朝阳岩下洞

存佚：完好

规格：高 50cm，宽 71cm，16 行

书体：行楷

著录：《八琼室金石补正》《湖广通志》《湖南通志》《永州府志》《零陵县志》《宋诗纪事》《古今图书集成》《全宋诗》《朝阳岩集》

释　文：

溪流贯清江，湍濑亘百里。龙蛇几盘纡，雷雨忽奔驶。

石渠状穿凿，怪力祖谁氏。突如见头角，虎豹或蹲峙。

横杠互枝拄，小艇俄纷委。苹藻翳泓澄，松竹荫崖涘。

两山束鸟道，侧岸数鱼尾。缭然闷深幽，梵宇叠危址。

钟呗杂滩声，亭台森水底。凭栏几游目，杖策时临履。

酒杓间茶铛，棋枰延昼晷。放怀得天倪，清啸谢尘滓。

忽忘儿女缚，似接嬴秦子。顾予拙谋身，霜鬓飒垂耳。

雅意在延龄，丹砂夙充饵。焉得兹结庐，怅念远桑梓。

右题愚溪，寄刻朝阳岩石之左。元祐八年癸酉十二月丙辰，时谪零陵将去矣。原武邢恕和叔。

人物小传：

见邢恕《独游偶题》。

考　证：

明黄焯《朝阳岩集》、清雍正《湖广通志》卷八十四、康熙九年《永州府志》卷二十二、康熙三十三年《永州府志》卷三、道光《永州府志》卷二上、康熙《零陵县志》卷十三、嘉庆《零陵县志》卷十二、光绪《零陵县志》卷一、《八琼室金石补正》卷八十五、嘉庆《湖南通志》卷十三、光绪《湖南通志》卷二百七十二、厉鹗《宋诗纪事》卷二十六、《古今图书集成·方舆汇编》卷一千二百八十三及卷一百七十一，均著录。

诸书著录，今所见以《朝阳岩集》为最早，且最完整，惟诗首题"原武邢恕"，乃是将署款提前，又"枝拄"二字作"○○"，"状"误作"伏"，"见头角"误作"头角昂"，"昼晷"误作"徒侣"，"赢"误作"赢"，其余皆与石刻同，盖据拓本著录也。

雍正《湖广通志》、康熙九年《永州府志》、康熙《零陵县志》、嘉庆《湖南通志》、厉鹗《宋诗纪事》，均误题邢恕《朝阳洞》，又不载款跋，盖由辗转编辑过录，既不见原刻，又未见明人《朝阳岩集》之故。

道光《永州府志》卷二上《名胜志》录邢恕诸诗，统称"邢恕游愚溪及朝阳洞诗"，光绪《零陵县志》因之。同书卷十八《金石略》据石刻著录，载其款跋云："邢恕题愚溪诗：存，诗见《名胜志》。'右题愚溪，寄刻朝阳岩石之左。元祐八年癸酉十二月丙辰，时谪零陵将去矣。原武邢恕和叔。'行书，十四行。字参子瞻、君谟之体。（《金石审》）"按十四行误。当作十六行。

陆增祥《八琼室金石补正》卷八五"朝阳岩题刻廿四段"著录："邢恕题愚溪诗：高一尺六寸，广二尺，诗十二行，行十三、十四字。后四行，行九字。字径寸许，行书。""右邢恕《愚溪诗》，寄刻朝阳岩，《通志》失采，《永志》未录。其诗云见《名胜志》，检以校之，'清啸'作'清肃'，或刊刻之讹也。又石刻'鱼尾'，'尾'字作'屋'，不成字，盖石泐耳。又《通志·山川》内载此作《朝阳洞诗》，盖以寄刻而误也。'状'作'伏'，'枝'作'栋'，'深幽'作'深山'，'啸'作'肃'，'儿女'作'女儿'，均误。"

光绪《湖南通志》曰："《金石补正》：诗十二行，款四行，行书。此刻始见于《永志》，未录诗篇。《名胜志》误'啸'为'肃'。《通志·山川》亦载之，讹七字。其以为《朝阳洞》者，未知其为寄刻也。'鱼屋'，'屋'当是'尾'，石有泐文。或以为'屋'字，则于义为合，于韵似不甚叶。"

《全宋诗》据《八琼室金石补正》收录。"怪"字下《全宋诗》注："下原衍'物'字，据《湖南通志》卷一六四删。"陆氏所校，《全宋诗》已据改。又据《湖南通志》校一字，亦是。但"石横渠状穿凿"一句原文无"横"字，是《全宋诗》又误衍。而"枝拄""梵字""帐念"等处《金石补正》亦误，《全宋诗》皆因袭其误。

兹以石刻校诸书：

雍正《湖广通志》"状"误"伏"，"枝拄"误"栋柱"，"深幽"误"潥出"，"清啸"误"清肃"，"儿女"误"女儿"，"霜鬓"误"霜髯"。

康熙九年《永州府志》"状"误"伏"，"枝拄"误"栋柱"，"深幽"误"潥出"，"清啸"误"清肃"，"霜鬓"误"霜髯"，"充饵"误"克饵"。

康熙三十三年《永州府志》"状"误"伏"，"枝拄"误"栋柱"，"两山"误"两出"，"数鱼尾"误"瞰鱼尾"，"钟呗"误"钟阻"，"凭栏"误"凭槛"，"间茶铛"误"开茶铛"，"深幽"误"深出"，"清啸"误"清肃"，"霜鬓"误"霜髯"。

康熙《零陵县志》"状"误"仗"，"枝拄"误"栋柱"，"深幽"误"深出"，"清啸"误"清肃"，"霜鬓"误

"霜髻"。

嘉庆《零陵县志》"状"误"仗","枝拄"误"栋柱","纷委"误"纠委","深幽"误"深出","清啸"误"清肃","霜鬓"误"霜髻"。

嘉庆《湖南通志》"状"误"仗","枝拄"误"栋柱","深幽"误"深出","清啸"误"清肃","儿女"误"女儿"。

《宋诗纪事》"状"误"伏","枝拄"误"栋柱"。

今按：永州愚溪，初名冉溪，柳宗元更名愚溪。愚溪入潇水，朝阳岩下临潇水，二地均在旧城西岸，隔潇水与府城相对。方志称愚溪在城西一里，朝阳岩在城南二里，其相近如此。旧有浮桥，名平政桥，又名济川桥，出郡城正西门至愚溪。愚溪上有石桥，经石桥再至朝阳岩。亦可乘船直泊江岸，古称黄叶渡。弘治《永州府志》卷二《梁镇》："平政桥，在正西门外，旧名济川桥，即古之黄叶渡也。元时造舟为梁，取君子平其政之意。今设舟以渡。"

黄庭坚于崇宁三年至愚溪、朝阳岩，作《三月辛丑同徐靖国到愚溪，过罗氏修竹园，入朝阳洞》，文献或改题《游愚溪》，或改题《游朝阳岩》。此行黄庭坚乘肩舆（"竹舆鸣担肩"），而余人则步行（"蒋彦回、陶介石、僧崇广及余子相，步及余于朝阳岩"），回程又乘船（"挽牵遂回船"）。邢恕作《愚溪诗》及寄刻朝阳岩，虽未必同时之举，要之情景亦皆相似。

"嬴秦子"一语，典出刘向《列仙传》所载箫史、弄玉吹箫作凤鸣事。"雅意在延龄"及"怅念远桑梓"，措辞属意出处进退之际，亦士大夫所常言。而"时谪零陵将去矣"一语，当是临行寄刻时所加，其踌躇满志之态，亦足见性情云。

邢恕没有诗文集传世。《全宋文》卷一八二一至一八二三收文三卷，除《小隐洞记》一篇外，均为朝中奏议。《全宋诗》卷八七四收诗十首。其第五首《酬魏少府侍直史馆》为误收北朝邢邵之作，第九首《朝阳岩绝句》实为两首，四韵残句误漏一句，五句亦不宜合为一首，而编次亦多误。这些诗作除一首出邵雍《伊川击壤集》所附，其余均出自金石志与地方志，而金石志与地方志的来源皆为石刻。其中六首均作于今湖南永州，三首诗刻至今保存完好。此外，邢恕又有游记小品一篇，题名七通，也作于永州。部分石刻真迹保留至今。游记小品《小隐洞记》是邢恕保留至今的惟一一篇文学作品。

邢恕在永州共有石刻十四通，兹编年条列如下：

一、元祐七年九月二十日与刘蒙、程博文朝阳洞题刻。（石刻尚存。）

二、元祐七年九月二十日与刘蒙、程博文火星岩题刻。（石刻不存，仅存拓本。）

三、元祐七年九月二十一日与刘蒙、安惇朝阳岩题刻。（石刻尚存。）

四、元祐七年九月二十一日与刘蒙、安惇火星岩题刻。（石刻不存，拓本未见。）

五、元祐八年三月八日与孙览、刘蒙、卢约朝阳岩题刻。（石刻尚存。）

六、元祐八年四月十一日与刘蒙、周玠、阮之武朝阳岩题刻。（石刻不存，拓本未见。）

七、元祐八年十月十七日石角山《小隐洞记》。（石刻不存，拓本未见。）

八、元祐八年十二月十四日《题愚溪寄刻朝阳岩》诗刻。（石刻尚存。）

九、元祐八年《题花严岩》诗刻。（石刻不存，仅见拓本。）

十、元祐间朝阳岩《独游偶题》诗刻。（石刻尚存。）

十一、元祐间朝阳岩《再游朝阳岩》诗刻。（石刻不存，拓本未见。）

十二、元祐间朝阳岩无题诗刻。（石刻不存，拓本未见。）

十三、元祐九年（绍圣元年）正月初五日与刘蒙、阮之武华严岩题刻。（石刻不存，拓本未见。）

十四、元祐九年（绍圣元年）正月浯溪无题诗刻。（石刻尚存，有磨泐。）

陆增祥《八琼室金石补正》卷一百四"石角山题刻四段"著录"邢恕《小隐洞记》"云："予责官零陵岁余，不知有所谓石角者，一日，临川刘蒙资明方守郡，约倅静海阮之武子文与予偕游。既至，未甚奇之，问其所以得名，盖自唐柳子厚始，窃怪何以得此于子厚也。已而搜索历览，洞穴阴邃，石立丛攒，曾未咫尺，忽与尘隔，爽然清泠，醒人毛骨，相与眷焉，有不忍去之意，然后知所以怪者非是，而昔人所以有取焉者为不诬也。洞昔未名，今名之曰'小隐'云。时宋元祐八年癸酉十月十七日辛酉，原武邢恕和叔题。"嘉靖《湖广图经志书》卷十三《永州府》著录，题为《小隐洞留题·小序》，无署款。光绪《零陵县志》卷十四、光绪《湖南通志》卷二七二亦有著录。

陆增祥曰："高二尺四寸，广一尺四寸五分，十行，行十七字，字径寸许，正书，时带行笔。右邢恕题记完好，无一字剥蚀，盖从未经棰揭者。《永志·名胜》云：'山有洞曰小隐，极深邃'，读此《记》，知'小隐'之名始于邢恕，亦志乘所宜增纂也。右石角山题刻，前人未见。己巳夏，余始属谭仲维搜得之。宗涤楼在永日久，其辑永志时广搜石刻，而于距城不远之区卒未过访，可讶也。余乃得未曾有，为之色喜。然恐尚有遗者，显晦固有时邪？案《湖南通志》，石角山在零陵东北十里。山有小洞，极深邃。（《一统志》）连属十余小石峰，奇峭如画。（《明统志》）邢恕《记》所谓'洞穴阴邃，石立丛攒'者，此也。"

陆增祥《八琼室金石补正》附录《元金石偶存》又称："石角山石刻从未经人搜揭。"

宗涤楼即宗绩辰，又作稷辰、稷臣，字迪甫，一作涤甫，号涤楼，又号攻耻，一作躬耻。父宗需，纂《零志补零》。绩辰纂《永州府志》，道光刊刻。"绩辰以寓零最久，每与人书，必自署曰'十三年潇上寓客'云。"（光绪《零陵县志》卷九《流寓传》）事迹详见宗能征《显考涤甫府君行述》。

陆增祥既亲见拓本，其称颂惊奇之意，可以想见。陆增祥惊喜《小隐洞记》，一则因其完好如新，一则因其书法可玩。关于此文书法，各书皆谓"正书十行""行楷书十行"。而《八琼室金石补正》载其尺幅最详："高二尺四寸，广一尺四寸五分，十行，行十七字，字径寸许，正书，时带行笔。"

这篇小品篇幅甚短，不计标点，白文共 165 字，不计署款仅 143 字。按元结所作各记，《茅阁记》《菊圃记》《寒亭记》《广宴亭记》，白文字数均不足 200 字，《右溪记》《殊亭记》仅 130 余字，柳宗元所作各记,《至小丘西小石潭记》《石涧记》《小石城山记》,白文字数均在 200 字上下。邢恕《小隐洞记》厕足元、柳之下,而得其雅洁之旨。

小隐洞在石角山。柳宗元始为山名,邢恕始为洞名,至陆增祥始为拓本及著录。

《柳河东集》卷四十三有《游石角过小岭至长乌村》五古长诗一首。祝穆《方舆胜览》卷二十五《永州》云:"石角山,在州东北十里。"南宋以后,见于历朝所修方志。

康熙九年《永州府志》卷八《山川》:"小隐洞,在石角山,洞极隐邃,石立攒丛,清泠爽然。"嘉庆《零陵县志》卷十二《名胜》:"小隐洞,在石角山,洞极隐邃,清泠爽然,上有群石攒立,后一峰斜挂,若仙掌凌空。有王元弼诗。"王元弼,字慎余,清奉天人,曾任零陵县令。康熙《零陵县志》卷二载王元弼《名胜记》曰:"洞在石角山,最深邃。洞上有群石攒立,日光照耀时,如群玉之在渊,浮动荡漾意。洞后一峰斜挂,又若仙掌凌空,玉露吞吐状。洞盖在峰下,远望之洞不见也,小隐之名或是欤?因系以诗:小隐西垂纵浅丘,洞门东去路悠悠。松杉不断青峦外,石骨排云万里秋。"

可惜的是,石角山与小隐洞近年已被人为炸毁,"无一字剥蚀""从未经棰搨"的《小隐洞记》石刻真迹连同石角山、小隐洞一起,已经永远不复存在了。石角山所在地八十年代属七里店公社麻沅大队石角生产队,由于附近居民建筑房屋,来此取石,后峰已全被凿毁,仅余前峰。2002 年永州修建"日升大道",后改称"阳明大道",道路正对石角山穿过,大部分石崖均被荡平,连络的十余小峰剩下的不足十分之一,诸多题刻也只余下两通。

15.邢恕"归舟一夜泊浯溪"

提　要:

题名:"归舟一夜泊浯溪"

责任者:邢恕

年代:元祐九年(1094)正月

原石所在地:浯溪

存佚:磨泐

规格:6 行

书体:楷书

著录:《湖南通志》《八琼室金石补正》《永州府志》《宋诗纪事》《全宋诗》

释　文:

归舟一夜泊浯溪,晓雨丝丝不作泥。指点苍崖访遗刻,更磨苔藓为留题。

元祐九年正月,原武邢恕和叔。

人物小传:

见邢恕《独游偶题》。

考　证:

诗刻尚存浯溪,惟左上部一二行有磨泐。有署款,无题。"指点""更磨"四字据厉鹗《宋诗纪事》补。

道光《永州府志》卷二上及卷十八中、《八琼室金石补正》卷九十、光绪《湖南通志》卷二百七十五及《宋诗纪事》卷二十六著录。

《宋诗纪事》(文渊阁《四库全书》本、上海商务印书馆铅印本)据《浯溪集》著录,"晓雨"误作"晚雨"。

道光《永州府志》卷二上"晓雨"误作"晚雨"。卷十八中"晓雨"不误,"指点"作"□石","更磨"作"□□"。宗绩辰曰:"行书,六行。案元祐八年九月,宣仁皇后崩,是年四月即改元绍圣,恕于改元之前已被召命得归,女尧舜亡而共驩窃喜,消长治乱之机已见于此。观乎此诗所谓'晓雨丝丝不作泥'者,其希恩冒宠之心毕著矣。(《金石审》)"

《八琼室金石补正》、光绪《湖南通志》"指点"均作"□石","更磨"均作"□□"。陆增祥曰:"邢恕诗,高广各一尺三寸五分,诗四行,行七字,字径一寸五分许。款二行,行六字,较小,正书。"

《全宋诗》据《八琼室金石补正》收录。"□石"下注:"《宋诗纪事》卷二六作'指点'。""更磨"下注:"二字原缺,据《宋诗纪事》补。"

16.张琬《题朝阳洞》

提 要：

题名：题朝阳洞

责任者：张琬

年代：崇宁元年（1102）

原石所在地：朝阳岩下洞洞门岩壁右上方

存佚：完好

规格：高 35cm，宽 45cm，9 行

书体：行书

著录：《朝阳岩集》《零志补零》《零陵县志》

释 文：

题朝阳洞

番阳张琬

不污西风一点尘，高城二水自中分。南楼晚角随人到，北寺疏钟隔岸闻。

秀石润生江上月，平泉流出洞中云。暂来还去空惆怅，谁更謿移俊俗文。

人物小传：

宋代名张琬者有多人。

一字德父，与苏轼为友。宋王十朋集注苏轼诗，引赵尧卿之说，谓张琬字德父。王十朋《集注分类东坡先生诗》卷十九《次韵张琬》，题下注："尧卿[曰]：字德父，治平二年彭汝砺榜登第。"

番阳张德甫，曾任嘉兴太守，见沈括诗。正德《嘉兴志补》卷八、光绪《嘉兴府志》卷七载沈括《浩燕堂诗并序》云："嘉兴太守番阳张侯德甫，重新西堂。太守以重名宿学，教治绥辑，民乐其政，岁以大穰。时引故人宾客燕于是堂，而属括名之。括请名曰'浩燕'，而为诗一篇，以见太守所以礼宾客、美登临之意。西堂昔时冷萧条，使君名高堂为高。流红碎璧勤镌雕，粉黛翕倏随挥毫。太守浩燕觞九牢，门前过客罗百艘。襜褕煜煜（一作晔晔）栏亭皋，切云危冠控豪曹。秋鹤霜毛飞锦袍，六鹊曳地横金腰。轻罗韬烟媚中宵，缓歌阁舞萦云髾。赵人手提千牛刀，目视大犗如鸿毛。太守巨笔驱波涛，指画风云惨动摇。佩牛带犊如销膏，区区古人无是超。吴秔如脂噉百筲，连车折轴弃道交。釜区争先走名豪，旋舻掣酒飞千舠。社伯称觥酾酴醪，翳翳禾黍藏笙箫。太守浩燕乐岁饶，岂徒割烹盈大庖。"《大明一统志》卷三十九、崇祯《嘉兴县志》卷五均节录诗句，不录序文，且云："浩燕堂在府治内西北，旧名山堂，宋郡守张德甫建，李孟坚改是名，取沈括《浩燕诗》意。襄阳米芾书，旧刻于堂之东壁。"

"德父"又作"德甫"，"父"同"甫"。

一韩城人,一鄱阳人,又一临淮人。宋施元之《施顾注东坡先生诗》卷二十二云:"是时有两张琬,一韩城人,父昇,枢密使,归老嵩少。元祐初,琬自齐州倅求便养亲,两易卫尉丞,以才擢知秀州,崇宁间为广东转运副使,移京东西路。又一鄱阳人,治平二年登第。诗中有'临淮自古多奇士'句,临淮乃泗邑,疑自有一张琬,而二人者皆非也。姑载于此,以俟知者正之。"(《四库全书》本《施注苏诗》同,清曾国藩《十八家诗钞》卷二十二《苏东坡次韵张琬》题下注引之。)

"鄱阳"又作"番阳",在江西饶州。

一雁塔题名,一中州《武后秋日宴石淙序》碑题名。清冯应榴《苏文忠诗合注》卷二十四:"榴案,《续通鉴长编》熙宁八年四月载著作佐郎张琬同提举荆湖北路常平等事,元丰元年正月诏琬冲替,坐言张颉事不当也。注'时张昇有子名琬,不知即此人否'云云。是施注两张琬之说,即本《长编》也。又石刻《雁塔题名》元祐元年闰二月有张琬之名,更未知何人。而《中州金石考》所载《武后秋日宴石淙序》摩崖碑有熙宁庚戌张峆弟琬题名,当即韩城之张琬也。"(清王文诰《苏文忠公诗编注集成》卷二十四引之。)

又有关中慈恩寺塔题名,及中州嵩阳书院题名。按清王昶《金石萃编》卷一百三十三《慈恩寺塔题名二十二段》有"张琬、蔡文卿、杨国宝、叶摅同游,丙寅元祐元年闰二月五日"。清黄叔璥《中州金石考》又载嵩阳书院唐天宝《嵩阳观圣德感应碑》有"宋熙宁辛亥张琬等题名"。(又见王昶《金石萃编》。)

又有英德碧落洞题名,及中州天封观和真庵题名。

广东英德碧落洞石刻题名,清翁方纲《粤东金石略》卷六、清周广《广东考古辑要》卷三十三、道光《广东通志》卷二百九《金石略》十一、道光《英德县志》卷十三《金石略》均载:"张琬题名,行书,存。"题名云:"权发遣转运副使番阳张琬德甫游碧落洞,二子永嗣、永世侍行,甲申崇宁三年正月八日题。"翁方纲曰:"张琬,崇宁元年任转运判官。"道光《广东通志》曰:"谨案,题名俱在英德碧落洞。"

清钱大昕《潜研堂金石文跋尾》卷十三载熙宁四年十月《张琬题名》,有"会饮天封观和真庵""引退大理评事知登封县事张琬公玉烛下题"等句,钱氏云:"按《东坡集》有《次韵张琬》诗,施元之注云……愚谓治平登第之张琬,据赵尧卿云'字德父',而此刻自署'公玉',其为韩城之张琬无疑矣。但施氏述两人历官,亦恐有误。考韶州碧落洞有题名云'权发遣转运副使番阳张琬德甫游',后题'崇宁三年二月',则崇宁任广东转运者,实鄱阳人,非韩城人也。"钱大昕《十驾斋养新录》卷十二又云:"张琬,一韩城人,枢密使昇之子,崇宁间为转运副使。《会稽志》:元符三年六月,张琬以朝散大夫权发遣越州,十二月移陕西提点刑狱。(此韩城人。)一鄱阳人,治平二年登第,见施元之注《苏诗》。"(天封观和真庵题名,又见清叶封《嵩阳石刻集记》卷下,题为《纪圣德碑阴题名》。)

要之,当据石刻以番阳(鄱阳)人、字德甫(德父)之张琬为是。

同治《饶州府志》卷十四《选举志》:"治平四年丁未许安世榜:鄱阳张琬,知府。"

万历《绍兴府志》卷二十六、乾隆《绍兴府志》卷二十六载：越州知州、绍兴知府张琬，元符三年任。

嘉靖《广东通志初稿》卷七《秩官上·转运使》："张琬，崇宁元年任。"

当即此张琬。

考 证：

诗刻未署年月，据碧落洞石刻题名，诗刻当于崇宁初赴广东转运使任，途经永州朝阳岩时所作，故系于崇宁元年。

此诗文献著录多误。

《永乐大典》卷九千七百六十三，诗题误作"张范诗"，"二水"误作"三水"，"俊俗文"误作"骇俗文"。明黄焯《朝阳岩集》作者误题"张泫"，清宗霈《零志补零》作者误题"张玹"。光绪《零陵县志》卷十四作者误题"张□玹"，又"俊俗"作"儁俗"。

清陆心源《宋诗纪事补遗》录张琬诗两首，未收此诗，作者小传仅曰"哲宗时人"。《全宋诗》亦录张琬诗两首，亦未收此诗，作者小传作鄱阳人，生平事迹则混合鄱阳、韩城两张琬而成。

诗中"高城二水自中分"一句，写永州实景。永州古称零陵郡，隋唐更名永州。永州因位于潇湘二水汇合处而得名，故二水即永州最大地理特征。宋祝穆《方舆胜览》卷二十五：永州，"二水，柳宗元《湘口馆记》：潇湘二水所会也。州因二水而名永。"元熊忠《古今韵会举要》卷十五："《说文》：'𠊬，水长也，象水巠理之长永也。'《广韵》：'引也，远也，遐也。'《方言》：'凡施于众长曰永。'又，州名，唐置，以二水名。"瞿中溶《古泉山馆金石文编》载宝祐元年会稽虞珏华严岩永州学释奠诗刻，虞珏自注："珏假守二水，秋丁释奠。"以"二水"别称永州，"守二水"犹言"知永州"。一说永州因永山、永水而得名。南宋王象之《舆地纪胜》："永山，在零陵县南九十里，州因山为名。""永水，在零陵县南九十五里，出永山，流入湘江。"隆庆《永州府志》卷七：零陵，"西南一百里为永山，永水出焉，永之得名以此"。其说空泛，不可为典要。

"南楼晚角随人到，北寺疏钟隔岸闻"二句，写朝阳岩距郡城极近。"平泉流出洞中云"亦写实景，泉即流香泉也。

"谁更嘲移俊俗文"，谓此地可脱俗而隐居。"嘲"同"嘲"，"俊"同"儁"。"移"谓"移文"，各衙署之间平行来往之文书，此指《北山移文》。《新唐书·百官志》：尚书省，"诸司相质，其制有三：一曰关，二曰刺，三曰移"。《文选》卷四十三孔稚珪《北山移文》"世有周子，儁俗之士"，六臣注："铣曰：儁俗，俗中之儁士也。"

诗刻旁有小字一行云："蒋若本癸酉年甲子月戊子日书。"或为刻工之名，或为郡人妄加窜乱。光绪《零陵县志》误作诗刻署款。

朝阳岩石刻中"蒋若本"之名又见邢恕《独游偶题》诗刻（被凿而轮廓可辨）、淳祐间佚名"人到朝阳岩底岩"诗刻,均在诗末,为孤零小字,字体端正,似刻工名。

又见永州九龙岩,《留云庵金石审》载宋元丰六年三月二日齐谌九龙岩题名,宗绩辰曰:"右正书五行,题、刻皆劣。下刻'蒋若本'三字,或刻工名也。"道光《永州府志》卷十八中,陆增祥《八琼室金石补正》、郭嵩焘《湖南金石志》引之。

此刻"蒋若本"署有年月,其癸酉当是元祐八年(1093),"甲子月戊子日"当是元祐八年三月十五日。

17.魏泰《朝阳洞》

提　要：

题名：朝阳洞

责任者：魏泰

年代：崇宁三年（1104）

原石所在地：朝阳岩逍遥径

存佚：磨泐

规格：高 55cm，宽 35cm，6 行

书体：行书

著录：《八琼室金石补正》《留云庵金石审》《湖南通志》《永州府志》《零陵县志》

释　文：

朝阳洞

七凿混沌死，万变从此生。海水能几何，呿口下渴鲸。

归期不可晚，霜日背林明。

魏泰

人物小传：

魏泰，字道甫，襄阳人。曾布之妇弟。不出仕而擅著书，然多争议。

《宋史·欧阳修传》："曾布执政，其妇兄魏泰倚声势来居襄，规占公私田园，强市民货，郡县莫敢谁何。"

《宋史·艺文志》载"魏泰《书可记》一卷，又《续东轩杂录》一卷"，"魏泰《订误集》二卷，又《东轩笔录》十五卷"，"魏泰《襄阳题咏》二卷"。

《方舆胜览》卷三十二《京西路·襄阳府·人物》："魏泰，襄阳人，章子厚欲官之，拂袖还家。"

《大明一统志》卷六十《襄阳府·人物》："魏泰，襄阳人，崇、观间章惇欲官之，竟拂袖还家。善文章，著《临汉隐居集》二十卷，又著《东轩笔录》十五卷。尝赋襄阳形胜，识者伟之。"

雍正《湖广通志》卷五十七《人物志·文苑·襄阳府》："魏泰，字道甫。《明一统志》：襄阳人，崇、观间章惇为相，欲官之，竟拂袖还家。善文辞，著《临汉隐居集》《东轩笔录》《襄阳形胜赋》，祀乡贤。"

《万姓统谱》卷九十四："魏泰，襄阳人，崇、观间章淳欲官之，竟弗就还家。善文章，著《临汉隐居集》三十卷，又著《东轩笔录》十五卷。尝赋襄阳形胜，识者伟之。"

晁公武《郡斋读书志》卷十三："《东轩笔录》十五卷、《续录》一卷。右皇朝魏泰撰，襄阳人，曾布之妇弟。为人无行而有口，颇为乡里患苦。元祐中纪其少时公卿间所闻成此编云。"

同书卷十九别集类下:"《临汉隐居集》二十卷。右皇朝魏泰,字道辅,襄阳人,曾布子宣之妻弟。幼迈爽,能属文,尝从徐禧。晚节卜隐汉上,人颇言其倚子宣之势,为乡里患苦云。"

马端临《文献通考》卷二百十六《经籍考·子·小说家》:"《东轩笔录》十五卷、《续录》一卷。晁氏曰:'右皇朝魏泰撰,襄阳人,曾布之妇弟,为人无行而有口,颇为乡里患苦。'元祐中纪其少时公卿间所闻成此编,其所是非多不可信。心喜章惇,数称其长,则大概已可见。又多妄诞,姑举其一:如谓王沂公登甲科,刘子仪为翰林学士尝戏之。按沂公登科虽在子仪后四年,其入翰林,沂公反在子仪前七年。沂公咸平五年登科,子仪天禧三年始除学士,盖相去二十年,其谬至此。王氏曰:魏泰者,场屋不得志,喜伪作他人著书,如《志怪集》《括异志》《倦游录》,尽假名武人张师正。又不能自抑,出其姓名作《东轩笔录》,皆用私喜怒诬蔑前人。最后作《碧云騢》,假作梅尧臣,毁及范仲淹,而天下骇然不服矣。"

张邦基《墨庄漫录》卷二:"魏泰道辅,自号临汉隐君,著《东轩杂录》《续录》《订误》《诗话》等书,又有一书讥评巨公伟人阙失,目曰《碧云騢》,取庄献明肃太后垂帘时,西域贡名马,颈有旋毛,文如碧云,以是不得入御闲之意。嫁其名曰'都官员外郎梅尧臣撰',实非圣俞所著,乃泰作也。"

《四库全书总目提要·东轩笔录》:"《东轩笔录》十五卷,宋魏泰撰。泰,字道辅,襄阳人,曾布之妇弟也。《桐江诗话》载其试院中因上请忿争,殴主文几死,坐是不得取应。潘子真《诗话》称其博极群书,尤能谈朝野可喜事。王铚跋范仲尹墓志,称其场屋不得志,喜伪作他人著书。如《志怪集》《括异志》《倦游录》,尽假名武人张师正,又不能自抑,作《东轩笔录》,用私喜怒诬蔑前人。最后作《碧云騢》,假作梅尧臣,毁及范仲淹。晁公武《读书志》称其元祐中记少时所闻成此书,是非多不可信,心喜章惇,数称其长,则大概已可见。又摘王曾登科甲,刘翚为翰林学士相戏事,岁月差舛,相去几二十年,则泰是书,宋人无不诋諆之。而流传至今,则以其书自报复恩怨以外,所记杂事亦多可采,论古者颇藉以为考据之资,故亦不得而废焉。"

《四库全书总目提要·临汉隐居诗话》:"《临汉隐居诗话》一卷,宋魏泰撰。泰有《东轩笔录》,已著录。泰为曾布妇弟,故尝托梅尧臣之名撰《碧云騢》以诋文彦博、范仲淹诸人。及作此书,亦党熙宁而抑元祐。如论欧阳修,则恨其诗少余味,而于'行人仰头飞鸟惊'之句始终不取。论黄庭坚,则讥其自以为工,所见实僻而有方。其'拾玑羽往往失鹏鲸'之题论,石延年则以为无大好处。论苏舜钦,则谓其以奔放豪健为主。论梅尧臣,则谓其乏高致。惟于王安石,则盛推其佳句,盖坚执门户之私,而甘与公议相左者。至'草草杯柈供笑语,昏昏灯火话平生'一联,本王安石诗,而以为其妹长安县君所作,尤传闻失实。然如论梅尧臣赠邻居诗不如徐铉,则亦未尝不确。他若引韩愈诗证《国史补》之不诬,引《汉书》证刘禹锡称卫绾之误,以至评韦应物、白居易、杨亿、刘筠诸诗,考王维诗中颠倒之字,亦颇有可采。略其所短,取其所长,未尝不足备考证也。"

又《四库全书总目提要·括异志》:"旧本题宋张师正撰。……然王铚《默记》以是书即魏泰作。

盖泰为曾布之妇兄，而铚则曾纡之婿，犹及识泰，其言当必不诬也。"（"曾布之妇兄"误，当作"妇弟"。）

又《四库全书总目提要·挥麈前录》："宋王明清撰。……明清为王铚之子，曾纡之外孙，纡为曾布第十子，故是录于布多溢美。"（"纡为曾布第十子"亦误，汪藻《浮溪集》卷二十八《右中大夫直宝文阁知衢州曾公墓志铭》："公讳纡，字公衮。……丞相文肃公布之第四子也。"）

《宋诗纪事》卷二十八："魏泰：泰字道辅，襄阳人，曾布之妇弟，为人无行而有口。米元章称其'与王平甫并为诗豪'。崇、观间，章惇为相，欲官之不就。有《临汉隐居集》《东轩笔录》《隐居诗话》。题黄鲁直集：'端求古人遗，琢抉手不停。方其拾玑羽，往往失鹏鲸。'《隐居诗话》：'黄庭坚喜作诗，得名好用南朝人语，专求古人，未使之一二奇字，缀茸而成诗，自以为工，其实所见之狭也。故句虽新奇，而气乏浑厚，吾尝作诗题编后'云云。盖谓是也。"

《说郛》卷二十一上："田衍、魏泰居襄阳，郡人畏其吻，谣曰：'襄阳二害，田衍魏泰。'未几李豸方叔亦来郡居，襄人憎之曰：'近日多磨，又添一豸。'"

同书同卷又云："魏泰道辅，自号临汉隐君，著《东轩杂录》《续录》《订误》《诗话》等书。又有一书，讥评巨公伟人阙失，目曰《碧云騢》，取庄献明肃太后垂帘时，西域贡名马，颈有旋毛，文如碧云，以是不得入御闲之意。嫁其名曰'都官员外郎梅尧臣撰'，实非圣俞所著，乃泰作也。"

同书卷二十九下又云："魏泰托梅圣俞之名，作书号《碧云騢》，以诋当世巨公，如范文正公亦不免。曰：'范公欲附堂吏范仲尹之故名仲淹，意欲结之为兄弟。'"

《少室山房笔丛正集》卷十六："《碧云騢》，撰称梅尧臣，实魏泰也。晁公武云：泰，襄阳人，无行有口。元祐中纪其少时闻见成此编，心喜章惇，数称其长，则大概见矣。又王铚云：魏泰场屋不得志，喜伪作他人著书。如《志怪集》《括异志》《倦游录》，尽假名武人张师正。又不能自抑，出姓名作《东轩笔录》，皆私喜怒诬蔑前人。最后作《碧云騢》，议及范仲淹，而天下骇然不服矣。余尝笑唐人作伪书而其名隐，宋人作伪书而其名彰，然无益于伪则一也。宋人好作伪经者阮逸，伪子者宋咸，伪说者惠洪，诸人皆无害于名教，世犹以伪訾之。而以泰之颠倒白黑，而《碧云騢》迄今传，何也？"

翟灏《通俗编》卷十三《风俗》："王铚跋范仲淹墓志：魏泰作《碧云騢》，假名梅圣俞毁范文正。文正与梅公立朝同心辅政，讵有异论！特圣俞子孙不耀，故挟之借重以欺世。"

魏夫人，即魏玩，字玉如，一作玉汝，湖北邓城人，从夫籍江西南丰。宰相曾布之妻，初封瀛国夫人，后封鲁国夫人，人称魏夫人。著有《魏夫人集》，已佚，后人辑为《鲁国夫人词》一卷。

同治《建昌府志》卷八十二引《文献通考》《江南志》云："魏玩，字玉汝，丞相曾布夫人也。博涉群书，工诗，尤擅人伦鉴。布镇真定，尝携教授李撰子及宋提刑子至署内，宋子眉目如画，衣装殊华焕，李不及也。既去，玩谓布曰：'教授今虽贫，诸郎皆令器。提刑子虽楚楚，趋走才耳。'李后五子皆登科，而弥逊、弥大尤著，宋子止阁门祗候，一如其言。玩子十，纡最知名，其诗得母教为多。累封道国夫人。

著有《魏夫人集》。"

黎靖德《朱子语类》卷一百四十:"本朝妇人能文,只有李易安与魏夫人。"胡仔《苕溪渔隐丛话》卷四十:"《诗说隽永》云:今代妇人能诗者,前有曾夫人魏,后有李易安。"蒋一葵《尧山堂外纪》卷五十四:"朱淑真同时有魏夫人者,曾子宣内子也,亦能诗。尝置酒邀淑真,命小鬟队舞,因索诗,以'飞雪满群山'为韵。"又载:"魏夫人有《春恨·江神子》曰:别郎容易见郎难,几何般,懒临鸾。憔悴容仪,陡觉缕衣宽。门外红梅将谢也,谁信道,不曾看。晓妆楼上望长安,怯轻寒,莫凭阑。嫌怕东风,吹恨上眉端。为报归期须及早,休误妾,一春闲。"又载:"魏夫人《卷珠帘》词云:记得来时春未暮,执手攀花,袖染花梢露。暗卜春心共花语,争寻双朵争先去。多情因甚相辜负,有轻拆轻离,向谁分诉。泪湿海棠花枝处,东君空把奴分付。"宋黄升编《唐宋诸贤绝妙词选》卷十录其《菩萨蛮·春景》《菩萨蛮·夏》《武陵春·别情》《好事近·恨别》《减字木兰花·春晚》《阮郎归·别意》《江神子·春恨》七首。明田艺蘅《诗女史》卷十录魏夫人《卷珠帘》词一首。

曾纡,字公卷,一字公衮,号空青,为曾布第四子,崇宁二年贬为永州编管。曾纡妻魏氏,魏泰为其弟,即与曾纡同至。兹据魏泰、曾纡澹山岩题名,定为熙宁三年。

《续资治通鉴》卷八十八:"崇宁二年五月丙戌,曾布以妻魏氏及子纡、缲等交通请求,受赂狼籍,责授廉州司户参军,仍旧衡州安置,纡永州编管,缲除名。"

汪藻《浮溪集》卷二十八《右中大夫直宝文阁知衢州曾公墓志铭》:"公讳纡,字公衮,世家抚之南丰。尚书户部郎中直史馆、赠太师密国公致尧之曾孙;太常博士、赠太师、鲁国公易占之孙;而丞相文肃公布之第四子也。母曰鲁国夫人魏氏。公少颖悟,天资既高,又受学于贤父母。当是时文肃公为天子守边,不暇朝夕视,专以鲁国为师。年十三,伯父南丰先生巩,授以韩愈诗文,学益进。文肃公任为承务郎,学士邓润甫、尚书彭汝砺与语,大奇之。举贤良方正科,上其文公车,会科废而止。建中靖国元年,文肃公为二后山园陵使,用故事,辟公以从。事已,左丞相韩仪公欲擢公馆阁,公白文肃公力辞,下除太仆寺主簿。一时名士贤者皆愿见之,于是左司谏江公望,累数百言荐,公不敢,以宰相子为嫌。文肃公免相,言者指公尝夜过韩仪公家,议复瑶华事,且受父客金,请付吏。当国者用吕嘉问尹京典诏狱,嘉问熙宁中与文肃公议法为敌者也。锻炼半年,无所得,诏自中徙永州,入元祐党籍。……公才高而识明,博极书史。始以通知古今裨赞左右,为家贤子弟。中以文章翰墨,风流酝藉,为时胜流。晚以精明强力,见事风生,为国能吏。虽低徊外补,位不至公卿,而所交皆一时英豪,世之言人物者,必以公一二数。公之谪永州也,黄庭坚鲁直过焉,得公诗,读而爱之,手书于扇。公之叔父肇不妄许可人,尝曰:'文章得天才,当省学问之半。吾文力学至此耳,吾家阿纡,所得超然,未易量也。'故公诗文每出,人争诵之。又篆、隶、行、草,沉着痛快,得古人用笔意,江南大榜丰碑,率公为之,观者忘去。"

道光《永州府志·金石略》引《留云庵金石审》云:"案汪浮溪撰纡《墓铭》云:'文肃公免相,言者指公尝夜过韩仪公家,议复瑶华事,且受父密金,请付吏,诏自中徙永州,入元祐党。'建炎时官纡知衢州。又云：'公之谪永州也，黄庭坚鲁直过焉，得公诗，爱而读之，手书于扇。其篆、隶、行、草，沉着痛快，得古用笔意。'据此则此刻必纡所书也。"（今按："密金"误，当作"客金"。）

传世有米芾《寄魏泰诗帖》，又称《与魏泰唱和诗帖》，载魏泰、米芾二人唱和诗。

魏泰《寄米元章》："绿野风回草偃波，方塘疏雨净倾荷。几年萧寺书红叶，一日山阴换白鹅。湘浦昔同要月醉，洞湖还忆扣舷歌。缁衣化尽故山去，白发相思一陪多。"

米芾《次韵》："山椒卜筑瞰江波，千里常怀楚制荷。旧怜俊气闲羁马，老厌奴书不玩鹅。真逸岂因明主弃，圣时长和野民歌。一自扣舷惊夏统，洛川云物至今多。"

并载米芾跋语云："泰，襄阳人，能诗，名振江汉，不仕宦。昨入都久留，回山之日，芾始及都门，故人不及见。寄此诗，乃和。故与王平甫并为诗豪。"

详见诗帖单行本《米襄阳魏泰诗真迹》，上海书画出版社 1983 年版。

魏泰诗，"湘浦""洞湖"，当指湖南。"山阴换白鹅"用王羲之写《黄庭经》典故，可知魏泰亦留意书法者。

今按：魏泰诗刻，五言六句三韵，书法字小力弱，然著述家之真迹亦称难得矣。

考　证：

《留云庵金石审》："于杨巨卿题名见'道辅'二字，疑是魏泰，适得泰此诗，审其名上剥蚀处，上存'臣'，下存'丁'，其下似书干支，而不可辨，当是甲寅乙卯之间也。考《宋史·欧阳修传》，泰尝横行汉南，规占田园，恃为曾布妇兄，布执政后，又潜修之子辈于布。其所作《临汉隐居诗话》极诋永叔，信非正人。即其论诗，以有味为主，此诗六句，安见其有味乎？"

署款仅存"魏泰"二字，道光《永州府志》作"熙宁□□魏泰□□"，云熙宁二字"约略可辨"。

《八琼室金石补正》卷八十五："右魏泰诗不见年月，《通志》未载，《永志》列于熙宁，云名上剥蚀处上存'臣'，下存'丁'，以拓本谛审之，殊无所见，宗氏之言未可尽信也。案魏泰名见于淡岩李昭辅题名，系崇宁甲申所刻，此刻当系于崇宁初，庶几近之。'朝阳洞'上宗氏增一'题'字，今亦无所见。'不可晚'，误作'不妨晚'。"

道光《永州府志·金石略》："李昭辅等澹山岩题名：李昭辅、魏泰、黄大临、姚天常、蒋存、曾纡，□□□（下缺三字），甲申仲冬游澹山岩。右刻小篆四行，篆法秀劲，'甲申'八字双行书于末行之后，不著年代。案：纡，曾布子，坐党事流永。王明清《挥麈录》所谓空青，盖指纡也。大临当是山谷兄弟行。其为崇宁甲申无疑。"

18.黄庭坚《中兴颂诗引并行记》

提 要：

题名：中兴颂诗引并行记

责任者：黄庭坚

年代：崇宁三年（1104）

原石所在地：浯溪

存佚：磨泐

规格：5 段，约 16 行

书体：楷书

著录：《古泉山馆金石文编》《浯溪志》《山谷别集》《湖南通志》《永州府志》《祁阳县志》《舆地碑记目》

释 文：

崇宁三年三月己卯，风雨中来泊浯溪。进士陶豫、李格、僧伯新、道遵，同至《中兴颂》崖下。明日，居士蒋大年、石君豫，太医成权及其侄逸，僧守能、志观、德清、义明等众俱来。又明日，萧褒及其弟褒来。三日襄回崖次，请余赋诗。老矣，不能为文，偶作数语。惜秦少游已下世，不得此妙墨镌之崖石耳。

春风吹船著浯溪，扶藜上读《中兴碑》。平生半世看墨本，摩莎石刻鬓成丝。

明皇不作苞桑计，颠倒四海由禄儿。九庙不守乘舆西，万官已作鸟择栖。

抚军监国太子事，何乃趣取大物为。事有至难天幸耳，上皇蹢躅还京师。

内间张后色可否，外间李父颐指挥。南内凄凉几苟活，高将军去事尤危。

臣结《春秋》二三策，臣甫《杜鹃》再拜诗。安知忠臣痛至骨，世上但赏琼琚词。

同来野僧六七辈，亦有文士相追随。断崖苍藓对立久，涷雨为洗前朝悲。

宋豫章黄庭坚字鲁直。诸子从行相、悦、相、梧，春陵尼悟超（下缺）。

康熙癸丑仲冬月，祁阳令曲安王颐重修刊。邑庠生蒋善苏监修，沁水张镣题。

涪翁此诗作于崇宁三年三月，未及上石，稿藏子发秀才家，乃以私钱刻之中兴碑侧。同来相观，南阳何安中得之（下缺）。令陆弁景庄，浯溪伯新。宣和庚子十二月廿日书。无诸释可环模刻。

人物小传：

①黄庭坚

黄庭坚，字鲁直，号山谷道人，晚号涪翁，江西分宁人，与张耒、晁补之、秦观游学于苏轼门下，合称"苏门四学士"，又与苏轼并称"苏黄"。诗风奇崛瘦硬，为江西诗派开山之祖。工书，擅行书、草书，与苏轼、米芾、蔡襄并称"宋四家"。著有《豫章黄先生文集》三十卷、《山谷外集》十四卷、《山谷别集》二十卷。《宋史》有传,略云:"庭坚在河北与赵挺之有微隙,挺之执政,转运判官陈举承风旨,上其所作《荆南承天院记》,指为幸灾,复除名、羁管宜州。三年,徙永州,未闻命而卒,年六十一。"

②陶豫

陶豫,字介石,或为陶岳、陶弼族属。陶岳字介丘,又字舜咨,五代末北宋初人,先世居九江浔阳,后家永州祁阳,所著有《五代史补》《荆湘近事》《零陵总记》及《货泉录》等。其子陶弼,字商翁,官至顺州知州,所著有《邕州小集》,《宋史》有传。详见陶弼《古歌赠岩主喜公》。

③伯新

伯新,又称僧伯新、浯溪伯新,黄庭坚《答浯溪长老新公书》称之为"长老新公"。浯溪禅寺(即中宫寺)住持。闽人。明何乔远《闽书》卷一百三十七《方外志》有传:"伯新,(梧溪)[浯溪]初祖也。邹道乡、黄山谷与结物外交。邹题梧溪有云:'浯溪老人伯新,忘情人也,而特爱予草书,取纸篑中,一无[所]有,乃折(寝礼)[寝被],六幅书之。'黄题浯溪诗云:'同行野僧六七辈,亦有文士相追随',伯新与焉。"

《八琼室金石补正》卷九十一:"伯新,闽人。《福建续志》引《莆田志》云:'伯新为浯溪初祖,邹道元、黄山谷与结物外交,邹题浯溪云:'浯溪老人伯新,忘情人也,而特爱予草书,取纸篑中,一无所有,乃拆寝被六幅书之。'黄题浯溪诗云:'同行野僧六七辈,亦有文士相追随。'伯新与焉。"所引又见明何乔远《闽书》卷一百三十七《方外志》("浯溪"误作"梧溪"),又略见乾隆《莆田县志》卷三十二《人物志·仙释传》。

考　证:

石刻无题。《山谷别集》题为"中兴颂诗引并行记"。《山谷年谱》题为"书磨崖碑后"。乾隆《祁阳县志》题为"黄庭坚中兴颂诗引并行记"。道光《永州府志》题为"宋黄庭坚浯溪题名并诗"。今从《山谷别集》。

石刻共有五段。

引一段,楷书,四行,大字。

诗一段,楷书,六行,大字。

记一段,楷书,一行,大字。前为署款"宋豫章黄庭坚字鲁直",《山谷别集》改作"修水黄某字鲁直"。后为记"诸子从行相、悦、相、楷,舂陵尼悟超","悟超"字后,道光《永州府志》作"□",光绪《湖南通志》注"缺"。依黄庭坚朝阳岩题刻"崇宁三年三月辛丑,徐武、陶豫、黄庭坚及子相、僧崇广同来"之例,句末当有"同来"等字。

重修题记一段,楷书,一行。前为"康熙癸丑仲冬月,祁阳令曲安王颐重修刊",大字;后为"邑庠生蒋善苏监修,沁水张錤题",小字。"邑庠生蒋善苏监修"可见,"沁水张錤题"今不见,据桂多荪《浯溪志》补。

上石题记一段,楷书,字体略小,疑为四行。"涪翁此诗作于崇宁三年三月,未及上石,稿藏"十八字,今不见,据桂多荪《浯溪志》补。

瞿中溶《古泉山馆金石文编》云:"宣和间人题语三行,似记模刻缘起也……宣和跋所存二行,上下亦多磨损不全……当时此诗未及刻石,而墨迹藏于子发秀才家,至宣和时乃勒石耳。"道光《永州府志》《八琼室金石补正》、光绪《湖南通志》、张廷济《清仪阁题跋》引之,均未录出原文。今按:下文"子发秀才"与"令陆弁"两行对齐,此行十八字如属实,似不宜在"子发秀才"之上,当在前一行,今为康熙重修题记所掩。"南阳何安中得之",据道光《永州府志》补,下注"磨灭"。桂多荪《浯溪志》作"南阳何……",少录四字。"令陆弁景庄,浯溪伯新。宣和庚子十二月廿日书",提行另书。桂多荪《浯溪志》《湖湘碑刻·浯溪卷》作"祁阳令陆弁、景庄",多"祁阳"二字,又误将"陆弁景庄"断句作二人。"无诸释可环模刻",今石面似有细字,字已不清,据道光《永州府志》《八琼室金石补正》、光绪《湖南通志》《清仪阁题跋》补,桂多荪《浯溪志》《湖湘碑刻·浯溪卷》作"无诸释□刻",少三字。

石刻左侧,有"王叟,古桂□山……"等字,石刻至此而止。

诗刻历代有名。《舆地碑记目》云:"山谷浯溪诗刻石,后人目为'小磨崖'。"但各家著录均不及桂多荪《浯溪志》详尽,揭示出诗刻的磨毁与复原状况。王士禛《浯溪考》:"康熙四年,祁阳令某,刻推官某诗,磨去山谷书一角。"桂多荪先生考证邑令为尹起莘(当作伊起莘),推官为张錤,但未能详辨。

今按:原诗由黄庭坚于崇宁三年(1104)书写,交给蒋湋(蒋彦回)收藏。到宣和二年(1120),由僧伯新(浯溪伯新)上石。后到清康熙四年(1665),永州推官张錤巡游浯溪,作五言排律十二韵。待张錤离去,祁阳县知县伊起莘为之上石,石工误将黄庭坚诗大约六行、每行四字磨去。再到康熙十二年(1673),新任祁阳知县王颐,会同张錤及邑人蒋善苏,重新修复磨毁的部分。张錤诗刻磨毁黄庭坚诗一角,疑王颐修复又磨毁宣和题刻一行。凡此大都出于石工所为,作者往往身已离去,并不知情。

崇宁二年十一月,黄庭坚被贬,羁管宜州,崇宁三年三月,经过永州。

黄庭坚在浯溪,共有六篇作品:黄庭坚《中兴颂诗引并行记》、黄庭坚书《欸乃曲》、黄庭坚书陶靖节诗、黄庭坚东崖题记、黄庭坚《答浯溪长老新公书》、黄庭坚《浯溪图》诗。

黄庭坚的诗刻挑起了元结《大唐中兴颂》本意是歌颂还是讥讽的争议。如宋溶《浯溪新志》云:"《中兴颂》碑彪炳千有余岁矣,而立言之旨,议者纷纷,何昔贤心事之不能昭白于后人也?抑文人好为诟病使然欤?玄宗而既西狩矣,灵武之立,势非得已,不然何以收众心而成大业乎?乃谓《颂》亦含讥,乐此而不为疲。则山谷一诗,实为聚讼之首。"王士禛《浯溪考》云:"黄鲁直题磨崖碑,尤为深切。'抚军监国太子事,何乃趣取大物为?事有至难天幸耳,上皇局脊还京师'云云,所以揭表肃宗之罪极矣!"二人的观点即截然相反。

黄庭坚诗刻文字本身,也有问题。如"惜秦少游已下世"一句,道光《永州府志》作"措秦少游已下世",各本著录均作"惜",但石刻确作"措"。"臣结《春秋》二三策"一句,《山谷内集》《山谷集注》及《苕溪渔隐丛话》《四六标准》《楚宝》《江西诗征》《十八家诗钞》等木刻本"春秋"均作"春陵",指元结《春陵行》,与杜甫《杜鹃》诗相对,但石刻确作"春秋"。

诗引中"惜秦少游已下世,不得此妙墨镌之崖石耳","此"字,桂多荪先生录作"其",云:"其,王考、浯志均作'此',县志作'其'。石上模糊两可。按少游亦擅书名,浯溪有自书《漫郎吟》和代书张耒诗碑,似以'其'为是;若是'此',则未免欠谦虚,但却有得意感。"今审石刻确作"此"。虽然诗句作"此",含义却仍指秦观《漫郎吟》诗而言。

王世贞《弇州山人四部稿》:"山谷《中兴颂》碑后诗,是论宗语,俯仰感慨,不忍再读,迫急诘屈,亦令人易厌。书法翩翩有致,惜拓摹久,遂多失真者。余谓坡笔以老取妍,谷笔以妍取老,虽侧卧小异,其品格固已相当。跋尾云:'惜不得秦少游妙墨,镌之崖石'。少游当亦善书,尔时谪藤州,故谷念之邪?"

黄庭坚题刻同日,曾游愚溪,有"到愚溪,过罗氏修竹园,入朝阳洞"诗,学者或题《游愚溪并序》,当时并未上石,至同治三年(1864)永州知府杨翰重刻,今存,详后。

黄庭坚在永州,曾游浯溪,作《书磨崖碑后》《浯溪图》二诗,见《山谷内集》卷二十。又作东崖题刻,及书刻元结《欸乃曲》及陶渊明《饮酒》《移居》诗。其后又作《答浯溪长老新公书》。

吴子良《林下偶谈》:"读《中兴颂诗》前后非一,惟黄鲁直、潘大临皆可为世主规鉴。"

胡仔《苕溪渔隐丛话后集》卷三十一:"苕溪渔隐曰:鲁直题磨崖碑后诗……观诗意,皆言明皇末年事。余以唐史考之,明皇幸蜀还居兴庆宫,李辅国迁之西内,居甘露殿,继流高力士于巫州。诗云'南内',误矣。又以元结本传及《元次山集》考之,但有《时议》三篇,指陈时务而已,初无一言及明皇、肃宗父子间,不知鲁直所谓'臣结《春秋》二三策'者,更别出何书也?鲁直以此配'臣甫《杜鹃》再拜诗',子美《杜鹃》诗正为明皇迁居西内而作,则次山'《春秋》二三策'亦当如《杜鹃》诗有为而言,若以《时议》三篇为是,则事无交涉,乃误用也。或云鲁直用孟子'吾于《武成》取二三策'之语,然于元结果何预焉?如颜鲁公《湖州放生池碑》载其《上肃宗表》云:'一日三朝,大明天子之孝;问安视膳,不改家人之礼。'东坡谓鲁公知肃宗有愧于此乎,孰谓公区区于放生哉?此事若用之,却为亲切。"(按:"于此乎",《颜鲁公集》作"于是也"。)

《金石萃编》、道光《永州府志》《古泉山馆金石文编》《宜禄堂收藏金石记》等据石刻著录,有序及跋。

武亿《授堂金石文跋》:"黄山谷跋及书磨崖碑诗,字奇伟可喜。跋所云崇宁三年三月己卯,今《山谷集》刻本脱'三月'字,则'己卯'日竟无所属,又下列叙'僧守能、志观、德清、义明等众',而刻本以'等众'作'崇广'。'不能为文',刻本作'岂复能文'。'偶强作数语,惜秦少游已下世',刻本亦少

'偶'字及'已'字。诗内'鸟择栖',刻本'鸟'作'乌'。至'臣结《春秋》二三策"句,刻本'春秋'作'春陵',此其尤谬,不可不以石刻举正者也。考次山《春陵行》自叙,盖为诸使征求而发,于《中兴碑》无所寓词,惟易以此石作'《春秋》二三策',与《碑》云'天子幸蜀,太子即位灵武',其中隐寓贬例,此《春秋》之义也。集刻半误于工人,而此跋及诗又寥远,为世所不见,故为存录以订近本之疏,使校勘者知有考也。"(按:"臣结《春秋》二三策"一句,《山谷内集》《山谷集注》及《苕溪渔隐丛话》《四六标准》《楚宝》《江西诗征》《十八家诗钞》等木刻本"春秋"均作"春陵",指元结《春陵行》,与杜甫《杜鹃》诗相对,但石刻确作"春秋"。)

《古泉山馆金石文编》卷四:"山谷题名并诗,共十一行,正书,在浯溪磨崖之左。其后有宣和间人题语三行,似记模刻缘起也。其首一行为康熙间祁阳令王某磨去,改刻己之重修,刊岁月姓名,以故字迹已失山谷真面,且题名中'惜'字误从手傍,'此妙墨'之'此'笔画有讹谬,'万官'下一字,集本作'已',而石刻似'也'。又《事文类聚》引此句作'万官奔窜鸟择栖',其'鸟'字集本作'乌',任渊注云:'乌'字或作'鸟',非。'春秋',集本作'春陵',任渊注云:'春陵'或作'春秋',非是。可见当时传本自有不同,今集本乃任渊作注时更定也。进士陶豫,即后刻所称之陶介石,见集中《游愚溪诗序》。集中有云蒋彦回者,亦山谷在永所交友,未知即此居士蒋大年否?宣和跋所存二行,上下亦多磨损不全,考澹山岩有元祐中楚人高公杰子发题名,疑即此'子发秀才'也。读山谷自题'惜秦少游已下世,不得此妙墨剜崖石'之语,知当时此诗未及刻石,而墨迹藏于子发秀才家,至宣和时乃勒石耳。'子'上一字当是'庚',庚子乃宣和二年,在崇宁三年后十六年。少游卒于建中靖国元年,乃崇宁三年之前四年也。武虚谷谓'偶强作数语',集本少'偶'字,今石刻'偶'下并无'强'字,误也。"

道光《永州府志·金石略》:"黄庭坚浯溪题刻:余与陶介石邀浯溪寻元次山遗迹,如《中兴颂》《峿台铭》《右堂铭》,皆众所共知也,与介石徘徊其下,想见其人,实深千载尚友之心。最后于庼亭东崖披剪榛秽,得次山铭刻数百字,皆江华县令瞿令问玉筋篆,笔画深稳,优于《峿台铭》也。故书遗长老新公,俾刻之崖壁,以遗后人。山谷老人书。"(又见《名山胜概记》卷三十,题为《浯溪题壁》。题刻今存。)

《潜研堂金石文字跋尾续》:"右黄庭坚题名,在浯溪东崖,文凡十有六行,不题年月。以山谷《年谱》考之,当在崇宁三年三月,盖自鄂州赴宜州谪所道所经也。介石名豫,长老名伯新。黄罃撰《年谱》唯载磨崖碑后题名,而不及此题,故具录之。予向跋《庼顾铭》,据《说文》,谓'顾'与'高'同,训'小堂',不当认作'亭'字,今山谷题已作'亭'。又陈衍《题浯溪图》云:'元氏始命之意,因水以为浯溪,因山以为峿台,作屋以为庼亭,三吾之称,我所自也。'欧阳公《集古录》亦作'庼亭'。顷于何君元锡斋见所拓磨崖大字,有云'庼亭磴道'者,有云《庼亭铭》者,验其笔踪,似唐人所题。则读'顾'为'亭',沿讹已久。六书之不讲,岂独近代为然哉!"

《浯溪图》诗云:"成子写浯溪,下笔便造极。空蒙得真趣,肤寸已千尺。只今中宫寺,在昔漫郎宅。更作老夫船,樯竿插苍石。"诗未上石。

道光《永州府志·金石略》:"黄庭坚书陶靖节诗:涪翁晚年再迁宜州,道出祁阳,草书靖节诗四首。'清晨闻叩门,倒裳往自开'者,其一也。'栖栖失群鸟,日暮犹独飞'者,其二也。'昔欲居南邨,非为卜其宅'者,其三也。'春秋多佳日,登高赋新诗',其四也。并镵石于嘉会亭。余昔经由,摹得墨本,爱其笔法之妙,自成一家。涪翁尝言:元祐中与子瞻、穆父饭宝梵僧舍,因作草数纸,子瞻赏之不已,穆父无一言,问其所以,但云恐公未见藏真真迹,庭坚心窃不平。绍圣贬黔中,得藏真《自序》于石扬休家,谛观数日,恍然自得,落笔便觉超异,回视前日所作,可笑也,然后知穆父之言不诬,且恨其不及见矣。今祁阳草圣,正是涪翁黔州以后作,诚佳绝也。东坡尝跋之云:昙秀来海上,见东坡,出黔安居士草书一轴,问此书如何,东坡云:张融有言:不恨臣无二王法,恨二王无臣法。吾于黔安亦云然。他日黔安见之,当捧腹轩渠也。(《渔隐丛话》)"

黄庭坚曾作《答浯溪长老新公书》云:"某拜手:专人辱书,勤恳,并惠送季康篆元中丞《浯溪铭》,笔意甚佳。以字法观之,《峿台铭》亦季康篆。然犹有袁滋篆《㡧亭铭》三十六行,何不墨本见惠? 岂闽体也。袁滋,唐相也,他处未尝见篆文,此独有之,可贵也。凡㡧亭之东崖石上刻次山文,合袁滋、季康篆,共七十一行,为崖溜檐水所败,当日不如一日矣。若费三十竿大竹作厦,更以吞槽走檐水,其下开撅沙土见崖,令走水快,亦使袁公房祀干洁,祐院门免时有聒噪也。此事切希挂意。庄客人力得工夫时,可令仲纯、仲俅辈将领三两人,治桥左右溪道,令雅洁。叠石,令桥下亦可作道人四威仪处,他日院门当成次第。若得蒙恩北归,奉为尽换内外牌榜也。两三日既骤热,又宾客纷纷,写大字未得。来人煎迫求归,故且遣回。诸人相见,皆为致千万意。"见文渊阁《四库全书》本《山谷别集》卷二十,刻本《山谷内集》卷十七。"某拜手""墨本"据四库本补。"岂闽体也"、袁滋之"袁"字,据刻本补。"北归",刻本作"比归"。"袁公",当作"元公"。

道光《永州府志·金石略》"《浯溪铭》"下引之,《八琼室金石补正》、光绪《湖南通志·金石志》亦引,但此书未上石。

《八琼室金石补正》卷九十一"浯溪题刻二十七段"云:"僧守能(缺僧字)。扶藜(缺藜字)。鬓成丝(鬓作髮)。已作(缺已字)。师(内间张后)色(缺内张二字,后误名)。李父(父误乂)。军去(事)尤危(军下四字缺)。同来(野)僧(缺野字)。春陵尼(缺陵字,尼误允)。"

陆增祥以诗刻拓本校王昶《金石萃编》,补字、正讹均作小字,今用圆括号录出,并加标点断句。今人韩震军根据《八琼室金石补正》续补《全宋诗》,甚是。但韩震军又误将陆增祥关于黄庭坚《中兴颂诗引并行记》的校记读作七言绝句,将校记正文包括补字连读(但脱漏"内间"二字,又"危"误作"位"),遂拼凑成所谓"《题浯溪》"一首云:"僧守能扶藜鬓成,丝已作师张后色。李父军去事尤位,同来野僧春陵尼。"则大误。(见韩震军《〈全宋诗〉续补》。)

19.黄庭坚书元结《欸乃曲》二首并跋

提　要：

题名：欸乃曲

责任者：元结撰；黄庭坚书

年代：宋崇宁三年（1104）

原石所在地：浯溪

存佚：磨泐

规格：22行

书体：行书

著录：《永州府志》《八琼室金石补正》《渔隐丛话》《冷斋夜话》《元次山集》

释　文：

千里枫林烟雨深，无朝无暮有猿吟。停桡静听曲中意，好是云山韶濩音。

零陵郡北湘水东，浯溪形胜满湘中。溪口石颠堪自逸，谁人相伴作渔翁。

右元次山《欸乃曲》。欸音媪，乃音霭。湘中节歌声。子厚《渔父词》有"欸乃一声山水渌"之句。误书"欸欠"，少年多承误妄用之，可笑。

人物小传：

①元结

元结（719—772），字次山，号漫叟、聱叟、漫郎，河南鲁山人。

由颜真卿撰书，现存河南省鲁山县第一高级中学老校区的《唐故容州都督兼御史中丞本管经略使元君表墓碑铭并序》，是对元结生平的综述。其中有一段关于元结在道州施行"古人之政"的议论，记载当时道州"为西原贼所陷，人十无一，户才满千"，元结到任两年间，"归者万余家，贼亦怀畏，自此不敢来犯。既受代，百姓诣阙，请立生祠，仍乞再留"。元结于公元763年出任道州刺史，自任道州刺史以后至其终老之前大约十年，溯游湘水上下，往来道州、九疑山、江华、零陵、祁阳诸地，多在今永州市境内。元结为官廉洁方正，关心百姓疾苦。在道州任职期间，他曾两次上书，请求减赋免役，"民乐其教，至立石颂德"（《新唐书·元结传》）。这个时期的元结，文学造诣已然炉火纯青，在体察民情与徜徉山水之间，先后创作了《舂陵行》《贼退示官吏》《右溪记》等不朽名作。同时，元结以刻石明志的方式，在所经之处留下了大量摩崖石刻遗迹，开创了阳华岩、朝阳岩、浯溪等多处石刻群，对于湘南地区摩崖石刻景观有不可磨灭的缔造之功。

②黄庭坚

见黄庭坚《中兴颂诗引并行记》。

考　证：

石刻无题，陆增祥作"黄庭坚书《欸乃曲》"，桂多荪作"黄庭坚书次山《欸乃曲》二首并跋"。

元结作《欸乃曲五首》，有序云："大历丁未中，漫叟以军事诣都，使还州，逢春水，舟行不进，作《欸乃》五曲，舟子唱之。"见《元次山集》卷四。黄庭坚书其二首。

宗绩辰道光《永州府志》未见石刻，陆增祥《八琼室金石补正》始见之，著录云："石高一尺一寸八分，宽五尺七寸七分，廿二行，行字不等，径一寸七八分，行书。山谷书《欸乃曲》，无年月，亦不署姓字，要其为文节手笔无疑。文节于崇宁三年谪宜州，道经三湘，当与《中兴颂》题记同时所书。石在磨崖壁下，沙土壅塞，上建碑亭，近始搜得之。故永州府《宗志》以为已佚，金石家亦未之见。石右下方缺一角，磨泐十七字，据《渔隐丛话》补之。《祁阳志》载《欸乃曲》二诗，次第倒置，'石颠'作'巅'，'谁人'作'谁能'，'静听'作'试听'，'韶濩'作'頀均'，可据石订正也。"

宋释惠洪《冷斋夜话》卷二"洪驹父评诗之误"条："洪驹父云：'欸乃一声山水绿'，欸音奥，后人分'欸'为二字，误矣。"（《宋诗话全编》本）洪刍，字驹父，黄庭坚之甥。

宋胡仔《苕溪渔隐丛话》卷十九云："余游浯溪，读磨崖《中兴颂》，于碑侧有山谷所书《欸乃曲》，因以百金买碑本以归，今录入《丛话》。又《元次山集》《欸乃曲》注云：'欸音袄，乃音霭，棹舡之声。'洪驹父《诗话》谓'欸音霭，乃音袄'，遂反其音，是不曾看《元次山集》及山谷此碑，而妄为之音耳。"

道光《永州府志·金石略》："黄庭坚书《欸乃曲》：山谷云：'千里枫林烟雨深，无朝无暮有猿吟。停桡静听曲中意，好是云山韶濩音。零陵郡北湘水东，浯溪形胜满湘中。溪口石颠堪自逸，谁人相伴作渔翁。'右元次山《欸乃曲》，'欸'音袄，'乃'音霭，湘中节歌声。子厚《渔父词》有'欸乃一声山水渌'之句，误书'欸欠'，少年多承误妄用之，可笑。《苕溪渔隐》曰：'余游浯溪，读磨崖《中兴颂》，于碑侧有山谷所书《欸乃曲》，因以百钱买碑本以归，今录入《丛话》。'又《元次山集·欸乃曲》注云：'欸'音媪，'乃'音霭，棹船之声。洪驹父《诗话》谓：'欸'音霭，'乃'音袄，遂反其音。是不曾看《元次山集》及山谷此碑，而妄为之音耳。案：释惠洪《冷斋夜话》：洪驹父云'欸霭一声山水渌'，欸音奥，后人分欸为二字，误矣。与胡仔所引不合。"

20.黄庭坚《题永州淡山岩》二首

提　要：

题名：题永州淡山岩

责任者：黄庭坚

年代：崇宁三年（1104）三月

原石所在地：澹岩

存佚：不存

规格：7 行

书体：楷书

著录：《金石萃编》《八琼室金石补正》《山谷内集》《渔隐丛话后集》《楚宝》《湖南通志》《永州府志》《零陵县志》

释　文：

题永州淡山岩

山谷老人黄庭坚

去城二十五里近，天与隔尽俗子尘。春蛙秋蝇不到耳，夏凉冬暖总宜人。

岩中清磬僧定起，洞口绿树仙家春。惜哉次山世未显，不得雄文镵翠珉。

淡山淡姓人安在，征君避秦亦不归。石门竹径几时有，瑶台琼室至今疑。

回中明洁坐十客，亦可呼乐醉舞衣。阆州城南果何似，永州淡岩天下稀。

人物小传：

黄庭坚，见黄庭坚《中兴颂诗引并行记》。

考　证：

原石不存，据旧拓著录。

澹岩又名淡岩、澹山岩、淡山岩。

《金石萃编》《八琼室金石补正》、道光《永州府志·金石略》、光绪《湖南通志·金石志》据石刻著录，末有"政和六年住持僧智曷刻石"一行。

胡仔《渔隐丛话后集》卷三十二云："苕溪渔隐曰：零陵郡澹山岩，秦周贞实之旧居。余往岁尝游之，因见李西台、黄太史诗刻，爱其词翰双美，因拓墨本以归，真佳玩也。"

郭毓《艺照录》云："澹山岩，在永州零陵县南二十五里。易三接《零陵山水记》：宋黄山谷始题识之。今洞中一石载山谷诗七律二首。南宋王南卿阮者,九江人,有绝句云:'浯溪已借元碑显,愚谷还因柳序称。独有澹岩人未识,故烦山谷到零陵。'今山谷诗碑摹本虽剥蚀,尚有可观。"

《金石萃编》卷一百三十五云:"山谷老人七古诗二首,《豫章黄先生文集》亦载此二诗,皆无岁月。考《年谱》:崇宁二年留鄂州,十一月有宜州谪命,三年自潭州历衡州、永州、全州、静江府,以趋贬所。三月泊浯溪,十四日到永州,有《题淡山岩诗二首》,是此诗作于崇宁三年三月也。"

《古泉山馆金石文编》卷四:"山谷澹山岩诗,在零陵县南二十里大路旁岩内。正书七行,字数不齐,末有政和中僧刻石一行。秦汉篆隶书'二十'、'三十'字,俱作'廿'、'卅',山谷书此诗'二十五'作'廿五',从古也,然诗体以七字为句,似当作二十为正,否则欠一字,便不成句矣,惜哉!'淡山世未显',任渊注《山谷集》本作'次山',次山于永州有《浯溪》及《朝阳岩铭》,澹岩无有,盖是时未知名也。又第二首'回中明洁坐十客',注云:'元次山有《大回[中]》《小回中》诗,言其水之回洑也,此借用。'今审石刻,实作'淡山',后人据任注磨改作'次山',形迹显然。又今《志》载此诗'回中'俱误作'山中',石刻本作'回',与《集》本合。然此字亦有磨改痕,盖后人转欲据误本改'山'也。任注'澹山'曰:'零陵土人谓淡山以淡竹得名,或云尝有淡姓居之。'予考宋王淮《记》云:'昔有澹姓者家焉,遂名澹岩。'又唐张颢《记》云:'古有老人处其下,以澹氏称,因名。'盖后说为是,故山谷用之。'淡'与'澹',古通用字,故前人记载不一,此刻未有政和住持僧名,'智'下一字上半已漫灭,似'嵩',姑缺之。盖山谷于崇宁三年题此诗,至政和六年寺僧始为之勒石也。"

《八琼室金石补正》卷九十五:"'智'下一字,今审实作'嵓',诸家皆缺。"

21.何麒《狮子岩诗》

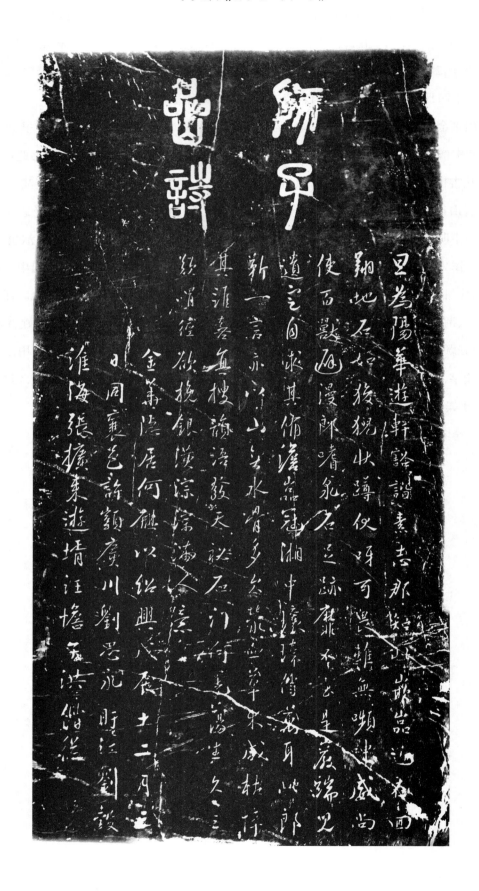

提 要:

题名:狮子岩诗

责任者:何麒

年代:绍兴十八年(1148)十二月初三

原石所在地:狮子岩

存佚:完好

规格:篆额 1 行,诗 10 行

书体:标题篆书,正文行书

著录:《留云庵金石审》《八琼室金石补正》《永州府志》《江华县志》

释 文:

师子岩诗

旦为阳华游,轩豁谐素志。那知此嵌岩,近在回翔地。

石如狻猊状,蹲伏呀可畏。虽无唺呻威,尚使百兽避。

漫郎嗜泉石,足迹靡不至。是岩端见遗,定自求其备。

澹岩冠湘中,瑰玮传万耳。此郎靳一言,亦以山无水。

骨多欠荣血,草木咸枯悴。其谁喜冥搜,韵语发天秘。

石门何晃荡,坐久三叹喟。径欲挽银潢,淙淙满人意。

金华隐居何麒,以绍兴戊辰十二月三日,同襄邑许顗、广川刘思永、盱江刘毅、淮海张扩来游。壻汪憺、子洪偕从。

人物小传:

①何麒

何麒字子应,号金华先生,永康军青城县(今四川都江堰南)人,北宋名相张商英(字天觉)外孙。

李心传《建炎以来系年要录》载:

卷六:建炎元年六月,庚午,"诏亲征行营副使司、河东宣抚使司官属,见责降人,朝奉郎方元若、奉议郎裴廪、直秘阁沈琯、朝奉大夫韩瓘、刘正彦、奉议郎张焘、承务郎邹柄、宣教郎何麒、从事郎何大奎、刘默、张牧等十七人,并与差遣。"

卷一百四十一:绍兴十有一年九月,"己未,右通直郎、直秘阁何麒,特赐同进士出身。麒,青城人,常守蜀郡,用荐者除职提点湖南刑狱,未上,复召对,遂命为夔州路提点刑狱公事。"

卷一百四十六:绍兴十有二年九月,丁巳,"直秘阁、夔州路提点刑狱公事何麒,试太常少卿。"

卷一百四十九：绍兴十有三年，"六月丙戌朔，起居舍人兼权中书舍人兼侍读程敦厚，谪知安远县。敦厚摄西掖几年，数求即真，太师秦桧进拟，上曰：'俟何麒至，当并命之。'麒未抵国门，以台评黜去。……麒至直秘阁新知嘉州，改邵州。"

卷一百五十：绍兴十有三年，"冬十月甲申朔，直秘阁新知邵州何麒落职，主管台州崇道观，道州居住。麒连为李文会所击，上疏愬之。秦桧奏麒所言不实，上曰：'此事果实，亦不可行，宜重加窜责，以为士大夫诞妄之戒。'"

卷一百七十：绍兴二十五年十二月甲戌，"左奉议郎、主管台州崇道观、道州居住何麒"。

卷一百七十四：绍兴二十六年九月甲寅，"左奉议郎何麒充四川安抚制置司参议官。"

陆心源《宋诗纪事小传补正》卷三："何麒，字子应，青城人。建炎元年六月，宣教郎与差遣。先是，李纲之谪江宁，麒等十七人皆坐累贬降，至是悉复之。（《要录》六）绍兴初，右通直郎，直秘阁，特赐同进士出身，除提点湖南刑狱。未上，复召对，遂命为夔州路提点刑狱公事。（《要录》一百四十一）十二年九月，试太常少卿。十三年四月，新除宗正少卿。李文会论其浮薄夸诞，出知嘉州。（《要录》一百四十八）十月，复除知邵州。连为李文会所击，上疏愬之，秦桧奏麒所言不实，遂落职，主管台州崇道观，道州居住。（《要录》一百五十）麒富收藏，藏有吴道子《白衣观音》，韩滉《白牛》，张南本《勘书》，黄居寀《雀跃》，唐希雅《风竹惊禽》，巨然《四时横山》，徐熙《梨花折枝》，崔白《鸳鸯蒲荷》，李成四幅《林石》，张戡八幅《蕃马》。（邓椿《画继》）"

宋张扩《东窗集》卷六载《何麒除宗正少卿制》。

洪迈《容斋随笔》"张天觉为人"条："张天觉为人贤否，士大夫或不详知。方大观、政和间，时名甚著，多以忠直许之。盖其作相适承蔡京之后，京弄国为奸，天下共疾，小变其政，便足以致誉，饥者易为食，故蒙贤者之名，靖康初政，遂与司马公、范文正同被褒典。予以其实考之，彼直奸人之雄尔。其外孙何麒作家传云：'为熙宁御史，则逐于熙宁；为元祐廷臣，则逐于元祐；为绍圣谏官，则逐于绍圣；为崇宁大臣，则逐于崇宁；为大观宰相，则逐于政和。'"何麒作张商英传，详见李焘《续资治通鉴长编》卷四百三。

又洪迈《夷坚志·乙志》"刘蓑衣"条："何子应麒为江东提刑，隆兴二年十月，行部至建康，入茅山，谒张达道先生。闻刘蓑衣者，亦隐山中，常时不与士大夫接，望导从且至，则急上山椒避之。子应尽屏吏卒，但以虞候一人自随，杖策访焉。刘问为谁，以闲人对。刘呼与连坐，指其额曰：'太平宰相张天觉，四海闲人吕洞宾。'子应乃天觉外孙，惊其言，起曰：'张丞相，麒外祖也，先生何以知之？'刘曰：'以君骨法颇类，偶言之耳。吾与丞相甚熟，君还至观中，视向年留题可知也。'子应请其术，笑曰：'本无所解，然亦有甚难理会处？君也只晓此。'又从扣养生之要，复曰：'有甚难理会处？'竟不肯明言。子应辞去，且问所需，曰：'此中一物不阙，吾乃陕西人，好食面，能为致此足矣。明年若无事时，幸再过我。'子应去数步，回顾，则已登山，其行如飞。追反观中，求张公题字，盖绍圣间到山所书也。

乃买面数斗，遣道仆送与之。子应还鄱阳，为予言。次年春，复往建康，欲再访之，及当涂而卒。所谓'明年若无事'者，岂非知其死乎？"

何麒工诗，与王十朋、陈之茂、王秬柜、洪迈、张孝祥等结楚东诗社，诗文酬答，成《楚东酬唱集》。

王十朋《梅溪集》卷九有《哭何子应》三首：

籍甚何夫子，文章擅美名。金华传语宝，鄱水主诗盟。心印横渠学，相门无尽甥。人间一梦觉，卿月堕台城。

肮脏宜三黜，飘零到九疑。忠膺黄屋眷，音遇紫岩知。（公以张魏公荐被召。）共理符频绾，明刑节屡持。青天万里蜀，无复话归期。

公作皇华使，予乘郡守轓。江湖吴芮国，襟抱杜陵尊。翰墨频挥染，诗文细讨论。新编刊未就，楚些已招魂。（何以正月二十二日行部，方议刊《楚东酬唱集》，途中亡。）

卷二十八有《祭何提刑文》：

惟公学继横渠，心传无尽。词有根柢，行有畦畛。蜀道卿云，关中曾闵。文章满家，卷轴连轸。四朝耆旧，多士标准。不染腥膻，宁避鹰隼。流落九疑，从虾蛭螾。太上揽权，材收杞箘。公起自南，玉出于韫。使节屡驰，大藩频尹。所临有声，未究所蕴。元老登朝，首加荐引。对扬宣王，上嘉忠荩。谁乎沮之，不班玉笋。祥刑江左，庶狱惟允。我滥把麾，情亲迹近。爱君忧国，语必同愤。拟学史鱼，谏诤而殒。诗坛获陪，雕琢肝肾。公将风骚，我严鞿靷。波澜何阔，声律殊谨。笔阵纵横，词锋捷敏。巨钟微撞，边幅惭窘。韩拜孟郊，庞怯孙膑。有瑕必指，忠告无隐。锓板以传，托公不泯。轺车行部，疏狱发困。王命有严，何敢不亹。送以短篇，劝以良酳。诗简往来，如白与稹。修途倦游，归约尤紧。忽断书问，风传疾疢。讣音遽至，道路惊愍。聚散如梦，荣枯同菌。失此老成，痛何能忍。奠不抚棺，有涕徒陨。

马积高、万光治主编，李生龙副主编《历代词赋总汇·宋代卷》收入何麒《醉石赋》《荔子赋》二篇。

何麒学宗张载。

晁公武《郡斋读书志》著录《理窟》二卷，云："右题曰金华先生，未详何人。盖为二程、张氏之学者。"据王十朋"惟公学继横渠""心印横渠学"语，《理窟》或由何麒刊刻传之。

弘治、康熙、道光《永州府志》、光绪《道州志》载何麒《道州学记》："舂陵之有学，始于唐刺史薛公伯高，而儒雅之风亦由薛公以起，盖以元和八年建文宣王庙于州西舜祠之左，九年柳子厚为之碑，谓

'水环以流,有頖宫之制'是也。是时固有《易》师、《春秋》师矣,而州人李邰至居贤良第一。本朝文物益盛,庆历中何询直首中甲科,自是或五六人,或四三人,登贵仕者,踵相接也。绍兴十二年岁壬戌,州以令修学校,得胜地于州治之东北隅,楼观隐然,极其壮丽,而逾纪无登第者,士子疑焉。郡守赵公暇日过薛公故所为基,慨然有移学之志,顾谓诸生曰:'兹地也,依大舜之祠,据宜山之麓,旁临二派,远揖九疑,秀气会焉,不可易也。'诸生驩诺,俾以私财经营,而公田廪廥,凡所养士者,则为辑之,以癸酉冬经始,越明年夏六月告成,邦人遣其子弟鼓箧来游者以百辈。又明年,试于春官,而李长庚、何齐擢进士第,如持筹而算,如灼龟而验也。是果江山所为耶?麒窃考辟雍之制:辟者,象璧以法天;雍者,壅以水而环之,象教化之流行也。又泮宫之制,谓其半有水、半有宫也。《鲁颂》僖公之诗曰:'思乐泮水,薄采其芹。思乐泮水,薄采其藻。'而其成功也,至于在泮献功而淮夷服。是王者若诸侯之学,皆以水为主也,一以象教化之流行,一以治蛮夷之率服。然则水之为利,顾不大哉?今春陵之頖宫也,右溪出其左,营水流其右,而潇水贯其前,浩浩乎朝宗之势也。凡逢掖子,朝夕其间,洗心洁己,风乎咏之,涵泳道真,而沐浴教化,宜其被上之德泽,而洋溢兴起也,何地理家者流之足云乎!新学既成,教官与其俊造请于州,属麒记之。绍兴二十五年正月一日。”

按:何齐,弘治《永州府志》作“何侪”,康熙《永州府志》、道光《永州府志》、光绪《道州志》作“何蘁”。康熙、道光《永州府志》绍兴二十四年进士有何齐、李长庚。光绪《道州志》则把何齐列入绍兴八年进士,注云“《府志》作二十四年榜”。何侪、何齐生平无考。洪武《永州府志》:“何蘁,政和八年嘉王榜擢第。”“李长庚,绍兴二十四年张孝祥榜。”戴璟《博物策会》卷十三《永州府人物》:“守雅州者何蘁,有刚正之气。……李长庚蓄书数千卷,历仕五十年,其力学何切也。”《明一统志》:“何蘁,营道人,后更名弃,登政和进士第。性刚介,议论不屈。倅随守廉,俱擅声称。后守雅州,亦以最闻。累官朝请大夫。”又载:“李长庚,宁远人,登绍兴进士第。”考李长庚与杨万里同年,系绍兴二十四年进士无疑(详见下文李长庚《府判李公诗》),《道州学记》中的癸酉为绍兴二十三年,越明年为绍兴二十四年,又明年为绍兴二十五年,则何齐、李长庚于绍兴二十五年擢进士第,时间不符,而何麒也绝不可能在正月一日即作记预言当年何、李擢第之事。擢第时间当属《道州学记》误记,何齐、何侪、何蘁三名亦必有一误。因《道州学记》论绍兴间事,姑暂以康熙、道光《永州府志》所载李长庚同年进士何齐为准,余者待考。

汪藻贬谪永州,《浮溪集》有《何子应少卿作金华书院,要老夫赋诗,因成长句一首》《题何子应竹君轩》《次韵何子应七月十八日书事二首》。

②许顗

许顗字彦周,有《彦周诗话》一卷,见余嘉锡《四库提要辨证》。

③刘思永

刘思永即刘慎修,见刘慎修、段晦叔、张仲古题名。

考　证：

　　《留云庵金石审》著录："右篆额四字,诗款行书十行,磨刻极工,前人罕有搜及者。"

　　《八琼室金石补正》卷一百十二著录,陆增祥云："右何麒诗刻,《湖南通志》失载。何麒尝撰《道州学记》,绍兴廿五年立石,盖即其人,惜碑已佚,无从考证。疑亦谪宦于永者。许顗系永州判官,见太平寺钟铭,得此刻又知其为襄邑人。刘思永系江华令,见《职官志》,而不详其为广川人,皆可据补。刘毅、张扩疑是邑僚,而其名不见于官志。"

22.何麒《阳华岩诗》

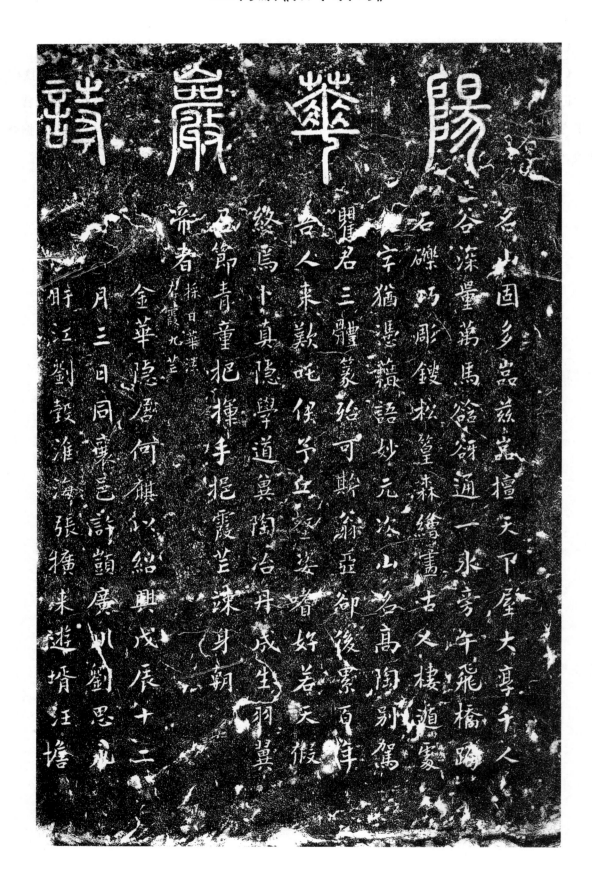

陽華巖詩

名山固多品，茲巖擅天下。屋壁大專平，人谷淒量萬馬。谿谷通一水，旁午飛橋跨。石礫巧彫鏤，篁森繢畫古。又棲遲霧籟語妙元，洛山名高，陶別駕。瞿名三體篆，弦可斯簽，御後索百祥。合人來歎吒，俟予丘壑姿，好若天假，生羽翼。緣馬卜真隱，學道真陶冶，凍身朝。錫節青童把攏手，把霞苣。扶日華孤何麒似紹興戊辰十二月，金華隱磨，何麒邑許顗廣川劉思。

帝者胖江劉彀淮海張獷，抹遊婿注堵。

提　要:

题名:阳华岩诗

责任者:何麒

年代:绍兴十八年(1148)十二月初三

原石所在地:阳华岩

存佚:磨泐

规格:篆额 1 行,正文 9 行,款跋 3 行

书体:标题篆书,正文楷书,款跋楷书

著录:《八琼室金石补正》

释　文:

阳华岩诗

名山固多岩,兹岩擅天下。屋大享千人,谷深量万马。

谽谺通一水,旁午飞桥跨。石砾巧雕镂,松篁森绘画。

古人栖遁处,文字犹凭藉。语妙元次山,名高陶别驾。

瞿君三体篆,殆可斯翁亚。却后累百年,吾人来叹吒。

伊予丘壑姿,嗜好若天假。终焉卜真隐,学道冀陶冶。

丹成生羽翼,召节青童把。挥手挹霞芒,竦身朝帝者。(自注:采日华洁,存霞九芒。)

金华隐居何麒,以绍兴戊辰十二月三日,同襄邑许顗、广川刘思永、盱江刘毅、淮海张扩来游。壻汪憺。

人物小传:

何麒、许顗、刘思永,见何麒《狮子岩诗》。

考　证:

标题"阳华岩诗"四字篆书,大字作额。正文楷书,九行,夹注作双行小字。款跋楷书,三行,低二格。

"壻汪憺"以下一行不存。

"采日华洁,存霞九芒",《八琼室金石补正》误作"采日华法,存霞九芒",同治《江华县志》卷一误作"采日华霞九芒"。

《八琼室金石补正》卷一百六著录。陆增祥云:"右何麒诗,前人未见。诗后题语与狮子岩同,考见狮子岩诗跋。《江华新志·山川》内载此,'斯翁'误作'欹翁',并缺'法'、'存'二小字,'汪憺'下作'子洪偕从'四字。"

23.程逊《游阳华岩盘礴赋诗而归》诗刻及安珪题记

提　要：

题名:程逖《游阳华岩盘礴赋诗而归》诗刻及安珪题记

责任者:程逖诗;安珪跋并立石

年代:绍兴二十五年(1155)

原石所在地:阳华岩

存佚:完好

规格:诗 20 行,题记 17 行

书体:诗隶书,题记楷书

著录:《八琼室金石补正》《湖南通志》《金石萃编》《永州府志》《宋诗纪事补遗》

释　文：

平生喜伟观,泉石成膏肓。流落天南陬,颇觉宿念偿。

阳华甲千岩,岂特魁一方。横开造化奥,不假蒸烛光。

泂渊泛澄流,阔步维飞梁。草木被余润,神龙或阴藏。

千岁石乳垂,形似分微芒。客来试击拊,声如浮磬长。

缅怀永泰间,四海何披攘。元子把麾符,择胜曾彷徉。

聱牙发健笔,漫浪忘故乡。别驾何如人,欲挽居其旁。

不知果从违,高咏犹铿锵。我今见中兴,随牒潇水阳。

官曹既清简,年谷频丰穰。不忧西原蛮,免奏租庸章。

公余且迟留,解衣据胡床。忆昔黄太史,淡岩藉揄扬。

地有遇不遇,实在名何伤。赖得金华仙,英辞洒琳琅。

绍兴乙亥岁十月二十七日,郡丞蓬泽程逖,以职事至江华,因游阳华岩,盘礴赋诗而归。县令南阳安珪、尉伊川程盖同来。

府判朝议程公按行下邑,公务之暇,率令尉同游阳华,周览水石之乐,迟迟终日,眷恋忘归。公乃赋诗而还,其英辞妙句,铿然有掷地之声,觉前后名公大儒留题篇章皆不足以望其藩篱也。于是命工镌刻于石,俾永其传,使斯岩之名自此增重。方来之士,有瞻其玉画、诵其嘉什者,亦可以知其人也。

江华县令安珪谨跋并立石。

人物小传：

①程逖

程逖,字德远,开封人。《晋书·地理志》:开封:"宋蓬池在东北,或曰蓬泽。"故自署蓬泽人。

"郡丞",秦汉至隋官名,宋称通判。"府判朝议",以朝议郎任州府通判。

陆心源《宋诗纪事补遗》收录作者小传云:"程迈,乾道三年知广州。"诗作于绍兴二十五年,其时程迈以朝议郎任永州府通判。

毕沅《续资治通鉴》卷一百三十九:乾道二年四月,"丁酉,莫蒙、程迈、司马倬等,奏知荆南府李道,所为乖谬,政出胥吏,妄用经费,专意营私,盗贼群起,不即擒捕,帝曰:'李道辄恃戚里,敢尔妄作,可与放罢'"。

嘉靖《广东通志初稿》卷七《秩官上·广州·宋·知州军事》:"程迈,乾道三年任。"

李心传《建炎以来系年要录》卷一百八十九:绍兴三十一年,"左朝奉郎知廉州程迈召还,亦言廉州丁米偏重,每丁有输八斗六升者"。

李心传《建炎以来朝野杂记》"荆鄂义勇民兵":"荆鄂义勇民兵者,绍兴末所创也。……乾道元年冬,守臣程迈代还,乞蠲其役使,朝廷悉令放散。"

②安珪

见安珪《道州江华县阳华岩图并序》。

考　证:

诗刻无题,兹以"游阳华岩,盘礴赋诗而归"二句为题。

程迈有寒亭暖谷题刻,安珪题记,在阳华岩前一日。另有狮子岩题刻,安珪题记,与寒亭暖谷同日。以上江华三刻均程迈、安珪、程盖同游,亦均程迈隶书大字,安珪楷书小字。

程迈又有澹山岩题刻,在江华三刻之次年。

24.陈从古"浯溪一股寒流碧"

提　要:

题名:"浯溪一股寒流碧"

责任者:陈从古撰;范□□上石

年代:绍兴三十一年(1161)

原石所在地:浯溪

存佚:磨泐

规格:诗8行,上石年月1行

书体:楷书

著录:《八琼室金石补正》《湖南通志》《永州府志》《祁阳县志》《宋诗纪事补遗》

释　文:

浯溪一股寒流碧,耸起双峰如削壁。两公文墨照溪津,到今草木增颜色。

想当忠愤欲吐时,尽把江山供笔力。我来吊古不胜情,岂但登临爱泉石。

渔阳旧事忍再论,仅赖令公安反侧。书生百感夜不眠,起读新诗转凄恻。

南徐陈从古希颜,绍兴辛巳秋过浯溪,诵简斋诗,因用其韵。

乾道□年□月初十日,右从事郎知祁阳县主管学事范□□上石。

人物小传:

陈从古(1122—1182),字希颜,一作晞颜,号敦复先生。镇江金坛(今属江苏)人。高宗绍兴二十一年(1151)进士。调富阳尉,改邵州教授,监行在左藏东库。擢司农寺主簿,坐法罢。起知蕲州。孝宗乾道七年(1171)为湖南提点刑狱,八年,除本路转运判官。九年,知襄阳府。淳熙元年(1174),以贪墨不才罢。九年卒,年六十一。有诗集,已佚。

《京口耆旧传》卷六:"从古字希颜。"

张栻《张南轩先生文集》卷七《敦复斋铭》曰:"南徐陈希颜旧名其斋曰'敦复',岁壬辰与予相遇于长沙,属予铭。予知希颜有取于儆戒之意也。"

韩元吉《南涧甲乙稿》卷一五《敦复斋记》曰:"丹阳陈晞颜,隽杰而有文,力学之士也。名其斋曰'敦复',以志夫自考之意。"

曾协《云庄集》卷二《寄题陈晞颜敦复斋》诗曰:"一入虚斋百虑沉,个中何待觅知音?雪收未起龙蛇蛰,境静初窥天地心。五里雾中藏豹德,九重渊底得珠深。自从占断宽闲野,寂寞虚空无古今。"

陈从古与周必大、杨万里等人交好。

周必大《文忠集》卷十六《跋陈从古梅诗》:"同年陈兄晞颜和古今梅诗千篇,联为二十大轴,远以相示,秉烛快读,虽未容含英咀华,固可望之止渴矣!夫以晞颜之学之才,笔端衮衮宜有余地,然吟咏一草木,安能闳丽奥衍,千变万化,不穷如此!及读最后两卷,乃知自曾大父、先大父世以诗鸣,皆眷眷于此花,源远矣哉!"

又卷十七《程祁陈从古梅花诗》:"迩岁有同年陈从古字希颜,裒古今梅花诗八百篇,一一次韵。其自序云:在汉晋未之或闻,自宋鲍照以下,仅得十七人,共二十一首。唐诗人最盛,杜少陵才二首,白乐天四首,元微之、韩退之、柳子厚、刘梦得、杜牧之各一首,自余不过一二。如李翰林、韦苏州、孟东野、皮日休诸人,则又寂无一篇。至本朝方盛行,而予日积月累,酬和及千篇云。"

又卷三十四《朝散大夫直秘阁陈公从古墓志铭》:"自古有志功名之士,常患其才无以高世。才高矣,未必逢其时;时逢矣,未必皆为主知。幸而见知,则摩九霄抚四海非难也。然而将起辄仆,未毫遽没,兹非命与!嗟吾希颜不幸乃如此,交友闻而悲之,况予先大父与希颜之大父为同年进士,予又缀名希颜榜中,在期集所日日相从,间虽出处不齐而契爱厚矣。晚预政中书,每听玉音论当世人物,必才希颜,顾不能悉力荐引,使以所长大显于世,则夫悼惜愧喑,岂止同于众人而已。今其仲子缋经来告曰:'先君葬有日,不肖孤舍几筵,而铭是求,成遗志也。'将纾予悲,不在兹乎,乃序而铭之:希颜姓陈氏,讳从古。系出汉文范先生,文范生谌,谌生忠,忠生佐,佐生伯眕。晋建兴中,渡江,居曲阿新丰湖,即今镇江府金坛县境也,故君为金坛人。曾祖廓,熙宁九年进士,仕至朝奉大夫、利州路提点刑狱事。祖瑊,登第在元符三年,终文林郎,知真州扬子县。父维嵝,贡礼部,竟以特恩入官,主信之弋阳簿,后赠朝请大夫。君天资隽敏,儿童时应对宾客有成人风。稍长,自力于学,为文辨丽闳壮,儒先交誉之。绍兴二十一年中进士第,弋阳府君喜曰:世业有传,足澡吾耻。调临安之富阳尉,秩满,用赏改左宣教郎,为邵州州学教授。殿中侍御史张震议扳君入台,会迁中书舍人而止。入监左藏东库,未上,丁弋阳忧。免丧,监行在榷货务都茶场。丞相虞雍公问君终岁出纳几何,君曰:'国家利源,醝茗居半。自合同关子行,遂亏常额。'丞相命君即都堂条救弊之策,于是关子罢而岁入增矣。都城浚运河,丁夫辇泥积务门,君争曰:'隙地以远大灾,窒之可乎?'尹恃势弗听,君朝衣坐泥中。上闻之,夜半为降旨禁戢。已而,车驾阅武近郊,君进诗五十韵,姓名益简上心,命措置浙西盐事。以劳擢司农寺主簿,坐法免。旋起知蕲州。赴阙奏事,上曰:'卿书生能通世务,昨宣力务场为多。'奖劳久之,到郡期月,上以湖南岁比不登,选君提点刑狱。始至衡阳,民有被诬以淫祠杀人者,更三岁不决,君奏释之,诏下而雨。教官作《平反堂记》纪其事。时乾道七年也。十二月,就除本路转运判官,以明年二月视事,专任荒政,蠲逋欠以万计。御札令同帅臣收养贫民所弃婴儿,悉心奉行,楚人多德之。夏秋复闵雨,请祷岳镇,遂大有年。……其后长沙水溢,穿城郭,败庐舍。君督吏卒疏理池隍,计户给土木费,人忘其灾。事闻,复下玺书问状,并论赈济功,特除直秘阁。是冬,京西谋帅,上阅诸道监司姓名,指君曰:'陈某有才,无以易之。'九年正月,开府于襄,即奏言:'朝廷以襄为上游重地,增陴益戍,缓急许调鄂师,善矣。但节制不一,莫知适从。绍兴、隆兴间尝萃荆、鄂两军于此,分地以守。东尽随与枣阳,鄂帅赵樽主之,西尽均州光化军,荆帅王宣主之。权均力敌,各行其说。樽欲持重,宣欲转战,此不立统帅,莫相临制之失也。今若合为一军,择宿将为都统制屯武昌,置副帅屯襄阳,或一年许其更戍,则号令归一,无敢首尾误国矣。'疏入,上适有此意。四月,乃用吴挺为荆鄂驻扎诸军都统制,而王世雄副之,分治荆南。其后,荆南军竟更戍襄阳,至今以为便。北界有叛者来,敌以兵压境,或请增戍受降,君固执不可,独榜禁上,示无招接意,敌兵遂退。上谓丞相曰:'从古仓猝应变,足消疑沮之谋,可谕此意以奖之。'淳熙改元,复坐论列而罢。二年春,主管台州崇道观。自是闲废者九岁。上眷之不衰,铸钱使者尝缺,召君欲用之,继即其家连界衢、饶、秀三州印绶,皆不果行。君自知数奇,愿复食祠禄。朝廷为修废官,差主管南京鸿庆宫。卜筑洮湖上,奉亲教子之余犹孜孜国事,时有所见闻,辄论著告于有位。乡邦洊饥,周恤甚勤。居闲好客,酒后谈论激烈,听者忘倦。自高曾以来,世工篇什。君及从吕居仁、向伯恭、苏养直游,往往得其句法。尤爱陈去非诗,取《简斋集》,尽次其韵。衰古今咏梅,自鲍参军而下,迄近世名公,得古律千余篇,次第属和。丰腴清婉,兼备众体,无支词复语。驾幸秘阁,君自以寓直,其间奏百韵诗以贺,诏与宰执侍从等所进同付史馆,缙绅以为宠。九年秋,以事如城中,八月二十日还,至半途,遇疾而逝。于是,母夫人谭氏年八十六矣,君孝而不得终养,是尤可悲也。积官朝散大夫,得年六十有一。娶薛氏,承议郎、诸王宫大小学教授璹之女,嫁时年二十四,逮事尊嫜,孝谨知书,宗族称贤。再封安人,前君九年卒,追赠宜人。五男,子伯震,从事郎监江陵府粮料院。仲巽,当以致仕恩补将仕郎。叔谦,季益,季咸,未仕。女适从事郎兴国军判官赵师沔。孙男女四人。伯震等卜以十年十一月二十九日葬君本县唐安乡茂城之原,举薛宜人枢祔焉,其地介于祖考三茔间。铭曰:孝友以为质,诗书以为辅。科名世其家,才术知乎主。天于希颜,可谓厚其赋予矣!即黼黻之,又龃龉之,竟何取哉!竟何补哉!"

杨万里《诚斋集》卷四十四《压波堂赋》:"陈晞颜作堂洮湖之上,榜以压波,命其友诚斋野客庐陵杨某赋之。"

又卷七十八《陈晞颜诗集序》:"予昔岁为友人陈晞颜作《敦复斋记》,晞颜以书来,且寄近诗百余篇,曰:'子之记吾斋,吾未属餍也,子盍序吾诗?'既而晞颜自湖南帅襄阳,地益远,书问益疏。今年八月,忽得晞颜书来,征余叙篇,盖余已忘之矣,而晞颜未忘也。予初与晞颜相识时,各出诗文一编,盖予喜晞颜诗,而晞颜喜予文。至今十年,予文日以退,而晞颜之诗日以进,以日退之文,叙日进之诗,借曰予不忘,予犹不敢也。晞颜犹喜而不忘,何哉!'多情今夜月,送我到衡州'、'半夜打篷风雨恶,平明已失系船痕',此晞颜前日之句也,予甚爱之,每欲效之,疾驱急追,目未至而足已返矣,而况于近诗乎?如《秋日十咏》及《谒衡岳》等篇,盖秋后之山,露下之叶,霜中之菊,而雪前之梅竹也,是可得而效哉!予尝闻晞颜言,少从后湖先生游,尽得诗之秘,然则学而无传,信不可欤!诗家者流尝曰诗能穷人,或曰诗亦能达人,或曰穷达不足计,顾吾乐于此则为之尔。且夫疢于穷者其诗折,愊于达者其诗衒,折则不充,衒则不幽,是固非诗矣!至俟夫乐而后有诗,则不乐之后,未乐之初,遂无诗耶?聊为晞颜道之。襄阳,鹿门以为城,汉水以为池,岘山之碑,习池之馆,有羊、杜、山公之遗迹,今无恙乎？晞颜有新作否？予叙既往,晞颜诗当来,予盥手以俟。年月日杨万里序。"

卷七十九《陈晞颜和简斋诗集序》:"古之诗,倡必有赓,意焉而已矣！韵焉而已矣！非古也,自唐人元白始也,然犹加少也。至吾宋,苏黄倡一而十赓焉,然犹加少也。至于举古人之全书而尽赓焉,如东坡之和陶是也,然犹加少也,盖渊明之诗才百余篇尔。至有举前人数百篇之诗而尽赓焉,如吾友敦复先生陈晞颜之于简斋者,不既富矣乎。昔韩子苍答士友书,谓诗不可赓也,作诗则可矣,故苏黄赓韵之体不可学也。岂不以作焉者安,赓焉者勉故欤？不惟勉也,而又困焉,意流而韵止,韵所有,意所无也,夫焉得而不困。今晞颜是诗赓乎人者也,而非赓乎人者也,宽乎其不逼也,畅乎其不塞也。然则子苍之所艰,晞颜之所易,岂惟易子苍之所艰,又将增和陶之所少也。大抵夷则逊,险则竞,此文人之奇也,亦文人之病也,而诗人此病为尤焉。惟其病之尤,故其奇之尤。盖疾行于大逵,穷高于千仞之山、九萦之蹊,二者孰奇孰不奇也。然奇则奇矣,而诗人至于犯风雪,忘饥饿,竭一生之心思以与古人争险以出奇,则亦可怜矣。然则险愈竞,诗愈奇,诗愈奇,病愈痼矣。今是诗也,韵听乎简斋,而词出乎晞颜。词出乎晞颜,而韵若未始听乎简斋者,不以其争险故欤？使晞颜不与简斋竞于险以骋其奇,此其心必有所郁于中而不快,而其词必有所淳于蕴而不决也。然晞颜与简斋争言语之险以出其奇,则龃龉矣,抑犹在痴黠之间乎？勤于诗而纡于仕,锐于追前辈而钝于取世资。晞颜之黠也,祇其为痴也;晞颜之痴也,祇其为贤也。晞颜此诗既成集矣,请序于澹庵先生胡公,而复诿某书其后。年月日,杨万里序。"

又《洮湖和梅诗序》:"吾友洮湖陈晞颜,盖造次必于梅,颠沛必于梅者也,嘉爱之不足而吟咏之,吟咏之不足则尽取古今诗人赋梅之作而赓和之。寄一编以遗予,曰:'从古此诗已八百篇矣,不盈千篇,吾未止也。'予读之而惊,曰:'一何丰耶！丰而不奇,则亦长耳,一何奇也。'予尝爱阴铿诗云'花舒雪尚飘,照日不俱消',苏子卿云'只言花是雪,不悟有香来',唐人崔道融云'香中别有韵,清极不知寒',是三家者,岂畏'疏影横斜'之句哉！今晞颜之诗同梅而清,清在梅前,同梅而馨,馨在梅外,其于三家者,所谓'未闻以千里畏人者也'。或谓物蠹则妖兴,梅亦有妖,晞颜此诗非晞颜语也,梅之妖凭晞颜而语也。或曰:非彼凭此乎尔？紧此即彼乎尔？夫语怪圣门所讳,予又乌知二说之然不然哉！因并书之。年月日,杨万里序。"

卷一二八《陈先生(维)墓志铭》:"子从古,幼而颖异,先生叹曰:吾有志无成,成吾志者不在吾子。家本穷空,至为从古求师,则鬻别业以行束修,人皆难之。从古既策上第,先生喜曰:吾祖孙射科三叶矣！何必我躬晚。……"

考　证:

见《八琼室金石补正》《湖南通志》《永州府志》《祁阳县志》《宋诗纪事补遗》,诸书所录诗文皆同。

25.孟坦中"路入潇南地一隅"

提 要:

题名:"路入潇南地一隅"

责任者:孟坦中

年代:淳熙二年(1175)

原石所在地:阳华岩

存佚:完好

规格:10行

书体:行书

著录:《八琼室金石补正》《湖南通志》

释 文:

路入潇南地一隅,天开洞府若为模。石扃高透云常出,洞水中通崖不枯。

来访恍然惊泽国,醉眠清甚在冰壶。淡岩谁道真稀有,须信阳华天下无。

蓬山孟坦中履道父,以淳熙乙未春来游,谨题。

人物小传:

孟坦中,字履道。

孟坦中当是蓬州蓬山人,今四川营山县。《旧唐书·地理志》:蓬州,天宝元年,改为咸安郡。至德二载,改为蓬山郡。旧领县六……咸安,梁置绥安县,隋改为咸安,至德二载改为蓬山。

宋龚维蕃《道州重建先生祠记》:淳熙"庚子,郡士胡元鼎与其乡人何士先、义太初、孟坦中、欧阳硕之创舍设像,教授章颖为记"(见《周元公集》卷六)。

"乡人"云云,或是后迁道州。

淳熙七年章颖《道州故居先生祠记》:"谋诸校官与乡之善士,象郡文学何士先、连山户曹义太初、孟坦中、欧阳硕之,思益大之。言不约而同,费弗强而具。"(见《周元公集》卷六)

考 证:

《八琼室金石补正》卷一百六著录。陆增祥云:"右孟坦中诗,在唐昱题名之左。乙未,淳熙二年。"

孟坦中诗刻下,有江华县令戴翊世题记,为赵师侠诗刻跋语。

26.赵师侠《游阳华留二绝句于岩中》

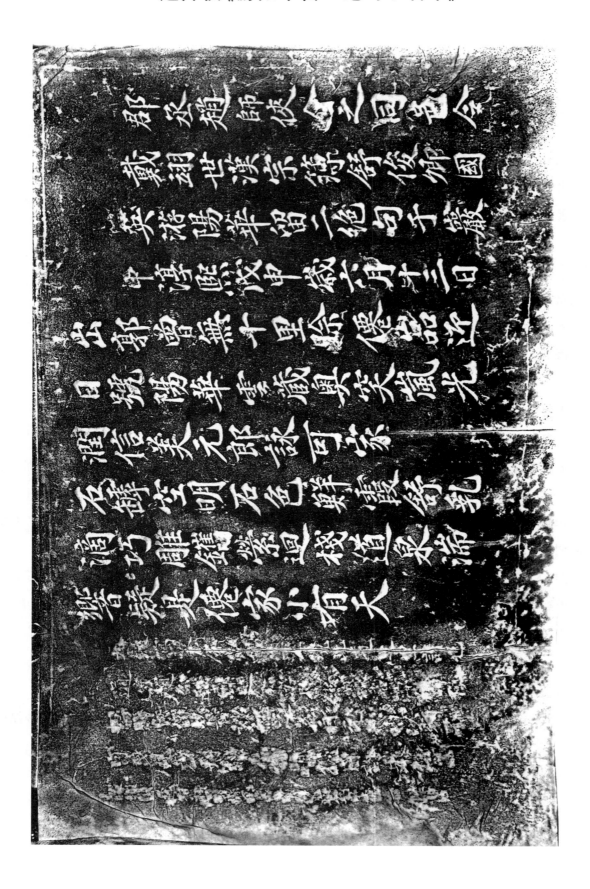

提　要：

题名:游阳华留二绝句于岩中

责任者:赵师侠

年代:淳熙十五年(1188)六月十三日

原石所在地:阳华岩

存佚:完好

规格:10行

书体:楷书

著录:《八琼室金石补正》《江华县志》

释　文：

郡丞赵师侠介之,同邑令戴翊世汉宗、簿舒俊卿国英游阳华,留二绝句于岩中。淳熙戊申岁六月十三日。

出郭曾无十里赊,仙岩迎日号阳华。云藏奥突岚光润,信美元郎咏可家。

石罅空明石色鲜,霞舒乳滴巧雕镌。萦回栈道泉湍响,疑是仙家小有天。

人物小传：

①赵师侠

赵师侠,字介之,号坦庵,江西安福人,一作新淦人,以郡望则称浚仪人,淳熙间任道州通判。

乾隆江西《信丰县志》卷三《官师志》有传:"赵师侠,字介之,号坦庵,汴人,燕王德昭七世孙。淳熙中举进士,后知县事,重修嘉定桥,在治所作诗余甚夥,盖以词章饰吏事者也。"

嘉庆《宁远县志》卷六《名宦志》、道光《永州府志》卷十四《寓贤传》有传:"赵师侠,宋宗室,永州郡牧(当作道州)。淳熙丁未,以职事至宁远,与郡士孟恒中同游九疑,因绘图赋诗,时称胜集。后人以其贤吏,故祀之。"(引自《古今图书集成·山川典》第一百七十卷)

著《坦庵词》一卷,《四库全书总目提要》云:"宋赵师使撰。师使字介之。燕王德昭七世孙。集中有和叶梦得、徐俯二词,盖南宋初人也。案陈振孙《书录解题》载《坦庵长短句》一卷,称赵师侠撰。陈景沂《全芳备祖》载《梅花》五言一绝,亦称师侠,与此本互异,未详孰是。盖二字点、画相近,犹田肯、田宵史传亦姑两存耳。毛晋刊本谓师使一名师侠,则似其人本有两名,非事实也。是集前有其门人尹觉序,据云坦庵为文,如泉出不择地,词章乃其余事。其模写体状,虽极精巧,皆本情性之自然。今观其集,萧疏淡远,不肯为剪红刻翠之文,洵词中之高格。但微伤率易,是其所偏。师使尝举进士,其宦游所及,系以甲子。见于各词注中者,尚可指数。大约始于丁亥,而终于丁巳。其地为益阳、豫章、柳州、宜春、信丰、潇湘、衡阳、莆中、长沙,其资阶则不可详考矣。"据石刻,当以"赵师侠"为是,"赵师使"为讹误。

《坦庵词》有《菩萨蛮·永州故人亭和圣徒季行韵》《菩萨蛮·春陵迎阳亭》《卜算子·赴春陵和向伯元送行词》。

编刊《西铭集解》。陈振孙《直斋书录解题》:"《西铭集解》一卷,张载作《订顽》《砭愚》二铭,后更曰《东西铭》,其《西铭》即《订顽》也,大抵发理一分殊之旨。有赵师侠者,集吕大临、胡安国、张九成、朱熹四家说为一篇,刻之兴化军。"

刊刻孟元老《东京梦华录》并撰《后序》。朱彝尊《曝书亭集》:"《东京梦华录》十卷,幽兰居士孟元老撰,绍兴丁卯自为之《序》,琴川毛氏曾刊入《津逮秘书》,然失去淳熙丁未浚仪赵师侠介之《后序》。"

元刻本《幽兰居士东京梦华录》末载:"祖宗仁厚之德,涵养生灵,几二百年,至宣政间太平极矣。礼乐刑政,史册具在,不有传记小说,则一时风俗之华,人物之盛,讵可得而传焉? 宋敏求《京城记》载坊门、公府、宫寺、第宅为甚详,而不及巷陌、店肆、节物、时好。幽兰居士记录旧所经历,为《梦华录》,其间事关宫禁典礼,得之传闻者,不无谬误。若市井游观,岁时物货,民风俗尚,则见闻习熟,皆得其真。余顷侍先大父与诸耆旧,亲承謦欬,校之此录,多有合处。今甲子一周,故老沦没,旧闻日远,后余生者,尤不得而知,则西北寓客绝谈矣。因锓木以广之,使观者追念故都之乐,当共起风景不殊之叹。淳熙丁未岁十月朔旦,浚仪赵师侠介之书于坦庵。"

为赵景先《拜命历》撰《后序》,见晁公武《郡斋读书志》。

朱彝尊《词综》收录赵师侠《谒金门》一首,作者小传云:"赵师侠,一作使,字介之,汴人,燕王德昭七世孙。举进士。有《坦庵长短句》一卷。尹先之云:坦庵先生词章,摹写风景,体状物态,俱极精巧,初不知其得之之易。又云:先生为文,如出泉不择地。"

②戴翊世

戴翊世,字汉宗,江西安福人,道光《永州府志》卷十一下《职官表》载,淳熙十五年任江华县令。

陆增祥云:"右戴翊世跋在孟坦中诗刻之下,不见年月。翊世,安福人,淳熙元年解试,二年詹骙榜进士。以其令江华时考之,所称赵公者即前题诗之赵师侠也。"

考　证:

《八琼室金石补正》卷一百六著录。陆增祥云:"右赵师侠诗。《江华新志》'突'作'突'。案《通志》载其层岩诗刻,跋云:'赵师侠见《拙赋》碑跋。'《宋史·宗室世系表》:师侠系燕王德昭之后,今层岩诗未见拓本。郡丞赵师侠、江华簿舒俊卿,省郡志职官均失载。戴翊世令江华,《永志》云淳熙十五年任,与此正合。"

同治《江华县志》卷一著录。

赵师侠诗刻,有江华县令戴翊世跋语:"'九嶷万峰,不如阳华一境',此道之里谚也。道守赵公按部之余,游览斯岩,□□□□□□胜概,并以墨妙纪之。盖自元次山以来,不可多见。□□继元公题后,用谂不朽云。从政郎道州江华县令主管劝农公事戴翊世谨书。"

赵师侠又有寒亭题刻。《八琼室金石补正》卷一百三"赵师侠题名":"郡丞坦庵赵师侠,同邑簿舒俊卿,淳熙戊申六月十三日来游。"

赵师侠于同年刻石《拙赋》。宋朱长文《古今碑帖考》:"宋《拙赋》碑,周敦颐撰,浚仪向子廓隶,淳熙赵师侠刻于郡丞厅后。"明曹昭《格古要论》:"《拙赋》,周子作,浚仪向子廓隶书,宋淳熙戊申赵师侠刻于郡丞厅后,有跋,碑在道州用拙堂。"《八琼室金石补正》卷一百十六著录赵师侠跋语云:"舂陵郡西十八里曰濂溪保,即□□□□也。郡丞聴事之后有堂未名,□□□拙揭之,且刊此赋于石。岂唯见□□□□,亦前贤里中故事,示不忘尔。淳熙戊申岁重午日,坦庵赵师侠敬书。"

27.李长庚《府判李公诗》

提　要:

题名:府判李公诗

责任者:李长庚撰、书;黄龟从书;王用晦书额;蒋大雅刻石

年代:绍熙三年(1192)

原石所在地:阳华岩

存佚:完好

规格:诗额 1 行,正文 4 段 47 行,款跋 10 行

书体:楷书

著录:《八琼室金石补正》《湖南通志》《江华县志》《永州府志》《宋诗纪事补遗》《沅湘耆旧集前编》《楚风补》

释　文:

府判李公诗

①乙丑仲冬自宁远来游阳华

沿崖渡水六七里,划见幽岩画屏倚。却蹑长虹信步行,下瞰浅清皆脚底。

漫郎泉石之董狐,妙语品题良不诬。千岩万壑果何似,吾家九疑真不如。

②丁卯清明约邓致道游阳华

我来挈挈倦尘沙,下马无心更忆家。不怨客中逢熟食,只知醉里是生涯。

花边顿觉春光老,柳外还惊日脚斜。甚欲与君寻胜去,何妨着脚到阳华。

③与致道约游阳华,寻以雨阻,追和山谷集中《岑公洞》二绝句韵

垂垂雨脚几时晴,便拟扁舟乘兴行。想得斜川今更好,胜游恨不继渊明。

阳华妙处吾能说,泉响风摇环佩声。定是山灵嫌俗驾,电光掣过雨如倾。

④己巳七月游阳华

遥指断崖如削瓜,碧云一朵是阳华。莫言空洞中无物,须信崒嵂下可家。

已听泉声响环佩,更看山色媚烟霞。一丘一壑平生事,不觉归鞍带暝鸦。

⑤长庚绍兴十九年七月十九日尝游阳华,后十有二年,复以是月是日从乡曲诸公再到岩下,感今追昔,因成十韵

阳华近七里,不到余十年。乃知声名锁,能障山水缘。

今日与邻曲,胜游追斜川。瘦藤穿荦确,一叶弄潺湲。

岩扃隐翠竹,梵宇净青莲。一笑蹑飞虹,毛骨清欲仙。

婆娑宝璎珞,放浪玉壶天。曲肱卧盘石,涤耳听涴泉。

片云飞雨来,更觉秋凛然。酒尽各归去,千林昏暝烟。

⑥次韵江府判游阳华,江丈春间携家再来

尘外非无境,壶中自有天。从来招别驾,于此漱寒泉。(自注:见元次山《招陶别驾》诗。)

铭已得元结,记须烦子年。重游知更好,出谷趁莺迁。

⑦陈士享主簿举似,与严庆曾主簿,邓伯允仙尉,同到阳华佳句,且有岩下弄琴、舟中吹笛之乐,长庚虽不奉胜游,辄继高韵

说着幽岩意已清,那堪地近一牛鸣。尘紫俗累不容到,若见山灵烦寄声。

阳华山水自双清,况弄朱弦金石鸣。(自注:宗少文有《金石弄》。)我是行人那敢听,恐翻别调作离声。(自注:时将赴上都。)

云水光中语更清,从他山寺晚钟鸣。满舡载月归来好,一笛穿云裂石声。

⑧次韵卢仲修仙尉《从柯府判游阳华唱酬诗篇》

阳华突兀倚清虚,鬼刻神镌自劫初。地胜雅宜招别驾,客来争欲命巾车。

未知三岛果何似,尽道九疑都不如。当有幽人家在此,赋诗招隐笑康琚。

阳华蒋助教大雅求冰壶老人诗,欲刻之岩石。长庚未敢许也,他日托王子明致恳其力,因令儿辈抄此数篇,以塞其请。子明试观,亦足以见老人笔力一年退如一年也。岁在壬子季秋望日,李长庚子西云,外甥黄龟从书。

门生蒋大雅刻石。

学生王用晦书额。

人物小传:

一、李长庚生平及生卒年

李长庚传记最早见于洪武十六年胡琏等纂《永州府志》卷九:"李长庚,字子西,宁远人,后徙江华。郡守田察院如鳌、寓公何少卿麒,俱爱其才,为忘年交。擢绍兴甲戌第。与张于湖、杨诚斋、傅内翰、郭都官、谢艮斋为诗友。艮斋至以'先生'称之,见之《云山法帖》。入仕五十年,廉洁有守。不事生业,惟蓄书数千卷。读书之室,八窗玲珑,幂以薄楮,虚明可鉴,因号曰'冰壶'。官正郎,位半刺,寿八十有六。公生平有诗癖,所赋几万篇,今《冰壶集》所刊,才五之一耳。余诗粹在家稿,蝇头细书,皆公手泽,他文称是,皆未锓梓者也。公长子大方,字伯山,八岁能诗,宛如成人,甫弱冠而殁,有诗十卷。次子大光,字作山,以父任补秩。尝游谢艮斋之□□□□鸣,自号为云山。寿七十有五。有诗二十卷,杂著十卷。终怀集县令。"

传记又见《永乐大典》卷二千二百五十六。洪武《永州府志》中,"艮斋"讹作"良斋","五之一"讹作"丑之一","余诗粹在家稿"句缺"余""粹""在""家"四字,"他文称是"句缺"称"字,并据《永乐大

典》卷二千二百五十六"冰壶"条引《舂陵重校图经》增改。

传载李长庚志书称其"历仕五十年""寿八十有六",可知其登第时约为三十六岁。传又载"擢绍兴甲戌第",绍兴甲戌为绍兴二十四年(1154),则李长庚生卒年约为政和八年至嘉泰四年(1118—1204)。《沅湘耆旧集前编》录李长庚诗,案语称:"子西晚岁迁居江华,故又为江华人。"同治《江华县志》卷九称李长庚墓在"县西南五里"。递修府志、县志大都将李长庚列入乡贤、名宦之列。

二、李长庚的科第及官职

传载李长庚"擢绍兴甲戌第",绍兴甲戌为绍兴二十四年(1154)。

考《宋史》,杨万里与李长庚同为绍兴二十四年进士。杨万里于淳熙六年(1179)除提举广东常平茶盐公事,淳熙七年(1180)正月赴任,淳熙八年(1181)二月改任广东提点刑狱,淳熙九年(1182)七月因服丧离任。杨万里《诚斋集》有《寄题临武知县李子西公廨君子亭》一首,又有《和同年李子西通判》云:"走马看花拂绿杨,曲江同赏牡丹香。向来年少今俱老,君拜监州我作郎。"另有《临贺别驾李子西同年寄五字诗,以杜句君随丞相后为韵,予走笔和以谢焉》五首,中有"谪仙几代孙,今日临贺丞""曲江与临武,彼此昔相望"句。临武即今湖南省郴州市临武县,汉代属桂阳郡,南宋属桂阳军。曲江即今广东省韶关市曲江区,汉代属桂阳郡,南宋属韶州。临贺即今广西贺州,唐代称临贺郡,南宋为贺州。韶州、贺州宋代同属广南东路。"临贺丞""临贺别驾"当指贺州通判。

洪武《永州府志》载李长庚"官正郎,位半刺"。"半刺"犹言刺史之副官,指州郡长官下属的官吏,如长史、别驾、通判、推官、参军等。晋庾亮《答郭预书》:"别驾旧与刺史别乘,同流宣王化于万里者,其任居刺史之半。"宋刘克庄《送章通判》:"半刺已官尊,常时读鲁论。"《永乐大典》卷六百六十五特科路志:"国之封半刺史之任者比肩接踵……以下得二十四人书之于左。"所列二十四人官职有司理参军、通判、推官等。据此,则洪武《永州府志》所录正郎、半刺为别称,其他文献所录为实际官职。

道光《永州府志》著录《新建龙回寺碑》,署款"乾道癸巳(九年,1173)六月日左奉义(议)郎、知贺州富川县事李长庚撰"。嘉庆《宁远县志》载李长庚"历官朝请大夫"。《嘉庆重修一统志》载李长庚"仕至朝议大夫"。《沅湘耆旧集前编》称"李朝议长庚"。道光《永州府志》、同治《江华县志》又载李长庚"官通判,乾道间(1165—1173)迁知贺州军事"。

朝议大夫、朝请大夫、奉议郎均为寄禄官。某某宫使、提举某处某宫某观则称为祠禄官。考《宋史·职官志》,绍兴以后阶官:朝议大夫系卿、监,朝请大夫系正郎,奉议郎系京官。朝议大夫秩正六品,朝请大夫秩从六品,奉议郎秩正八品。李长庚被称为"宫使李大夫",具体是何宫使不详。

据此,李长庚的官阶大致为:奉议郎、朝请大夫、朝议大夫、某某宫使。李长庚的历官大致为:富川县知县、临武县知县、贺州通判、贺州知州。

三、李长庚的诗友交游

洪武《永州府志》载李长庚与郡守田如鳌、寓公何麒为忘年交。

田如鳌,赣州人,绍兴十一年(1141)任江华郡营道县尉。

何麒,阳华岩、师子岩各有其诗刻一通,署名均作"金华隐居何麒"。《八琼室金石补正》收录。

洪武《永州府志》又载李长庚与张于湖、杨诚斋、傅内翰、郭都官、谢艮斋为诗友。

以上五人,除杨万里外,张孝祥也是李长庚同年。张孝祥《于湖集》有《赠师永锡并简子西、文潜》诗一首。文潜即刘焞,字文潜,绍兴二十一年(1151)进士,曾任江南西路转运判官、荆湖北路转运使、静江府兼广南西路经略安抚使、潭州兼湖南路安抚使。与周必大、杨万里、范成大、吕祖谦诸人均有交往。范成大有《次韵代答刘文潜司业》诗一首,吕祖谦有《文潜帖》传世。

傅内翰当指傅伯寿,字景仁,泉州人。乾道九年(1173)任江华郡营道县尉。

谢艮斋即谢谔,字昌国,号艮斋,临江军新喻(今江西新余)人,《宋史》有传。《永州府志》有谢谔为零陵人谭世选书"学林"匾一事,杨万里为之记,该记收录于《诚斋集》,题名《谭氏学林堂记》。**谢谔与杨万里交往甚密,《诚斋集》收录与谢谔相关诗文数十篇。**

此外,与李长庚同游阳华岩的"严庆曾主簿",也与杨万里有交往。《诚斋集》有《裕斋铭》云:"零陵严庆曾之斋以'裕'名,而属予铭之。"

郭都官疑指郭晞宗,字宗之,仙居人(一说合州人),淳熙五年(1178)进士,庆元六年(1200)任江华郡营道县尉。

以上七人于当时皆系名人雅士,辗转间互有牵连,李长庚同他们酬答往来,在南宋时期的湘南地区酝酿出一派生机勃勃的文化气象。

四、李长庚的家世

李长庚之父李彧,宋特科出身,太学上舍,赠奉议大夫。"慷慨行义,济困扶危,乡间感德。"见康熙《零陵县志》、嘉庆《宁远县志》、道光《永州府志》。

据李长庚《宫使李大夫诗》诗刻(详见下文),李长庚有"九叔颖士"。今按:宋有李颖士,字茂实,祖籍福建浦城,迁居河南光州固始,元祐中进士,为临海知县、余姚知县,绍兴中为刑部郎中。乾隆《绍兴府志》:"金师追高宗,至越,颖士募乡勇数千列旗帜以捍拒之。""九叔颖士"不知是**此人否,**待考。

李长庚有三子:长子李大方,字伯山,能诗,有诗十卷,早卒。次子李大光,字仲山,号省斋,淳熙五年戊戌特科进士,任新昌令。道光《永州府志》称其"博集群书,校雠典籍。尤工诗赋,凡名山胜境咸有品题焉"。三子李大言,庆元二年丙辰特科进士,任临贺令。

今江华寒亭有李大光诗刻一通,系嘉泰三年(癸亥,1203)所作。题为《嘉泰癸亥夏陪县尹双湖唐仲谋饮寒亭》,署款"省斋李大光中山父"。诗云:"栈阁横空杳霭间,登临酒罢怯凭阑。露零万瓦交光渥,月挂千峰倒影寒。谷煦如春居亦易,亭凉宜夏到乎难。垂檐星斗方争席,好向天门刷羽翰。"

李长庚有外甥黄龟从,能写字,似庠生而不工。有孙李光亨,能书额,亦似庠生。有孙李焯,工书,擅古隶。

江华奇兽岩有宋蒋之奇《奇兽岩铭》，隶书，六行。铭下有行书十一行，记录邑令张霦"俾冰壶孙李焯古隶"书刻此铭之事。事在端平三年(1236)。石刻今犹存。

李焯又参与寒亭小飞来亭题刻。小飞来亭在寒亭、暖谷间，宋道州郡丞杨长孺题额并作二绝纪之。郡丞周顗跋："东山杨先生昔为郡丞行县，临流赋诗。越四十载，顗复丞于此，访诸刻未之见。因冰壶孙李焯录示，辄命工勒于先生'小飞来'字之左。淳祐癸卯同里周顗谨书。"(见《八琼室金石补正》卷一百三)

考　证：

"府判李公诗"一行，楷书大字为额。正文楷书，分为四段，共计四十七行。夹注作双行小字。第四段末有款跋，楷书，十行，人名作小字。"府判李公"，指李长庚。

《乙丑仲冬自宁远来游阳华》，绝句二首。《陈士淳主簿举似与严庆曾主簿、邓伯允仙尉，同到阳华佳句，且有岩下弄琴、舟中吹笛之乐，长庚虽不奉胜游，辄继高韵》，绝句三首。

邓显鹤评论李长庚诗，称"子西诗清挺隐秀，无粗犷纤佻之习，亦南宋以后不可多得者"。

《全宋诗》收录李长庚九个诗题，并称"今录诗十八首"，诗题目录依次如下：

一、《乙丑仲冬自宁远来游阳华》

二、《丁卯清明约邓致道游阳华》

三、《与致道约游阳华，寻以雨阻，追和山谷集中〈岑公洞〉二绝句韵》

四、《己巳七月游阳华》

五、《长庚绍兴十九年七月十九日尝游阳华，后十有二年，复以是月是日从乡曲诸公再到岩下，感今追昔，因成十韵》

六、《次韵江府判游阳华江丈□春间携家再来》

七、《陈士淳主簿举似与严庆曾主簿、邓伯允仙尉同到阳华佳句，且有岩下弄琴、舟中吹笛之乐，长庚虽不奉胜游，辄继高韵》

八、《绍熙癸丑二月二十六日，蒋助教言正招游阳华。婆娑岩下，薄暮乃归，得诗五绝，以纪其事》

九、《绍熙甲寅五月十七日，从令尹张济之早饭狮子岩，晚饮阳华岩，夜阑乘月泛舟而归》

此处有三个问题：第七题《陈士淳主簿举似与严庆曾主簿、邓伯允仙尉同到阳华佳句……》之后，《全宋诗》脱漏《次韵卢仲修仙尉〈从柯府判游阳华唱酬诗篇〉》；《全宋诗》失收李长庚《登空翠亭》诗；《全宋诗》所收李长庚诗字有讹误。

此外，《乙丑仲冬自宁远来游阳华》一题中的诗句，整理者连写，视为七律，但诗句中间转韵，前两句"倚""底"为上声四纸和上声八荠韵，后两句"诬""如"为上平五微和上平七虞韵，此题疑当作七绝二首。

《全宋诗》注明李长庚诗的出处云："以上清陆增祥《八琼室金石补正》卷一〇六。"由此可知《次韵卢仲修仙尉〈从柯府判游阳华唱酬诗篇〉》一诗的脱漏,其实原于陆增祥。

陆增祥在咸丰十年至光绪五年间任官辰永沅靖道,在湖南近二十年之久,《八琼室金石补正》一书得力于湖南永州摩崖石刻之处甚多。由于陆增祥的文字著录均源于石刻,属于一手文献,且由陆氏亲眼辨识,所以尤为精确。

《八琼室金石补正》卷一百六著录"李长庚诗",并且详加考释、校勘,云:

> 右李长庚诗,在何麒诗刻之左。前六首皆绍兴间所作,《次江府判韵》一首当与江诗同时,时在乾道六年。后三绝自注云"时将赴上都",案长庚于乾道间迁知贺州军事,和诗即在其时也,附乾道末。又有绍熙年诸作,别刻一石,另录于后。长庚为府判,《志》所失载。簿、尉诸人名,亦不见于《志》。《通志·山川》《府志·名胜》《县志·方域》均附录长庚诸诗,而《和山谷韵二绝》《再到岩下》一首未经采入。《次江府判韵》一首,府县《志》均脱后半,'非无'二字误倒,《通志》亦未录,《县志》并未录《丁卯清明》一首。所录诸诗亦多讹字。"幽岩"作"幽居","长虹"作"长江","浅清"作"清流","真不如"作"诚不如","熟食"作"热冷","花边"作"花间","日脚"作"月都","寻胜"作"寻照","断崖"作"澹山","空洞"作"古洞","伯允"作"伯元","严庆曾"作"俨庆"二字,"尘蒙"作"座蒙","若见"作"君见","晚钟"作"晓钟","归来"作"空兹",悉据石本录之。又案诗有云"从来招别驾,于此漱寒泉",自注云:"见元次山《招陶别驾》诗",而《通志》以《招陶别驾》诗为长庚作,误矣。

第一处诗刻"李长庚诗",陆增祥只著录了李长庚的七个诗题,而脱漏了第八题以及诗刻全篇的跋语。陆增祥对诗刻的描述是"下列三截",似未曾见第四截。陆增祥说:"李长庚诗,高三尺二寸,广一尺五寸二分。上列横额,题'府判李公诗'五字,字径一寸五分。下列三截,上中截十六行,下截十五行,行字不一,字径六分,俱正书。"但今阳华岩所见明明是一幅诗刻上下相连,共计四截,故整幅诗刻当为四截八题。

此外《宋诗纪事补遗》、《沅湘耆旧集前编》、《楚风补》、同治《江华县志》、道光《永州府志》、光绪《湖南通志》都收录李长庚诗,但或则零散不整,或则直接援引《八琼室金石补正》而延续其讹误。如邓显鹤《沅湘耆旧集前编》卷二十二据方志收录李长庚诗最多,共八题十五首,误收元结《招陶别驾家阳华岩》一首,诗句讹误三十一字,又无诗刻原注。又如《楚风补校注》甚至称"'子西'为南宋末年新昌(今属浙江)人李长庚之字,与此处李长庚非一人"。只因未见诗刻署款。幸而阳华岩、寒亭李长庚诗刻真迹尚存,可以补阙。

　　"陈士享"，《八琼室金石补正》录作"陈士滀"，清邓显鹤《沅湘耆旧集前编》、道光《永州府志》、同治《江华县志》、光绪《湖南通志》及《全宋诗》或误作"陈士滀"，或误作"陈士淳"。细审石刻，确作"陈士享"。

　　李长庚又有《绍熙癸丑二月二十六日蒋助教言正招游阳华》石刻，今存，见下文。又有寒亭《登空翠亭》诗刻，在江华县寒亭，保存完好。《八琼室金石补正》、光绪《湖南通志》著录，《全宋诗》失收。韩震军《〈全宋诗〉续补》据《八琼室金石补正》补录。兹据诗刻拓本重新著录："亭倚晴空翠作堆，峰峦奇绝画屏开。凭栏眼力不知远，历历水穿幽树来。冰壶李长庚。"

　　此外，宋赵闻礼《阳春白雪》第五有《玉楼春》一首，作者姓氏为"李冰壶，子西"。清陶梁《词综补遗》卷十五收录宋词七十九首，内亦有此首，作者姓氏为"李子西，号冰壶"。

　　《玉楼春》云："纱窗春睡朦胧著，相见尚怀相别恶。梦随城上角声残，泪逐楼前花片落。东风不解吹愁却，明月几番乖后约。当时惟恐不多情，今日情多无处著。"词牌用仄韵，然大略似七言诗。"李子西"当是李子西之讹。此首《玉楼春》是否李长庚所作，存疑待考。

28.李长庚《宫使李大夫诗》

提　要:

题名:宫使李大夫诗

责任者:李长庚撰、书;李光亭书额;蒋大雍刻石

年代:绍熙四年(1193)

原石所在地:阳华岩

存佚:完好

规格:诗额 1 行,正文 2 段 31 行,款跋 1 行

书体:楷书

著录:《八琼室金石补正》《湖南通志》《沅湘耆旧集前编》《宋诗纪事补遗》

释　文:

宫使李大夫诗

①绍熙癸丑二月二十六日,蒋助教言正招游阳华。婆娑岩下,薄暮乃归,得诗五绝,以纪其事

冰壶老人李长庚子西

春风今日扇微和,触目江山发兴多。如画幽岩无十里,轻衫短帽得婆娑。

偶寻三径到阳华,碧玉珍珑真可家。追想旧游如梦寐,摩挲石刻但咨嗟。

岩下留连且尽欢,不知红日半衔山。归时林壑风烟瞑,赖有昏鸦相伴还。

我老思为漫浪翁,暂来却恨去匆匆。山头日色赤如血,(自注:是晚所见如此。)照映川原草木红。

我识阳华六十年,当时面目故依然。清泉白石都无恙,华发苍颜只自怜。(自注:长庚绍兴甲寅从颖士九叔初游阳华。)

②绍熙甲寅五月十七日,从令尹张济之早饭狮子岩,晚饮阳华岩,夜阑乘月泛舟而归

朝游狮子晚阳华,玩水看山乐可涯。野鹤沙鸥惯看客,一双对立渡头沙。

到此令人忆漫郎,笔端妙语发天藏。泉声漱玉生秋思,不减湖中五月凉。

雨余山色媚晴晖,无事孤云自在飞。坐到黄昏尤不恶,载将明月满舡归。

门生蒋大雅刻石,孙光亭书额。

人物小传:

李长庚、李光亭,见李长庚《府判李公诗》。

考　证:

"宫使李大夫诗"一行,楷书大字为额。正文楷书,分为二段,共计三十一行。夹注作双行小字。

末有款跋，楷书，一行。

"宫使李大夫"指李长庚。"蒋助教言正招游阳华"有绝句五首，"夜阑乘月泛舟而归"有绝句三首。

《八琼室金石补正》卷一百六著录"李长庚后诗"，云：

> 右李长庚后诗，书刻俱劣。"珍珑"，"珍"字乃"玲"之误也。《志》载光宗朝江华令虽（"虽"字误，光绪《湖南通志·金石志》作"惟"）张康一人，济之盖康之字。《省志·山川》《郡志·名胜》《邑志·方域》皆录此数诗，惟"扇微和"作"煽阳和"，"三径"作"山径"（此疑石本之误）。"真"作"正"，"追"作"近"，"寐"作"寤"（《邑志》不误），"挚"作"擎"（《省志》不误），"石刻"作"石壁"，"六十"作"十六"，"华"作"皓"，"看山"作"寻山"，"乐可涯"《省志》作"乐何涯"，《郡》《邑志》作"岂有涯"，"尤"作"犹"。

29.毛方平"寻幽追凉，彷徉尽日"诗并序

提　要：

题名："寻幽追凉，彷徉尽日"诗并序

责任者：毛方平

年代：嘉定五年（1212）

原石所在地：阳华岩

存佚：完好

规格：14 行

书体：楷书

著录：《八琼室金石补正》《湖南通志》《江华县志》

释　文：

仆游九疑，道中得淡岩、阳华之胜。阳华窈而奇，水经岩腹，其来涓涓，而出门之势雄甚。佗状瑰诡，咫尺千变，泉石之妙乃如是。暇日复陪郡掾摄邑事三山王默声父、簿临川陈希望民詹、尉会稽董汶文卿、知寨河朔刘显祖德昭寻幽追凉，彷徉尽日，而犹未满于中者。环阁蔽，流莫遂，飞羽觞，踏冰礒，似孤真趣尔。

嘉定壬申夏至，文安毛方平希元书。

并勒所赋于左：

蜂房湢湢流石乳，线窦涓涓细蛮语。门前乃作三峡声，似与幽人商出处。

何年结阁溷天真，危柱下侵蛟蜃怒。坐令空洞惊勃蹊，仙鬼不无号帝所。

要须濯足跨玉渊，枕石漱流涤尘务。手持白莲骑赤鲤，万壑千岩自风雨。

穷荒秘穴天所靳，稀有中州人访古。山谷不来次山来，未可歉然怀不遇。

人物小传：

①毛方平

毛方平，字希元，文安人。文安，宋属霸州，为南渡以前旧贯。

《八琼室金石补正》卷一百六著录，题为"毛方平诗"。陆增祥云："右毛方平诗，王默、陈希望、董汶、刘显祖，无一人见于官志者。毛方平无考。"

明《内阁藏书目录》、清《绛云楼书目》载《毛方平耆定录》，云："宋四川毛方平纂集诛叛贼吴曦事迹。"

清缪荃孙《艺风堂文续集》载宋毛方平《丁卯实编》一卷。

《建炎以来朝野杂记》载《毛氏寓录》，题为"茶马司干办公事毛方平撰"。

②王默

王默,字声父,三山人。嘉定五年以郡掾摄江华令。道州驾鹤峰题名记有王默,注"嘉定三年四月到"。

③陈希望

陈希望,字民詹,临川人。时任江华县主簿。明嘉靖《江西通志》卷二十载武举,开禧元年乙丑毛自知榜有陈希望,宜黄人。

④董汶

董汶,字文卿,会稽人。时任江华县尉。

⑤刘显祖

刘显祖,字德昭,河朔人。时任知寨。

考　证:

无题,有序,序即题也。兹以"寻幽追凉,彷徉尽日"二句为题。

嘉定壬申即嘉定五年(1212)。

此篇是毛方平与其好友同僚同游阳华岩后所作。赋中极言阳华岩之声、色、水、石,宛若神仙居所,尾句"山谷不来次山来",称道元结对阳华岩的开辟之功。

30.刘用行"禄儿岂解倾唐祚"

提 要：

题名："禄儿岂解倾唐祚"

责任者：刘用行

年代：嘉定八年（1215）十二月

原石所在地：浯溪

存佚：磨泐

规格：7 行

书体：行楷

著录：《古泉山馆金石文编》《八琼室金石补正》《湖南通志》《永州府志》

释 文：

禄儿岂解倾唐祚，致使斯文寿两翁。蜀道至今遗旧话，湘流澈底照孤忠。

摧风溜雨中兴字，转地回天克复功。人说苍崖磨不尽，不知磨尽几英雄。

嘉定乙亥腊月，清源刘用行圣与题。

人物小传：

刘用行，字圣与，福建泉州晋江人，一作莆田人。泉州唐为清源郡，故诗刻自称清源。嘉定八年任零陵知县，绍定五年（1232）任道州通判。

弘治《八闽通志》卷六十七《人物·泉州府》有传云："刘用行，字圣与，晋江人。昌言七世孙。登嘉定戊辰第。知零陵、巴陵，皆以最书。通判道州，单车临蛮砦，谕自新，蛮感泣去。除知桂阳军，召为太常簿，出知安庆府，改潮州详刑。使者贪暴，用行命左右掩得其赃，械其卒，引章自劾，使者坐罢。知赣州。振削前蠹，声华烨然。终于郡，年八十二。用行貌修伟，遇事有执。诗文典丽，有《北山漫游集》十卷，《杂稿》二十卷。"

万历《泉州府志》卷十六《人物志上之下》有传云："刘用行，字圣与，昌言七世孙。嘉定元年进士。为零陵令，以最称。后知巴陵，崔与之召归。用行上谒，崔迎谒，曰：'昔为零陵令，有声，非公耶？'魏了翁贬渠阳，戒僚吏勿谒见，用行扁舟诣之，与语竟夕。通判道州。蛮入内地，单车临贼，谕使自新，蛮感泣去。除知桂阳军，召为太常博士，出知潮州详刑。使者贪暴，盛夏驰卒逮平民，用行命左右掩卒，得其赃，引章自劾，使者削秩，用行亦坐贬。知赣州，振刷前蠹，声华烨然。终于郡。用行质貌修伟，遇事有执。诗文典丽，有《北山漫游》十卷，《杂稿》二十卷。"

考　证：

无题。每行末一字残。嘉定乙亥为嘉定八年(1215)。

道光《永州府志》《宋诗纪事补遗》《闽诗录》著录,缺"致使斯文寿""旧话湘流澈""雨中兴字转""说苍崖磨不"等字。今据《八琼室金石补正》《湖南通志》补全。

《古泉山馆金石文编》:"刘用行诗,正书七行,在磨崖左崖上,赵崇宪题名后。深没土中,发掘洗拓,仅得其上截。此刻前人未见。案刘用行撰有绍定五年《茶陵筑城记》,中云:'予以属郡丞诣潭白事',则用行恐官永州丞者。"今按:此"郡丞"当指道州通判。

光绪《零陵县志·艺文·金石》载零陵三亭"残题刻"一通云:"嘉定八禩腊后一日,东阳孙初偶留是邦,闻令尹清源刘用行,能寻柳子厚三亭遗址,于数百年荒秽之余,皆箸亭翼然,偶与大梁赵崇贾来访,旧观新境,大概可想,第有太息耳。时东嘉廖铎向刘曰:'某将执笔书于岩(下缺)。'"今按:"赵崇贾"疑为"赵崇宪"。

31.易祓"湘江东西直浯溪"有跋

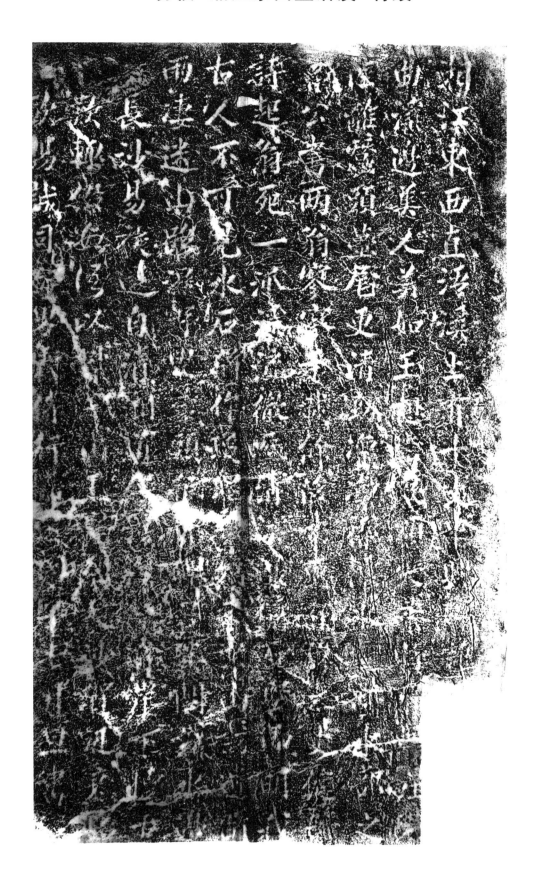

提　要：

题名："湘江东西直浯溪"有跋

责任者：易祓

年代：嘉定九年（1216）七月初一

原石所在地：浯溪

存佚：磨泐

规格：10 行

书体：正文楷书，款跋行书

著录：《八琼室金石补正》《湖南通志》《宋诗纪事》《江西诗征》

释　文：

湘江东西直浯溪，上有十丈中兴碑。谁凿丰碑镇山曲，溪边美人美如玉。

想当歌颂大业时，胸蟠星斗光陆离。蚕头蚕尾更清劲，凛凛襟怀冰雪莹。

水部之文鲁公书，两翁寥寥千载余。后来更有黄太史，健笔题诗起翁死。

一派溪流彻底清，溪边镜石坚而明。我思古人不可见，水石犹作琼瑰声。

竭来名山访遗迹，烟雨凄迷山路湿。野叟蒙头看打碑，君其问诸水边石。

长沙易祓还自清湘，道出浯溪，□舟崖下，怀古兴思，辄缀数语，以识我山丘□愿。长沙贺廷彦、始安欧阳诚同□男□侍行。嘉定九年七月旦书。

人物小传：

易祓（1156—1240），字彦章，一字彦伟，又作彦祥，号山斋，湖南宁乡人。与同郡汤璹、王容并称"长沙三俊"。淳熙十二年（1185）状元，历任江、全、衡等州知府。卒于嘉熙四年（1240）。著有《周易总义》《周官总义》《禹贡疆理记》《汉南北军制》《易学举隅》《周礼释疑》《山斋集》等。

考　证：

该诗《宋诗纪事》《江西诗征》均题作《浯溪中兴颂》，无跋。

《八琼室金石补正》卷九十二："右易祓诗在摩崖右凹下，近始从沙土中掘出，瞿、宗两家均未之见也。《访碑录》缺其名，审之是'祓'字。"

又云："县志载此诗，'寥寥'作'寥寂'，'竭来名山'误作'偶来真仙'，其余曼患之字据以补之。"

今审原石及拓片，《八琼室金石补正》所言无误。

《宋诗纪事》《江西诗征》"寥寥"误作"寥寂"，"竭来名山"误作"偶来真仙"，隆庆、康熙、乾隆、道光《永州府志》同误。弘治《永州府志》"竭来名山"误作"偶来真仙"。《湖南通志》不误。

32.留筠"行部来游""舟还浯溪"

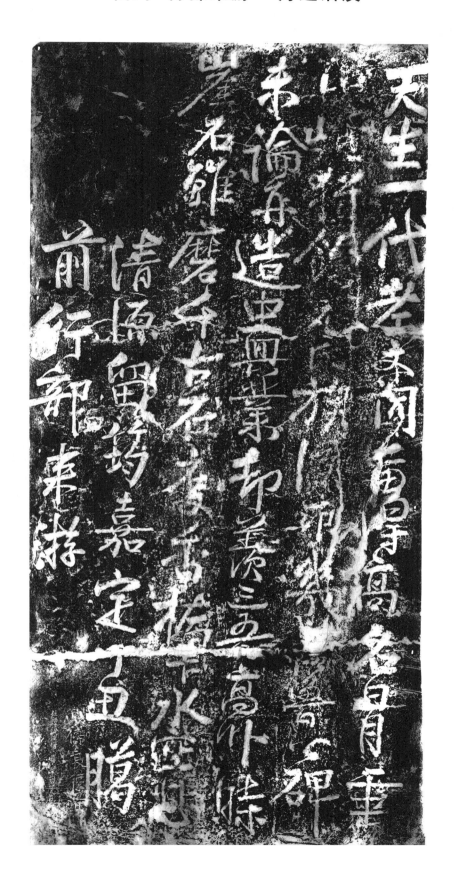

提　要：

题名："行部来游""舟还浯溪"

责任者：留筠书；法祖上石

年代：嘉定十年（1217）

原石所在地：浯溪

存佚：磨泐

规格：15行

书体：行书

著录：《古泉山馆金石文编》《八琼室金石补正》《永州府志》

释　文：

天生一代老文词，留得高名日月垂。山僻犹余元氏族，国危几读鲁公碑。

未论再造中兴业，却羡三吾高卧时。崖石虽磨千古在，渡香桥下水空悲。

清源留筠，嘉定丁丑腾前行部来游。

为爱浯溪风景幽，重临钓石系归舟。不妨细读丰碑下，墨本空看几白头。

自笑尘埃赋远飏，佳山招我莫徜徉。何当了却公家事，来伴高人枕碧湘。

筠舟还浯溪，再留二绝。

住持传法僧法祖谨刻崖石。

人物小传：

留筠，字端父，福建泉州清源人。南宋宁宗朝累官漳州通判、福建提刑、司农寺丞等，又曾因公过永州，留摩崖诗刻于浯溪、澹岩等地。

嘉靖《龙溪县志》载："宋开禧中通判留筠重修瑞鹊堂。"龙溪县属漳州，则留筠曾为漳州通判。

嘉靖《赣州府志》载："宋谢孝义，母嫠居守节，疾甚剧，刳肝以疗之。乡民状其事于郡，时提刑留筠摄郡事，给钱米即其所居，榜曰孝义之门。"则留筠曾为福建提刑，摄赣县事。

《宋史·宁宗本纪》载："（嘉定）九年春正月……乙亥，遣司农寺丞留筠贺金主生辰。"则留筠曾为司农寺丞，出使金国。

留筠在零陵澹岩亦有诗刻云："起仰高山积有年，忽看岩峤锁云烟。一尘不到非凡地，六月当知不暑天。昔有秦人尝穴处，世从山谷始名传。品题自古因人重，我谩邀僧煮石泉。"跋云："酌衡岳茗，诵山谷诗，徜徉久之，因识岁月。"署款："清源留筠端父，嘉定丁丑杪冬八日行游，与僧文思。""杪冬"指十二月。

据碑文,留筠于嘉定十年(1217)十一月巡察,途经浯溪,留下七言绝句二首;十二月回程时,再留七言绝句二首。

瞿中溶云:"留筠浯溪诗,行书七行,在磨崖左崖上,前人未见。考留筠系孝宗朝参政留忠宣正之次子也。广东南海苏文忠《浴日亭诗》乃其所刻,跋云'嘉定辛巳',则在此其后四年矣。后澹山岩诗自署其字曰'端父',与《浴日亭诗》跋同。此与澹山岩二刻俱云'行部来游',则筠必持节官荆南者,而《旧志》俱无其名。修志不按金石,知缺漏者多矣。《浴日亭诗》跋中云:'筠旧得此真迹于湘中',盖正指此题名时言之,彼此可以互证。筠书法端秀,似学颜清臣者。"

又云:"留筠再题浯溪诗,草书七行,即志前题之后北面,前人亦未见。"

今按嘉定十二年,卫泾撰留筠荐状:"朝散大夫、权发遣邵州军州事留筠,存心简静,临事宽明,虽出相门,实通吏道。到官以来,能于整办之中,不失拊循之实。"见《历代名臣奏议》。可知嘉定十年至十二年间,留筠任邵州知州,乃由邵州行部,往返经过浯溪。

考　证:

前诗行书,七行。后诗亦行书,七行。住持僧一行,字极小。

《古泉山馆金石文编》卷四、道光《永州府志·金石略》《八琼室金石补正》卷九十二著录。

"臘"同"腊",臘前指十一月。

33.徐自明《无题》

提　要：

题名：无题

责任者：徐自明

年代：嘉定十三年（1220）八月十九

原石所在地：浯溪

存佚：磨泐

规格：13 行，首行磨泐

书体：楷书

著录：《八琼室金石补正》《湖南通志》《永州府志》《宋诗纪事补遗》

释　文：

□□□□□□奇，金石相辉万古垂。论定固知名贵正，时危更识礼从宜。

溪山不老刊长在，天地重开继者谁。多少舣舟咸有纪，况予毕戍可无诗。

嘉定庚辰中秋后四日郡守永嘉徐自明书。

人物小传：

徐自明，字诚甫，号憇堂，永嘉人。淳熙五年（1178）进士，任富阳县主簿。十年（1183）十二月，任永州知州，至十三年止。遗著有《礼记说》《浮光图志》《零陵志》和《宋宰辅编年录》等。《宋宰辅编年录》编入《四库全书》。

《八琼室金石补正》卷九十二："徐自明知永州，《通志》职官列理宗朝，恐误。"

《宋诗纪事补遗》卷六十六："徐自明，字诚甫，永嘉人。嘉定中知永州。撰《宰辅编年录》《零陵志》十卷。"

考　证：

第一行已毁，姑作《无题》。

《宋诗纪事补遗》题作"游浯溪"。

《湖南通志》卷二百七十七："《金石文编》右徐自明诗，正书，十三行，在磨崖石壁，首行已为后人题刻磨去，前人未见。考自明字诚甫，撰有《宰辅编年录》。"

34.卫樵《寄题中兴颂下》

提　要：

题名：寄题中兴颂下

责任者：卫樵

年代：绍定六年（1233）正月初一

原石所在地：浯溪

存佚：磨泐

规格：10行

书体：楷书

著录：《金石萃编》《湖南通志》《宋诗纪事补遗》

释　文：

寄题中兴颂下

鼎沸渔阳塞马鸣，中兴鸿业幸天成。且为当世邦家计，宁问他时父子情。

李郭功名无可憾，元颜文字有何评。若能铭刻燕然石，方许雌黄此颂声。

绍定癸巳元日郡守中吴卫樵书。

人物小传：

　　卫樵，字山甫，吴人，一作昆山人，卫泾次子。乾道间任溧阳县丞，见乾隆《镇江府志》、嘉庆《溧阳县志》。绍定间任永州知州。嘉熙三年（1239）任常州知州。咸淳《毗陵志》卷八《秩官》："卫樵，嘉熙三年六月朝散大大，三年九月改知□州。"

　　《宋诗纪事补遗》卷六十八："卫樵字山甫，昆山人，泾之次子。绍定癸巳知永州。《昆山志》言其魁铨闱，魁锁厅，终于知信州。"卫樵绍定五年（1232）二月澹岩题名已自称"郡守中吴卫樵山甫"，则《宋诗纪事补遗》误。

　　光绪《零陵县志》卷十三录卫樵万石山题名："山甫□以泉石□家，与昆山相近，开州人邱壑之思，来守是邦，复得佳山水□□□，以平易闲靖为尚，民因相安，公事绝少，既创道院。蒋□叟□□□诗皆□□□□于万石叟示□□兴治新舒绣领兹岁癸巳□湘□祠，行且归矣。□时□□□清□□。题后识诸石云：绍定癸巳清明日，中吴卫樵山甫携男懥、孙燕、孙□、馆人常榭、南仲舒国襄叔时（下缺）。"

考　证：

　　原刻今磨泐严重，据《金石萃编》《八琼室金石补正》等书补录诗文。

　　据《金石萃编》卷一百三十二，诗后有跋："浯溪留题众矣，其间或美或刺，历数百年未有□□其□

者,是是非非,迄无定说。郡侯卫公以台鼎之伟器,守零陵之偏□□□□□□□□□□□□□□□□□□□语□而□□词婉而□□□□□□。”今全然无存。

　　《湖南通志》卷二百七十七引《金石文编》:“卫樵诗正书十一行,后二行微小,在磨崖碑左崖下,前人未见。卫樵乃我吴昆山卫太师文节公名泾之子,宋凌《万顷玉峰志元》、东溪老人杨谌《昆山志》但言其魁铨闱,又魁锁厅,终知信州,而不及守永州事。又《零陵志》载其题澹岩诗,自署‘中吴卫樵山甫’,山甫盖其字也。皆可据以补之。”

　　又引《金石补正》:“此刻已为妄人磨去,行存四字矣。余所得尚是廿余年前所拓,购诸琉璃厂者,然未见后跋也。省府志误‘憾’为‘减’。”

　　澹岩有卫樵绍定五年(1232)题名:“绍定壬辰二月既望,郡守中吴卫樵山甫、通守四明魏崛居甫,偕推官权零陵县事上饶余銃子允、校官王简夫以劝农来。樵谨书。”

35. 卫樵"嵌岩洞谷到曾多"

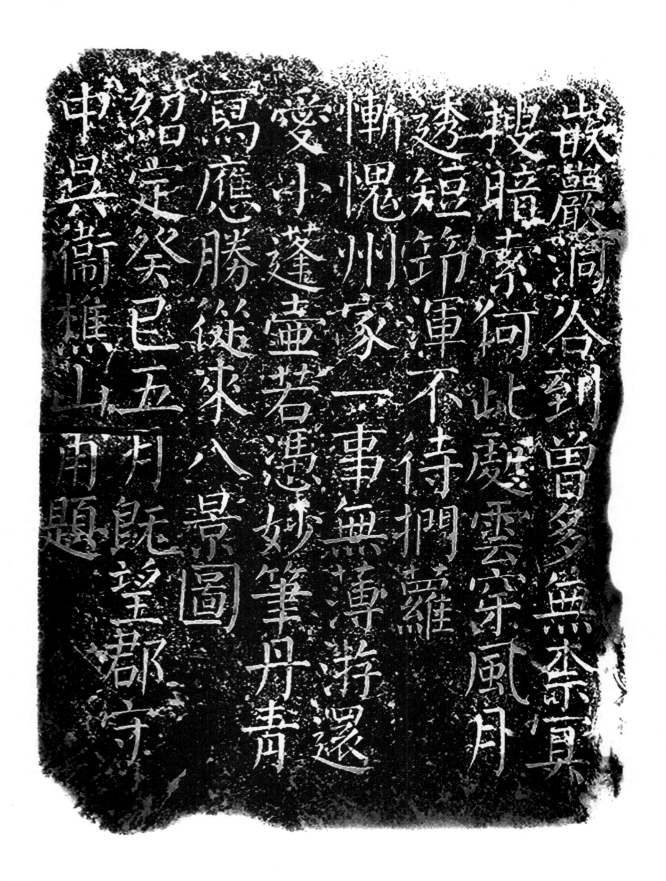

提　要：

题名："嵌岩洞谷到曾多"

责任者：卫樵

年代：绍定六年（1233）五月十六日

原石所在地：澹岩

存佚：不存

规格：8 行

书体：楷书

著录：《八琼室金石补正》《湖南通志》《永州府志》《零陵县志》

释　文：

嵌岩洞谷到曾多，无奈冥搜暗索何。此处云穿风月透，短筇浑不待扪萝。

惭愧州家一事无，薄游还爱小蓬壶。若凭妙笔丹青写，应胜从来八景图。

绍定癸巳五月既望，郡守中吴卫樵山甫题，□门僧住山了缘立石。

人物小传：

卫樵，见卫樵《寄题中兴颂下》。

考　证：

《八琼室金石补正》卷九十六"澹山岩"著录。又见《湖南通志》卷二百七十七、道光《永州府志》、光绪《零陵县志》。

八景图，当指宋迪。宋迪有嘉祐八年澹岩题名，今毁；又作《潇湘八景图》，见沈括《梦溪笔谈》。

36.杜汪集工部句咏寒亭、暖谷

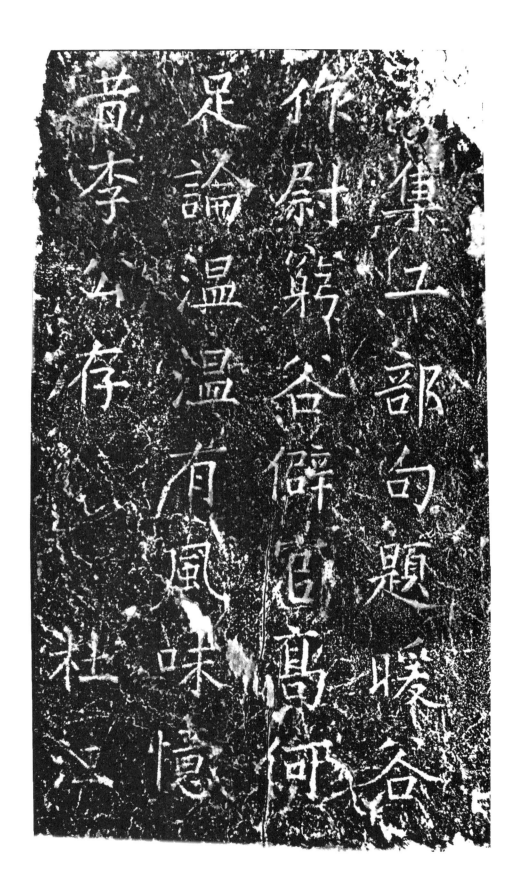

提　要：

题名：集工部句咏寒亭、暖谷

责任者：杜汪

年代：淳祐三年至六年（1243—1246）

原石所在地：寒亭、暖谷

存佚：完好

规格：6 行；4 行

书体：行书；楷书

著录：《八琼室金石补正》《金石汇目分编》《湖南通志》《永州府志》《江华县志》

释　文：

①集杜工部句咏寒亭

湖南清绝地，长夏想为情。六月风日冷，炎天冰雪生。

蓬莱如可到，心迹喜双清。去郭轩楹敞，幽居不用名。

甲辰夏杜汪题。

②集工部句题暖谷

作尉穷谷僻，官高何足论。温温有风味，忆昔李公存。

杜汪。

人物小传：

杜汪，事迹不详。一作正定人，一作金华人。淳祐间任江华县主簿，淳祐三年（1243）至六年（1246）间，与其子杜子是、杜子恭重修寒亭及木栈。

陆增祥《八琼室金石补正》卷一百三《寒亭题刻十九段》载《杜子是题记》云："山巅木栈，自元丰间赵公世卿沿崖发石易穴，路得径以通。及嘉熙己亥，熊公桂伐石以成梯级，然功尚欠缺。吾父子既新寒亭，自马石穴磴以下，碍者夷之，隘者广之，险者安之，乃以石为柱，以竹为阑，虽八九十老翁，亦得手拊而上。是径也，诚唐文之三变欤？淳祐癸卯秋，正定杜子是书。"（又见同治《江华县志》卷二，题作《杜子是重修栈道记》。）

同书同卷又载《杜汪东归题记》云："元公以宝应癸卯刺道州，永泰丙午巡江华，为寒亭作记。杜汪以淳祐癸卯复旧亭而益新景，丙午春杪毕工，时与事相符如此。考满东归，泊舟于太平桥下，登亭酌别，援笔以书。子是、子恭全侍。"（同治《江华县志》卷二题作《酌别寒亭题名》。）

陆增祥云："杜汪又有《寒亭题名》，宗氏跋云：'《官表》失载，不知其为守为令。'读此诗，知其为邑尉矣,可补入《官志》。此刻前人未见。"按"作尉穷谷僻"出自杜甫《白水县崔少府十九翁高斋三十韵》,杜汪以簿、尉相近,故引之,非真为县尉也。唐宋官制,县尉皆在主簿之下。

考　证：

集句诗刻今存,笔划平整,结构疏阔,书法风格与朝阳岩石刻极似。

寒亭、暖谷本是一地。亭在谷中,夏日可避暑气,故称寒亭。石壁有洞,洞中又有洞,复圆润可爱,冬日可存暖气,故称暖谷。"寒亭"因亭而名,其地则当称"寒谷"。"暖谷"因洞而名,其实当称"暖岩"。

寒亭、暖谷在今江华县蒋家山,其地即唐宋县治所在,故士大夫屡往游之。山崖峻峭,有溪流,逼近崖底,而寒亭、暖谷在山腹中,须攀越石隙而上。故寒亭、暖谷景胜虽殊,而石隙与溪畔栈道乃是游历之关键处。

今山脚下仍存"寒亭路"大字榜书,两侧小字题记云:"邑簿杜汪与李焯议开山径,得未刊碑璞,若有所待,喜而大书。淳祐癸卯,男杜子是入石。"又存宋刻云:"邑簿杜汪命工伐乱石,叠祠堂阶址,此通此径。时淳祐甲辰也。建祠董役:沃斗参、唐元龟。"

《咏寒亭》集句出处如下:湖南清绝地(《祠南夕望》),长夏想为情(《江阁卧病走笔寄呈崔、卢两侍御》)。六月风日冷(《渼陂西南台》),炎天冰雪生(《江陵节度阳城郡王新楼成王请严侍御判官赋七字句同作》)。蓬莱如可到(《游子》),心迹喜双清(《屏迹三首》其一)。去郭轩楹敞(《水槛遣心二首》其一),幽居不用名(《遣意二首》其一)。

《八琼室金石补正》《湖南通志》"湖"作"湘","想"作"热"。同治《江华县志》"想"作"尚"。审石刻,同时结合杜甫原诗,以"湖""想"二字为长。

《题暖谷》集句出处如下:作尉穷谷僻(《白水县崔少府十九翁高斋三十韵》),官高何足论(《佳人》)。温温有风味(《八哀诗·赠太子太师汝阳郡王琎》),忆昔李公存(《八哀诗·赠秘书监江夏李公邕》)。

按:杜甫诗"有"作"昔"。

37.杜子是集元刺史句咏寒亭

提 要:

题名:集元刺史句咏寒亭

责任者:杜子是

年代:淳祐三年至六年(1243—1246)

原石所在地:寒亭暖谷

存佚:完好

规格:7 行

书体:行书

著录:《八琼室金石补正》《金石汇目分编》《湖南通志》《永州府志》《江华县志》

释 文:

集元刺史句咏寒亭

杜子是题

长山绕井邑,嶙嶙天外青。烟云无近远,水石何幽清。

半崖盘石径,如见小蓬瀛。时节方大暑,忽若秋气生。

高亭临极巅,登高宜新晴。俗士谁能来,野客熙清阴。

漫歌无人听,有酒共我倾。时复一回望,心自出四溟。

人物小传:

杜子是,杜汪子。见杜汪集工部句咏寒亭、暖谷。

考 证:

杜汪父子以杜甫为同姓先人,故集句最多。

杜汪为江华县主簿,于淳祐三年(1243)至六年(1246)间,与其子杜子是、杜子恭重修寒亭及木栈。杜汪、杜子是父子修建之举,不惟与元结创建寒亭暖谷事迹近似,亦与元结创建朝阳岩旨趣、景物大略相同。

《八琼石金石补正》卷一百三:"此刻不见年月,当是随侍其父而同咏者。'瀛'字中从'贝',俗误书,仿山谷而不逮远甚。《永志》名胜载此作云'宋人杜子美诗',误矣。'登高'作'登陟',亦异。"

该诗集句出处如下:长山绕井邑,嶙嶙天外青。烟云无远近,水石何幽清。(《登白云亭》)半崖盘石径(《招陶别驾家阳华作》),如见小蓬瀛(《宿樽诗》)。时节方大暑,忽若秋气生。(《登殊亭作》)高亭临极巅(《招陶别驾家阳华作》),登高宜新晴(《登白云亭》)。俗士谁能来,野客熙清阴。(《石宫四咏》)漫歌无人听,有酒共我倾。时复一回望,心自出四溟。(《登殊亭作》)

按:元结诗"水石"作"石水","登高"作"登望"。

38.杜汪"人到朝阳嵒底嵓"

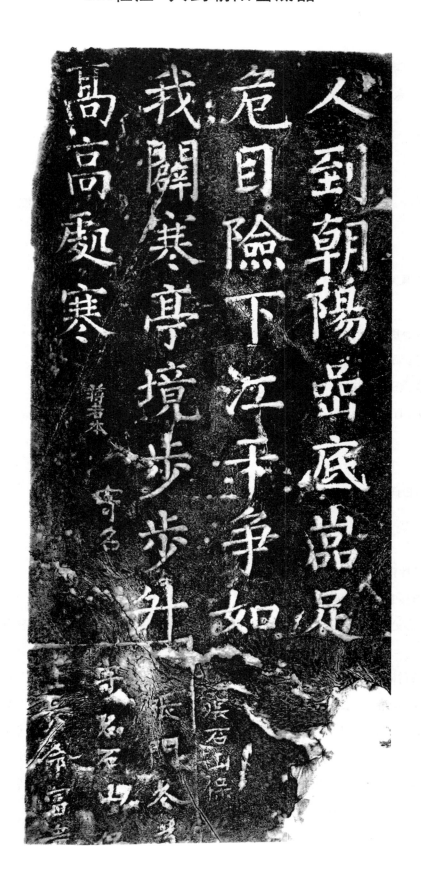

提 要:

题名:"人到朝阳嵒底嵓"

责任者:杜汪

年代:淳祐三年至六年(1243—1246)

原石所在地:朝阳岩下洞

存佚:完好

规格:高53cm,宽30cm,4行

书体:楷书

著录:《朝阳岩集》

释 文:

人到朝阳嵒底嵓,足危目险下江干。争如我辟寒亭境,步步升高高处寒。

人物小传:

杜汪,见杜汪集工部句咏寒亭、暖谷。

考 证:

诗刻位于朝阳岩下洞右侧岩壁上,无题,无作者及年代。据"我辟寒亭"等内容知为杜汪所作。

黄焯《朝阳岩集》收录,列在宋代,注云"失姓名",文字均同。

"嵒底嵓",指朝阳岩下洞。"寒亭",即寒亭、暖谷,在永州江华县,唐属道州,刺史元结所创,并作《寒亭记》云:"永泰丙午中,巡属县至江华县,大夫瞿令问咨曰:'县南水石相映,望之可爱,相传不可登临。'俾求之,得洞穴而入,栈险以通之,始得构茅亭于石上。"

此诗云"我辟寒亭境","寒亭境"犹言"寒亭径","寒亭径"即"寒亭路"也。

此诗《全宋诗》失收,当补入。

诗末有"蒋若本"三小字,及"寄名"二字。"蒋若本"似刻工名。其名又见东安九龙岩。道光《永州府志·金石略》载"宋齐谌九龙岩题名",宗绩辰曰:"右正书五行,题刻皆劣,下刻'蒋若本'三字,或刻工名也。(《留云庵金石审》)"而"蒋若本"在朝阳岩又有整句题名,云:"蒋若本,癸酉年甲子月戊子日书。"但"癸酉"与南宋淳祐年号不合,疑为北宋之年。

39.曹一龙"行乐乘阴好"

提　要：

题名：“行乐乘阴好”

责任者：曹一龙书；慧圆上石

年代：淳祐六年（1246）

原石所在地：浯溪

存佚：磨泐

规格：5 行

书体：正文行书，款跋楷书

著录：《八琼室金石补正》《金石汇目分编》《湖南通志》

释　文：

行乐乘阴好，谁能困墨朱。重阳邀数客，尽日款三吾。

烟惨江山古，风清竹木癯。漫郎如可作，分酒酹茱萸。

时淳祐丙午，四明曹一龙书。

住山慧圆上石。

人物小传：

曹一龙，四明人，生平不详。

据康熙《郴州总志》卷五，淳祐九年（1249），曹一龙由朝奉郎任郴州知军。

《八琼室金石补正》卷九十二：“右曹一龙诗在峿台右路旁，前人未见。《通志·职官》理宗朝有曹一龙，知郴州，当即其人。《江西通志》‘曹一龙，新建人，绍定二年黄朴榜进士’，此署四明，或则有一人也。”

考　证：

今原石磨泐，第一、二行及款跋据《八琼室金石补正》补全。

40.林革《满江红》词

提 要:

题名:满江红

责任者:林革

年代:淳祐九年(1249)十月

原石所在地:浯溪

存佚:磨泐

规格:10 行

书体:行书

著录:《金石萃编》《八琼室金石补正》《湖南通志》《永州府志》

释 文:

十载扁舟,几来往、三吾溪上。天宝事,一回看著,一回惆怅。笔画模糊犹雅健,文章褒贬添悲壮。枉教人、字字费沉吟,评轻重。

西北望,情无量。东南气,真长王。想忠臣,应读宋中兴颂。主圣自然皆乐土,时平正好储良将。笑此身、老大尚奔驰,知何用。

右满江红,西皋林革淳祐己酉良月庚子,自淦入桂,舣舟溪浒,有感而作,汲度香桥下流泉书。

人物小传:

林革,生平不详。

考 证:

《金石萃编》卷一百三十二:"林革题后云自淦入桂,舣舟溪浒,淦与灨同,盖自江南西路之赣州赴荆湖南路之桂阳,道经浯溪也。是时元已灭金,称兵南犯,朝廷方以泗州围解,两淮息兵,论功推赏,侥幸偷安,故林革词有'西北望,情无量。东南气,真长王。想忠臣,应读宋中兴颂'云云,盖深望湖湘一路之长歌乐土也。"

《湖南通志》卷二百七十七:"自淦入桂当是至粤西,《萃编》以为荆湖南路之桂阳者,非也。"

道光宋中兴颂,指赵不忧《皇宋中兴圣德颂》,乾道二年撰文,嘉定二年刻于浯溪。

《永州府志》、瞿中溶《古泉山馆金石文编》"林革"误作"林华"。

良月,指十月。《左传·庄公十六年》:"公父定叔出奔卫,三年而复之。……使以十月入,曰:'良月也,就盈数焉。'"古人以盈数为吉,数至十则小盈,故以十月为良月。

41.张知复《读浯碑漫成一绝》

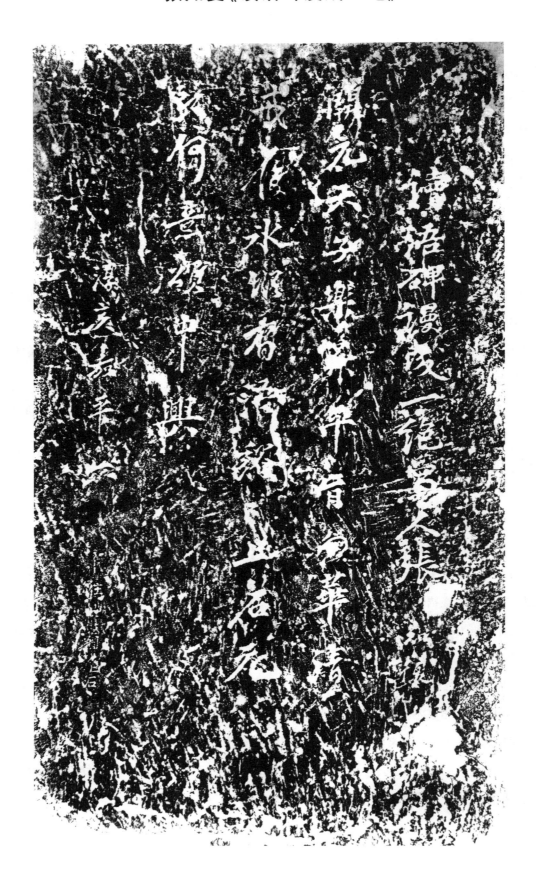

提 要:

题名:读浯碑漫成一绝

责任者:张知复书;慧圆上石

年代:淳祐十一年(1251)十二月

原石所在地:浯溪

存佚:磨泐

规格:5 行

书体:行书,上石六字楷书

著录:《八琼室金石补正》《金石汇目分编》《湖南通志》《语石》

释 文:

读浯碑谩成一绝

蜀人张知复

开元天子乐升平,肯向华清戒履冰。纵有浯溪溪上石,元郎何意颂中兴。

淳亥嘉平六日。

住山慧圆上石。

人物小传:

张知复,蜀(今四川)人。淳祐间通判道州。

考 证:

《八琼室金石补正》卷九十三:"张知复通判道州,载《永志》而不详其贯,得此乃知为蜀人,《通志·职官》失载。"

淳亥即淳祐辛亥的简写。嘉平即腊月的别称,《史记·秦始皇本纪》:"三十一年十二月,更名腊曰'嘉平'"。

42.俞掞、赵与儛唱和绝句四首、《即事口占》绝句一首

提 要:

题名:俞掞、赵与懔唱和绝句四首、《即事口占》绝句一首

责任者:俞掞、赵与懔

年代:景定三年(1262)

原石所在地:浯溪

存佚:磨泐

规格:14 行

书体:楷书

著录:《古泉山馆金石文编》《八琼室金石补正》《湖南通志》《永州府志》《宋诗纪事补遗》

释 文:

大唐有颂到浯溪,翠藓苍崖古画垂。西望函关今万里,淡烟斜日几荒碑。

宋朝一统旧山川,南北中分已百年。壮士不须夸此颂,健提椽笔上燕然。

景定壬戌仲春,广信俞掞以宪节行部过此,因赋两绝。检法天台赵与懔偕行。

与懔幸侍辅车,敬赘韵严。与懔顿首百拜。

男儿有志竟成事,好把功名竹帛垂。今日舆图当混一,谁能重拭雁门碑。

细把中兴唐颂看,玉环遗恨忆当年。自从拥马回灵武,整顿乾坤岂偶然。

即事口占

生平梦不到浯溪,此日欣从使者来。天放一晴舒眼界,大江横上入樽罍。

人物小传:

①俞掞

俞掞,字伯华,号松涧,江西广信府广丰县人。淳祐间进士,累官南昌知县、临江知军、湖南提点刑狱、两浙西路提点刑狱。

俞掞传记最早见于嘉靖《永丰县志》卷四《宦绩》:"宋俞琰,字伯华,号松涧。登宋淳祐进士第,知临江军,赠朝请大夫,提刑湖南。有《潇湘纪行》二绝,大守丘驿为跋。当时立廉吏碑以颂其德政。居家立有义塾、社仓,以周宗族异姓之贫者。"

其次则有同治《临江府志》卷之十六名《宦传上》:"俞掞,字伯华,信州人。景定间知临江军,会兵毁,公私寥落,掞极力营治,未期,官廨民舍复于旧。终湖南提点刑狱。"

俞掞姓名或误作"余琰",任职亦误作"广东提刑"。

嘉靖《广信府志》卷十六《人物志》、嘉靖《江西通志》卷十一《广信府·秩官》、万历《粤大记》卷十

《宦迹类》、道光《广东通志》卷二百三十七《宦绩录七》、光绪《广州府志》卷一百四《宦绩一》："余琰，字伯华，永丰人。登淳祐进士第，授广东提刑。持己廉洁，当时立廉吏碑，公居其一也。"

同治《广信府志》卷九之二《宦业》、同治《广丰县志》卷八之二《人物·宦业》均载："俞掞，字伯华，广丰人，淳祐进士，授广东提刑。持己廉洁，当时之廉吏碑，掞居其一。广东名宦志祀乡贤。"又载："按《前志》载掞提刑湖南，今依《广东通志》更定。"

今按：俞掞姓名，当以石刻为准。俞掞在湖南所任职确为湖南提刑。

刘克庄《后村先生大全集》卷六十四《外制》载《知临江军俞掞除湖南提刑》："湘中曩被兵者三郡，潭岌岌仅自保，而属邑之境兽蹄鸟迹皆至焉。朕闵湘民之祸，至此极矣。勤恤犹恐其伤，固结犹恐其离，淑问犹恐其冤。孰能推朕之德意志虑于一路者？尔宰南昌，有弦歌之爱；牧清江，承锋镝之余。乃能左支右吾，铢积寸累，变荆棘瓦砾为官府市区，甫期而郡复旧观。朕贤其人。湘臬弄印，无以易尔。必访民疾苦，必去吏饕残。前所谓勤恤固结淑问者，乃临遣祥刑使者之意也。钦哉钦哉！"

钟有大澹山岩题名云："景定壬戌春正月晦，零陵令钟有大，以迓绣使俞计院，宿此岩寺。二月望，再侍判府邱秘丞劭农。题石以纪事云。"见《金石萃编》。楷书六行，今佚。今按：俞掞与"俞计院"未必是一人。

但谓俞掞官终湖南提点刑狱，亦不确。咸淳二年（1266）俞掞在两浙西路提点刑狱公事任上。

俞掞有《长洲县学记》，署款："咸淳二年四月朔，朝请郎、权两浙西路提点刑狱公事、节制澉浦金山常州江阴水军、因提领镇江府、转般仓借紫、广信俞掞记。"（见洪武《苏州府志》卷四十七）

②赵与懔

赵与懔，浙江天台人，赵宋皇室宗亲，时任提刑司检法官，余事不详。

考　证：

楷书，十四行。俞掞诗大字，署款略小。赵与懔诗小字，署款益小。二人名最小。

唱和绝句四首无题，陆心源《宋诗纪事补遗》题为《行部过浯溪，因赋两绝》。

《古泉山馆金石文编》卷四、道光《永州府志·金石略》《八琼室金石补正》卷九十三、光绪《湖南通志·金石》著录。

瞿中溶云："俞掞赵与懔诗，共十四行，正书，前后大小不齐，在浯溪崖上。考与懔乃集庆军节度观察留后，南康郡公惟能之七世孙，秦王德芳之后，见《宋史·宗室世系表》）。此刻前人未见。其云'宪节行部'，前钟有大澹山岩题名云'绣使俞计院'，则掞必荆南提点刑狱之官，而《志》皆不载。赵与懔自署其官曰'检法'，考宋制，提刑有检法官一员，则与懔乃掞之属官而随行者也，故有'幸侍轺车'之语。"

43.文有年《题元子故宅》

提　要：

题名：题元子故宅

责任者：文有年

年代：景定三年（1262）三月初七

原石所在地：浯溪

存佚：完好

规格：10 行

书体：行书

著录：《宋诗纪事补遗》《八琼室金石补正》《湖南通志》《永州府志》

释　文：

题元子故宅

漫郎百事皆漫尔，独有溪山认作吾。念无一物镇泉石，生怕偃蹇羞吾徒。

灵武中兴功撝德，天地大义须人扶。宁将善颂寓讽谏，百世闻之立儒夫。

太师劲气形于笔，二美能兼自古无。后来袞袞下注脚，识者涪翁次石湖。

松煤狼籍楮山赭，空谷雷响工传摹。徘徊熟玩长太息，世道日与湘流俱。

宋景定壬戌三年三月上七日，眉山文有年。

人物小传：

文有年，四川眉山人，宝祐进士。

道光《永州府志·金石略》又载文有年零陵朝阳岩、群玉山二诗，署款："景定甲子劭农日，郡从事眉山文有年。"景定甲子为景定五年（1264），据此可知文有年在景定三年至五年间任永州通判。

考　证：

上七即初七。

该诗刻浯溪今存二通，其一笔划纤细，当为后来翻刻。

文有年有零陵澹山岩诗刻：

为爱溪山来永州，黄茅白苇使人愁。驱车遥指崟峰去，峰在潇江最上头。江转峰回景奇绝，澹山嵌窦真天设。摩挲丹灶酹石泉，髣髴曾游今几劫。征君征君苦避秦，一秦人又一秦人。青山踏破无扃鐍，何地堪逃世上尘。

署款："景定壬戌四月望,郡从事眉山文有年题于是,吾宗默庵开堂之三日也。"下刻"住山应远上石"。王昶《金石萃编》按语云:"书九行,系行书,字极飘忽。"

道光《永州府志·金石略》又载文有年零陵朝阳岩、群玉山二诗:

　　　　朗吟晓过潇江曲,锦色平铺乱川绿。翠屏突兀一千寻,独上高冈展遐瞩。不知威凤何处鸣,但见烛龙初出谷。神仙洞府寄山阿,中有寒泉锵佩玉。仰看峭拔俯涟漪,似与幽人隔尘俗。漫郎好事破天荒,此意吾侪当继续。

　　　　零陵旧有舜遗风,玉帛充庭万国同。留得琮璜满空谷,更将戞磬贮当中。款款跻攀缓缓归,约回徒御勿相随。鳞皴夹道皆千尺,只听松风亦自奇。

署款作"景定甲子劭农日,郡从事眉山文有年"。

44.蒋孝忠《戍满湘源，舟行浯水，领客登临》绝句二首

提　要：

题名：《戍满湘源，舟行浯水，领客登临》绝句二首

责任者：蒋孝忠

年代：景定三年（1262）

原石所在地：浯溪

存佚：完好

规格：正文 8 行，署款 7 行

书体：楷书

著录：《八琼室金石补正》《湖南通志》

释　文：

好山好水占浯溪，中直磨崖一片碑。试问天齐齐几许，从他元子剩夸毗。

我宋中原二百州，版图渐入掌中收。只今更办河清颂，勒向燕然最上头。

景定壬戌长至日，东阳蒋孝忠戍满湘源，舟行浯水，领客登临，谩题二诗，以识岁月。许子善、李公恕、许浩然偕行。子佛、老，侄孙光大、伯大侍。

人物小传：

蒋孝忠，浙江金华东阳人，端平二年（1235）武进士，授修武郎，官至全州知州。

道光《东阳县志》卷十三《选举·武举进士》载："端平二年乙未：蒋孝忠，修武郎、知全州事。"

隋平陈，废洮阳、灌阳、零陵三县，置湘源县，属零陵郡。五代马楚，改湘川县为全州，又置清湘县。宋以清湘县为全州治所。《唐六典》卷三："湘水出桂州湘源县，北流历永、衡、潭、岳四州界，入洞庭。"此处以湘源代指全州。

考　证：

正文八行，大字。署款七行，小字。

长至指夏至。《礼记·月令》："（仲夏之月）是月也，日长至，阴阳争，死生分。"

45.吴文震"卷石之中有道存"有跋

提　要：

题名："卷石之中有道存"有跋

责任者：吴文震

年代：景定二年（1261）

原石所在地：元山

存佚：凿损

规格：诗 8 行，款 1 行，跋 9 行

书体：诗、款隶书，跋行书

著录：《八琼室金石补正》《湖南通志》《永州府志》

释　文：

卷石之中有道存，岩岩气象峻于天。巍乎近取舜为法，卓尔如群孔在前。

跨六鳌头观戴极，出群龙首要承乾。圣门所重非科第，向上工夫合勉旃。

景酉秋权郡南海吴文震题。

泮宫顶群石中有崭然特立者，旧以状元山□之。夷泉吴先生以湘倅摄郡□学，因□□怡然自得□诗□首□唱占鳌头，世□以是为□。今先生诗旨以广大高明为学问，以法舜睟颜为□向，是由贤而圣，由□而天，□□□□□□□乎。万物之表出类拔萃□无愧元山之元，彼谓□□□生□□鄙矣。昔元刺史游右溪，游濡泉，□□诗以劝学者，□□□□状元山而诗以刻之，诏承学于不朽，真无愧古人□□□郡博士徐权□□外郡营道尉摄教曾溢□□谨跋。学正□清朝直学义允之蒋寅发、掌仪何元清、司部邓□□敬登□□。

人物小传：

吴文震，字弦发，番禺（今广州市）人。绍定五年（1232）进士，调郁林州司户。历南恩州司法，通判新州、钦州，景定间知道州、全州。

万历《粤大记》卷二十有传："吴文震者，字弦发，同邑之秀也。绍定壬辰进士。初试郁林民曹，权宰，有政声。次任南恩纠曹，尤加意狱事，囚系者感之。授新昌金幕，知归善县，行乡饮，崇礼教，弦歌蔼然，大兴文治。寻倅钦州，摄守全州。又摄守舂陵。皆有惠政。"

考　证：

景酉即景定辛酉的简写。

诗跋凿损严重，《八琼室金石补正》《湖南通志》《永州府志》著录，内容稍异，今对比拓片，《八琼

室金石补正》所录较为准确。

《八琼室金石补正》卷一百二十：

泮宫顶群石中有崭然特立者，旧以状元山□之。夷泉吴先生以湘倅摄郡□学，因□□怡然自得□诗□首□唱占鳌头，世□以是为□。今先生诗旨以广大高□□□问孔为□睎颜为□，向是□贤而圣由□而天□□□□□□□乎。万物之表出类拔萃□无愧元□之元，彼谓□□□生□□鄙矣。昔元刺史游右溪，游溁泉，□□诗以劝学者，□□□□状元山而诗以刻之，诏承学于不朽，真无愧古人□□□郡博□徐权□□外郡营道尉摄教曾溢□□谨跋。学正□清朝直学义允之蒋寅发、掌仪何元清、司部邓□□敬登□□。

又云："右吴文震元石诗在道州元山，山在州治西半里儒学后，形家谓主州中人文，亦名状元山，相近为虞山，元次山尝立舜庙于其地。此刻《湖南通志》失采，永志载此多阙讹，兹据石本录之。直学、掌仪、司剖诸名目，他处罕见。"

今据拓本，另审出"明为学""法舜""由""山""士"八字，改《八琼室金石补正》"孔为"为"以法"。

46.吴文震"景定初元汛虏氛"

提　要：

题名："景定初元讯虏氛"

责任者：吴文震

年代：景定三年（1262）四月

原石所在地：浯溪

存佚：磨泐

规格：诗 4 行，款跋 5 行

书体：楷书

著录：《八琼室金石补正》《湖南通志》

释　文：

景定初元汛虏氛，掀天功业掩前闻。扶唐社稷郭中令，造汉乾坤贾冠军。

好激浯溪湔旧案，重磨崖石纪元勋。仆今已办湘山刻，未逊聱翁星斗文。

景定壬戌孟夏朔，清湘郡丞南海吴文震沿橄长沙校文，舣舟崖下，读唐宋二颂。喜今日中兴，未几西复泸川，东复涟水，南交修贡，北狄请和，此一统之机也。已勒颂于湘石，因赋之。

人物小传：

吴文震，见吴文震"卷石之中有道存"。

考　证：

孟夏即农历四月。清湘代指全州。

47.刘锡"不比弋阳名浪传"

提　要:

题名:"不比弋阳名浪传"

责任者:刘锡撰;李挺祖书

年代:景定三年(1262)九月

原石所在地:月岩

存佚:完好

规格:15 行

书体:隶书

著录:《八琼室金石补正》《湖南通志》

释　文:

不比弋阳名浪传,叠空三日透山巅。岩分前后两弦缺,天到中央一月圆。

屋拟蟾宫新学士,台存石磴旧游仙。玲珑望处人间近,影照奇峰千朵连。

景定三年九月永嘉刘锡作,明年江华李挺祖书。

人物小传:

①刘锡

刘锡,字自昭,浙江永嘉人。淳祐七年(1247)进士。宝祐间以奉议郎辟充沿海制置大使,主管书写机宜文字,纂修《四明续志》。开庆元年为镇江府通判。景定元年(1260)为国子监主簿。

②李挺祖

李挺祖,号瓠轩,道州江华县人,任道州濂溪书院掌御书。以书法专长,又以金石之学见称,常为文人墨客题写牌榜碑石,在湖湘享有盛名。瞿中溶《古泉山馆金石文编》谓其"书取法汉隶,结构有体,在宋人中已不可多得"。

道州有景定御书"道州濂溪书院"。篆额"皇帝御书"四字,作二行。下刻"道州濂溪书院"六大字,字径尺余,正书,作二行。行中书"缉熙殿书"四字,亦正书,字径寸许。字上钤一印文曰"御书之宝",其上又有"壬戌"二字。两图章方寸余。道州知州杨允恭撰《谢表》刻碑,"署款景定四年七月朔,朝奉郎、差权知道州军州、兼管内劝农营田事、充管界沿边溪峒都巡检使、借绯臣杨允恭谨拜手稽首恭书"。李挺祖摹御书并篆额,署款"濂溪书院掌御书臣李挺祖恭摹并篆额"。《古泉山馆金石文编》卷四瞿中溶云:"李挺祖,江华人,即前书《九疑山铭》者。自称'濂溪书院掌御书臣',此官不经见,恐即知州所辟,未必出自朝命也。"

考　证：

月岩在今道县城外，相传周敦颐曾读书其间。

《八琼室金石补正》卷一百十五："案《明统志》云：月岩形如圆廪，中可容数万斛。王会《月岩图记》云：月岩在故里西八里许，先生读书其间。其山巍耸，中为崖洞，东西两门如城阙，可通往来。洞之中虚，其顶自东仰之如月上弦，自西仰之如月下弦，至中仰之如月之望，随行进退，一盈一亏，其形肖月，好事者奇之，以为太极呈象，中有濂溪书堂。"

该诗描述月岩风光。诗中"屋拟蟾宫新学士，台存石磴旧游仙"，描述了当时重修一新的濂溪书院。道州知州杨允恭任命李挺祖为"濂溪书院掌御书"，李挺祖遂将刘锡的诗作书写勒石。

刘锡另有《浯溪》诗云："兴废由来只靠天，三郎往事亦堪怜。湘江直下浯溪上，翁霍于今五百年。"

48.戴烨"断崖古字是唐碑"

提　要：

题名："断崖古字是唐碑"

责任者：戴烨

年代：景定四年（1263）十一月初一

原石所在地：浯溪

存佚：磨泐

规格：7 行

书体：楷书

著录：《八琼室金石补正》《湖南通志》

释　文：

断崖文字是唐碑，无限名贤赞颂诗。莫把中兴讬前代，会须重见太平时。

景定癸亥仲冬旦，君山戴烨明夫偕何翼凤祥父同游，口占以纪岁月云。

人物小传：

戴烨，字明夫，岳阳人。生平不详。

考　证：

《八琼室金石补正》卷九三、《湖南通志》卷二百七十七著录，均误题作"戴煜诗"，据石刻，"烨"写作"爗"，是戴烨无误。

君山即岳阳。仲冬旦即农历十一月初一。

49.何士龙《判府思斋题墨》

提 要：

题名：判府思斋题墨

责任者：何士龙撰；周公明、季清卿上石

年代：景定四年（1263）

原石所在地：月陂亭

存佚：完好

规格：标题 1 行，诗 9 行，款跋 1 行

书体：标题篆书，诗行书，款跋楷书

著录：《永明县志》

释 文：

判府思斋题墨

归自春陵，季清令尹携酒郊劳，且出初寮诗，率尔追和。景定癸亥霜降后六日，广汉何士龙。

来往春陵踰十日，正当黄菊晚香时。吟风弄月而归处，又见初寮两首诗。

见说幽居指顾中，感今怀昔仰高风。乘闲须践林泉约，便道还当访赞公。

高山周公明、季清卿磨崖。

人物小传：

①何士龙

何士龙，四川广汉人，绍定进士，见万历《四川总志》、雍正《四川通志》、嘉庆《郫县志》。据诗刻，何士龙号思斋，时任道州通判。

②周公明、季清卿

景定三年唐清《游山诗》，序云："晚承高山判县朝奉，相拉游山，掘诗奉呈，以□一笑。横溪唐清。"后有周公明跋云："世之贪荣进者多，好闲退者少，不谓傅、唐二公，宽于催科，而喜于登临，可谓贤者，而后乐固矣。景定壬戌登高节，高山周公明志。"见光绪《永明县志》。

据诗刻，周公明时任永明县主簿。唐清，景定三年在永明知县任上。

季清卿，景定四年在永明知县任上。

考 证：

标题篆书一行为额。诗行书，八行，大字。款跋楷书，一行，小字。

月陂亭在今江永县上甘棠村。光绪《永明县志》卷五十著录,云:"右刻在甘棠。额横列一行,篆体。叙每行十字,凡四行,惟首行四字,以'季清'跳行也。诗四行,每行十四字。磨刻另为一行。"《永明县志》"而"作"吾","感今"作"几仝","乘"作"等","还"作"应",今据原刻及拓片改正。

50.陈梅所"天下人知此一岩"

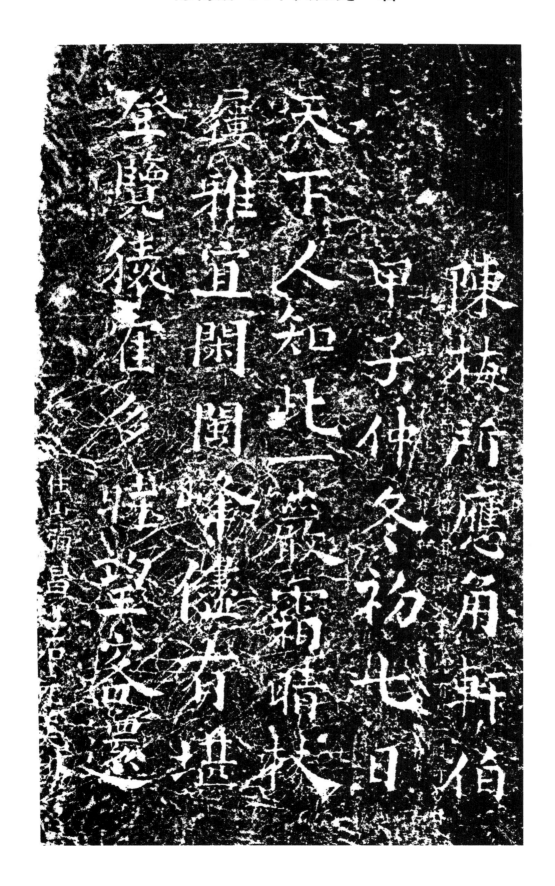

提　要：

题名："天下人知此一岩"

责任者：陈梅所

年代：景定五年（1264）十一月初七

原石所在地：澹岩

存佚：不存

规格：6 行

书体：楷书

著录：《留云庵金石审》《永州府志》

释　文：

陈梅所应角轩伯，甲子仲冬初七日。

天下人知此一岩，霜晴杖屦雅宜闲。闽峰尽有堪登览，猿雀多时望客还。

住山弥昌上石。

人物小传：

陈梅所，字应角，号轩伯。生平不详。

考　证：

楷书，五行。标注一行，字极细小。

道光《永州府志》著录，题为"宋陈梅所等澹山岩诗刻"。

宗绩辰《留云庵金石审》曰："右刻正书，五行，僧款一行，即刻吕行中题名之上，本不著年次，因在吕后，且咸淳乙丑弥昌立石者，计当为景定甲子也。"

51.李祐孙"明皇何以致颠危"

提　要：

题名："明皇何以致颠危"

责任者：李祐孙

年代：咸淳五年（1269）

原石所在地：浯溪

存佚：磨泐

规格：诗 4 行，款跋 6 行，补记 3 行

书体：诗、款跋楷书；补记行书

著录：《八琼室金石补正》《古泉山馆金石文编》《永州府志》

释　文：

明皇何以致颠危，林甫国忠成祸基。妃子良心犹不悟，此机惟有九龄知。

浯溪崖石与天齐，两刻中兴大业碑。北向几多垂白叟，百年不见汉官仪。

广平李祐孙，乙卯冬侍叔父赴零陵郡。次年元旦，舟泊浯溪，尝和馆人韵。后十五年，咸淳己巳，复于元旦寓宿焉。感慨之余，追忆前和，因书于独有堂，遗主人僧宗绍，以志吾曾。时偕行者，相台戴希禹。

浯溪潇湘之胜，舟车之会，凡登临，重感慨泉石云乎哉！因旧规而日葺以存古，绍兄其勉之。偶有余纸，并述溪声。

人物小传：

李祐孙，衡州（今湖南衡阳）人。叔父为李芾，详见下文考证。

考　证：

诗四行，楷书，大字。款跋六行，楷书，字略小。补记三行，行书，小字接排。

《古泉山馆金石文编》卷四、道光《永州府志·金石略》《八琼室金石补正》卷九十三著录。

瞿中溶云："李祐孙诗，正书十行。后又有行书三行，字较小，似别是一人之诗叙，而诗已为后人磨去，并不知姓名矣。在摩崖左壁，前人未见。"

陆增祥云："后行书三行紧接'禹'字之下，且云'偶有余纸'，则似非别一人之诗叙也。"

又云："文云乙卯冬侍叔父赴零陵郡，叔父当是李芾，时以安抚司幕官讨盗至永，或在知永州之时。咸淳己巳复来，或在芾为提刑之时。芾子名裕孙，见《宋史》本传。祐孙必其昆弟行，故知为芾之从子也。"

此处乙卯为宝祐三年(1255),咸淳己巳为咸淳五年(1269)。

诗刻为二绝,跋语先述宝祐三年、四年来永,后述咸淳五年再来赋诗。跋语并记寓居浯溪独有堂,补记再嘱僧宗绍修葺元结旧址,委婉之至。

"叔父"指李芾,历官祁阳县丞、摄祁阳知县、摄湘潭知县、德清知县、永州知州、温州知州、临安知府、湖南提刑、潭州知州兼湖南安抚使,抗元守城而死。《宋史·忠义传》有传,略云:

"芾坐熊湘阁,召帐下沈忠,遗之金,曰:'吾力竭,分当死,吾家人亦不可辱于俘,汝尽杀之,而后杀我。'忠伏地扣头,辞以不能,芾固命之,忠泣而诺,取酒饮其家人,尽醉,乃遍刃之,芾亦引颈受刃。忠纵火焚其居,还家杀其妻子,复至火所,大恸,举身投地,乃自刭。幕属茶陵颜应焱、安仁陈亿孙皆死。潭民闻之,多举家自尽,城无虚井,缢林木者累累相比。"

又载:"芾为人刚介,不畏强御,临事精敏,奸猾不能欺。且强力过人,自旦治事,至暮无倦色。夜率至三鼓始休,五鼓复起视事。望之凛然犹神明,而好贤礼士,即之温然,虽一艺小善,亦惓惓奖荐之。平生居官廉,及摈斥,家无余赀。"

《元史》载:"(元世祖至元)十三年春正月丁卯朔,克潭州,宋安抚使李芾尽室自焚死。""平章政事阿里海牙趣湖南,至潭州城下。……攻战愈急,宋臣李芾死之。""阿里海牙至鄂,招潭州守臣李芾,不听。乃移兵长沙,拔湘阴。冬十月,至潭,为书射城中以示芾,曰:'速下,以活州民,否则屠矣。'不答。乃决隍水,部分诸将,以炮攻之,破其木堡。流矢中胸,疮甚,督战益急,夺其城。潭人复作月城以相拒。凡攻七十日,大小数十战。十有三年春正月,芾力屈,及转运使钟蜚英、都统陈义皆自杀。"

隆庆《永州府志》卷十三《名宦列传》、康熙九年《永州府志》卷十五《人物志上》:"李芾,字叔章,衡山人。以荫补南安司户,辟祁阳尉,出谷赈荒。摄祁阳县,大治。辟湖广安抚司幕官,时盗起永州,招之岁余不下,芾与参议邓垧,提兵千三百人,破其巢,擒贼魁蒋时选以归,余党遂平。后除司农寺丞,知永州,有惠政,永人祠之。"

道光《永州府志》卷十三《良吏传》:"李芾:字叔章,本汴人。高祖升,死靖康之难。其子徙衡州。芾少立学行名,其斋曰'无暴弃',魏鹤山为易以'肯斋',谓克继祖烈也。以荫补南安司户,辟祁阳尉,出谷振荒,有声。摄祁阳县,大治。辟湖南安抚司幕官,时盗起永州,招之岁余不下,芾与参议邓垧,提兵千三百人,破其巢,擒贼魁蒋时选父子以归,余党遂平。后历湘潭、德清,皆有惠政。除司农寺丞,知永州,治行周洽,永人祠之。由浙东西提刑入知临安,忤贾似道,罢官。元兵至鄂,乃起安抚湖南,苦无兵,结溪峒为声援,战守力竭,死节于潭,一家皆殉。事闻,赠端明殿学士,谥忠节。"

李芾有《浯溪读中兴颂》诗:"羯鼓梨园迹已荒,斯文犹在日星光。我来细拂青苔石,不忆三郎忆漫郎。"厉鹗《宋诗纪事》、邓显鹤《沅湘耆旧集前编》、江昱《潇湘听雨录》及弘治、隆庆、道光《永州府志》收录。(元陈孚《陈刚中诗集》卷二误收。)江昱评:"忠忱义气,诗才清婉若许。"

"广平"为李氏郡望。《宋史》:"李芾,字叔章,其先广平人,中徙汴。高祖升起进士,为吏有廉名。

靖康中,金人破汴,以刃迫其父,升前捍之,与父俱死。曾祖椿徙家衡州,遂为衡人。"

"绍兄"指僧宗绍。浯溪另有景定四年(1263)王鸿孙等题名:"景定癸亥中秋日,邑令东莱王鸿孙,佐官富水何端方,耒江曾应元,敬循旧典,延至父老,酌以金罍,勉之种麦。因得闲步,遍观溪山。约而不至者,宜春施浩也。"行书七行。后有小字一行:"住山宗绍上石。"见道光《永州府志·金石略》、《八琼室金石补正》卷九十三、光绪《湖南通志·艺文志·金石》。可知景定四年至咸淳五年间,宗绍住持浯溪寺院。

"两刻中兴大业碑"指元结《大唐中兴颂》及赵不忧《大宋中兴颂》。浯溪有永州通判、赵宋皇室宗亲赵不忧所刻《大宋中兴颂》,嘉定二年上石。林伯成诗"归美从来臣子事,谁歌宋德乃心同",曾焕诗"还镌我宋中兴碑",钟兴嗣诗"盍观我宋朝,崖上中兴碑",均指此而言。至清磨泐,陆增祥云:"赵不忧《中兴颂》,在山谷诗左,前人未搜及。碑共九百余言,为明人磨去三百廿余字,蚀损者又百世字,存四百五十余字。"

52.黄及翁"漫郎文体鲁公书"

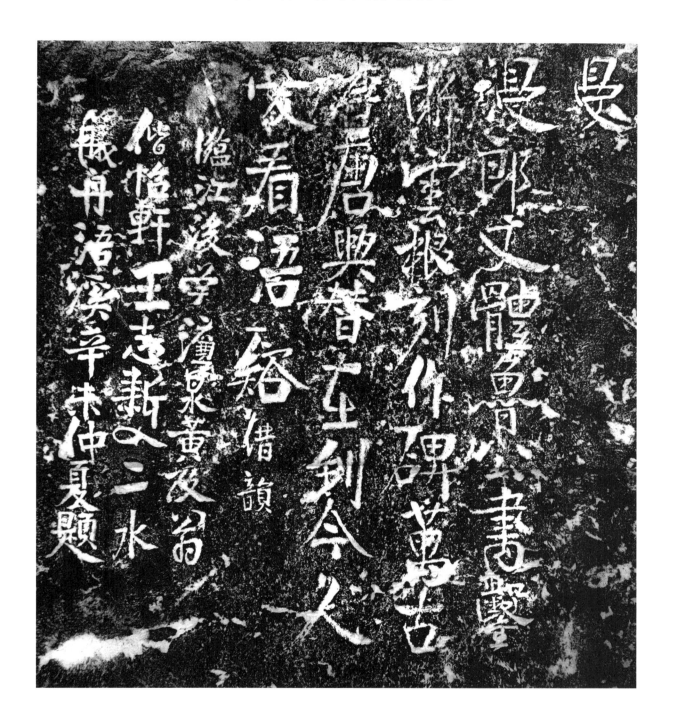

提　要：

题名："漫郎文体鲁公书"

责任者：黄及翁

年代：咸淳七年（1271）

原石所在地：浯溪

存佚：完好

规格：诗4行，款3行

书体：行书

著录：《八琼室金石补正》《续补寰宇访碑录》

释　文：

漫郎文体鲁公书，凿断云根刻作碑。万古李唐兴替在，到今人爱看浯溪。（借韵）

临江后学濂泉黄及翁偕怡轩王志新入二水，舣舟浯溪，辛未仲夏题。

人物小传：

①黄及翁，号濂泉，生平不详.诗刻无年号，陆增祥《八琼室金石补正》定为南宋咸淳时人，桂多荪《浯溪志》疑其为临江军（今江西清江县）人。

②王志新，号怡轩，生平不详。

考　证：

《八琼室金石补正》卷九十三："右刻在柳应辰押字题记之下，省府志俱失载。笔意仿山谷，当是宋刻。但有干支而无号年，系于宋代最后之辛未，为度宗咸淳七年，是年元建国号矣。"

二水指潇水、湘水。

题

记

1.陈瞻《宣抚记并序》

提 要:

题名:宣抚记并序

责任者:陈瞻

年代:咸平间(998—1003)

原石所在地:朝阳岩下洞

存佚:磨泐

规格:高 77cm,宽 70cm,16 行

书体:楷书

著录:《八琼室金石补正》《留云庵金石审》《零志补零》

释 文:

宣抚记并序

宣德郎、守秘书丞、知永州军州事、骑都尉、借绯陈瞻述

圣上以万寓清夷,九有丰稔,明德率蹈于古道,至仁允被于群生,爰命近臣,特行巡抚。勖官守,奉诏条,以临莅勤恪;谕耆老,教子孙,以忠孝农桑。仍示优恩,并加宴设。零陵古郡,湘水通州,有齿危、发秀之徒凡四百人,相与歌咏,进而称曰:

我后恤养衰老,化洽黔黎。虽代历羲轩,理称尧舜,未有念及遐僻,惠加疲羸,存问之旨,若今日之盛也。思欲明示子孙,刻之琬琰,俾永遵德教,垂圣朝无疆之休,岂不同快余年哉!

瞻任忝亲民,敢不从众。乃于郡之西偏,岩曰朝阳,直纪皇猷,就刊贞石。

侍禁阁门祗候、权管辖三司大将军、将荆湖南北路同巡抚郭咸。朝奉大夫、尚书司封郎中、权勾当三班院、兼同权判刑部、荆湖南北路巡抚、上□□□□□□□□□□。

人物小传:

①陈瞻

陈瞻,见朱昂、洪湛、刘骘、孙冕、李防《送新知永州陈秘丞瞻赴任》。

②郭咸

郭咸,事迹无考。

按真宗时有福建人郭咸,大中祥符二年(1009)进士。弘治《八闽通志》卷六十七:"郭咸,字建泉,晋江人。幼嗜学,甫成童,通经义,属文笔翰如流,一洒立就,尤精于法律,善草书篆隶。年十九,登祥符壬戌进士,累迁殿中侍御史,改干州观察推官,未几复除殿院,出为闽宪,卒于官。所著有《拙庵文集》四卷、《杂咏》一卷。"又见万历《泉州府志》、崇祯《闽书》、明王圻《续文献通考》、明陈鸣鹤《东越

文苑》等。其年岁较石刻晚一二十年，似非一人。

《朝野类要·宣抚都督》："侍从以上称宣抚，即平时安抚之义也，执政以上则称都督。"

代职官主慰抚者，有宣抚使、宣谕使、抚谕使，皆不常置。《宋史·职官志》："宣抚使，掌宣布威灵、抚绥边境及统护将帅、督视军旅之事，以二府大臣充。"《宣抚记》中，郭咸为"荆湖南北路同巡抚"，另一人为"荆湖南北路巡抚"，乃是以巡抚兼负宣慰之责。陈瞻则以知州的职守，记述了这次宣抚的经过。

《宋史·职官志》又载："东上阁门、西上阁门使各三人，副使各二人，宣赞舍人十人，旧名通事舍人，政和中改。祗候十有二人，掌朝会宴幸、供奉赞相礼仪之事。"陈瞻云"爰命近臣特行巡抚"，郭咸为侍禁阁门祗候，另一人为勾当三班院，正是天子近臣、侍从的身份。

考　证：

诗刻位于朝阳岩下洞，有边框，如碑制，石面有裂痕两道。第十二行"曰朝阳直纪"五字，第十四行"抚郭咸"三字，第十五行"上"字，皆损坏，据《八琼室金石补正》补。第十六行整行约十一字全损，历代无著录，无可补。

《零志补零》卷上著录，"发秀"误作"发秃"，"之徒"误作"之德"，署款误脱"辖"字。"就刊贞石"下有宗霈按语："按系真宗咸平初年记，石刻现存。""荆湖南北路巡抚上"下有注："以下石蚀字缺。"

《留云庵金石审》："右行书十五行，当日盖有十六行，后佚一行耳。寄刻朝阳岩壁，先零陵始搜得之。"

道光《永州府志·金石略》："王煦等《省志》云：'案零陵县《宗志》云：咸平初年记，石刻见存。'"二"巡抚"误作"巡检"。

《八琼室金石补正》卷八十五："《永志》'三司'上脱'辖'字。又'发秀'作'发秃'，似不误，而石刻实作'秀'，意'齿危'为老者，'发秀'为少者也。末两行'巡抚'俱作'巡检'，案《大智禅师碑阴吕文仲题名》，结衔称巡抚使。又绍兴二年九月甲子，直徽猷阁郑伟为陕西巡抚使，见《玉海》。是宋固有巡抚之称，特不常置耳。此刻不带'使'字，当亦同之。'同巡抚'者，副使也。宗氏疑宋无巡抚，辄改为'巡检'，误矣。"

又卷五十五《巡抚使吕文仲题名》："据此题名，则宋初亦有巡抚使也。湖南永州朝阳岩陈瞻《宣抚记》，其署衔亦称巡抚，不独见于此刻。疑即抚谕使，非常置之员也。宗涤楼辑《永州府志》辄改为'巡检'，误矣。"

按《宣抚记》左侧，另有十三行石刻，每行二十一字，与《宣抚记》每行字数相同，但为元人姚绂"冯夷宫"榜书所凿，当与《宣抚记》为一体，即《宣抚记》之下半篇无疑。前人未尝著录，逐痕穷究，虽只字不可得，殊为遗恨耳！

据《宣抚记》所记,两位巡抚到来之际,曾经设宴零陵,邀请齿危老者及发秀少年,共四百人一同歌咏,场面阔大,感动人心。陈瞻因此撰写了记文,刻于石壁。可知朝阳岩在宋初已成为距离郡城最近的、可以和官方衙门相辅助的人文场所。

又,陈瞻记文自署"借绯",借绯乃是宋初对外任地方官的推重。《宋史·舆服志五》:"太宗太平兴国二年,诏朝官出知节镇及转运使、副,衣绯、绿者并借紫。知防御、团练、刺史州,衣绿者借绯,衣绯者借紫。"

诗刻署款残缺,按陈瞻任永州知州在咸平元年,姑定为咸平间作。

诗刻与《送新知永州陈秘丞瞻赴任》及《题朝阳岩》诗刻字迹相同,当为陈瞻亲笔。

2.蒋之奇《暖谷铭并序》

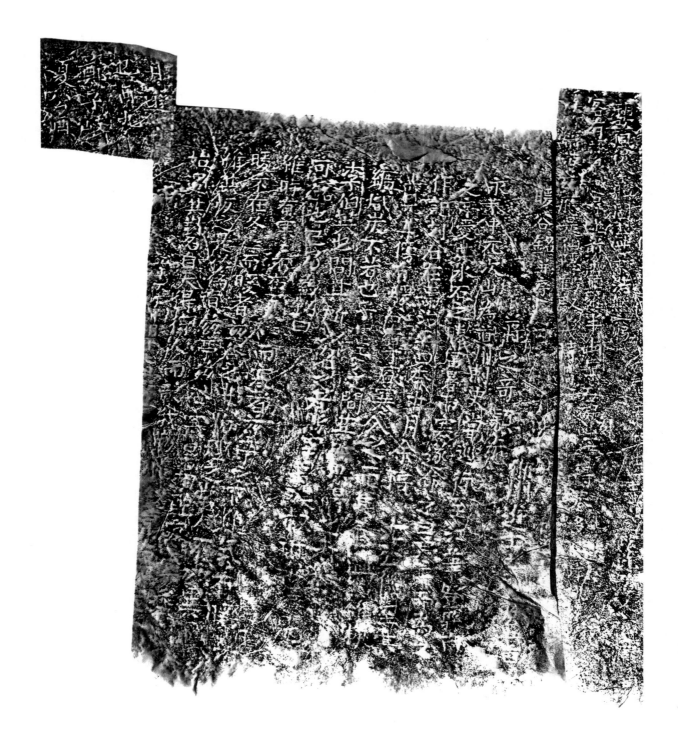

提 要：

题名：暖谷铭并序

责任者：蒋之奇撰；李宏书

年代：治平四年（1067）

原石所在地：寒亭暖谷

存佚：磨泐

规格：14 行

书体：楷书

著录：《八琼室金石补正》《古泉山馆金石文编》《古今图书集成》《湖广图经志书》《湖南通志》《永州府志》

释 文：

暖谷铭并序

郴州进士李宏书

蒋之奇颖叔

永泰中，元次山为道州刺史，尝巡行至江华，登县南之亭，爱其水石之胜，当暑而寒，遂命之曰"寒亭"，而为之作《记》，刻石在焉。治平四年十月，余陪沈公仪至其上，见其傍有暖谷者，方盛寒入之，而其气温然，虽挟纩炽炭不若也。予甚爱之，问其所以得之者，本邑尉李伯英也；问其所以名之者，县宰吾族叔祺也。噫！是可铭也已。乃为铭曰：维时有寒，寒不在夏。夏而寒者，兹亭之下。维气有暖，暖不在冬。冬而暖者，兹谷之中。物理之常，人不以异。维其反之，是以为贵。兹亭兹谷，寒暑相配。寥寥千年，始遇其对。名自天得，待人而彰。我勒此铭，万古不忘。

治平丁未十月十七日刻。

人物小传：

蒋之奇（1031—1104），字颖叔，常州宜兴人。

神宗熙宁间，新法行，历任江西、河北、陕西、江、淮、荆、浙发运副使。哲宗元祐初，进天章阁待制、知潭州，改广、瀛、熙州。绍圣中，召为中书舍人、知开封府，进翰林学士兼侍读。元符末，责守汝、庆州。徽宗崇宁元年复为翰林学士，拜同知枢密院事，二年知院事。以观文殿学士出知杭州，以疾告归，三年卒。史称蒋之奇溉淮东田九千顷，活民八万四千。在陕西经赋入，比其去，库缗八十余万，边粟皆支二年。移淮南，漕粟至京，比常岁溢六百二十万石。升发运使，凡六年，其所经度，皆为一司故事。出知熙州，终其去，夏人不敢犯塞。

撰《广州十贤赞》一卷、《孟子解》六卷、《荆溪前后集》八十九卷等百馀卷,多佚,仅存《三径集》辑本一卷。《全宋诗》辑为二卷。

苏轼《东坡七集》卷中《蒋之奇天章阁待制知潭州敕》:"蒋之奇少以异材,辅之博学,艺于从政,敏而有功。使之治剧于一方,固当坐啸以终日。勿谓湖湘之远,在余庭户之间。务安斯民,以称朕意。"

同书卷下《蒋之奇集贤殿修撰知广州敕》:"蒋之奇按治岭海,统制南极,声教所暨,耸闻风采,自唐以来,不轻付予。朕既择其人,复宠以秘殿之职,使民夷纵观,知其辍自禁严,以见朝廷重远之意。"

曾肇《曲阜集》卷一《蒋之奇宝文阁待制制》:"蒋之奇富以辞艺,博知古今,台阁践更,号为久次。眷予南服,付以列城,属愚民弄兵,骚动岭表,武夫利赏,贼杀善民,而尔应接经营,多中机会,有罪就戮,无辜获申。载嘉尔能,宜用褒显,进于侍从之列,不改帅师之旧,使远人观望,益加二千石之尊。"

《宋史》有传,略云:"以伯父枢密直学士堂荫得官。擢进士第,中《春秋三传》科,至太常博士。又举贤良方正,试六论中选,及对策,失书问目,报罢。英宗览而善之,擢监察御史。""初,之奇为欧阳修所厚,制科既黜,乃诣修,盛言濮议之善,以得御史。复惧不为众所容,因修妻弟薛良孺得罪怨修,诬修及妇吴氏事,遂劾修。神宗批付中书,问状无实,贬监道州酒税,仍榜朝堂。至州,上表哀谢,神宗怜其有母,改监宣州税。"

考　证:

该题记,嘉靖《湖广图经志书》卷十三《永州府》载全文,弘治《永州府志》、隆庆《永州府志》载之,有铭而无序。康熙九年《永州府志》、道光《永州府志》载之,"问其所以得之者,本邑尉李伯英也;问其所以名之者,县宰吾族叔祺也"二句,误并作"问其所以名之者,县宰吾族叔祖"一句,又误"祺"字。同治《江华县志》卷一《山川》所载不误。

又石刻有"郴州进士李宏书"一句在题下,"治平丁未十月十七日刻"一句在文末,各本多缺,惟《八琼室金石补正》卷一百三、光绪《湖南通志·金石志》载之。陆增祥按语:"右蒋之奇《暖谷铭》,瞿氏、宗氏皆未之见,而《通志·山川》《永志·名胜》皆载此文。'江华'上无'至'字,'记'上无'作'字,'公仪'上无'沈'字,'傍'作'旁',上无'其'字,'其气温然'作'气温如'三字,'挟'上无'虽'字,'爱之'下少二句,'祺'误作'祖',下无'也''噫'二字,'乃'上无'已'字,'人不以异'作'不以为异','兹谷'一作'竝谷',一作'并谷','寥寥千年,始遇其对'作'寒暑千秋,阴阳反异','此铭'之'铭',《永志》作'名'。恐皆沿旧志之讹,要当以石刻为正。书人李宏,自署郴州进士,而《通志·选举》失载。"

暖谷之得名,隆庆《永州府志》卷七《提封》曰:"在县南五里寒亭之侧,宋邑尉成纪李伯英始得其处。"各志因之。今按:当云暖谷在寒亭之上,中有洞穴,必穿洞乃可过。暖谷有内外二洞,内洞易于保暖,故堪称暖岩。又元结《寒亭记》今存,即刻于暖谷外,可知元结曾至其处,不可谓宋人始得之。

李伯英盖重新探得之。唐无"暖谷"之名,宋人蒋祺始命其名也。

蒋之奇另有《寒岩铭》:

> 寒岩水石,怪特殊异。下临银江,上接云际。公仪颖叔,志乐岩谷。诣而得之,赏爱不足。为近寒亭,寒岩是名。何以表之,颖叔作铭。治平丁未十月,陪沈绅公仪游,蒋之奇颖叔。

南宋虞从龙上石,跋云:"右铭元刊于寒亭之上,字泯,几不可读。既新泉亭,得没字碑于亭左,意昔为新铭设也,乃徙刻之,且以彰予爱□之志云。后治平一百二十有四年,邑令西隆虞从龙俾邑人李挺祖(下泐)。"

道光《永州府志·金石略》:"《寒岩铭》,诸《志》所不及,近新获此刻,欣未曾有。虞令,《官表》失载,所谓'后治平百二十四年',乃光宗绍熙元年庚戌也。分书,当是颖叔旧迹,虞令特重刊之耳。"

《八琼室金石补正》卷一百三:"右《寒岩铭》,在江华。寒岩在县南三里寒亭下。《通志》失载,《永志》载此多脱误。……'俾'误作'刊',邑人一行全缺。意李挺祖重书而刊之,宗氏以为颖叔旧迹,殆非。"

沈绅字公仪,会稽人,时任荆湖南路转运判官,有寒亭诗刻,隶书,今存。诗云:"元子始此来,大暑生冻骨。名亭阳崖角,高文犹仿佛。我行冰雪天,噤语揖风物。银江走碧涨,九疑抱云窟。它年名不磨,至者戒无忽。沈绅公仪,治平四年十月甲子,作诗于寒亭山壁。晋陵蒋颖叔同游。"

《八琼室金石补正》卷一百三:"右沈绅诗,亦[谭]仲维所拓寄,《江华新志》失采。"

蒋之奇至朝阳岩,有《游朝阳岩遂登西亭有序》,和柳宗元《游朝阳岩遂登西亭二十韵》。至澹山岩,有澹山岩题刻、《澹山岩诗》。澹山岩题刻云:

> 澹山岩,零陵之绝境,盖非朝阳之比也。次山往来湘中为最熟,子厚居永十年为最久,二人者,于山水未有闻而不观、观而不记者,而兹岩独无传焉,何也?岂当时隐而未发邪?不然,使二人者之顾,肯夸其寻常而遗其卓荦者哉?物之显晦固有时,何可知也?蒋颖叔题。

康熙《零陵县志》作蒋颖叔《题澹山岩小序》。《金石萃编》卷一百三十三:"正书九行,左行。蒋颖叔,名之奇,常州宜兴人。《史传》称其以荫得官,擢进士第,至太常博士。又举贤良方正,英宗擢监察御史。神宗立,转殿中侍御史,坐贬监道州酒税,改监宣州酒税。新法行,为福建转运判官,崇宁元年累除观文殿学士知杭州,以疾告归,卒。此题不著年月,亦不著官位,当是监道州酒税时所题。其监道州也,由畔欧公之故,为清议所薄。颖叔必有不得意者,故题云'物之显晦固有时,何可知也',其大指已见乎词矣。颖叔能诗,《零陵县志》载其游澹岩七古一首,又载其游朝阳岩七古一首。王弇州称其工书,有苏黄法,则此题句百余字亦足贵也。"

道光《永州府志·金石略》宗绩辰按语:"右刻殊颓敖不佳。"而同书卷二上《名胜志》称"蒋之奇长歌最工",又以题刻当《澹山岩诗》之小序,谓"蒋颖叔小序"云云。

蒋之奇《题澹山岩》诗:

> 零陵水石天下闻,澹山之胜难具论。初从岩口入地底,始见殿阁开重门。乃知兹洞最殊绝,洞内金碧开祇园。宽平可容万人坐,仰视有若覆盎盆。虚明最宜朝日点,阴晦常有鳌云屯。盘虬天矫垂乳下,异兽突兀巨石蹲。香山一抹在崖壁,人迹悄绝不可扪。灵仙飞游享此供,常驾飙驭乘云轩。我来正逢春雨霁,氛翳开廓阳景温。呀然双穴露天半,笼络万象将并吞。只疑七窍混沌死,五窍亡失两窍存。神奇遗迹未泯灭,至今犹有斧凿痕。云床石屏极隈隩,昔有居士尝潜蟠。避秦不出傲征召,美名遂入贤水源。咸通尝为二蛇窟,元畅演法蛇辄迁。从兹其中建佛刹,栖隐不复闻世喧。惜哉此境久埋没,但与释子安幽禅。次山子厚爱山水,探索幽隐穷晨昏。朝阳迫迮若就狴,石角秃鬝如遭髡。豪篇矜夸过其实,称誉珉石为瑶璠。环观珍赏欲奄有,不到胜处天所悭。嗟予至此骇未觌,不暇称赞徒惊叹。恨无雄文压奇怪,好事略与二子班。芜词愿勒岩上石,勿使岁久字灭漫。

该诗见弘治《永州府志》、隆庆《永州府志》、康熙九年《永州府志》、道光《永州府志》、康熙《零陵县志》、光绪《零陵县志》、光绪《湖南通志》、《金石萃编》、《古泉山馆金石文编》、《八琼室金石补正》,均出于石刻。又见陈思《两宋名贤小集》、厉鹗《宋诗纪事》及《全宋诗》。

《古泉山馆金石文编》卷三:"此诗不见姓名,而《金石萃编》及《县志》皆属之蒋之奇。《史传》言颖叔于神宗时由殿中侍御史贬道州监酒税,此诗盖其时所题也。诗中云'云床石屏极隈隩,昔有居士尝潜蟠。避秦不出傲聘召,美名遂入贤水源。'考《零陵记》曰:'周贞实,零陵人,居淡山石室。秦始皇下诏征之,三征皆不起,遂化为石。'宋零陵令玉淮《澹岩记》略与之同,'周贞实'作'周正实',避宋讳嫌名改也。今《县志》'贞'作'正',非是。《志》载颖叔此诗脱去'灵仙飞游享此供'以下四句,余亦多讹字,当据石刻补正之。"

《金石萃编》卷一百三十五:"蒋之奇已详前卷,彼但有题名而无岁月,此则刻诗而署云'熙宁九年正月廿二日',题名当亦同此时也。"

道光《永州府志》卷二上《名胜志·澹山岩》:"谪宦党人放游西南者多题记,惟黄庭坚诗帖最彰,邹浩诗纪驯狐夜报迹最奇,周茂叔、范淳父(祖禹)题名最重,蒋之奇长歌最工。"

《八琼室金石补正》卷九十五:"《萃编》所载,尚有笔画微讹者,可勿具述。'元年'之'元',石刻并未稍泐,而王、瞿、宗三家皆作'九年',甚为怪事。《潜研》独不误,此书故征信而可贵也。瞿氏所得,失拓首行,故云'不见姓名'。亦有讹脱,均已于卷末校补。惟'兹洞'作'滋洞','一株'作'一抹','祇园'作'祇',末一'邢'字误作'刻',尚未更正。宗氏云'悉从拓本补正',而首行标题四字亦失载,犹谓拓工所遗也。其以'蒋之奇字颖未'六字系于'过此书'之上,并作'叔'字,吾不知所据何本矣?且《萃编》已载于诗刻之前,而宗氏乃云'王司寇佚蒋之奇六字',又何故邪?余如'兹'作'滋','祇'作'祇','照'作'点','株'作'抹','秋'作'春','呀'作'牙','鏊'作'凿','尝潜蟠'之'尝'作'常','聘'作'征','迮'作'窄','嵩'作'嵒',均误。且以《旧志》'一株'之'株'为误,直似未见石本者,又何故邪?"

诗有署款:"熙宁九年正月廿二日,蒋之奇字颖叔过此书,周甫、张吉刊。""熙宁九年",陆增祥正作"熙宁元年"。

今按:光绪《道州志》卷四《职官》蒋之奇监酒税不载年月,据《续资治通鉴长编》,蒋之奇贬在治平四年三月。蒋之奇《暖谷铭并序》云治平四年十月至其上、十月十七日刻。次年即熙宁元年,正月廿二日有澹山岩题刻及诗,可知澹山岩题刻及诗作于离任回程途中。

《全宋诗》卷六八七据《零陵县志》收录,以《金石萃编》核校,而不用《八琼室金石补正》,故仍沿熙宁九年之误。

《续资治通鉴长编》卷二百十八,熙宁三年十二月丁丑:"主客员外郎监宣州盐税蒋之奇,权福建路转运判官。之奇初责道州,以表哀谢,上览表,知其有母而怜之,诏移近地,遂改宣州,居道州才五月也。于是擢付漕事,盖使行新法云。"

蒋之奇至道州,游江华县阳华岩,有题刻。

阳华岩题刻云:

> 阳华岩,江华胜纪之地也,元结次山为之作铭,瞿令问书之,刻石在焉。自□□以还,不遇真赏者二百年于今矣。之奇自御史得罪,贬道州,是冬来游,爱而不忍去,遂铭于石间。

题刻六行,楷书,从左向右读,字体略小,刻于阳华岩洞内石岸,石面未经打磨,题刻仰而向上,避裂缝,择其平缓处写刻,故倚斜疏散,刻工亦简,然尚完好。

蒋之奇至江华,游奇兽岩,作《奇兽岩铭并序》:

> 在江华邑南二里,蒋之奇颖叔过而爱之,为之作铭,曰:'奇兽之岩,瑰怪诡异。元公次山,昔所未至。我陪公仪,游息于此。斯岩之著,自我而始。勒铭石壁,将告徕者。治平丁未,同沈公仪游。

南宋张訔上石,有跋,又称《奇兽岩后铭》,云:"惟蒋颖叔文高节奇,正名兹岩,作为铭、诗。彼何人斯,大字覆之,来游来嗟,其孰与稽。端平丙戌,邑令张訔思永厥传刻此崖际,俾冰壶孙李焯古隶,凡百君子,爱而勿替。"

《留云庵金石审》:"右刻怪伟完好,额用籀文,诏用古隶,訔后詺亦雅称,与蒋、李可名三绝。李冰壶名长庚,本宁远人而居江华者。长庚三子皆有名,焯事无可考。"

蒋之奇至宁远,游九疑山,重模元结"无为洞天"并题记。

题记云:"治平四年,沈绅、蒋之奇游此,取元次山'无为洞天'四字,正其体篆,刻诸岩窦,而纪于石。"见康熙《永州府志》、嘉庆《宁远县志》、嘉庆《湖南通志》、嘉庆《九疑山志》、道光《永州府志》《八琼室金石补正》。

道光《永州府志·金石略》:"案此或即重模次山旧刻,今阻水,不能辨其是否也。"

同时沈绅作《无为洞铭》,云:"南行江华,出游九疑。恭款有虞,乃登无为。庄严佛宫,清泠玉池。兹予盘桓,白云相随。□□沈绅皇宋治平四年十月十七日,□□□岩壁,是时蒋颖叔(下缺)。"

《留云庵金石审》:"公仪铭拓本,前人未见,绩辰与李千之伯仲搜剔于丛篁薜荔之间,仅缺铭文三字,可为至幸。公仪善篆隶,此书大径四寸,用唐人分书法,纵放奇恣。似当日就石上作书,每行下数字,皆斜向右,署款大偏。其文左行,铭文五行半,款署其下也。"

治平四年十月十七日,即《暖谷铭并序》刻石之同一日。

蒋之奇游九疑山,又有《碧虚岩铭》:

> 潇水之阳,九疑之谷。清池涵镜,乱峰插笏。庙临溪口,寺在山麓。谁其爱之,义兴颖叔。

下有署款六行,惜磨泐太重,云:"□之□奉□因□□登九疑□为□□无为洞□□□石室遂□□福寺憩□兹□勒铭□□治□□午。"

宗绩辰《游疑载笔》:"颖叔《碧虚岩铭》,瘦笔真书六行,左行,在九疑山永福寺左后圃石壁上。本不见字迹,余与李家隽千之、家麒止斋,伐竹削苔,刮磨而出之。并得郑安祖书,于其右又得沈公仪铭,遗迹之复显,实自道光戊子始也。"

《八琼室金石补正》卷一百二:"《永志》载此,'蒋之奇'上多'义兴'二字,石本所无。铭文前三行行末石已缺损,《永志》补'谷''笏''麓'三字,当是据旧志之文。署款六行已为郑安祖磨去,首行尚存'之'字,五行有'勒铭'字,六行有'治□□午'字,盖治平三年丙午也。其即之奇所题无疑。《通志》别载有蒋之奇九疑山题名,疑即此刻。"

今按:治平三年丙午与蒋之奇贬谪时间不合,疑"午"为"年"之误,"治□□午"是治平四年也。

旧志又载,蒋之奇有九疑山题名,或以为即《碧虚岩铭》。道光《永州府志·金石略》:"蒋之奇九疑山题名:未见,在紫虚洞。(《九疑山志》)"

　　旧志又载,蒋之奇游九疑山有赠黄冠何仲涓诗。嘉庆《九疑山志》卷二:"蒋之奇,字颖叔。游九疑,题名刻石于紫霞洞中。又以诗赠黄冠何仲涓,刻舜祠之古石间。"道光《永州府志·金石略》:"蒋之奇赠黄冠何仲涓诗:佚,在舜祠右石壁。(《九疑山志》)"

3.柳应辰《澹山岩记》

提 要:

题名:澹山岩记

责任者:柳应辰

年代:熙宁七年(1074)

原石所在地:澹岩

存佚:完好

规格:21 行

书体:楷书

著录:《古泉山馆金石文编》《八琼室金石补正》《古今图书集成》《楚宝》《湖南通志》《永州府志》《零陵县志》

释 文:

零陵多胜绝之境,澹山岩为甲观。东南二门而入,广袤可容千人,窦穴嵌空,物象奇怪,有不可得而状者。中贮御书,岁度僧一人,僧惟利居处之便,而不顾蔽隐障遏之弊,连甍接楹,重基迭架,疣赘延蔓,殆将充满。道邃阴墨,非秉炬不能入。太守丁公侨处事刚严,始至,大不怿,悉撤群僧之舍,俾居岩外,惟画阁殿像得存,余一椽一木无敢留者。他日,公率应辰、大理寺丞杨杰、河阳节度推官杨巨卿同至游览,层构一空,众状在目,开筑塞为通豁,破昏暗为光明,实人情之甚快。若石田药臼之处,皆情景所及。客有言:"物理显晦,固亦系乎时耳!"

熙宁七年甲寅九月十五日,尚书都官员外郎通判永州军州事柳应辰记。

人物小传:

①柳应辰

见柳应辰"心记之东"。

②丁侨

丁侨,字景真,熙宁五年任永州知州,熙宁八年离任。

丁侨可能是真宗朝宰相丁渭(966—1037)之孙,曾任端州通判。王明清《挥麈录·挥麈余话》卷二载:"丁晋公自海外徙宅光州,临终以一巨箧寄郡帑中,上题云:'候五十五年,有姓丁来此作通判,可分付开之。'至是岁,有丁姓者来贰郡政,即晋公之孙,计其所留年月尚未生。启视之,但一黑匣,贮大端研一枚,上有一小窍,以一棋子覆之,揭之,有水一泓流出,无有歇时,温润之甚,不可名状。丁氏子孙至今宝之。"

"有丁姓者来",《天中记》《渊鉴类函》引作"有丁侨者来",《端溪砚坑志》《端溪砚志》引作"侨来”。丁渭卒后五十五年，即元祐七年(1092)。

③杨杰

杨杰，字英甫，华阴人，时任大理寺丞。

杨杰有与柳应辰等浯溪题名：“都官员外郎柳应辰明明，大理寺丞杨杰英甫，摄福州司户吴栻顾道，熙宁六年十月二日同游。”

杨杰有澹山岩题名：“熙宁甲寅岁十月十一日，承乏长沙局，因祠零陵王，适至此。华阴杨杰英甫记。”

永州有零陵王祠，祀唐行旻，又名唐公庙。道光《永州府志》卷六《秩祀志・唐公庙》：“在高山寺右，即灵显庙，在澹岩，名零陵王祠，祀唐行旻。事寔详《先正传》。《明统志》云：‘行旻十七为衙校，能拥州兵全郡邑，拒马氏以死。马氏以王爵祀之，宋加封焉。’”

道光《永州府志》卷十八《金石略》又云：“案柳昭昭、毕若卿题名，‘祷雨零陵王’。杨英甫题名，‘祠零陵王’。盖公愿题名，‘祠灵显’。曹季明题名，‘祠灵显应惠侯’。而此又作‘祀顺成侯’。或云所祀乃龙神，亦闻即唐刺史昌图之祠。所举四朝封号有异同耳。”

可知杨杰此行是以大理寺丞的身份，主持长沙局之职，专程至永州澹山岩祭祀零陵王，其目的则是祷雨。

考　证：

《澹山岩记》见周圣楷《楚宝》、康熙九年《永州府志》、康熙《零陵县志》《古泉山馆金石文编》、道光《永州府志》《八琼室金石补正》、光绪《零陵县志》、光绪《湖南通志》。

《全宋文》收录柳应辰《澹山岩记》，又收录柳拱辰《澹山岩记》，二篇重出，文内“公率应辰”改为“公率拱辰”。石刻今犹幸存，可以覆按。

康熙九年《永州府志》卷十九、康熙《零陵县志》卷十二，作者亦误作“柳拱辰”。

“丁公侨”，“侨”作小字。即丁侨，文献或误作“丁乔”“丁桥”。

丁侨有浯溪题名云：“熙宁五年闰七月□五日到任，八年□月初八日得替。十日早到浯溪，往来携家游。登亭台，纵观《中兴颂》，及看柳明明《心记》。尚书虞部郎中、前知军州事丁侨景真题。男□□□□□□□□□侍行。”

“墜”同“隧”。

4.柳应辰"比任满"

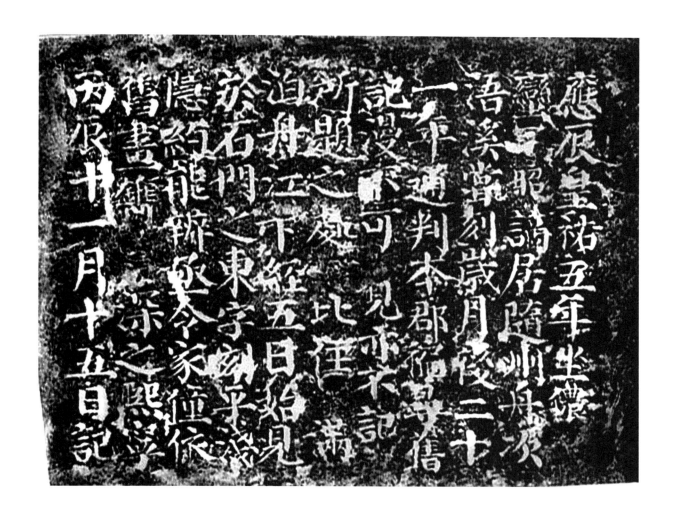

提　要：

题名："比任满"

责任者：柳应辰

年代：熙宁九年（1076）

原石所在地：浯溪

存佚：磨泐

规格：11 行

书体：楷书

著录：《八琼室金石补正》《湖南通志》《永州府志》

释　文：

应辰皇祐五年坐侬蛮寇昭，谪居随州，舟次浯溪，尝刻岁月。后二十一年，通判本郡，遍寻旧记，漫不可见，亦不记所题之处。比任满，泊舟江下，经五日，始见于石门之东。字刻平浅，隐约能辨，亟令家僮依旧画镌深之。

熙宁丙辰十一月十五日记。

人物小传：

柳应辰，见柳应辰"心记"之东。

考　证：

熙宁丙辰即熙宁九年（1076）。

柳应辰先在岭南昭州任知州，侬智高反，攻破昭州，柳应辰因此贬官，先贬随州，后到永州。题记记录了任职因缘始末，表达了柳应辰对浯溪的留恋之情。

柳应辰所说皇祐五年题记，今不见。

5.黄潜《重修寒亭栈道记》

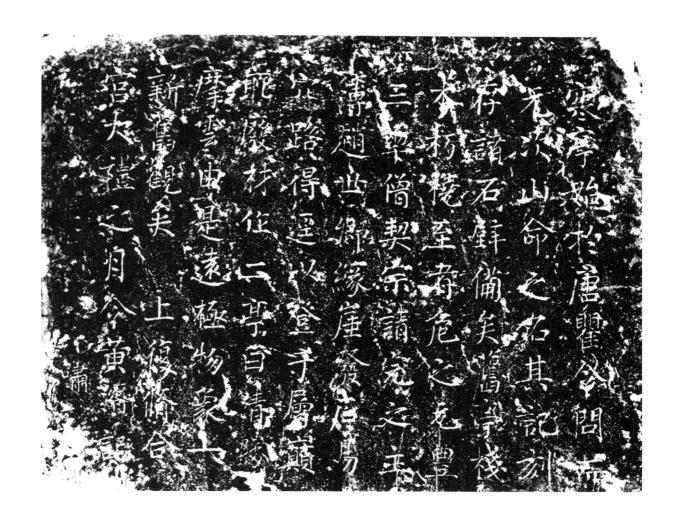

提　要：

题名：重修寒亭栈道记

责任者：黄潜

年代：元丰三年（1080）

原石所在地：寒亭暖谷

存佚：完好

规格：11行

书体：楷书

著录：《八琼室金石补正》《湖南通志》《江华县志》

释　文：

寒亭始于唐瞿令问，而元次山命之名，其记刻存诸石壁，备矣。旧亭栈木朽桡，至者危之。元丰三年，僧契宗请完之，主簿赵世卿缘崖发石，易穴路，得迳以登于层巅，取废材作二亭，曰"清胜""摩云"。由是远极物象，一新旧观矣。

上复修合宫大礼之月，令黄潜记。

人物小传：

黄潜，光绪《湖南通志》《八琼室金石补正》《全宋文》皆载其为宋神宗元丰三年（1080）到任的江华知县。

黄潜于哲宗朝绍圣二年（1095）时以朝请郎任衢州刺史，见天启《衢州府志》卷二。至元符元年（1098）秋，与郡僚方堟、席昌寿等人同游浙江丽水三岩，摩崖题名云："元符元年仲秋，瀚与郡僚游三岩亭，午过天王晚宴寺阁，薄暮而归。同之者方堟、席昌寿、程宏、陈正夫、江懋迪、黄潜。"见光绪《处州府志》卷二十六。

考　证：

黄潜到任不久，正值当地修路建亭，遂于当年九月作《重修寒亭栈道记》，收录于同治《江华县志》卷二，但著录有误。此记石刻尚存，"以寒亭栈木朽桡"一句中的"以寒亭"石刻原作"旧亭"，"新旧观矣"前又脱漏"一"字。

黄潜又有《狮子岩记》。狮子岩又称奇兽岩，与寒亭暖谷邻近，为江华八景之一，目前是永州市文物保护单位。《狮子岩记》是北宋元丰年间江华县知县黄潜所作，刻石立碑，如今原碑已残，仅存一角。弘治、隆庆《永州府志》收录碑记全文，但所载均不准确。嘉靖《湖广图经志书》收录节文。万历年间成书的《图书编》也有程度不等的讹误。新版《全元文》中，与元翰林直学士黄溍混淆，文字且有讹误。《全宋文》仅收黄潜《寒亭题记》一篇，漏辑《狮子岩记》。李成晴《〈全宋文〉补辑五篇》一文据《湖广图经志书》补辑《狮子岩记》，录文和句读亦有讹误。

更正后的《狮子岩记》全文如下：

> 潇湘水石之富，名于天下。繇唐迄宋，酷嗜而笃好之者，宜莫如元次山。次山刺舂陵最久，其所得皆可钩考。在祁阳则谓其山曰"峿山"，谓其溪曰"浯溪"，言吾所爱也。在江华则谓其岩曰"阳华"而已，故其铭曰"下可家焉"，是岂不谓天下之美究于是欤？惜乎所谓狮子岩者，极瑰奇诡异之观，意元未始穷其探也。不然者何远举而近遗哉？岂地宝发伏亦有时耶，抑有待而然耶？熙宁四年，张师圣自佐著作郎宰是邑，以高才健力制一群动，能拨剧以为简，得是境于闲宴之顷。始命僧契合阁于阳崖，未几，而龙象金绳精严而涌现矣。观夫距县三里，所临驿路。有山巉巉，据远而眠，呀然吻张，如狻猊矫首而将兴者，岩之表也。穹然如盖，窾然如隧，四通八达，囊橐天地者，岩之奥也。神剜鳌负，壁起溜垂，波舞浪旋，主横瑁欹者，岩之容也。乍明乍晦，春滋秋爽，阴阳相反，冬暖夏凉者，岩之候也。或烟云迷濛，日月飞控，颃洞灭没，千态万变，不可得而状也。每月白秋霄，则必注膏列火，星分棋布，钦鉴下上，一澈四照，无有纤毫眇忽能遁匿其情状者，信乎天下之胜处。游其间者，虽复贪贱鄙滞之夫，亦将怳焉忘怀，自得于逍遥之域。又况旷达全靖之士，因其所寓，则将泊乎天钧，浩然与物我同流。然后知山谷之移人，其无负于好尚者之心如此。张公政成，以考最，不三数年，累陟郎省，运倅清湘，长沙郡府，邑民去思，指为甘棠，其声迹嗜好偶然远与元子先后，若合符节，故知仁智之趣不甚相远。以潜承乏其后，见属篆刻，遽摭其迹，为之记云。张公名检，师圣其字也，时为屯田员外。元丰三年二月十五日记。

有关《狮子岩记》作者黄潜生平部分，各地的方志文献上记载均不完备，且部分资料失信。弘治《永州府志》中的作者小传部分将黄潜错记为"元知县"。

6.汪藻《崇宁三年太学上舍题名序》

提 要:

题名:崇宁三年太学上舍题名序

责任者:汪藻

年代:崇宁三年(1104)

原石所在地:浯溪

存佚:磨泐

规格:长70cm,宽30cm,标题1行,序22行,题名6行,跋15行

书体:序、题名楷书,跋篆书

著录:《八琼室金石补正》《湖南通志》《永州府志》《零陵县志》

释 文:

崇宁三年太学上舍题名序

若稽古,神考以聪明渊懿之资,慨然恢复成周之治,以乐育人材为先务,故于熙宁纪元肇新三舍之法,垂三十年于兹矣。于铄皇帝,圣学日跻,独冠百王之上,拳拳业业,唯继述是念。即国之郊,崇建壁廱,又颁教法于天下郡县。所在学馆一新,纷袍肄业,云集响应。崇宁三年十一月四日,躬幸太学,取论最之士十有六人,官之堂下,诸生恩赐有差焉。礼行,俄顷之间风动四海之外,儒生之荣古未有也。臣等亲逢圣旦,得预兹选,其为幸会,何可胜言。辄镂版刊石,记其姓名,以德上之赐,且为子孙世世之光华,岂不休哉!

郑南、程振、赵滋、刘嗣明、吴揆、赵熙、崔瑶、张绰、方开、李会、戴颀、叶祖义、江致平、林徽之、乔孝纯、胡尚文。

神宗皇帝以经术造士,始于熙宁之初,当时欲遂放三舍天下,未暇也。徽宗益新月书季考之法。崇宁三年,首命大学上舍生赐第者十六人,盖经术之兴,至是□三朝矣,而得人,此其选也,粤是政和翰林学士刘公实在选中。后五十年,公之子襄通守此州,愿刻之石,以纪其盛,于是乎书。绍兴廿年三月,左太中大夫、提举江州太平兴国宫、永州居住,臣汪藻书。

人物小传:

汪藻(1079—1154),字彦章,号浮溪,又号龙溪,饶州德兴(今属江西)人。

《宋史》有传,略举如下:

幼颖异,入太学,中进士第。调婺州观察推官,改宣州教授,稍迁江西提举学事司干当公事。

徽宗亲制《君臣庆会阁诗》,群臣皆赓进,惟藻和篇,众莫能及。时胡伸亦以文名,人为之语曰:"江左二宝,胡伸、汪藻。"寻除《九域图志》所编修官,再迁著作佐郎。时王黼与藻同舍,素不咸,出通

判宣州,提点江州太平观,投闲凡八年,终黼之世不得用。

钦宗即位,召为屯田员外郎,再迁太常少卿、起居舍人。高宗践祚,召试中书舍人。时次扬州,藻多论奏,宰相黄潜善恶之,遂假他事,免为集英殿修撰、提举太平观。明年,复召为中书舍人兼直学士院,擢给事中,迁兵部待郎兼侍讲,拜翰林学士。帝以所御白团扇,亲书“紫诰仍兼绾,黄麻似《六经》”十字以赐,缙绅艳之。

属时多事,诏令类出其手。尝论诸大将拥重兵,浸成外重之势,且陈所以待将帅者三事,后十年,卒如其策。又言:“崇、观以来,赏结权幸,奴事阉宦,与开边误国,得职名自观文殿大学士而下直秘阁、官至银青光禄大夫者,近稍镌褫,而建炎恩宥,又当甄复,盍依国初法,止中大夫。”

绍兴元年,除龙图阁直学士、知湖州,以颜真卿尽忠唐室,尝守是邦,乞表章之,诏赐庙忠烈。又言:“古者有国必有史,古书榻前议论之辞,则有时政记,录柱下见闻之实,则有起居注,类而次之,谓之日历,修而成之,谓之实录。今逾三十年,无复日历,何以示来世?乞即臣所领州,许臣访寻故家文书,纂集元符庚辰以来诏旨,为日历之备。”制可。史馆既开,修撰綦崇礼言不必别设外局,乃已。郡人颜经投匦诉其敷籴军食,遂贬秩停官。起知抚州,御史张致远又论之,予祠。六年,修撰范冲言:“日历,国之大典,比诏藻纂修,事复中止,恐遂散逸,宜令就闲复卒前业。”诏赐史馆修撰餐钱,听辟属编类。八年,上所修书,自元符庚辰至宣和乙巳诏旨,凡六百六十五卷。藻再进官,其属鲍延祖、孟处义咸增秩有差。藻升显谟阁学士,遣使赐茶药。寻知徽州,逾年,徙宣州。言者论其尝为蔡京、王黼之客,夺职居永州,累赦不宥。二十四年,卒。

秦桧死,复职,官其二子。二十八年,《徽宗实录》成书,右仆射汤思退言藻尝纂集诏旨,比修实录,所取十盖七八,深有力于斯文。诏赠端明殿学士。

藻通显三十年,无屋庐以居。博极群书,老不释卷,尤喜读《春秋左氏传》及《西汉书》。工俪语,多著述,所为制词,人多传诵。子六人,恬、恪、憺、恂、懔、憘。

汪藻有《浮溪集》传世。

考　证:

该题记为汪藻夺职居永州时所作。

《八琼室金石补正》卷九十一:“浮溪翁题衔称提举太平兴国宫者,宋时谓之宫观使也。宫观使置自真宗祥符中,在京以宰相、见任史相领之,在外则少保已上始得使名,史相已下,提举宫观而已。见李心传《朝野杂记》。提举宫观,真宗时以两省、两制、丞、郎官为之,天圣七年以后,学士、待制、知制诰皆得为提举。初设祠禄之官,原以佚老优贤,员数绝少,王安石相,欲以处异己者,遂诏无限员。又在外宫观岳祠,初须力请而后授,若因责降,改作管勾、差焉。亦安石相后异己者方直除,大抵非自陈而朝廷特差者,如降黜之例。又熙宁二年,诏宫观五岳庙,并置管勾、提举、提点官,四年诏各留一官,余听如分司、致仕例,从便居住。其时宫观止十余,江州太平兴国宫,其一也。并见《文献通考》。时浮溪以显谟阁学士出知徽州,徙宣州,为言者所论,夺职居永,所谓学士得为提举也。太平兴国宫在江州,不赴江州而永州居住者,所谓黜降及听如分司致仕例,从便居住是也。"

　　汪藻居永州时与何麒有交往,见何麒《狮子岩诗》。

7.韦弁《步瀛桥记》

步瀛橋記

治垣夷者易平危險者難緝舊址者易開荒榛者難惰事功者於易猶忽好脩為者雖難必成能協力而成其難統斯頹傾徑有利濟之心者弗克也甘常之溪徇山泓皆通往還比官道譁金錢二十萬廻斯頹傾惟兹此坊所君惟周氏一族族之長率其族鑿山之崖鑿小為堤可以乘石非著村木之易募義以石備工唱率予姪階祫禀冽無復暴時之苦也始而攝石為梁橫跨泃湧鑿山之崖粲小為提可以乘石之春夏汍漲秋冬之禀冽記于時講道篤義之如雲弟見屹然高峙濟信無窮已為予孫之津梁莫承於是始而唱之者嘗不曰人之言其不博教濟道一日運瀛神仙之興也綿空虛望之如雲弟見屹然高峙利博教濟道一日運門巧予名之要海之繩絀空虛望之如雲弟見屹然高峙不奇黙于聞海上蓬瀛神仙之興也綿惟有功行而成仙骨者不疾馬其極霄漢四面波濤渺渺欲登者無階而進惟有功行而成仙骨者不疾馬其駿極霄漢四面學士居天于儒宮備顧問時況以登瀛洲之戍行而至大唐十八學士居天于儒宮備顧問時況以登瀛洲之戍速不行而至大唐十八學士居天于儒宮備顧問時況以登瀛洲之戍意亦謂仕官而至華近者誠在於能脩德而陰有以隂之爾斯橋之戍行人平步於飛灕旋匯之上徘徊遠洞翠煙紫霧或下舒行容隔舉樓觀倒影澄湖望外峯巒理虛洞翠煙紫霧卷而下舒行容飛雲常周氏然此偕瀛洲之德嬴于生平言以為善教樂紀之意遊矣周氏翬觀者因是而有所勸幸母記予言以為後也始創於宣和乙步瀛橋輿觀者因是而改九丙午二月桃川韋弁記并書周竇輔題十二月告峻於靖康改元丙午二月桃川韋弁記并書周竇輔題額唐弼召刊

意亦謂仕官而至華近者誠在於能脩德而陰有以隂之爾斯橋之戍行人平步於飛灕旋匯之上徘徊遠洞翠煙紫霧或下舒行容

提 要:

题名:步瀛桥记

责任者:韦弇撰书;周唐辅题额;周唐弼召刊

年代:靖康元年(1126)

原石所在地:月陂亭

存佚:完好

规格:额1行,正文20行

书体:楷书

著录:《永明县志》

释 文:

步瀛桥记

治坦夷者易,平危险者难;缉旧址者易,辟荒榛者难。惰事功者于易犹忽,好修为者虽难必成。能协力而成其难,非有利济之心者弗克也。惟此甘棠之溪,循山沿畛,皆通往还,比官道缭绕,斯颇径焉,故人多由之。然当春夏之泛涨,无舟楫之渡,逮秋冬之凛冽,须揭厉而涉,行人常苦之。此坊所居惟周氏一族,族之长者有济道,讳惟广;子美,讳惟彦;显道,讳允功。佥议佣工,唱率子侄,偕族属辈,共为鸠集,衷金几二十万。乃平危险,乃辟荒榛。构石为梁,横跨汹涌,凿山之崖,筑沙为堤,可以乘,可以骑,咸得坦夷而履之。春夏泛涨,秋冬凛冽,无复曩时之苦也。构之以石,非若材木之易坏,所济信无穷已,为子孙之津梁,莫永于是始,而唱之者岂不曰"仁人之言,其利博哉"!济道一日踵门,丐予名之,兼为之记。

予时讲道寓是,目击其勤,义不可默。予闻海上蓬瀛,神仙之陬也,缥缈空虚,望之如云,第见屹然高峙,骏极霄汉,四面波涛渺茫,欲登者无阶而进,惟有功行而成仙骨者,不疾而速,不行而至。大唐十八学士,居天子儒宫,备顾问,时况以登瀛洲焉。其意亦谓仕宦而至华近者,诚在于能修德,而阴有以譬之尔。

斯桥之成,行人平步于飞湍旋汇之上,徘徊于嵌岩岛坞之间。林幽鸟鸣,山青水绿。而隔岸楼观,倒影澄渊,望外峰峦,环绕虚洞。翠烟紫雾,或乍卷而乍舒;行客飞云,常自来而自去。观其胜概,俨若画图,殆与昔人言蓬瀛之景,可仿佛意游矣。周氏于此修瀛洲之德欤?予生平喜人为善,故乐记之,遂名之曰"步瀛桥",冀观者因是而有所劝,幸毋诧予言以为侈也。

始创于宣和乙巳十二月,告成于靖康改元丙午二月。桃川韦弇记并书,周唐辅题额,唐弼召刊。

人物小传：

①韦弁

生平不详。

②周唐辅、周唐弼

周唐辅、周唐弼为兄弟。

据上甘棠族谱《百官图》人物传及像赞：

周唐辅，永明县（今永州市江永县）上甘棠人，宣和二年（1120）庚子科出身，领一郡文学，授奉议郎。零陵蒋胜题曰："襟期清洒，文学老成。早膺一举，遂冠群英。蕴致君泽民之道，授奉议名位之荣。想当时而夸善政，致此日而仰令名。千载之下，莫能泯其蜚声也。"

周唐弼，三举太庙礼官，出任修仁县主簿。吉安周彝赞曰："三举而为祠官，夙夜惟寅；出任而判修仁，甚得民心。衣冠博带，宜乎作则于后人也乎！"

考　证：

标题一行为额，正文二十行。字框外有花边。石面光滑，书体端整，保存完好。

光绪《永明县志》著录："右碑额横列记，二十行，每行二十八字，惟末行三十字，刻于甘棠崖壁。韦弁不知何人。桃川距甘棠十五里，今犹置桃川巡检。据此则自宋已有是名矣。周唐辅、唐弼为昆弟行，据甘棠周氏谱，唐辅宣和庚子领乡举，授奉议郎；唐弼举太庙礼官，终修仁主簿。记文劣而书颇工。"

步瀛桥又名度仙桥，位于永州市江永县上甘棠村西南沐水上，为半圆三拱石桥。建于北宋靖康元年（1126）。南宋绍兴五年（1135）、元顺帝至元二年（1336）、明成化四年（1468）及清乾隆年间均有修缮。"甘棠之溪"，指的是步瀛桥下的谢沐河，"循山沿畛"之"山"指附近的将军山。

8.蔡周辅"劝农于奉国寺"

提　要：

题名："劝农于奉国寺"

责任者：蔡周辅

年代：绍兴二十年（1150）三月十一日

原石所在地：阳华岩

存佚：完好

规格：13 行

书体：楷书

著录：《八琼室金石补正》《江华县志》

释　文：

县尹蔡周辅下车伊始，遵令劝农于奉国寺，亲勉乡老服田力穑为务，劳之，举皆感悦。晚过阳华，俯空洞，跨浮梁，听鸣玉，荐芳醑，既醉而归。同僚李仲保、唐元经，邑士何时泽、蒋泽万、李颖士、邓致道，寓客罗国华。

绍兴庚午春七十有一日。

人物小传：

①蔡周辅

蔡周辅，即蔡蔼，江华知县。康熙《永州府志》卷六江华官表载南宋高宗时知县为蔡蔼，绍兴二十年任。

《八琼室金石补正》著录："右蔡周辅等题名。蔡周辅及其同僚李仲保、唐元经，省府志职官俱失载。《通志》载高宗朝江华令有蔡蔼，《永志》云绍兴二十年任此，题名正是绍兴二十年，疑蔡蔼即蔡周辅之误，抑周辅为蔼之字邪？书法鲁公而结体殊散。《江华新志》'皆感悦'上多一'民'字。"

②邓致道

邓致道，与李长庚交好。道光《永州府志》、同治《江华县志》载李长庚《清明约邓致道游阳华诗》，上石，见阳华岩《府判李公诗》。

③李颖士

本名当作"李颖士"。李长庚有九叔名颖士，见李长庚《宫使李大夫诗》。

考　证：

春七十有一日，即三月十一日。该题记载县令劝农事较详。

9.李挺祖重刻蔡邕《九疑山碑》

九疑山碑　漢蔡邕□□

巖巖九疑　峻極于天　觸石□□
合興播建雲　時風嘉雨　渗漉潤
下民瀆矣　芒芒南土　實賴厥勳建
吉謨□　聖德光朙　克諧頑□建
以莫□　□師□錢□　□太授徵
以孝終　以文祖逴璆惠　□承□階
以受人　以文有終逴　九疑□授
畝于异豈此　有崔嵬　託靈神仙
體元异豈此

先是郡名昉離騷祠廟古堂列無漢以來碑刻闕
陰隊詞藝文颣聚有蔡邕碑銘然謹載銘詞云
碑文不復惛也□□所遺逄多奧義此補千載之闕
遠□郡人李挺祖書古左璫巖此補千載之闕
忝淳祐六年秋八月郡守潼川李□之題

提 要:

题名:重刻蔡邕《九疑山碑》

责任者:李挺祖;李袭之

年代:淳祐六年(1246)

原石所在地:玉琯岩

存佚:完好

规格:正文 9 行,款跋 5 行

书体:隶书

著录:《八琼室金石补正》《十二砚斋金石过眼录》《古泉山馆金石文编》《金石古文》《湖南通志》《永州府志》《宁远县志》《楚宝》《古今图书集成》《蔡中郎集》《古文苑》

释 文:

九疑山碑

汉蔡邕

岩岩九疑,峻极于天。触石肤合,兴播建云。

时风嘉雨,浸润下民。芒芒南土,实赖厥勋。

逮于虞舜,圣德光明。克谐顽傲,以孝烝烝。

师锡帝世,尧而授征。受终文祖,璇玑是承。

太阶以平,人以有终。遂葬九疑,解体而升。

登此崔嵬,托灵神仙。

"九疑"名昉《离骚》,祠庙古矣,乃无汉以来碑刻。阅欧阳询《艺文类聚》,有蔡邕《碑铭》,然仅载铭词而碑文不著,惜也。它所遗逸多矣。袭之既考新宫,遂属郡人李挺祖书于玉琯岩,以补千载之阙云。

淳祐六年秋八月,郡守潼川李袭之题。

人物小传:

①李挺祖

见刘锡"不比弋阳名浪传"。

②李袭之

李袭之,字袭之,名不详。四川潼川人,初仕为南郑知县,淳祐四年任道州知州,淳祐六年任衡州府知府。

陆增祥《八琼室金石补正》卷一百二著录,云:"《湖南通志·职官》云:李袭之,潼川人,理宗时知道州。"《永州府志·职官表》:"李袭之,漳州人,淳祐四年任道州。'漳州'盖'潼川'之误。李挺祖,江华人,见《九疑山志》。所载仙楼岩石刻,无为洞、飞龙岩、玉琯岩、逍遥洞诸榜,皆出其手笔,亦当时之负书名者。《通志》《永州志》均列此刻于汉代,跋内脱欧阳询之'询',兹以刻石年月入宋,并据石补一'询'字。"

梅尧臣有《送李中舍袭之宰南郑》诗:"莫问褒中道路难,襄阳直上几重滩。苍烟古柏汉高庙,落日荒茅韩信坛。出水槎头一丝挂,穿虹雨脚两桥残。土风大抵如南国,期会先时俗自安。"见梅尧臣《宛陵先生集》卷十五。余孔捷纂乾隆《南郑县志》卷四《职官》云:"梅尧臣集有《送李袭之宰南郑》诗,袭之,字也,名无考。"

《永乐大典》卷八千六百四十七《衡州府》:"李袭之,朝散郎,淳祐六年十月二十九日到任,八年七月二十二日致仕。"

嘉庆《宁远县志》卷六《名宦志》:"李袭之,潼川人。淳祐四年知道州,谒舜庙有碑记,刻蔡中郎《九疑山铭》于玉琯岩。"

李袭之在道州,曾刊刻《程氏遗书》。

李袭之《舂陵本后序》:"《程氏遗书》,长沙本最善,而字颇小,阅岁之久,板已漫漶。教授王君湜出示五羊本,参校既精,大字亦便观览,然无《外书》。袭之乃模锓于舂陵郡库,又取长沙所刊《外书》附刻焉,愿与同志者共学。淳祐六年立秋日,东川李袭之谨题。"

道州有唐刺史元结《道州刺史厅壁记》。《古泉山馆金石文编》卷二:"元次山《道州刺史厅壁记》,八分书,十行,明王会重摹本,有跋。据述是《记》一刻于宋庆历中州守王贽,再刻于淳祐李袭之。案袭之亦官郡守,即刻《九疑山铭》者,隶书端劲有法,与《九疑山铭》笔法颇类,恐亦李挺祖所书。今碑无书人姓名,盖重摹时易去。"

考　证:

正文隶书九行,大字。款跋隶书五行,小字。

东汉蔡邕此篇,《蔡中郎集》张本作《九疑山碑》,乔本、汪本、刘本作《九疑山铭》。宋章樵注《古文苑》、明张溥编《汉魏六朝百三家集》、明杨慎编《金石古文》、明周圣楷编《楚宝》、清张英编《渊鉴类函》、清严可均编《全上古三代秦汉三国六朝文》作《九疑山碑》,明梅鼎祚编《东汉文纪》作《九疑山铭》。

《后汉书》云蔡邕"亡命江海,远迹吴会,积十二年"。

瞿中溶《古泉山馆金石文编》卷四著录,云:"《九疑山铭》,汉蔡邕撰,宋李挺祖八分者,李袭之刻,在九疑山玉琯岩之左。中郎此铭,欧、赵、洪诸家书俱未著录,当时不知曾否勒石,今惟见于欧阳率更

《艺文类聚》中。宁远县《曾志》载李袭之于《寓贤》,云潼川人,谒舜庙有碑记。今读其跋,云'袭之既考新宫,遂属郡人李挺祖书于玉琯岩',则袭之似尝修建舜庙,有政绩者矣。《县志·名宦》当为列传,其谒舜庙碑文志亦未录。李挺祖书,取法汉隶,结构有体,在宋人中已不可多得,而《县志》亦无传,其事迹不可考。"

道州有元结五如石,李挺祖有题名云:"瓠轩李挺祖,景定癸亥秋中,乘月游五如石,杙舟于此。"

"玉琯岩"三字榜书,"象岩"二字榜书,"无为洞"三字榜书,仙楼岩"飞龙岩"三字榜书,逍遥岩"逍遥洞"三字榜书,乐雷发《象岩铭》,月岩刘锡诗刻,重刻蒋之奇《寒岩铭》,均李挺祖所书。

题
名

1.高滌、雷俨

提　要:

题名:高滁、雷俨题名

责任者:高滁、雷俨

年代:皇祐五年(1053)

原石所在地:朝阳岩下洞

存佚:完好

规格:高 52cm,宽 76cm,8 行

书体:楷书

著录:《八琼室金石补正》《古泉山馆金石文编》《潜研堂金石文字目录》《艺风堂金石文字目》《金石汇目分编》《寰宇访碑录》《湖南通志》《永州府志》《零志补零》《零陵县志》

释　文:

虞曹外郎知零陵郡事高滁子渊、田曹外郎通守郡事雷俨仲容同游。

皇祐五年八月二十八日,子渊题。

人物小传:

①高滁

高滁,字子渊。康熙九年《永州府志》卷四《永州府历代官属表·宋知州军事》:"皇祐:高滁,四年任。"

②雷俨

雷俨,字仲容,连州人,进士,历官芜湖县令、丰城县令、永州通判。

清同治《连州志》卷四《选举志·进士》:"天圣庚午科王拱辰榜:雷俨,永州通判。"

雷俨至道间为芜湖县令,见嘉庆《芜湖县志》卷七《职官志》、民国《芜湖县志》卷四十三《职官志》。嘉庆《芜湖县志》云:"知县:雷俨,吴复,以上至道间。"至道在皇祐前四十余年,恐年号记载有误。

康定间为江西南昌府丰城县令,见明嘉靖《江西通志》卷五《南昌府·秩官》。又清同治《南昌府志》卷二十二《职官》:"丰城县雷俨,大理寺丞,康定元年任。"同治《丰城县志》卷七《职官志·县令》:"雷俨,康定元年以大理寺丞任,见《白鹤观记》。"康定元年(1040)在皇祐五年(1053)前十余年。

康熙九年《永州府志》卷四《永州府历代官属表》:"宋推官,雷俨",此记载有误,当据石刻更正。

考　证：

题刻在朝阳岩下洞洞口内北侧。

《古泉山馆金石文编》等著录，《零志补零》、道光《永州府志》《八琼室金石补正》、嘉庆《湖南通志》、光绪《零陵县志》、光绪《湖南通志》录其全文。

瞿中溶《古泉山馆金石文编》卷三："高滁朝阳岩题名：高滁等题名，正书八行，在朝阳岩。"

钱大昕《潜研堂金石文字目录》卷四："高滁题名：正书，皇祐五年八月，在永州府朝阳岩。"

缪荃孙《艺风堂金石文字目》卷八："朝阳岩题刻十九段：在湖南零陵。高滁等题名：正书，皇祐五年八月二十八日。"

吴式芬《金石汇目分编》卷十五："宋朝阳岩题刻二十九段：高滁题名：正书，皇祐五年八月二十八日。"

嘉庆《湖南通志·金石志》："高滁等题名，正书八行，在朝阳岩。"

道光《永州府志·金石略》："王煦等《省志》云：'案右刻见零陵县《宗志》。'"

《八琼室金石补正》："高滁等题名：高一尺六寸，广二尺二寸，八行，行五字，字径一寸五分许，正书。通守雷俨，《通志·职官》作推官，恐误。"

孙星衍《寰宇访碑录》卷六误作"朝阳岩高滁题名"。

2.柳拱辰、周世南、齐术

皇祐六年甲午歲正月
廿一日尚書職方員外
郎知永州柳拱辰同當
書駕部郎中分司周世
南祁陽縣令齊術遊此

提　要：

题名：柳拱辰、周世南、齐术题名

责任者：柳拱辰、周世南、齐术

年代：皇祐六年（1054）正月二十一日

原石所在地：浯溪

存佚：完好

规格：5 行

书体：楷书

著录：《古泉山馆金石文编》《金石萃编》《莳石斋诗集》《湖南通志》《续通志》《永州府志》《零陵县志》

释　文：

皇祐六年甲午岁正月廿一日，尚书职方员外郎知永州柳拱辰，同尚书驾部郎中分司周世南、祁阳县令齐术游此。

人物小传：

①柳拱辰

柳拱辰，字昭昭，湖南武陵人。仁宗天圣八年（1030）进士，至和二年（1055）任永州知州。弟柳应辰，熙宁七年（1074）任永州通判。柳拱辰、柳应辰兄弟二人前后相隔二十年，均来永州。柳氏精于《易》与《春秋》。柳拱辰父柳中，弟柳应辰、子柳平、柳猷，一门五人皆登榜，人号"武陵五柳"。兄弟二人皆工书，均习颜体，字甚遒逸。

柳拱辰有《永州风土记》一卷，已佚。

②周世南

周世南，永州祁阳人。真宗大中祥符元年进士。

《永乐大典》卷八千六百四十七《衡州府九》："周世南驾部郎中，皇祐三年二月到，四年九月罢。"

乾隆《祁阳县志》卷五："周世南，少笃学，有气节，游上庠。已聘董氏女，未婚丧明。及世南登第，女父请改婚，世南父贻书问之，世南曰：'人生配偶有定分。'始全盟，士论高之。官至驾部郎中，持议忤王钦若，以少卿致仕。"

③齐术

齐术，平乐（今广西桂林）人，皇祐五年任祁阳令。

《古泉山馆金石文编》卷三："术，平乐人，皇祐五年宰祁阳，期月建三绝堂于浯溪，孙适为之记，殆

224

亦风雅好事,居官而知所先务者也。"

考　证:

　　《古泉山馆金石文编》著录,瞿中溶云:"浯溪东崖有柳拱辰等题名,正书五行,字径二寸许。《方舆胜览》云:'柳拱辰,其先青州人,五季避地荆楚,为武陵之青陵人。年六十即有挂冠之志,创亭于青陵馆名桥下,曰归老。'案曾巩《元丰类稿》有《归老桥记》,为拱辰作也。洪迈《容斋五笔》谓拱辰以天圣八年王拱辰榜登科,殆应辰之兄。《明统志》载拱辰游判鄂、岳州,有惠爱,弟应辰,子平、猷等,相继擢第,人号'武陵五柳'。《容斋五笔》又载蒋世基《述梦记》云:至和三年八月,知永州职方员外郎柳拱辰受代归阙,祁阳令齐术送行至白水,梦一儒衣冠者曰:'我元结也,今柳公游浯溪,无诗而去,子盍求之?'觉而心异之,遂献一诗,柳依韵而和云云。今拱辰诗未见,仅于石门西北面尚存衔名二行,其前已为后人磨去改刻,或即诗之结尾欤?皇祐六年即至和元年,是年三月始改元,题名刻于正月,故称皇祐六年。拱辰尚有至和二年六月澹山岩题名,九月朝阳岩题名,十一月华严岩题名。又三年二月建柳子厚祠堂,俱在永所作,则八月去官之说是也。同游者有祁阳县令齐术,亦与述梦记合。"

　　柳拱辰在祁阳又有《金钱寺碣》一首,为七言四句诗。乾隆《祁阳县志》卷六:"金钱寺,县东一百八十里河州后,创自赵宋。相传初掘地得金钱一枚,故名。宋至和三年七月十五日,尚书职方员外郎知永州军州事柳拱辰书碣云:'祥符九年九月九,天圣九年九月九。其时心有此时心,此时心合其时心。'字甚遒逸,语颇难解。"

　　柳宗元卒后,永州最早的祠庙始建于柳拱辰之手,并作《柳子厚祠堂记》勒石。原石在华严岩,清代以后失传,仅存拓本。

　　柳拱辰在朝阳岩、澹山岩、华严岩亦有题刻。

3.柳拱辰、李用和、尹瞻

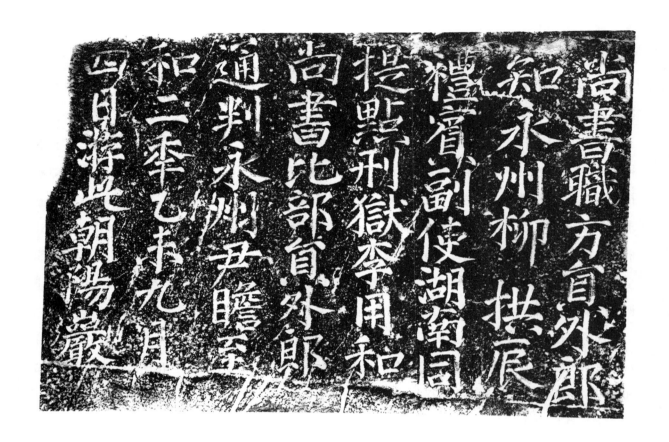

提 要:

题名:柳拱辰、李用和、尹瞻题名

责任者:柳拱辰、李用和、尹瞻

年代:至和二年(1055)九月四日

原石所在地:浯溪

存佚:完好

规格:8 行

书体:楷书

著录:《择石斋诗集》《金石萃编》《湖南通志》《永州府志》《零陵县志》

释 文:

尚书职方员外郎知永州柳拱辰、礼宾副使湖南同提点刑狱李用和、尚书比部员外郎通判永州尹瞻,至和二年乙未九月四日游此朝阳岩。

人物小传:

①柳拱辰

柳拱辰,见柳拱辰、周世南、齐术题名。

②尹瞻

尹瞻,温江(今成都)人。至和间通判永州,致力建学,后监零陵郡事。

万历《四川总志》卷八:"尹瞻,温江人,以博通知名。举进士,尝通判永州。建学海士。一日,城中火且风,瞻具朝服向火拜,已而风息火止。"

考 证:

尹瞻有澹山岩诗:

炎燹元化精,崭岩大块坼。骇若盘古时,呀然巨灵擘。状怪呕风雷,势邈吞山泽。寒暑中外分,居僧甘窟宅。

尹瞻与柳拱辰有火星岩联句诗,见《永乐大典》卷九千七百六十三:

尚书职方员外郎知永州柳拱辰同尚书比部员外郎通判永州尹瞻暮春游火星岩联句诗:千里

熙醇政,灵岩喜访寻。(瞻)登临云拥座,(拱辰)穿径笋成林。(瞻)乐逐天风远,(拱辰)尘随宿雾沉。(瞻)绮罗红作队,冠盖绿交阴。(瞻)下顾关河小,寒知洞壑深。(拱辰)松枯存旧节,花老见初心。(拱辰)旌棨岚光润,罇罍野气侵。(瞻)朋游敦雅契,吏隐共知音。(拱辰)自愧翁归拙,难攀子厚吟。(瞻)城楼传晚角,绮陌骑骎骎。至和三年丙申闰三月二十五日。

4.张子谅、陈起、麻延年、魏景、卢臧、夏钧

提　要：

题名：张子谅、陈起、麻延年、魏景、卢臧、夏钧题名

责任者：张子谅、陈起、麻延年、魏景、卢臧、夏钧

年代：嘉祐四年（1059）

原石所在地：朝阳岩上洞

存佚：完好

规格：高73cm，宽65cm，6行

书体：楷书

著录：《八琼室金石补正》《金石萃编》《潜研堂金石文跋尾目录》《留云盦金石审》《湖南通志》《永州府志》《零志补零》

释　文：

张子谅中乐、陈起辅圣、麻延年仙夫、魏景晦翁、卢臧鲁卿、夏钧播之同游。

嘉祐祫享后十一日。

人物小传：

①张子谅

张子谅，字中乐。曾官寺丞、太常博士。嘉祐间以屯田员外郎出任永州知州。

道光《永州府志·职官表》误作"皇祐"，据题刻当作"嘉祐"。

张子谅事迹文献多不载。李焘《续资治通鉴长编》卷五百二十，哲宗元符三年（1100）有"礼直官张子谅"，又见曾布《曾公遗录》。按《宋史·职官志》，正礼直官二人，副礼直官二人，属太常寺。但考其年世较晚，当为另一人。

《宋会要辑稿·刑法》格令一："嘉祐二年十月三日，三司使张方平上新修《禄令》十卷，诏颁行。元年九月，枢密使韩琦言：内外文武官俸入添支，并将校请受，虽有品式，而每遇迁徙，须申有司检勘申覆，至有待报岁时不下者，请命近臣就三司编定。命知制诰吴奎，右司谏马遵，殿中侍御史吕景初为编定官。太常博士张子谅，太常丞勾谌，大理寺丞张适，为删定官。至臣上之。"可知张子谅嘉祐二年为太常博士。

梅尧臣《宛陵先生集》卷第十八《依韵和张中乐寺丞见赠》："朝车走辚辚，暮车走辘辘。黄埃蔽车轮，赤日烁车屋。靡论远与近，安问疏与熟。贤愚各有求，往返相磨毂。我马不出门，我迹亦以局。心慕中乐贤，道义闻且宿。其言清而新，其貌古不俗。书可到二王，辩可折五鹿。往见未为劳，定交然后笃。惠诗何劲敏，对敌射铜镞。穿杨有旧手，惊雀无全目。强酬非所当，宜将弓矢速。"

朱东润《梅尧臣集编年校注》定《依韵和张中乐寺丞见赠》在皇祐五年。宋官制有"七寺丞",《宋史·宋琪传》:"经学出身,一任幕职,例除七寺丞。"可知张子谅皇祐五年为寺丞,与太常博士为前后任,此前当有进士出身。

《宛陵先生集》卷五十二《观张中乐书大字》:"芝旭驰名世有孙,大书如晓过秋原。长松怪柏皆成炭,豫氏观傍不解吞。"倪涛《六艺之一录》卷三百三十八"历朝书谱二十八"引之。

同书卷五十八《送张中乐屯田知永州》:"畏向潇湘行,不入洞庭去。鞍马踏关山,衣裘冒霜露。零陵三千里,楚俗未改故。王泽久已覃,国刑亦当措。皆闻柳宗元,山水寻不饫。其记若丹青,因来问潭步。石燕飞有无,香草生触处。仙姑异麻姑,岁月楼中度。不食颜渥赭,言语神灵预。莫将车骑喧,独往探幽趣。有信报我知,恶欲驱尘虑。"

吴孟复《梅尧臣年谱》定《观张中乐书大字》在嘉祐二年。《送张中乐屯田知永州》在嘉祐三年。可知张子谅嘉祐二年至三年为屯田员外郎。

以上梅尧臣三诗,均盛道张子谅擅书,如称"书可到二王"、"芝旭驰名世有孙"。"芝旭"谓后汉张芝、唐代张旭,"世有孙"谓张子谅为其同姓。"大书"正谓其擅长作榜书大字。

又韩维《南阳集》卷五《奉送永州张中乐屯田》:"昔年曾读子厚集,梦寐彼州山水佳。循良今慰远人望,潇洒仍惬旷士怀。楼头打鼓散群吏,林下啼鸟眠高斋。政闲境胜足佳句,好写大字镌苍崖。"

此诗与梅尧臣《送张中乐屯田知永州》当为一时之作,亦言张子谅工书,想象其到永州则有"好写大字镌苍崖",恰似预见朝阳岩、澹山岩岩刻一般。

②陈起

陈起,字辅圣,沅江人,景祐进士。历官宁乡、秭归、湘乡、萍乡、黄梅知县,官终永州通判。

《大明一统志》卷六十四《常德府·人物》:"陈起,沅江人。举进士,调宁乡令,改令秭归,又历湘乡、萍乡令,皆有政声。在秭归日,疏凿新滩,舟行以安,欧阳修铭其功于石。终永州倅。"嘉庆《沅江县志·人物志·贤达》引之。

《大清一统志》卷二百八十《常德府·人物》:"宋陈起,沅江人。景祐进士,调宁乡令,历秭归、湘乡、萍乡等县,皆有政声。在秭归日,疏凿新滩,舟行以安,欧阳修铭其功于石。"

康熙《长沙府志》卷十:"陈起,沅江人。宁乡令,解组归,疏凿新滩,欧阳修称之。转湘乡,后迁黄梅,擒除妖术,拜御史。"乾隆《长沙府志》卷二十同。

陆心源《宋诗纪事补遗》卷九:"陈起,字辅圣,沅江人。景祐改元甲戌进士,官秭归令,疏凿新滩,以便舟楫,欧阳文忠公铭其功于石。终永州通判。"

欧阳修文无考。存世有宋皇祐三年前进士曾华旦《疏凿新滩碑》,谓尚书都官员外郎、知归州赵诚疏凿之。

陈起为唐拱之婿。欧阳修《居士集》卷二十五《右班殿直赠右羽林军将军唐君墓表》:"嘉祐四年冬,天子既受祫享之福,推恩群臣,并进爵秩,既又以及其亲,若在若亡,无有中外远迩。于是天章阁待制、尚书户部员外郎唐君,得赠其皇考骁卫府君为右羽林军将军。"又云唐拱生一男,名唐介;生五女,"次适著作佐郎陈起"。

《沅湘耆旧集前编》卷十八载陈起《迎月》诗一首:"樽酒贪迎月,人生醉后佳。夜来窗不掩,吹落一瓶花。"又见嘉庆《沅江县志》,题为《沅江对月》。

③麻延年

麻延年,字仙夫,时任永州判官,后权倅永州。

麻延年有与张子谅等嘉祐四年五月澹岩题刻,称"幙中麻延年"。又有与徐大方等嘉祐六年辛丑上元后二日朝阳岩题刻。又有与徐大方等嘉祐六年辛丑上元后三日澹山岩题刻。称"上幙权倅麻延年"。"幙"同"幕"。

④魏景

魏景,字晦翁。事迹不详。

魏景有与徐大方等嘉祐六年辛丑上元后三日澹山岩题刻。又有与马璟等嘉祐三年秋社日澹山岩题刻。

《金石萃编》卷一百三十三:"澹山岩题名六十段:冯璟、唐辅会、萧固幹臣、萧注岩夫、魏景晦翁、何廓伯达、张子山景仁、萧澈子源,辛丑秋社日游。"("冯璟",宗绩辰道光《永州府志·金石略》更正为"马璟"。)

王昶按语:"萧注,《史传》称字岩夫,临江新喻人。举进士,摄广州番禺县,以破侬智高功,擢礼宾副使,广南驻泊都监,知道州,拜西上阁门副使。居邕数年,坐贬秦州团练副使,累起为邠州都监,累知桂州。此题无号年,但云辛丑秋社日,稽其时为嘉祐三年,盖知邕州时,便道游此而留题也。"("知道州"误,《宋史》本传作"知邕州"。)

《古泉山馆金石文编》卷三,瞿中溶按语:"萧固亦新喻人,见《宋史·李师中传》。王安石为撰墓志。固凡三知桂州,今广西临桂有嘉祐三年七月题名,乃其最后知桂州时也。后值申绍泰反,贬官,则嘉祐五年事。此题辛丑,为嘉祐六年,盖固去广西任归,经此而题者。"

⑤卢臧

卢臧,字鲁卿,河南人。时任权永州推官。

卢臧有著作,《楚录》五卷,《范阳家志》一卷,见《宋史·艺文志》,已佚。盖卢氏郡望为范阳。道光《永州府志》卷九《艺文志》宗绩辰云:"《楚录》五卷,宋卢臧撰。《宋史·艺文志》作卢藏,误。案臧曾官永州,诸岩有题刻,此殆其在永时所作。"

⑥夏钧

夏钧,字播之,潭州人。时任零陵知县。

嘉庆《零陵县志·职官》记其任零陵知县在嘉祐四年。

夏钧另有与张子谅等嘉祐四年五月澹岩题刻，及与徐大方等嘉祐六年辛丑上元后三日澹山岩题刻，署"零陵令夏钧"。

宋代以来文献盛传夏钧见何仙姑故事。

魏泰《东轩笔录》卷十："潭州士人夏钧罢官过永州，谒何仙姑而问曰：'世人多言吕先生，今安在?'何笑曰：'今日在潭州兴化寺设斋。'钧专记之，到潭日，首于兴化寺取斋历视之，其日果有华州回客设供。顷年滕宗亮谪守巴陵郡，有华州回道士上谒，风骨耸秀，神气清迈，滕知其异人，口占一诗赠之曰：'华州回道士，来到岳阳城。别我游何处，秋空一剑横。'回闻之，恍然大笑而别，莫知所之。"《苕溪渔隐丛话》《五代诗话》《宋朝事实类苑》《类说》《永乐大典》诸书多引之。

雍正《湖广通志》卷七十五《仙释志》："何仙姑，《明一统志》：零陵人，幼遇异人，与桃食之，遂不饥，能逆知人祸福。宋《类苑》云：潭州夏钧过永州，问何曰：'世多言吕先生，今安在?'何笑曰：'今日在潭州兴化寺设斋。'钧到潭日，取寺中斋历视之，其日有华州回客设供。"隆庆《永州府志》、康熙九年《永州府志》、康熙《零陵县志》、乾隆《祁阳县志》、嘉庆《长沙县志》、道光《永州府志》、《楚宝》诸方志多同。

考　证：

题刻在朝阳岩上洞，高 73cm，宽 65cm，六行，楷书，从左向右读。

此刻《金石萃编》《零志补零》、道光《永州府志·金石略》《八琼室金石补正》、光绪《湖南通志·金石志》等著录。

《金石萃编》卷一百三十三误入"澹山岩题名六十段"。

《留云盦金石审》："案右刻极肖颜书。"

《八琼室金石补正》卷八十五："右刻在朝阳岩补元厂内，《萃编》及《通志》《永志》俱作澹山岩题名，误。"（"补元厂"，"厂"同"庵"。清杨翰重刻元结《朝阳岩铭》，并建补元庵于朝阳岩上洞。详见光绪《零陵县志》。）

《潜研堂金石文跋尾目录》卷四："按嘉祐四年十月祫享明堂，此题当在是年十月也。"

祫享即祫祭，祫者合也，谓合祭先祖，亲疏远近皆得祭享。《春秋公羊传》："大祫者何？合祭也。其合祭奈何？毁庙之主陈于大祖，未毁庙之主皆升，合食于大祖。"宋初，于嘉祐四年十月十二日，仁宗亲行祫享礼，典礼隆重。祫享礼毕，百官率有加恩。《宋史·礼十志》："嘉祐四年十月，仁宗亲诣太庙行祫享礼。以宰臣富弼为祫享大礼使，韩琦为礼仪使，枢密使宋庠为仪仗使，参知政事曾公亮为桥道顿递使，枢密副使程戡为卤簿使。""十月二日，命枢密副使张昇望告昊天上帝、皇地祇，帝斋大庆殿。十一日，服通天冠、绛纱袍，执圭、乘舆，至大庆殿门外降舆，乘大辇，至天兴殿，荐享毕，斋于太庙。

明日,帝常服至大次,改衮冕,行礼毕。质明,乘大辇还宫,更服靴袍,御紫宸殿,宰臣、百官贺,升宣德门肆赦。二十一日,诣诸观寺行恭谢礼。二十六日,御集英殿为饮福宴。"《宋史·乐志一》:"亲祀南郊、享太庙、奉慈庙、大享明堂、祫享,帝皆亲制降神、送神、奠币、瓒祼、酌献乐章,余诏诸臣为之。至于常祀、郊庙、社稷诸祠,亦多亲制。"欧阳修《内制集》卷七《内中福宁殿开启祫享预告》:"伏以宗庙之严,祫祭为重,乃卜孟冬之吉,躬修合食之仪。"题刻署"嘉祐祫享后十一日",当是嘉祐四年(1059)十月二十三日。

嘉祐五年二月五日,张子谅、卢臧在朝阳岩另有"朝阳岩""朝阳洞"两通榜书。

此前,嘉祐四年五月,张子谅另有澹岩题刻,与张德淳、麻延年、魏景、夏钧、陶弼、章望之、李纲、卢臧同游。《金石萃编》卷一百三十三:"知军州事张子谅率通判张德淳同游。幙中麻延年、魏景、邑令夏钧从。大理丞陶弼、校书郎章望之、选吏李纲、卢臧实预焉。嘉祐己亥四年五月二十六日己未,臧题。""横广三尺二寸八分,高三尺,八行,行八字,正书。"

王昶按语:"澹山岩题名六十段:按《湖南通志》,澹岩在永州零陵县南二十五里,亦名澹山岩。唐张颢《记》云:盘伏两江之间,周回二里,中有岩窦,可容万夫。古有老人处其下,以澹氏称,因名。《方舆胜览》云:中有澹山寺,楼殿屋室,隐隙罅中,虽风雨不能及。四顾石壁削成,旁有石窍,古今莫测其远近。此磨崖题名六十段,当即在'石壁削成'之上,然据《永州山水记》,但载澹山岩宋黄山谷始题识之,今洞中一石载山谷诗与书,而不言此外之题记者甚多也。山谷诗跋已附《大唐中兴颂》后,六十段外恐尚有遗,姑就此六十段考之,始于庆历七年,迄咸淳五年己巳,合二百二十年中,姓名可见者得二百七人,泐者二人。"

可知张子谅在永期间,交游、题刻均极一时之盛。

卢臧另有与徐大方等嘉祐六年辛丑上元后二日朝阳岩题刻;又有与徐大方等嘉祐六年辛丑上元后三日澹山岩题刻,见《金石萃编》卷一百三十三。

又有与米君平等浯溪题名,"米君平会卢臧、吴克谨食。嘉祐二年六月九日,臧题。"见《古泉山馆金石文编》卷三,瞿中溶云:"右米君平等题名,正书,五行,在峿台左,前人未见。"

又有长篇《永州三岩诗有序》(一作"并序"),"高二尺三寸二分,广四尺一寸六分,卅行,行十八字,字径寸余,正书"。见《零志补零》卷中、《八琼室金石补正》卷九十五、道光《永州府志·金石略》、光绪《零陵县志·艺文·金石》、光绪《湖南通志·金石志》等,《天下名山胜概记》改题《永州三岩记》。

《永州三岩诗有序》署款:"潭州湘潭县主簿、权永州推官、河内卢臧撰。"序云:

> 永之东南,三岩相望,穿坚贯险,外峻内夷,浯潇之间,号为佳绝。火星岩嶃嶃乱石,惟峯于傍,曲蒙斜通,后瞰山腹,往时黄冠师宅其侧,塑火星像为人祈福,今宇坏基存,缁徒构宇而居。朝

阳岩后阜前江,呀焉渊邃,旭日始旦,华粲先及,小亭岿然立于右岸。澹山岩依山而上,缘穴而下,深入虚广,逾数十亩。秦始皇时,周正(御名)实之居,今为佛图。山富竹树,澹竹为多。其后斜穴百步,迤逦而出,扪萝蹬石,复有小岩。大底永山类多岩穴,兹三者为极胜至者。赏其外尘坌而移寒暑也。予嘉祐丁酉二年,被台符,承幨中乏,四月始到永,未几遍历所谓三岩者。且酷爱澹山虚广,遂礲其岩石,怱刻三诗。偶遇漕台俞公按部游岩,遂持诗以丐赓,属公好奇博雅,既赏会于岩下,又从而继其声焉。其从游者题名于别石。时六月六日也。

诗云:

火星岩:岩扁瞰群阜,畴昔道宫邻。荧惑摽名旧,浮屠缔构新。石寒长滴乳,地润不生尘。吾到期深入,虬蛇勿噬人。

朝阳岩:潇湘峻岸傍,岩穴号朝阳。全会江云势,先分海日光。高深惊险易,冬夏返温凉。谁肯弃尘世,探穷仙者乡。

澹山岩:谁开仙窟宅,非与众岩侔。树响晴翻雨,岚凉夏变秋。禽灵啼复断,云悁吐还收。深美群僧住,嗟予莫少留。

《金石萃编》载荆湖南路转运使、尚书祠部员外郎俞希孟和诗三首,题为《范阳同年示及零陵三题,率然为答,甚媿妍唱》,诗云:

火星岩:信美真灵宅,呀然洞府通。皇家尊盛德,南夏享阴功。庙貌邻炎帝,峰名比祝融。游人思所谓,无独爱嵌空。

朝阳岩:旭日多横照,幽岩得粹华。次山名此地,潇水汇其涯。峭壁生云叶,危根溅浪花。终携美门侣,晨坐咽朱霞。(按:"朱霞",《金石萃编》《永州府志》《零陵县志》同,《宋诗纪事补遗》《湖南通志》作"东霞"。)

澹山岩:岩腹潜云构,清凉十亩间。天留盘古穴,人识宝陁山。坏像烟岚湿,高僧岁月闲。圣时无遁客,佳境付禅关。

《古泉山馆金石文编》卷三:"首有十八字,《金石萃编》脱去。其云'范阳同年'者,即前卢臧也。"

5.余靖

提　要：

　　题名:余靖题名

　　责任者:余靖

　　年代:嘉祐五年(1060)

　　原石所在地:浯溪

　　存佚:磨泐

　　规格:4 行

　　书体:楷书

　　著录:《古泉山馆金石文编》《湖南通志》《永州府志》

释　文：

　　嘉祐庚子再授命充广西体量安抚使,备御蛮寇。明年春,已事而旋。

　　尚书吏部侍郎、集贤院学士余靖题。

人物小传：

　　余靖,字安道,韶州曲江人。官至工部尚书,有《武溪集》二十卷。

考　证：

　　楷书,左行,书法秀劲。

　　《古泉山馆金石文编》:"余靖题名,正书,四行,左行,在浯溪磨崖石。庚子乃嘉祐五年,考《宋史》,是时交趾与甲峒蛮合兵寇边,又苏茂州蛮寇邕州,乃以靖按抚广西。先是,侬智高反,靖方丁父忧,即丧次起为秘书监,知潭州,诏委经制广南西路。侬寇平,迁给事中,御史梁蒨言赏薄,又迁尚书工部侍郎。狄青及诸将班师,独留靖广西,禽智高母子弟致阙下,加集贤院学士,故题名云'再授命'也。史言'迁工部侍郎',而此云'吏部',殆其后又转此官,而史未详及也。广西临桂有靖嘉祐五年晦日题名,署衔称'广南西路体量按抚使副',此无'副'字,殆亦后来转官。史亦未详其广西事旋之岁月,据此可以知之。此刻前人未有著录者。"

　　余靖又有东安九龙岩题名,云:"广西体量安抚使副余靖、贾师熊,嘉祐五年□月十九日再游喜公九龙胜概。崇班张均文兴,供奉官以下张守约、赵璞、陈和、李规、赵遂从游,璞奉台旨书。"光绪《东安县志》载:"嘉祐六年,安抚使余靖征蛮,军还,过县境。"

　　题记右下角有淳熙间刘学雅残题记及钤印二枚:

　　　　建安刘学雅,以广西帅按劾,谓谤讪□政,斥骂宰相台谏姓名,特降一官,停转运司主管文字见任,仍永不与堂除。□□□经浯溪再题。

6.徐大方、曹元卿、麻延年、万孝宽、黄致、卢臧

提 要：

题名：徐大方、曹元卿、麻延年、万孝宽、黄致、卢臧题名

责任者：徐大方、曹元卿、麻延年、万孝宽、黄致、卢臧

年代：嘉祐六年（1061）正月十七日

原石所在地：朝阳岩上洞

存佚：磨泐

规格：高 40cm，宽 40cm，6 行

书体：楷书

著录：《八琼室金石补正》《金石萃编》

释 文：

徐大方冲道率曹元卿舜臣、麻延年仙夫、万孝宽公南、黄致适道、卢臧鲁卿游，臧题。

嘉祐辛丑上元后二日。

人物小传：

①徐大方

徐大方，字冲道，福建瓯宁人，时以司刑丞任永州知州。

道光《永州府志》卷十一上《职官表·知州军事·嘉祐》："徐大方，司刑丞权郡，旧缺。"

嘉祐八年以监殿丞出任汀州通判军州事。熙宁十年提举监修使臣，元丰元年为开封府判官，贬开封府推官。今存诗二首，《送程给事知越州》《游东禅寺》，收入《全宋诗》卷六七一。

绍熙《云间志》卷下载宋嘉祐八年李璋作《济民仓记》，"为记之苏士李璋也。为书之监殿丞徐大方也"。又见至元《嘉禾志》、正德《松江府志》、嘉庆《松江府志》、光绪《重修华亭县志》及《永乐大典》卷七千五百一十三。"苏士"，《永乐大典》误作"苏氏"。济民仓在华亭县。

李焘《续资治通鉴长编》卷二百八十四，熙宁十年八月："诏前权判将作监范子奇、向宗儒各展磨勘二年，丞徐大方、曾孝宗、提举监修使臣王范等五人并夺元授恩。"

徐大方之父徐的，字公准，官至度支副使、荆湖南路安抚使，卒于桂阳。《宋史》有传。

徐的墓志、徐大方墓志，1957 年于江苏江宁东冯村出土。徐的《墓志铭》载"大方，太庙斋□□□□□□□□""公薨，天子悼叹，特录其忠劳，授大方守将作监主簿"云云。徐大方墓志铭全称《宋故开封府判官朝奉郎尚书司门员外郎轻车都尉赐绯鱼袋徐公墓志铭》。（见王德庆《江苏江宁东冯村宋徐的墓清理记》，刊《考古》1959 年第 9 期。）

②麻延年

麻延见,见张子谅、陈起、麻延年、魏景、卢臧、夏钧题名。

③曹元卿

曹元卿,字舜臣。据嘉祐六年辛丑上元后三日澹山岩题刻,其时官职为"从奉宸前知怀远"。

④万孝宽

万孝宽,字公南。据嘉祐六年辛丑上元后三日澹山岩题刻,其时官职为"邵阳幕"。

⑤黄致

黄致,字适道。据嘉祐六年辛丑上元后三日澹山岩题刻,其时官职为"前荔浦令"。

⑥卢臧

卢臧,见张子谅、陈起、麻延年、魏景、卢臧、夏钧题名。

考 证:

题刻在朝阳岩上洞。

朝阳岩上洞卢臧所书题刻,张子谅、陈起、麻延年、魏景、卢臧、夏钧嘉祐祫享后十一日同游题刻居中,右为张子谅、卢臧"朝阳岩"榜书,左即此刻。

《金石萃编》卷一百三十三著录,误以在澹山岩。

徐大方另有嘉祐六年辛丑上元后三日澹山岩题刻,云:"司刑丞权郡徐大方,同上幙权倅麻延年,点阅御书警巡马公弼,零陵令夏钧,从奉宸前知怀远曹元卿,邵阳幙万孝宽,前荔浦令黄致,前湘潭簿卢臧预游。嘉祐辛丑上元后三日,臧题记。"可知徐大方等六人于嘉祐六年上元节之后第二日,即正月十七日,同游朝阳岩。次日,即正月十八日,徐大方等八人又同游澹山岩。除前六人仍皆参与外,又增多马公弼、夏钧二人。

徐大方另有汀州苍玉洞石刻题名云:"(缺二字)丞、通判郡事徐大方冲道、会(缺一字)宰庠博楚制中几道、上幕张任贤康侯,熙宁戊申季冬望,冲道题。"又有福州鼓山题刻:"建安吕百能然明,徐大方冲道、弟大正得之,熙宁辛亥岁仲夏二十五日同游。"见谢棨仁《闽中金石略》卷五、冯登府《闽中金石志》卷七、民国《福建金石志》卷七、光绪《长汀县志》卷二十九。由"冲道题"三字可知徐大方亦工书。

7.梁宏、董乾粹、张尧臣、王献可

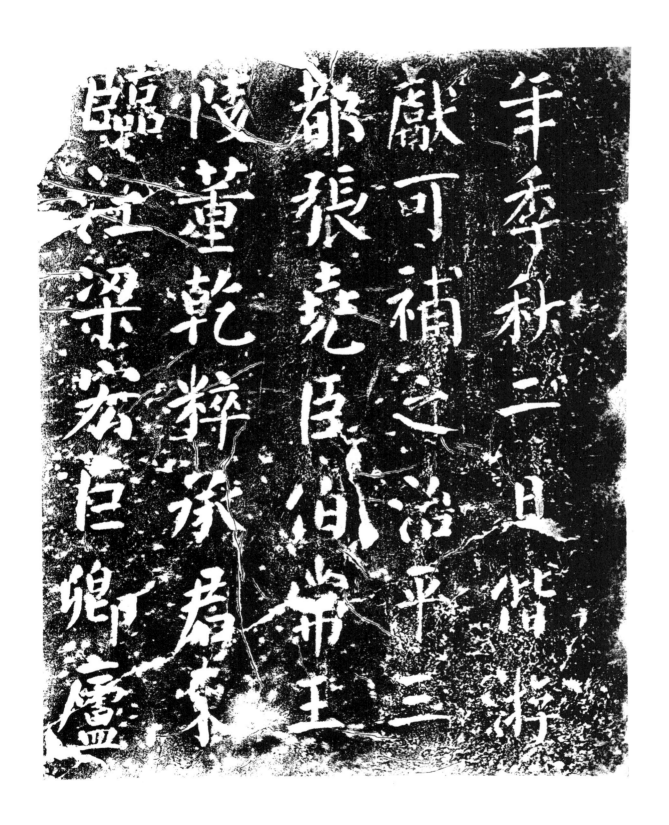

提　要：

题名：梁宏、董乾粹、张尧臣、王献可题名

责任者：梁宏、董乾粹、张尧臣、王献可

年代：治平三年（1066）九月二日

原石所在地：朝阳岩下洞

存佚：完好

规格：高73cm，宽57cm，5行

书体：楷书

著录：《八琼室金石补正》《湖南通志》《永州府志》《零志补零》《零陵县志》

释　文：

临江梁宏巨卿、庐陵董乾粹承君、东都张尧臣伯常、王献可补之，治平三年季秋二日偕游。

人物小传：

①梁宏

梁宏，字巨卿，临江人。时以文林郎出任零陵知县。后升大理寺丞。

《八琼室金石补正》卷九十四陆增祥按语："梁宏字巨卿，零陵令，临江人。董乾粹字承君，零陵掾，庐陵人。均见朝阳、淡岩诸题名。周均，零陵尉，亦见淡岩题名。解舜卿列梁宏之上，当是府寮。冯定介董、周之间，当是县簿。刘湛疑亦官属，而志乘职官皆不见其名。"

苏颂《苏魏公文集》卷三十四《外制》载《前岢岚军岚谷县令陈安静、前威胜军武乡县令张焞可，并著作佐郎，前永州零陵县令梁宏，可大理寺丞敕》："国家抡才之路至广，而铨选之法惟艰，既限其累年之劳，又责于上官之荐，小不应格，未尝序迁。以尔勤于首公，廉而寡悔，知已言状，有司校功，擢置王官。进阶荣路，其思始卒之效，以副奖拔之恩。"

元祐中，梁宏以参与"七老会"知名。

雍正《湖广通志》卷五十八《人物志·隐逸·荆州府》："宋孙谕，《明一统志》：'江陵人，元祐末挂冠，与时同退休者吴师道、梁宏、朱光复、贾亨彦、张景达，布衣唐愈，为'七老会'，五日一集，时人荣之。'"

《氏族大全》卷三"七老"："朱光复，宋元祐中挂冠，同时休退者孙谕、吴师道、梁宏、贾亨彦、张叔达与布衣唐愈，为七老会，五日一集，饮酒赋诗。"

《山堂肆考》卷一百七："朱光复与孙谕、吴师道、梁宏、贾亨彦、张叔达，及布衣唐愈为'元祐七老'。"

《读书纪数略》卷二十二"元祐七老"："元祐中同时挂冠,五日一集:朱光复、孙谕、吴师道、梁宏、贾亨彦、张叔达、唐愈。"

②董乾粹

董乾粹,字承君,庐陵人,一作永丰人。时任零陵县丞,官终屯田员外郎。其父董仪,弟董敦逸。

嘉靖《江西通志》卷二十六："嘉祐三年戊戌解试:董乾粹,永丰人。""嘉祐七年壬寅解试:董乾粹,仪子,永丰人。""嘉祐八年癸卯许将榜:董乾粹,董敦逸,粹弟,俱永丰人。"

光绪《吉水县志》卷二十八:嘉祐八年癸卯许将榜:是科二人,董乾粹,屯田员外郎;董敦逸,户部侍郎、轻车都尉、太子太保。

董乾粹与梁宏等,另有治平二年清明群玉山题刻、治平三年十二月澹山岩题刻,署名"掾董乾粹",即县丞。

③张尧臣

张尧臣,字伯常,东都人。事迹不详。

④王献可

王献可,字补之,山西泽州人。元祐七年为麟州西作坊使,后为英州刺史、知泸州。元符元年为左骐骥使、权发遣梓夔路钤辖管勾泸南沿边安抚使公事。元符二年,坐元祐党籍罢职。卒于泸州。

陆心源《宋史翼》卷七《王献可传》、陆心源《元祐党人传》卷九《王献可传》,云:"王献可,山西泽州人。元祐七年累官知麟州西作坊使,坐不禀帅司节制,擅统兵将击夏贼,追一官勒停。(《长编》四百七十八)寻起为英州刺史,知泸州。元符元年迁左骐骥使,权发遣梓夔路钤辖管勾泸南沿边安抚使公事。黄庭坚谪涪,献可遇之甚厚。二年五月,坐元祐中上书议论朝政,附会奸党,降一官罢现任差遣。子霁、云。霁,崇宁中为详议官,上书言蔡京罪,黥隶海岛,钦宗复其官,从种师中战死。(《山西通志》,参《长编》)云,《宋史》有传。"

《宋史·徽宗本纪一》:崇宁元年九月,"己亥,籍元祐及元符末宰相文彦博等、侍从苏轼等、余官秦观等、内臣张士良等、武臣王献可等凡百有二十人"。

《续资治通鉴长编》卷四百七十八,元祐七年:"麟州西作坊使王献可,追一官勒停……坐不禀帅司节制,擅统领将兵击夏贼故也。"同书卷五百三,元符元年十月:"王献可泸州再任与转官,上谕:'献可元祐中亦有章疏。'"同书卷五百四,元符元年十一月:"西作坊使、英州刺史、知泸州王献可,再任满迁左骐骥使,又再任。上谕曾布曰:'献可元祐中亦有章疏。'"同书卷五百十,元符二年:"左骐骥使、英州刺史、权发遣梓夔路钤辖管勾泸南沿边安抚司公事王献可,降一官。"

成化《山西通志》卷九:"王献可,泽州人,官至英州刺史。知泸州,黄庭坚谪于涪,献可遇之甚厚。子霁,崇宁中为详议官,上书告蔡京罪,黥隶海岛,钦宗复其官,从种师中战死。云,举进士,从使高丽,撰《鸡林志》以进。靖康中,以资政殿学士副康王使金,至磁州,为众所杀。"

万历《四川总志》卷十三《泸州·山川·使君岩》:"南五里,宋使君王献可游赏之地。"

苏轼《东坡外制集》有《王献可洛苑使敕》,苏辙《栾城集》有《王献可火山军李昭叙石州敕》。

王献可长子王霁;次子王云,字子飞;三字王雩,字子予。

曹学佺《蜀中广记》卷七十九:"王献可补之谪知泸时,过庙题诗,有'泸州刺史非迁谪,合是龙归旧洞来'之句,意以己即陆(弼)后身也。后补之以元祐党谪死,其子云,来知简州,州尉两梦显惠庙神,自言'吾乃守父也',盖显惠即白崖神云。又西充有紫崖庙,其神即云也。初献可常慕南霁云之忠名,其子曰霁、曰云。云字子飞,发运司解进士乙科,崇、观间使高丽,归进《鸡林志》,帝嘉之,擢守淮阳,入为校书秘书省,出知简州,后移陕西转运使。朝廷议复燕云,上书不宜轻动,罢为提举江州太平观,进刑部尚书。金人来侵,云奉使回,约割大河以北寝兵,朝廷未之信,谪知唐州。金人果大入寇,亟召云,使如前约,金怪失期,不肯退兵。复从康王往为质,至磁州,王遁去,云殿后,为磁人所杀。后三月,神降西充,附邑民王安曰:'吾有功国家,当庙食于此,人当呼我曰忠介王。'媪刘亦言神降于油井镇,观者旁午。又何仲方家见异蛇,鳞爪金碧。争奉香诣酳,许为建祠,蛇蜿蜒如塔。众为构庙紫崖,距汉纪侯祠仅咫尺。后高宗诏于简州建祠祀云,赐'昭德显忠'额,谥云□。学士刘光祖《紫崖利应庙记》略云:西充县紫崖山,乃赠观文殿学士忠介王公庙食之地也。靖康丙午冬十一月,公以资政殿学士、兵部尚书,副高宗使女直,急于纾国之难,不暇择利害,至磁而殒身白刃,高宗遂得驰去,犹顾见死也。呜呼!天使公代高宗之死于俄顷间,与汉纪侯脱高祖于荥阳事相类。紫崖山者,纪侯之乡也。公刺简州,家于开封,没于磁,而死之三月神降于纪侯之乡,英灵之气,殆若相从于千载之下,万里之远,庙食与侯祠咫尺,何其异哉!"

详见吴泳《鹤林集》卷十一《顺庆府西充县利应庙神封忠显公制》。

王云死事又见徐梦莘《三朝北盟会编》卷六十四,靖康元年十一月二十一日壬午,载"磁人杀王云"始末。末云:"王云,泽州人,字子飞。少魁,运司解进士乙科,又中词学兼茂才第一。崇宁间,两掌翰苑,从使高丽,进《鸡林志》,徽宗甚嘉纳之,擢知淮阳军。以父系元祐臣寮,忠言事罢之。后任秘书郎,出知简州,继领陕西曹台公事,累使金国。上令于简州建功德寺,以'昭德显忠'为额,作追奉之地。公初被命,与主上为使,即传言于家,可勤祭祀祖先,更不归私第。至死王事而不返,可谓国尔忘家、公尔忘私者也。公兄讳霁,任右讲议司编修,尝论童贯、蔡京过失,坐黜海岛。公岁时馈问不绝,后童、蔡被诛,渊圣皇帝复霁官,补右选。种师中解太原围,王师败绩,而霁没王事。初,公父名二子曰云曰霁,其意有在。唐南霁云死于忠义,二子复皆能死于难,岂其一门英风凛凛、足奋百代而超千祀者欤!"

王云使金一事,事关兴替之机,史官有"验天命"之说。

《宋史·王云传》略云:"王云,字子飞,泽州人。举进士,从使高丽,撰《鸡林志》以进。擢秘书省校书郎,出知简州,迁陕西转运副使。宣和中,从童贯宣抚幕,入为兵部员外郎、起居中书舍人。靖康元年,以给事中使斡离不军,议割三镇以和。使还,传道斡离不之意,以为黏罕得朝廷所与余睹蜡书,坚云中国不可信,欲败和约。执政以为不然,罢为徽猷阁待制、知唐州。金人陷太原,召拜刑部尚书,再出使,许以三镇赋入之数。云至真定,遣从吏李裕还言:'金人不复求地,但索五辂及上尊号,且须康王来,和好乃成。'钦宗悉从之,且命王及冯澥往。未行,而车辂至长垣,为所却,云亦还。澥奏言云诞妄误国,云言:'事势中变,金人必欲得三镇,不然,则进兵取汴都。'中外震骇,诏集百官议,云固言:'康王旧与斡离不结欢,宜将命。'帝虑为所留,云曰:'和议既成,必无留王之理,臣敢以百口保之。'王遂受命,而云以资政殿学士为之副。顷云奉使过磁、相,劝两郡彻近城民舍,运粟入保,为清野之计,民怨之。及是,噪而杀之。王见事势汹汹,乃南还相州。是役也,云不死,王必北行,议者以是验天命云。建炎初,赠观文殿学士。云兄霁,崇宁时为谋议司详议官,上书告蔡京罪,黥隶海岛。钦宗复其官,从种师中战死。"

明戴璟《博物策会》卷五"泽州人物":"王献可善遇黄庭坚,尽尊贤之礼。至于王霁告蔡京罪而配海岛,甘心矣,逮其从种师中用兵而为金所杀,节之不屈如此也。王云撰《鸡林志》而使高丽,称职矣,逮其从康王使金而为众所杀,命之不幸如此也。凡此又皆王献可之子焉。"

王献可、黄庭坚二人,治平中场屋间相识,晚年在蜀,交契弥深。

黄庭坚《豫章黄先生文集》有《答王补之书》《祭王补之安抚文》《洞仙歌·泸守王补之生日》。

《答王补之书》有云:"庭坚再拜补之使君阁下:治平中在场屋间,尝与李师载兄弟游,因熟阁下才德。此时方以见闻寡浅,日夜刻意读书,未尝接人事,故不得望颜色。其后从仕东西,忧患潦倒,每见师载,犹能道补之出处。今者不肖得罪简牍,弃绝明时,万死投荒,一身吊影,不复齿于士大夫矣。所以虽闻阁下近在泸南,而不敢通书。忽蒙赐教,礼盛而使勤,词恭而意笃。"

《祭王补之安抚文》有云:"使君于我,无平生欢;自我投荒,恤予饥寒。有白头新,有倾盖旧;三月渡泸,一笑握手。谁云此别,遂隔终天;临风寓奠,有泪如川。"

黄庭坚为治平四年进士及第,后作《寄李师载》云:"同升吏部曹,往在纪丁未。别离感寒暑,岁星行十二。"所说"治平中在场屋间",即王献可题刻朝阳岩之次年。

王云、王霁二人亦与黄庭坚往来。《豫章黄先生文集》有《答王子飞书》《与王子予书》,又有《戏答王子予送凌风菊二首》《谢王子予送橄榄》,题注:"右四篇以时序为次,子予名霁,王献可补之之次子也,时侨寓荆州。"《山谷别集》有《答王秀才书》云:"承车马东来,将父命以厚逐客,实钦高义。"又有《书阴真君诗后》云:"此诗以与王泸州补之之季子。"又有《跋王子予外祖刘仲更墨迹》。

《宋史·王云传》:"父献可,仕至英州刺史、知泸州。黄庭坚谪于涪,献可遇之甚厚,时人称之。"

《大明一统志》卷七十二《嘉定州》:"王献可知泸州时,黄庭坚谪于涪,献可遇之甚厚,时人称之。"

《大清一统志》卷三百十一《泸州·名宦》:"王献可,泽洲人。知泸州,黄庭坚谪于涪,献可遇之甚厚,时人称之。"

雍正《山西通志》卷一百二十一《人物·泽州府》:"王献可,泽州人,官至英州刺史。知泸州,黄庭坚谪涪,献可遇之甚厚。子霁,崇宁中为详议官,上书告蔡京罪,黥隶海岛,钦宗复其官,从种师中战死。"

雍正《四川通志》卷七上《名宦·泸州》:"王献可知泸州时,黄庭坚以党籍谪涪,人多畏祸不与交,独献可遇之甚厚,时人称之。"

考　证:

题刻在朝阳岩下洞洞口外右侧。

《零志补零》卷下、道光《永州府志·金石略》、光绪《零陵县志·艺文·金石》《八琼室金石补正》、光绪《湖南通志·金石志》等著录。

《留云庵金石审》:"王煦等《省志》云:案右刻见零陵县《宗志》。右正书,五行。"

《八琼室金石补正》卷八十五:"高二尺二寸五分,广一尺八寸三分,五行,行七字,字径二尺许,正书,左行。时梁宏为零陵令,董乾粹为邑掾,均见淡岩题名。张尧臣、王献可疑是丞、簿,而官志均不见其名。"

除朝阳岩此刻外,梁宏在群玉山、澹山岩另有八通题刻,见《金石萃编》《古泉山馆金石文编》《八琼室金石补正》、道光《永州府志·金石略》、光绪《零陵县志·艺文·金石》、光绪《湖南通志·金石志》。

一、治平元年与余藻三门洞题名:"大宋天子改治平之初年,祠曹郎余藻奉命提点广西刑狱,季秋下弦经此,因题。文林郎守永州零陵县令梁宏……"

二、治平二年清明与解舜卿等群玉山题刻:"解舜卿、梁宏、董乾粹、马定、周均、刘湛,治平二年清明前一日同游。"

三、治平二年九月十四日与梁庚等澹山岩题刻:"新贺州桂岭令梁庚子西,洎弟零陵令宏巨卿,进士窦隐甫,陪郡幕项随持正,新清湘尉蒋忱公亮,进士周镐毅甫,同游,治平乙巳九月十四日题。"

四、治平二年九月十四日与项随等澹山岩题刻:"持正、子西、公亮、巨卿、毅甫、隐甫同游,治平二年九月十四日,隐甫题。"

五、治平二年十一月三日与薛俅等澹山岩题刻:"转运使河东薛俅步按上六州一监,渡潇湘二水,历三门岩、九龙洞至永,游朝阳、澹山二岩。悉非人力,乃神物所造之景。通判乐咸、县令梁宏共行,治平二年十一月三日题石。"

六、治平三年四月六日与陈藻、周敦颐、项随澹山岩题刻:"尚书都官郎中知军州事陈藻君章,尚书虞部员外通判军州事周敦颐茂叔,郡从事项随持正,零陵令梁宏巨卿同游,治平三年四月六日题。"

七、治平三年十二月与范子明等澹山岩题刻:"前八桂倅范子明,同永幕项随,令梁宏,掾董乾粹,游澹山,治平丙午腾月吉,诚叔题。"

八、治平四年三月十四日与鞠拯、周敦颐、项随等澹山岩题刻:"尚书比部郎中知军州事鞠拯道济,尚书比部员外郎通判军州事周敦颐茂叔,军事推官项随,前录事参军刘璞,零陵县令梁宏,司法参军李茂宗,县尉周均,治平四年三月十四日,同游永州澹山岩。"

8.程瀜、鞠拯、周敦颐

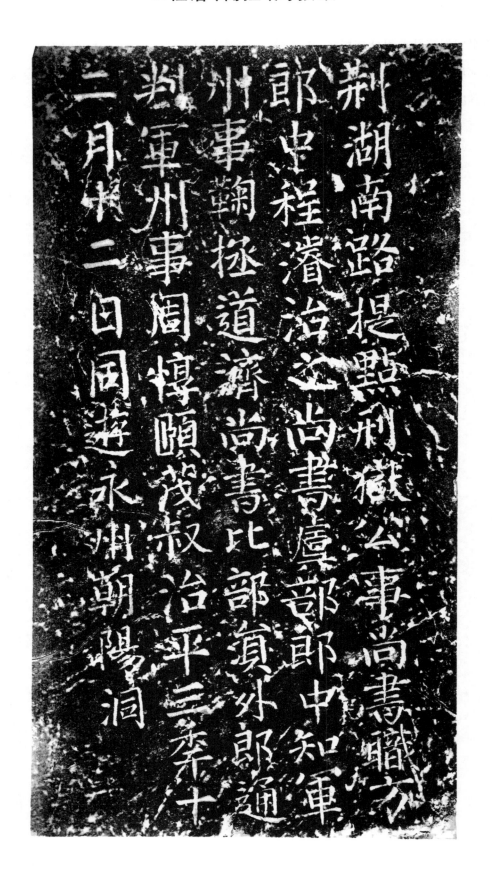

提 要:

题名:程濬、鞠拯、周敦颐题名

责任者:程濬、鞠拯、周敦颐

年代:治平三年(1066)十二月十二日

原石所在地:朝阳岩

存佚:完好

规格:5 行

书体:楷书

著录:《八琼室金石补正》《金石萃编》《湖南通志》《永州府志》《零志补零》

释 文:

荆湖南路提点刑狱公事、尚书职方郎中程濬治之,尚书虞部郎中、知军州事鞠拯道济,尚书比部员外郎、通判军州事周惇颐茂叔,治平三年十二月十二日同游永州朝阳洞。

人物小传:

①程濬

程濬,字治之,四川眉山人。以尚书职方郎中本官,出任荆湖南路提点刑狱公事。

吕陶《净德集》卷二十一《太中大夫武昌程公墓志铭》:"公讳濬,字治之。天禀方厚,少有大志,力学,举进士,时辈推其才。天圣五年,赐同学究出身,选河中府猗氏县尉、戎州司户参军、凤翔府节度推官。用荐者言,授大理寺丞。再举进士,中乙科,通判彭州,迁殿中丞,又通判梓、嘉二州,改太常博士,赐五品服,历屯田都官员外郎。遭长安君泪光禄公忧,服除,知开封府太康县,迁职知归州,移遂州,为屯田都官职方郎中提点荆湖南路刑狱,除太常少卿,赐三品服,徙夔州路转运使。熙宁三年,年七十,乃谢事。公儒者,读书知名教大旨,鉴古今治乱之迹,其取舍进退,未尝违道以徇所欲。其治事通果敏密,先体要济以忠厚,其庇民恤物,所至可纪。"

记其任荆湖南路提点刑狱公事时政绩又云:"衡、韶二州间有凶党七八百人,纵火掠黄幹坑户,一道骇然。公巡部抚遏,不张贼势以希功赏,下令捕首恶,论诱胁者使溃去,民得安堵。事讫以闻,朝廷嘉之。道州有父子欧人至死,子当伏诛,以尸坏,狱疑为请。委公审覆处之,公询察情状,子愿死,无他辞,犹疑不忍决,奏得免死。湖外二税率经五六岁,敛入不已,胥吏缘为奸,窭弱重困,公请量户众寡,每岁缓以期限,毕则州为钩考,有逋负督于邑吏,从之,著为令,民甚被惠。茶陵县擅增役户七十有八,循仍久之,公按劾罢去,颇纾众力。邵州岁运淮盐凡六十舟,舟万斤,自潭之益阳,沂险而上,风涛屡溺。主吏二十有四,往往耗产,兵三百,多还粮于官,终身不能已。公请置仓于永之祁阳,去邵才六舍,以所役兵隶九铺,运致如旧,简费蠲害,迹效甚白,言虽不报,识者服其是。"

冯山《安岳集》卷九《和程濬治之秘监赠杨竦中立朝散》:"身似悲鸣骥,家如漫落瓢。买居悲粪壤,数俸怯薪樵。寿隐三家近,征商百步遥。无心随所寓,尘滓自冰销。"

范纯仁《范忠宣集》卷三《赠眉阳致政程濬少卿》:"清节高风世所推,秋毫名宦肯徘徊。勇抛朝市无穷事,笑指林泉独自来。吟榻未移溪月上,醉巾长拂野云回。尘衣欲作登门客,几杖何妨许暂陪。"

程濬与苏轼、苏辙为中表亲,有记其事者。

《蜀中广记》卷一百三:"苏小妹,老苏先生之女,幼而好学,慷慨能文,适其母兄程濬之子之才先生。有诗曰:'汝母之兄汝伯舅,求以厥子来结姻。乡人嫁娶重母族,虽我不肯将安云。'人言苏子无妹,却有此诗,出《苏氏小抄》。"

《古今事文类聚·后集》卷十三:"老苏女幼而好学,慷慨能文,适其母兄程濬之子之才。诗曰:'汝母之兄汝伯舅,求以厥子来结姻。乡人嫁娶重母党,虽我不肯将安云。'"

《氏族大全》卷三:"苏洵娶大理寺丞程文应之女,追封成国夫人,有女幼好学,长能文,适母兄程濬之子之才。诗云:'乡人嫁娶重母党,虽我不肯将安云。'"

②鞠拯

鞠拯,字道济,浚仪(今河南开封)人。

鞠拯在朝阳岩另有治平三年与程濬、周敦颐题刻,熙宁元年与魏羔如题刻。

按鞠拯之名仅见于永州石刻,《府志》职官表载治平四年任永州知州亦据石刻记述。

③周敦颐

周敦颐,字茂叔,谥元,学者尊称濂溪先生、周濂溪、周元公、周子。

周敦颐为宋代道州营道县营乐里人,世称"濂溪故里",今属湖南永州道县。

周敦颐历任江西分宁县主簿、南安军司理参军,湖南桂阳县令,江西南昌县令,四川合州判官,江西虔州通判,湖南永州通判摄邵州知州,湖南郴州知府,官至尚书虞部郎中、广南东路转运判官提点刑狱,晚年任江西南康军知军。

《宋史·道学传》有传,略云:"文王、周公既没,孔子有德无位……孔子没,曾子独得其传,传之子思,以及孟子,孟子没而无传……千有余载,至宋中叶,周敦颐出于舂陵,乃得圣贤不传之学,作《太极图说》《通书》。"

黄庭坚《山谷集》卷一《濂溪诗并序》:"舂陵周茂叔人品甚高,胸中洒落,如光风霁月。好读书,雅意林壑。初不为人,窘束世故,权舆仕籍,不卑小官。职思其忧,论法常欲与民决讼,得情而不喜。其为少吏,在江湖郡县盖十五年,所至辄可传。任司理参军,运使以权利变具狱,茂叔争之不能得,投告身欲去,使者敛手听之。赵公悦道,号称好贤,人有恶茂叔者,赵公以使者临之甚威,茂叔处之超然,其后乃瘝曰:'周茂叔天下士也。'荐之于朝,论之于士大夫,终其身。其为使者,进退官吏,得罪者自以不冤。中岁乞身，老于溢城。有水发源于莲花峰下，洁清绀寒，下合于溢江，茂叔濯缨而乐之，筑屋于其上，用其平生所安乐媲水而成，名曰'濂溪'。与之游者曰：'溪名未足以对茂叔之美。'虽然，茂叔短于取名，而惠于求志；薄于徼福，而厚于得民；菲于奉身，而燕及茕嫠；陋于希世，而尚友千古。闻茂叔之余风，犹足以律贪，则此溪之水配茂叔以永久，所得多矣！茂叔讳惇实，避厚陵，奉朝请名改'惇颐'。二子，寿、焘，皆好学承家，求余作濂溪诗，思咏潜德。茂叔虽仕宦三十年，而平生之志终在丘壑，故余诗词不及世故，犹髣髴其音尘：'溪毛秀兮水清，可饭羹兮濯缨。不渔民利兮又何有于名。弦琴兮觞酒，写溪声兮延五老以为寿。蝉蜕尘埃兮玉雪自清，听潺湲兮鉴澄明。激贪兮敦薄非，青苹白鸥兮谁与同乐。津有舟兮荡有莲，胜日兮与客就闲，人闻挐音兮不知何处散发醉，高荷为盖兮倚芙蓉以当伎。霜清水寒兮舟著平沙，八方同宇兮云月为家。怀连城兮佩明月，鱼鸟亲人兮野老同社而争席。白云蒙头兮与南山为伍，非夫人攘臂兮谁余敢侮。'"

朱熹《濂溪先生事状》云："先生世家道州营道县濂溪之上，姓周氏，名惇实，字茂叔。后避英宗旧名，改惇颐。用舅氏龙图阁学士郑公向，奏授洪州分宁县主簿。县有狱，久不决，先生至，一讯立辨，众口交称之。部使者荐以为南安军司理参军，移郴及桂阳令，用荐者改大理寺丞、知洪州南昌县事，签书合州判官事，通判虔州事，改永州，权发遣邵州事。熙宁初，用赵清献公、吕正献公荐，为广南东路转运判官，改提点刑狱公事。未几而病，亦会水啮其先墓，遂求南康军以归。既葬，上其印绶，分司南京时赵公再尹成都，复奏起先生，朝命及门，而先生卒矣，熙宁六年六月七日也。年五十有七，葬江州德化县清泉社。先生博学力行，闻道甚早。遇事刚果，有古人风。为政精密严恕，务尽道理。尝作《太极图》《易说》《易通》数十篇。在南安时年少，不为守所知。洛人程公珦，摄通守事，视其气貌非常人，与语，知其为学知道也，因与为友，且使其二子往受学焉。及为郎，故事当举代，每一迁授，辄以先生名闻。在郴时，郡守李公初平知其贤，与之语而叹曰：'吾欲读书何如？'先生曰：'公老，无及矣，某也请得为公言之。'于是初平日听先生语，二年果有得。而程公二子即所谓河南二先生者也。南安狱有囚，法不当死，转运使王逵欲深治之。逵，苛刻吏，无敢与相可否，先生独力争之，不听，则置手板，归取告身委之而去，曰：'如此尚可仕乎？杀人以媚人，吾不为也。'逵亦感悟，囚得不死。在郴、桂阳皆有治绩。来南昌，县人迎，喜曰：'是能辨分宁狱者，吾属得所诉矣。'于是更相告语，莫违教命，盖不惟以抵罪为忧，实以污善政为耻也。在合州，事不经先生手，吏不敢决，苟下之，民不肯从，蜀之贤人君子皆喜称之。赵公时为使者，人或谮先生，赵公临之甚威，而先生处之超然，然赵公疑终不释。及守虔，先生适佐州事，赵公熟视其所为，乃寤，执其手曰：'几失君矣，今日乃知周茂叔也。'于邵州，新学校以教其人。及使岭表，不惮出入之勤，瘴毒之侵，虽荒崖绝岛，人迹所不至者，亦必缓视徐按，务以洗冤泽物为己任。施设措置未及尽其所为，而病以归矣。自少信古好义，以名节自砥砺，奉己甚约，俸禄尽以周宗族奉宾友，家或无百钱之储。李初平卒，子幼，护其丧归葬之，又往来经纪其家，始终不懈。及分司而归，妻子饘粥或不给，而亦旷然不以为意也。襟怀飘洒，雅有高趣。尤乐佳山水，遇适意处，或徜徉终日。庐山之麓有溪焉,发源于莲华峰下,洁清绀寒,下合于溢江,先生濯缨而乐之,因寓以'濂溪'之号,而筑书堂于其上。豫章黄太史庭坚诗而序之曰:'茂叔人品甚高,胸中洒落,如光风霁月。'知德者亦深有取于其言云。"(《伊洛渊源录》卷一)

周敦颐当中古之际,以其卓越的思想学说,开创了宋代儒家的新形态,号称"理学开山""道学渊源"。《宋史·道学传》论理学源流,即以周敦颐为理学之首出人物,周敦颐、邵雍、张载、程颢、程颐合称"北宋五子",共同推动北宋理学的形成。二程为周敦颐亲传弟子,朱熹为周敦颐五传弟子,宋明理学的各家各派无不受到周敦颐思想的影响。

南宋中期,宁宗嘉定年间,王象之编纂《舆地纪胜》,已经将濂溪先生列为乡土名流。其书卷五十八"荆湖南路·道州"有四处记载濂溪先生。

一、"形胜·濂溪"条目:"濂溪在州城西三十里,周茂叔故居也。"

二、"古迹·春陵濂溪、九江濂溪"条目:"濂溪在道州营道县之西,距县二十余里。先生既不能返其故乡,卜居庐山之下,筑室溪上,名曰'濂溪书堂'。先生春陵之人,言曰:'濂溪,吾乡之里名也。'先生世家其间,及寓于他郡,而不忘其所自生,故亦以是名溪。"

三、"古迹·周濂溪祠堂"条目:"周濂溪祠堂在州学,胡铨为《记》。淳熙重建,张栻为《记》。"

四、"人物·周敦颐"条目:"周敦颐字茂叔。神宗时为广东运判,以疾,上南康印以归,居九江濂溪,名'濂溪书堂'。有《通书》《太极图》等书,倡明道学。程珦与之为友,珦二子颢、颐,闻茂叔论道,遂厌科举之学,慨然有求道之志。"

康熙九年《永州府志》卷十五《人物志上》列为《周子世家》,刘道著序云:"太史公作《史记》,为帝王立'本纪',为诸侯立'世家',其余名贤皆载之'列传',是'世家'非诸侯不立矣。然孔子位止鲁司寇,非诸侯也,而列之'世家',岂非以德不以位哉?永有周濂溪先生,当圣学几绝之会,倡明理学,悟太极之旨,以授二程夫子,继往开来,此其功当不在禹下矣。旧志或列之'人物',或传之'儒林',于戏!周子之学,岂'人物'、'儒林'所可概乎?亦可谓不知等矣!子长作国史,尊孔子于'世家',正万世传道之统;余修郡志,升周子于'世家',明百代理学之宗。理学明而圣道尊,日月经天,江河行地,千古此心,千古此理,圣人复起,不易吾言矣。"康熙三十三年《永州府志》因之。

治平二年,周敦颐任永州通判,治平三年初到任,治平四年在任,至熙宁元年擢授广南东路转运判官离任。

道光《永州府志》卷十一上《职官表·通判》:"周敦颐,治平二年任。先判虔州,以失火改永。"

度正《年表》治平三年缺,据邓显鹤《年谱》:治平元年,冬,虔州民间失火,焚千余家,朝廷行遣,遂移永州通判。治平二年,自虔赴永,三月经江州,十二月过武昌。治平三年,至永。四月六日游澹山岩,十二月十二日游朝阳岩。

周敦颐有《任所寄乡关故旧》诗云:"老子生来骨性寒,宦情不改旧儒酸。停杯厌饮香醪味,举箸常餐淡菜盘。事冗不知筋力倦,官清赢得梦魂安。故人欲问吾何况,为道舂陵只一般。"邓显鹤《沅湘耆旧集前编》云:"谨案《年谱》,治平三年丙午,先生任永州通判,侄仲章至任,归有诗与之,此诗应在此时。"

考　证:

题刻在朝阳岩下洞右侧入口处。

《金石萃编》《零志补零》卷下、道光《永州府志·金石略》、光绪《零陵县志·艺文·金石》、光绪《湖南通志·金石志》等著录。

《金石萃编》卷一百三十四:"高三尺六寸,广一尺六寸,五行,行十四字,正书。"

道光《永州府志》引《湘侨闻见偶记》:"周子题名在朝阳洞下西壁,在岩屋中,不虑风雨。特乞人栖其侧,爨烟熏灼,石色渐变,恐久将裂损耳。"

光绪《道州志》卷十二《杂撰》:"永郡朝阳洞内左旁石上镌有'荆湖南路提点刑狱公事、尚书职方郎中程濬治之,尚书虞部郎中、知军州事鞠拯道济,尚书比部员外郎、通判军州事周敦颐茂叔,治平三年十二月十二日同游永州朝阳洞'六十八字,笔力古劲,疑即周子所书。"

周敦颐所题摩崖石刻,所在多有。周子本名"惇实",避英宗旧名改"惇颐",南宋时又避光宗讳写作"敦颐"。湖南石刻皆英宗即位后题写,均作"惇颐"。

湖南永州题刻五处,共八通。

一、朝阳岩与程濬、鞠拯题刻一通。

二、澹岩题刻三通。

《金石萃编》卷一百三十三"澹山岩题名六十段"著录。

(一)"'尚书都官郎中知军州事陈藻君章,尚书虞部员外通判军州事周敦颐茂叔,郡从事项随持正,零陵令梁宏巨卿同游,治平三年四月六日题。'横广四尺六寸,高三尺四寸,八行,行七字,正书。"又见《零志补零》卷下、道光《永州府志·金石略》、光绪《零陵县志·艺文·金石》。

《留云庵金石审》:"大真凝重,字完洁,无剥蚀。山谷碑后出,乃已早泐。可谓阇而章者矣。"

宋刻《元公周先生濂溪集》、邓显鹤编《周子全书》未收。度正《年表》不载,邓显鹤《年谱》载之云"四月六日,与尚书都官郎中知军州事陈藻君章、郡从事项随持正、零陵令梁宏巨卿同游澹山岩"。题刻今毁,湖南省濂溪学研究会、北京大学图书馆藏存旧拓。

(二)"'比部员外郎通判永州军州事周敦颐,治平四年二月一日,沿牒归舂陵乡里展墓,三月十三日,回至澹山岩,将家人辈游。侄立,男寿、焘,侄孙蕃侍。'高二尺五寸,广二尺二寸,七行,行八字,正书。"又见《零志补零》卷下、道光《永州府志·金石略》、光绪《零陵县志·艺文·金石》。

邓显鹤编《周子全书》卷三收录。题刻今毁,北京大学图书馆藏存旧拓。

《湘侨闻见偶记》:"昔见周子至永州后与侄书,告以先公得赠谏议大夫,又深念先墓,札内询候二十七叔、三十一叔,诸叔下而问及于周三辈,盖佃丁之流。每札末必曰'好将息,好将息',其情意肫笃周至,读之已有'光风霁月'气象,惜不能尽记也。"(见道光《永州府志》卷十八中)

道光《永州府志·金石略》宗绩辰按语:"案此刻周子书,较他刻独瘦劲。"

钱大昕《潜研堂金石文跋尾续》:"右周茂叔题名,在永州澹山岩,其文凡七行五十四字。《宋史·道学传》叙元公历官颇详,独不及通判永州,读此可以补史之缺。史容注《山谷外集》云:濂溪二子,寿字季老,后改元翁,于熙宁五年黄裳榜登第,终司封员外郎。焘字通老,后改次元,于元祐三年李常宁榜登第,终徽猷阁待制。本传但云焘终宝文阁待制,而不及焘官位,亦为漏略。兹因题名而牵连及之。"

(三)"'尚书比部郎中知军州事鞠拯道济,尚书比部员外郎通判军州事周敦颐茂叔,军事推官项随,前录事参军刘璞,零陵县令梁宏,司法参军李茂宗,县尉周均,治平四年三月十四日同游永州澹山岩。'高三尺三寸五分,广三尺一寸三分,八行,行十字,正书。"又见《零志补零》卷下、道光《永州府志·金石略》、光绪《零陵县志·艺文·金石》、光绪《湖南通志·金石志》。

邓显鹤编《周子全书》卷三收录。题刻今毁,北京大学图书馆藏存旧拓。

光绪《零陵县志》引旧补志:"周子还故居必经是岩,往来其间,游题三度,皆岿然久存,是必有神物呵护也。"

邓显鹤编《周子全书》卷三按语:"澹山岩题名,显鹤案《潜研堂金石文跋尾》云:'右周茂叔题名,在永州澹山岩,其文凡七行五十四字。'今案《濂溪志》所载缺略大甚,今以拓本校之,实五十六字。《潜研堂》所云'可补史之缺',不诬也。"又云:"澹山岩重题名,显鹤案先生澹山岩题名有二刻,先日从营道回永州,将家人辈偕游,次日鞠拯、项随诸人同来复偕游,均题名刻石,四年十三、十四两日事也。"

又邓显鹤纂道光《宝庆府志》卷二《大政纪二》:"英宗治平四年,以周敦颐权知邵州。神宗熙宁元年正月,权知邵州周敦颐迁学于郭外邵水东。先生以永州通守来摄邵事,而迁其学,且属其友孔公延之记而刻焉。"邓显鹤按语:"治平三年四月六日澹岩题名,书'尚书虞部员外郎通判军州事周敦颐茂叔',十二月十二日朝阳岩题名,书'尚书比部员外郎通判军州事周敦颐茂叔',四年正月九日华严岩题名、三月十三日澹山岩题名皆同。濂溪先生权知邵州,《宋史》不书,而官工部员外郎并朱子《事状》亦不言,则朱子《事状》及澹山题名皆可补正史之缺。"

今按:邓显鹤言周敦颐澹山岩题名有二刻,不确,当为三刻。

三、华严岩一通。

《八琼室金石补正》卷八十八:"华严岩题刻十七段:荆湖南路转运判官沈绅公仪,尚书虞部郎中知军州事鞠拯道济,尚书比部员外郎通判军州事周敦颐茂叔,治平四年正月九日,同游永州华严岩。"

又见《零志补零》卷下、道光《永州府志·金石略》、光绪《零陵县志·艺文·金石》、光绪《湖南通志·金石志》。

周沈珂编《周元公集》卷六、邓显鹤编《周子全书》卷三收录。题刻今毁，北京大学图书馆藏旧拓。（周沈珂《周元公集》据周与爵刻本重辑，周与爵据崔惟植刻本重辑。）

四、含晖岩一通。

《八琼室金石补正》卷一百三："含晖洞题刻六段：在道州。周子题名：高一尺二寸五分，广一尺五寸，六行，行五字，字径一寸六分，正书。'周敦颐、区□邻、陈赓、蒋瑾、欧阳丽，治平四年三月六日，同游道州含晖洞。'"

宋刻《元公周先生濂溪集》卷十收录，误题"澹山岩"。邓显鹤编《周子全书》卷三收录。含晖岩今存，而题刻未见。

"区□邻"，光绪《湖南通志·金石志》同。康熙九年《永州府志》误作"同邻人"，道光《永州府志》卷二下《名胜志下》、光绪《道州志》卷一《山川》沿误。按"区□邻"当作"区有邻"，宋刻《元公周先生濂溪集》误作《澹山岩扃留题》，有注："治平四年后蒋瑾仕至朝议大夫，区有邻仕至大理寺丞。"

景定四年宋理宗题额"道州濂溪书院"，道州知州杨允恭谢表说："眷是舂陵，实其乡国。田园数亩，元丰之书契尚存；林壑一丘，治平之题墨犹在。""治平之题墨"即指含晖岩题记。

康熙九年《永州府志》卷二十载钱邦芑《含晖洞记》："入洞右折，崖口稍卑，俯身行十余步，忽大空厂，东南向开大穴如门，朝暾晃耀，满洞受光，'含晖'之名，殆谓是也。……斜壁镌有'周敦颐同邻人蒋瑾、陈赓、欧阳丽，治平四年三月六日同游道州含晖洞'二十八大字，乃知是亦濂溪先生游止地也。"

《留云庵金石审》云："周子含晖岩题名，未见，见黄如谷《道州方域志》。右刻二十八字未见。案汤璐《志》云：治平乙未，周元公通判永州，归展亲墓，□邻人并其二子同游，刻名崖石。省志以治平无乙未，当是丁未之误，今州志已刊正其谬。周子以二月一日归里，三月十三回至澹岩，此云三月六日游是岩，为时正合。容再拓其残字证之。"

陆增祥按语："右刻瞿氏、宗氏皆未之见，近始搜拓之，向来沿袭之讹可以订正矣。'邻'字乃'区'君之名，而州志以为'邻人'，并加'同'字，误矣。其所谓'归展亲墓，及二子同游'者，见于澹岩题名，殆因是而以意述之耳。明钱邦芑记述此较详，惟陈赓、蒋瑾二人互倒，'区□邻'亦作'同邻人'，为不实也。"

度正《濂溪先生周元公年表》："治平四年丁未，先生时年五十一。先生素贫，初入京师，鬻其产以行，择留美田十余亩，畀周兴耕之，以洒扫其父郎中之墓。至是，自永州移文营道言之，因携二子归舂陵展墓。三月六日，与乡人蒋瑾数人同游含辉洞。八月，营道给吏文付周兴，从先生言也。"（宋刻《元公周先生濂溪集》卷首附。）

龚维蕃《重建先生祠记》："嘉祐八年，先生自虔移倅永，有书与其族叔及诸兄云：'周兴来，知安乐,喜无尽。来春归乡,即遂拜侍。'寻移文营道县云:'有田若干,旧以私具为先茔守者资,族子勿预。'营道给凭文付周兴。其后先生归展墓,题名于含辉洞云:'周敦颐、区有邻、陈赓、蒋瑾、欧阳丽,治平四年二月十六日,同游道州含辉洞。'刻石于洞口。"(宋刻《元公周先生濂溪集》卷十)

五、九龙岩二通。

其一上石,今未见;其一题刻,今存,详见下文。

周敦颐书法作颜体,据存世题刻所见,无论同游与否,皆为周敦颐亲笔。王昶称"周子有书名",盖谓周敦颐有工于书法之名。据目前所见,治平三年周敦颐朝阳岩题刻,书写最为严整,字数亦称最多,出于手泽,存以真迹,想象先哲,可凭可赖。

9.鞠拯、项随、安瑜、巩固、李忠辅、蒋之奇

提　要：

　　题名：鞠拯、项随、安瑜、巩固、李忠辅、蒋之奇题名

　　责任者：鞠拯、项随、安瑜、巩固、李忠辅、蒋之奇

　　年代：治平四年（1067）九月

　　原石所在地：朝阳岩下洞

　　存佚：完好

　　规格：高60cm，宽68cm，5行

　　书体：楷书

　　著录：《八琼室金石补正》《永州府志》《零志补零》

释　文：

　　鞠拯、项随、安瑜、巩固、李忠辅、蒋之奇，治平丁未秋九月游朝阳岩。

人物小传：

　　①鞠拯

　　鞠拯，见程濬、鞠拯、周敦颐题名。

　　②项随

　　项随，字持正，浙江淳安人。时为永州推官。

　　雍正《浙江通志》卷一百二十三《选举》："皇祐元年己丑冯京榜：项随，淳安人。"

　　光绪《淳安县志》卷七《选举志》："皇祐元年冯京榜：项随。"

　　光绪《严州府志》卷十五《选举》："皇祐元年冯京榜：项随，淳安人。"

　　项随有治平二年九月十四日与梁庚、梁宏等澹山岩题刻，署为"郡幕项随持正"。

　　同日又有"持正、子西、公亮、巨卿、毅甫、隐甫同游"题刻，项随居首，且仅称五人之字，意极亲切。道光《永州府志·金石略》称之为"项持正等澹山岩题名"。

　　又有治平三年四月六日与陈藻、周敦颐、梁宏澹山岩题刻，署为"郡从事项随持正"。

　　又有治平三年十二月与范子明、梁宏、董乾粹澹山岩题刻，及治平四年三月十四日与鞠拯、周敦颐、刘璞、梁宏等澹山岩题刻。

　　"郡幕"之"幕"，石刻作"幙"。戴咸弼《东瓯金石志》云："'幕'亦作'幙'。《金石萃编》澹山岩题名有'永幙项随'，又云'军事推官项随'，或云'郡从事项随'，皆同实而异名。"

　　道光《永州府志》卷十一上《职官表·推官》："治平：项随，按题名称随'永幙'，而旧志列之推官，或以从事摄任，存疑。"

③安瑜

安瑜,里籍、官职不详。

此后至熙宁间为江西崇仁知县。

嘉靖《江西通志》卷十九《抚州府》:"知县事:安瑜,熙宁间。"

光绪《抚州府志》卷三十五《职官志》:宋崇仁令:安瑜,熙宁间。

陆增祥谓安瑜当是官于永者,以巩固为祁阳县尉例之,安瑜或为零陵县尉。

④巩固

巩固,字固道,祁阳县尉。

刘挚《忠肃集》卷十一《天章阁待制郭公墓志铭》:"郭公讳申锡,字延之,大名人,天圣八年以进士起家。熙宁七年五月八日终于私第,享年七十七,累升朝散大夫勋柱国爵文水郡侯,食邑一千二百户。……五女,博州博平县令贾行先、陵州仁寿主簿李奎、永州祁阳县尉巩固、湖南转运副使太常丞直集贤院蔡奕、兴国军永兴主簿宋文虎其壻也。"

⑤李忠辅

李忠辅,字道举,零陵人。治平四年进士及第,历官镡津尉、迁江令、阳朔令、桂州司户参军、贺州推官知阳朔县事。

陆增祥谓李忠辅当是官于永者,不确。

《云巢编》卷九《贺州推官知阳朔县李君墓碣铭》:"君姓李氏,讳忠辅,字道举,零陵人。曾大父冲生师运,师运生帷简,皆不仕。至君,始为诸生。少时已卓然克笃,术业为不群矣。于是浔阳陶公岳方为州大儒,名闻四方,君以其文辞上谒,陶公大称赏,以其子妻之。及冠,游长沙,造内阁李公,受于幕下,纳顾甚厚,延挹以为后进首,由是知名。皇祐元年秋,州荐于春官,不合,遂南归。与陶商翁相善,文墨志气适其所好。虽党也,然湖湘间举称二人有异材,后商翁以戎事得官,至显达,数欲引君,君独不肯屈。既老矣,已困于北。上乃缘恩格释褐,调镡津尉,盖初筮也。君之学为政久矣,一出其锋,上下皆推。是邑人有聆其旁舍得地中藏镪者,群劫之,至则无有也。其主讼于令,君驰往捕,悉获之。然视其人本非凶毒者,皆以为地中物如逐鹿耳,遂释之。或谓君必案以法,当获赏。君曰:'彼以过听自贻孽,我安用傅(按:《四部丛刊》三编影浙江图书馆藏明覆宋本《云巢编》作"缚",《全宋文》引《云巢编》作"溥"。)致杀人以求官?'终不取。州犹以君不讨贼为罚,然部使者闻而贤之,亦数有见誉者。摄迁江令,逾月,邑大治。桂林北出兴安为灵渠,自秦时疏凿以馕峤南,而前为令者皆武人,久无政,堤防鏬漏,漕舟数不通。复以君假令,至则锄其奸敝,民讼一清,乃大完筑,尽复其故迹,益溉其旁田畴甚多。而桂林为峤西帅府,帅潘侯凤爱其材,欲致之。会新制,八路使者得按格除吏,遂调桂州司户参军,潘侯加礼遇焉。方交趾反也,不数日覆三州,公私骚动。君为咨谋调发,所补于上者甚力,蛮亦不深入。当涂者交章荐宠之,迁贺州推官、知阳朔县事。大兵南出,而邑当大道,使者傍午,劳来供亿,羽檄日数十至,君怡然不挠而益办。然民力屈矣,赢粮者道多逋亡,诸令率自将上道。君疾暴下,乃舆行,栉沐瘴雾,疾重困,至机郎已致役,而气血殆矣。复舆归,王师亦旋,乃谒告以便医。数移檄,而使者惜其去,辄不许,卒以告归。熙宁十年冬十月辛亥,终于里第,享年六十二。启手足时,神色和易,戒诸子力学守约而已。平生所为文章甚多,其在稿者二十卷,号《湘南集》。夫人陶氏也。五男,曰述、慎修、迪修、德修、允修,皆有学行,为良士。二女,嫁同郡何宗望、胡敏行。元丰元年十二月乙酉,卜葬于归德乡先茔之右,为吉兆。其葬,诸子来乞铭,以扬其先人之美。余谓君能教其子以礼也,夫为之铭曰:道举之学久已成,五十从政艾且明。使其当年造王庭,何愧古人建功名。遭命不造谁主平,独留惠爱三邑氓。子孙美泽方大亨,昭示来裔诏斯铭。"

雍正《广西通志》卷五十一《秩官·宋》:"阳朔令,李忠辅。""桂州司户参军,李忠辅,皇祐间任,详名宦。"道光《永州府志》卷十五上《先正传·事功补遗》:"李忠辅,字道举,零陵人。皇祐初以恩格授官摄迁江令,有治绩。桂林北出兴安,有灵渠,汉唐历修之,至是复有堕坏,堤防罅漏,漕舟岁梗。帅司以属忠辅,乃大完筑,尽复其故迹,溉田甚多。调桂州司户参军,迁知阳朔县。大兵南出,邑当大道,使者旁午,羽檄纷驰,忠辅一无所扰,而供亿悉办。未几,引疾归。(《广西通志》)"

光绪《零陵县志》卷七《选举·进士》:"治平四年丁未许安世榜:李忠辅。"

⑥蒋之奇

蒋之奇,见蒋之奇《暖谷铭并序》。

考　证:

题刻在朝阳岩下洞洞内左侧石壁。

道光《永州府志·金石略》:"王煦等《省志》云:'案右刻见零陵县《宗志》'。右正书五行,左行,'安'字、'李'字,下有残字画,盖亦磨古刻为者。"

题刻刻工较浅,磨亦未尽,但此前所磨之石刻已不能审知。

道光《永州府志·金石略》载巩固另有浯溪题名二通:

□□□曼卿、□衡权之、侯绩□素、张绩公纪、巩固固道、邱昉晦之同游,熙宁戊申十二月,衡题。

宋昭邈遵道、李公度唐辅、张处厚德甫、徐骥及之、巩固固道、周渐彦叔同游浯溪,熙宁二年十月十二日。

《古泉山馆金石文编》:"曼卿等题名,正书六行,在浯溪崖上,前人未见。"

《八琼室金石补正》卷九十作"王世延等题名",云:"王世延曼卿、李修损之、侯绚□素、张绩公纪、巩固固道、邱昉晦之同游,熙宁戊申十二月,衡霖□□题。"

陆增祥按语:"《通志》《永志》缺讹甚多,据石校正而录之。瞿氏未见首三字,故有'石曼卿'之疑。戊申为熙宁元年。巩固名见治平丁未鞠拯等朝阳岩题名,亦见于熙宁二年宋昭邈浯溪题名。"

李忠辅在华严岩另有题名：

《零志补零》卷下《题名》载："宋洪亶等华严岩题名：洪亶景纯（系郡佐）、王之才希圣、邱程公远、林乔育卿、李忠辅道举，丙戌十一月七日。（系庆历年）"

又见道光《永州府志·金石略》。宗绩辰曰："案《零陵补志》，末遗'题'字。年书丙戌，则仁宗庆历之六年也。"

10.柳应辰"全家游此"

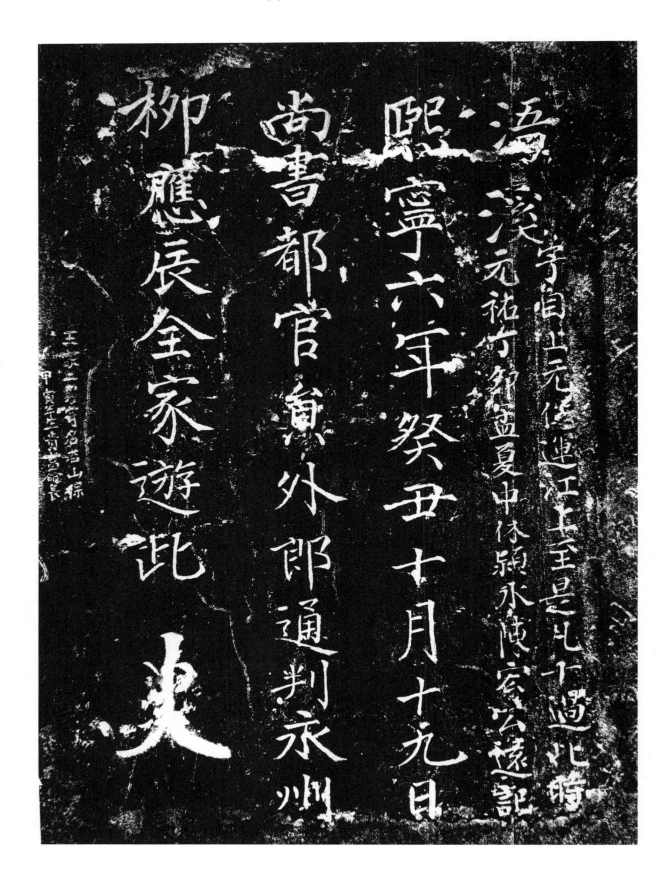

提　要:

题名:柳应辰"全家游此"

责任者:柳应辰

年代:熙宁六年(1073)十月十九日

原石所在地:浯溪

存佚:完好

规格:4 行

书体:楷书

著录:《金石萃编》《宜禄堂收藏金石记》《寰宇访碑录校勘记》《湖南通志》《永州府志》

释　文:

浯溪。

熙宁六年癸丑十月十九日,尚书都官员外郎、通判永州柳应辰,全家游此。

夬。

人物小传:

柳应辰,见柳应辰"心记"之东。

考　证:

楷书,四行。首行题"浯溪"二字,末尾刻"夬"字。题名而有标题,摩崖中少见。

此刻前另有元祐二年(1087)陈宏题名:"予自上元促运江上,至是凡十过此,时元祐丁卯孟夏中休,颍水陈宏公远记。"题名在"浯溪"二字之下。

在永期间,柳应辰游遍朝阳岩、火星岩、浯溪、澹岩、石角山各处,留下诗刻题刻,与其兄柳拱辰略同。

熙宁六年十月十九日题刻,当是柳应辰初来上任第一次游历浯溪。此前,柳应辰于皇祐五年经过浯溪,曾有"石门之东"题记,未见,内容不详。

柳应辰在浯溪所刻,计有八通。

一、皇祐五年"石门之东"题记,未见。

二、熙宁六年"全家游此"题记。

三、熙宁六年与杨杰、吴栻题名。

四、熙宁七年《心记》榜书。

五、熙宁七年"押字起于心"题记及"浯溪石在大江边"诗刻。

六、熙宁七年"心记之东"诗刻,残。

七、熙宁九年"全家来游"题记及"不能歌不能吟"诗刻。

八、熙宁九年"比任满"题记。

其中第四与第五、第七与第八当为同时所刻。《湖湘碑刻·浯溪卷》谓柳应辰"五过浯溪,五次题刻"不确。

11.蔚宗

提　要：

题名：蔚宗题名

责任者：关杞

年代：熙宁七年（1074）正月

原石所在地：浯溪

存佚：完好

规格：6 行

书体：楷书

著录：《金石萃编》《湖南通志》《永州府志》

释　文：

会稽蔚宗登此。

熙宁甲寅正月。

人物小传：

关杞，字蔚宗，会稽（今浙江绍兴）人。

皇祐元年（1049）进士。

万历《钱塘县志·纪士》："皇祐元年冯京榜三人：关杞、关景荼（鲁之子）、沈文通。"

至和三年（1056），任和州郑官。

见曾巩《福昌县君傅氏墓志铭》："至和三年二月丙申卒于家……夫人之卒，景荼为江阴尉，希声宝应尉，杞和州判官。"

熙宁二年（1069），知溧水，三年（1070）任广西提举常平。

景定《建康志》卷二十七溧水县令："关杞熙宁二年四月到任，三年正月除广西常平。"

又卷三十《溧水县学》："唐武德元年建至圣文宣王庙，在县东三十步。本朝熙宁二年知县关杞迁于通济桥之东南，建为学。"

《八琼室金石补正》卷一百关杞九龙岩题名："关杞题名：新提举广西常平太子中允关杞蔚宗游因访喜师。熙宁四年二月十三日题。右关杞题名列衔云新提举广西常平太子中允，盖以太子中允之任桂林，道经题此也。澹岩有其题名，在此后三年，署衔称前提举广西常平太常寺丞，则其去桂时所题。关杞官桂林三年也。广西白龙洞又有其题名，在元祐四年，当是重至桂林时所题。浯溪亦有其题名。"

熙宁九年（1076），通判邠州。

见米芾《宝章待访录》"二十五，官潭，杞通判邠州，以石本见寄。"（米芾官长沙在熙宁八年十月，此称二十五,以生年推之,此为熙宁九年事。)

元丰三年(1080),知邵州。

《宋史·蛮夷传》:"元丰三年,知邵州关杞请于徽、诚则融岭择要害地筑城砦,以绝边患。诏湖南安抚谢景温、转运使朱初平、判官赵扬商度以闻,景温等以为宜如杞言。"

曾巩《福昌县君傅氏墓志铭》述其家世,云:"福昌县君姓傅氏,会稽人,尚书职方员外郎霖之女,同郡尚书职方员外郎关公鲁之妻。后关公五年,至和三年二月丙申卒于家,年六十有四。子男八人:景荥、景元、景仁、希声、杞、景山、景宣、景良,女一人景华,嫁著作佐郎史叔轲。福昌君在家为父母所器异,既嫁而夫属无退言,布衣恶食,身治细微,故关公之禄及其疏昆弟姊妹之孤,其事关公正以从,其教子慈以肃。关公起进士,为郎,为池、台两州,年八十以归,曰:'吾少得尽力于官,而老得自休于家,不以家事累吾志者,以有夫人也。'八子学行修立,景荥、希声、杞同时皆中进士。夫人之卒,景荥为江阴尉,希声宝应尉,杞和州判官,景元亦以父恩为广德尉,皆能其官。景仁而下皆有闻于人,寔受教于夫人也。始,关公既贫而孤,其仕与婚又皆后,至其终有百口,为大家。福昌君维厚勤薄养,所以经理其微,维可否以明,行止以公,善训能使,诚恕爱人,所以使其家有节法,以有其成也。某月甲子从葬钱塘之某原,其子来属以铭。景宣,予妹婿也,宜为铭。"(见《元丰类稿》卷四十五)

米芾《海岳名言》:"关蔚宗金陵幔山楼题榜,乃二十年前书。想六朝宫殿榜皆如是。"

米芾《宝章待访录》:"唐率府长史张旭四帖。右真迹在杭州陆氏,大姓也。旧有五帖:第一秋深,第二前发,第三汝官,第四昨日,第五承须。今所存四帖,'汝官'后有一古印文记,不可辨。'昨日''承须'二帖,襞纸也。陆氏子素从奉议郎关景仁学,关因借摹三大帖,余卯见石本于镇戎军。及冠,官桂林,朝奉大夫关杞为使者语及,始知石在关氏。二十五,官潭,杞通判邵州,以石本见寄。三十五,官杭,而景仁为钱塘令,陆氏子登进士第者来谒,与关谢而阅之。既见真迹,独'秋深'一帖诘之,良久,颦蹙而言:嘉祐中,太守沈文通借观,拆留不还,自此不复借出,因亦不复借阅。遣工抚得之即归,诘遘弟遴,时为郡从事,乃言在其侄延嗣处,后复得阅,今归余家。"

又云:"唐虞世南《枕卧帖》。右双钩唐模本,在朝奉大夫钱塘关杞处。上有储氏图书古印。关尝谓某曰:昔越州一寺修佛殿,于梁栋内龛藏一函古摹数十本,所可记者,王右军《十七帖》,世南《枕卧帖》《十斗九帖》,褚遂良《奉书宁帖》,上皆有储氏图书字印,致功精绝,毫发干浓毕备。关与僧善购得《枕卧》《十斗九》《书宁》三帖。"

考 证:

《湖南通志》卷二百七十一载关杞另有澹山岩题名:

供备库使前知全州军州事杨永节公操、前提举广西常平太常丞关杞蔚宗、河阳节度推官知零陵县事杨巨卿信甫,熙宁七年三月十九日同游。

12.陶辅、陶遵、梁立仪、梁格之

提　要：

　　题名：陶辅、陶遵、梁立仪、梁格之题名

　　责任者：陶辅、陶遵、梁立仪、梁格之

　　年代：元丰四年（1081）八月

　　原石所在地：浯溪

　　存佚：磨泐

　　规格：6 行

　　书体：楷书

　　著录：《金石萃编》《古泉山馆金石文编》《八琼室金石补正》《永州府志》

释　文：

　　陶辅佐臣，子遵，梁立仪定国，子格之，同游。黄竦子庄，期而未至。

　　元丰四年辛酉八月壬戌日题。

人物小传：

　　①陶辅

　　陶辅，字佐臣，永州祁阳人。

　　陶辅自称"郡下"，可知为永州人。又按九龙岩有陶弼诗刻，陶弼字商翁，祁阳人，官至康州团练史、顺州知州。陶辅即陶弼之弟。李时亮撰《大宋故东上阁门使康州团练使知顺州天水郡侯陶公墓志铭》，碑藏永州文庙，载"弟左侍禁、前邕州横山寨主、兼右江溪洞巡检辅立石""元丰二年，公弟侍禁横山寨主辅，弃所居官，奉公丧归"，可知陶辅曾随其兄陶弼在广西任职，此时弃官家居未久。

　　②陶遵

　　陶遵，陶辅之子。生平不详。

　　③梁立仪

　　梁立仪，字定国，一作定甫。熙宁间曾任梅州推官。顺治《潮州府志》载梁立仪潮州西湖山题名云："宋熙宁四年夏五月二十日，屯田郎中知军州事何延世茂之，殿中丞通判军州事毕仲达景通，太子中舍前知漳州龙溪县古宗悦梦臣，梅州军事推官梁立仪定甫，同游西湖。立仪谨题。"

　　④梁格之

　　梁格之，梁立仪之子。生平不详。

　　⑤黄竦

　　黄竦，字子庄。生平不详。

考　证：

楷书,六行,左行。

陶辅曾与周敦颐交往,有九龙岩《陶辅相佛殿基题记》:"郡下陶辅,因周运判驾漕请,同岩主喜公相九龙寿圣院佛殿基。时熙宁元年季夏初二日,奉迁讫,辅记。"见《八琼室金石补正》卷一百。陆增祥云:"周运判,当即周子,时为广南东路转运判官。"

嘉靖《广西通志》载陶辅《赠朱孝子道诚诗》一首云:"沛国孝廉士,片心秋月明。诸侯不知己,天子已闻名。抚下有愉色,处贫无叹声。皇家旧科在,看即晓猿惊。"又见《湘山事状全集》卷九载全州州学教授黄次元《朱孝子墓亭记》,称"崇仪使陶辅尝赠之以诗"。

13.蒋仅

提 要：

题名：蒋仪题名

责任者：蒋仪

年代：元丰八年（1085）

原石所在地：朝阳岩下洞

存佚：完好

规格：高63cm，宽36cm，2行

书体：楷书

著录：《八琼室金石补正》《金石萃编》《湖南通志》《永州府志》《箬石斋诗集》

释 文：

蒋仪屡游，元丰乙丑题。

人物小传：

蒋仪，元丰七年以朝请大夫的本官出任永州通判。

道光《永州府志·职官表·通判》："蒋仪，元丰七年任，《旧志》误推官。"

蒋仪曾为虞部员外郎，升比部员外郎。

苏颂《苏魏公文集》卷二十九《驾部员外郎李茂先可虞部郎中、屯田员外郎冯积可都官员外郎、虞部员外郎蒋仪可比部员外郎敕》："具官某等，昔有虞之熙众功也，九载而能否别；周官之比群吏也，三年而治最升。夫授方任能，校功书过，久则实已废，速则赏或僭。四岁迁黜，我得其中。以尔等夙以吏资，仕于朝廷，自登郎选，屡试政条。率职之勤，讫无旷事，议年之课，且应功书。并进等于右曹，示畴能于往效。尚思懋勉，无忘钦承。"

考 证：

题刻在朝阳岩下洞左侧石壁。

蒋仪在火星岩、朝阳岩、澹山岩均有题名，均作"蒋仪屡游，元丰乙丑题"。

《金石萃编》卷一百三十三："蒋仪屡游元丰乙丑题：高二尺七寸，广一尺三寸，二行，行五字，正书。"

道光《永州府志·金石略》："宋蒋仪火星、朝阳、澹山三岩题名，存。王煦等《省志》云：'案零陵县《宗志》作朝阳岩题名。'案：三岩文并同，《省志》特各举其一耳。"

《八琼室金石补正》卷八十五："朝阳岩题刻廿四段：蒋仪题名：高一尺九寸，广九寸，二行，行五字、四字,字径三寸半。三岩均有是刻,《萃编》仅录淡岩一种。"

又同书卷九十九:"火星岩题刻十段:蒋仅题名:高一尺九寸七分,广一尺一寸,二行,行五字,字径三寸余,正书。《萃编》及《通志》均载澹岩一刻,此在火星岩又一刻也。"

今按:蒋仅三岩题刻,火星岩、澹山岩已毁,仅存朝阳岩一刻。三刻尺幅、行款大致相同,或为一时写就,分送三岩上石。其字体亦称端整,是宋人风。

蒋仅在元丰八年,另有与陈遘等澹山岩题名。《金石萃编》卷一百三十三:"朝请大夫、郡守陈遘,朝请大夫、通判蒋仅,宣义郎、前监盐张伉,军事判官时宥,县尉刘日章,元丰八年乙丑六月十一日同游。"

14.刘蒙、邢恕、程博文

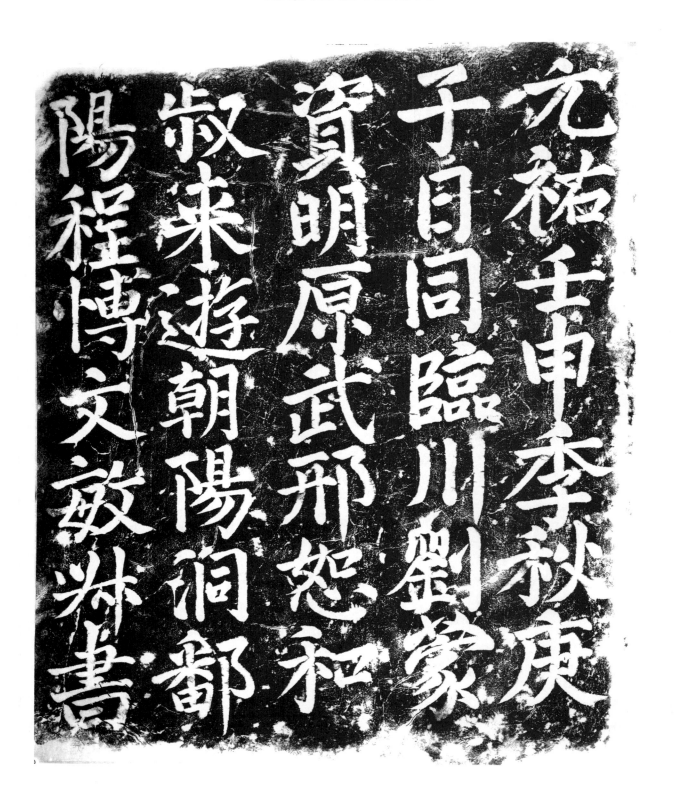

元祐壬申季秋庚
于日同臨川劉蒙
資明原武邢恕和
叔来游朝陽洞郡
陽程博文敬州書

提　要:

题名:刘蒙、邢恕、程博文题名

责任者:刘蒙、邢恕、程博文

年代:元祐七年(1092)九月

原石所在地:朝阳岩

存佚:完好

规格:高 80cm,宽 65cm,5 行

书体:楷书

著录:《八琼室金石补正》《湖南通志》《永州府志》《零志补零》

释　文:

元祐壬申季秋庚子日,同临川刘蒙资明、原武邢恕和叔,来游朝阳洞,鄱阳程博文敏叔书。

人物小传:

①刘蒙

刘蒙,字资明,临川人,一作宜黄人,绍圣元年(1094)任永州知州。

嘉靖《江西通志》卷二十一《抚州府·人物》:"刘蒙,字资深,宜黄人。治平初举进士,历平阳、武城、霍丘三县令。淮甸大饥,霍丘民赖以全活。司马温公荐之,累官至朝议大夫。为人清洁,不可干以私。居家友爱,所余俸资,先二弟而后二子。"雍正《江西通志》卷八十《人物·抚州府》、光绪《江西通志》卷一百五十一《列传·抚州府》略同。

雍正《广西通志》卷六十五《名宦·宋》:"刘蒙,字资深,宜黄人。治平初举进士,累官岭南西道提点刑狱,清洁,不可干以私。"又见光绪《广西通志辑要》卷一《宦迹》。

光绪《抚州府志》卷四十二《选举志·进士》:"治平二年乙巳彭汝砺榜:刘蒙,宜黄。"

同书卷四十九《人物志》载刘蒙、刘芑合传,云:"刘蒙,字资深,宜黄人。治平二年进士,授南雄州司理,历平阳、武城、霍邱三县令。熙宁中淮甸大饥,霍邱民赖蒙全活者众。司马温公荐为御史台主簿。通判韶州,知永州,历广东提举,湖北运判,广西提刑,官至朝议大夫。蒙为人清洁,不可干以私,居家友爱,所得荫补,先二弟而后二子,乡里称之。弟芑,字资中,举进士,以兄泽补官,主衡山簿,迁延州录参,辟广西经干。屡挫蛮寇,迁知惠州。会霖潦,城不没者三版,命载图籍、兵仗,置水不及处,无垫者。事闻,赐诏奖谕。官至朝散大夫。芑清洁如其兄,阖门千指,虽为郡守,而间绝粮。死之日,家无十金之储。入祀县学乡贤祠。"

抚州临川郡,宜黄为其属县,故题刻曰临川人,文献曰宜黄人。

据湖南、广西所见题刻,刘蒙字资明,文献作"字资深"者恐误。

②邢恕

见邢恕《独游偶题》。

③程博文

程博文,字敏叔,乐平人。皇祐五年进士,历官大庾知县、著作佐郎、开封府推官、兵部郎中、司农少卿、权大理卿、河北提刑使、延平府知州、贺辽主正旦使、荆湖南路转运副使,官终兖州知州,未至而卒于道。

宋饶州鄱阳郡,管县六,乐平为其一。

程博文任荆湖南路转运副使在元祐六年,年事已高,"服勤二年,失于治养",大约元祐八年改任兖州知州,未至而卒。

弘治《八闽通志》卷三十八《秩官·延平府》:"程博文,元丰间知州事,政尚宽平。以僧牒募人凿黯澹滩,往来者自此无覆舟之患。博文元丰间知州事,一本作皇祐,(木)[未]详。"

嘉靖《江西通志》卷九《饶州府》:"皇祐五年癸巳郑獬榜:程博文,乐平人。"

崇祯《闽书》卷五十七《文莅志》:"博文字叔敏,乐平人。擢进士入仕,盛有政誉。王安石当国,问赵抃江南人物,抃以博文对,径自开封府曹擢为条例司。所上豢羊事,岁减费十八万缗。出知南剑州,请于朝,以僧牒募人凿治黯淡滩,自是少覆溺之患。妖氛起龙门,博文纵囚,使击贼自效,贼平,囚如期还。后积官至司农少卿,湖南运判。"

雍正《江西通志》卷四十九《选举》:"皇祐五年癸巳郑獬榜:程博文,乐平人。"卷八十七《人物·饶州府》:"程博文,乐平人,举进士,王安石当国,问赵抃江南人物,抃以博文对。自开封户漕擢为条例司。首上豢羊事,岁减费十八万缗。出知南剑州,州有滩甚险,博文请以度牒募僧凿治。妖氛起龙门,博文纵囚使击贼自效,贼平,囚亦如期还。积官至司农少卿,湖南运判。(《林志》)"

乾隆《福建通志》卷二十四《职官·宋南剑州知州事》:"程博文,元丰间任。"

同治《乐平县志》卷八《人物志·名臣》:"程博文,字叔敏,永善乡人。擢皇祐进士第,入仕甚有政誉。王安石当国,问赵抃江南人物,抃以博文对,径自开封府曹擢为条例司。所上豢羊事,岁减费十八万缗。出知南剑州,州东北有滩,湍流乱石,覆舟无虚月。博文请于朝,以度牒募僧凿治,自是少覆溺。妖氛起龙门,博文纵囚使击贼自效,贼平,囚亦如期还。积官至司农少卿,湖南运判。《旧志》载《能吏》。"(按:"叔敏"误,当以石刻为准作"敏叔"。)

《宋史·食货志》下一:"制置司言:'诸路科置上供羊,民费钱几倍,而河北榷场博买契丹羊岁数万,路远,抵京皆瘦恶耗死,公私费钱四十余万缗。'诏著作佐郎程博文访利害。博文募民有保任者,以产为抵,官预给钱,约期限、口数、斤重以输。民多乐从,岁计充足。凡供御膳及祀祭与泛用者,皆别其牢栈,以三千为额,所裁省冗费十之四。"

《续资治通鉴长编》卷二百十一：熙宁三年五月庚戌，"制置条例司言：诸路科买上供羊，民间供备几倍，而河北榷场博买契丹羊岁数万，路远抵京则皆瘦恶耗死，屡更法不能止，公私岁费钱四十余万缗。近委著作佐郎程博文访利害，博文募屠户以产业抵当，召人保任，官豫给钱，以时日限口数斤重，供羊人多乐从，得以充足。岁计除供御膳及祠祭羊依旧别圈养栈外，仍更栈养羊常满三千为额，以备非常支用，从之。博文所裁省冗费凡十之四，人甚以为便。先是，进呈条例，上批曰：'屠户情愿本家宰杀亦听'一节可删去，恐以死肉充故也。羊事条目极多，而上一阅遂见此人，莫不称叹，盖上于天下所奏报利害，摘其精要类如此，朱本用日录删改旧本，新本并从朱本，今亦从之。"卷四百六十四：元祐六年八月乙巳，"司农少卿程博文为皇帝贺辽主正旦使"。己酉，"左朝请郎司农少卿程博文为荆湖南路转运副使"。

郑獬《郧溪集》卷六《南安军大庾县令程博文等可转官制》："尔等以铜章墨绶，秩六百石，为朕治邑。得仁恕笃诚，吾民服其政。赏课吏部，在诏条，宜迁兰台佐著，宠命为著。周之法曰：'以庸制禄，则民兴功。'劳而获禄，固可以劝有功矣。"

曾巩《元丰类稿》卷二十一《程嗣恭祖无颇程博文开封府推官制》："开封天下之聚，俗杂五方之民。盖巧伪繁兴，狱讼滋出，赞治之任，考择维艰。以尔为能，俾祇厥服。夫慈惠足以煦养茕弱，刚严足以帖伏奸强。然导民之方，尚有可识，使风俗有以粹美，而四方有以观则。往助尔长，其尚懋哉！"

刘攽《彭城集》卷十九《朝散郎守兵部郎中程博文可太府少卿、承议郎陈次升可兵部郎中制》："太府主货贿之藏，司其出纳；夏官主五兵之要，谨其符籍。贰卿、副郎，皆精选也。以博文绵历省闼，绰著士望，以次升临按淮甸，克宣使指，并用登进，以摅材略。夫其厕惟月之班，联应星之象，为宠多矣，尔其勉之！"

同书卷十九《河北运副唐义问可河东运副、兵部郎中程博文可河北提刑制》："濒河之壤，晋魏为大，使者之任，耳目攸系。九赋所充，于以给邦用；五刑所蔽，在乎折民情。故将漕之寄，察狱之官，朝所慎选，人匪轻授。以义问屡宣使指，居积民誉；以博文内佐浩穰，夙效材敏。是宜并假四封之传，往治百城之富。足食足兵，下无愁叹，庶狱庶慎，法如画一，乃为称职，汝敬之哉！"

华镇《云溪居士集》卷二十七《代湖南诸监司奏乞故知兖州程博文致仕恩泽表》："臣某等言：臣等伏见故朝请郎、新差知兖州程博文，志力精敏，笃于公家，知无不为，至有成绩。在熙宁间，先帝修明法度，王安石荐其才，首当条例司选任，裁处牛羊司利害，经画纲纪，革绝冗费，先帝知其可用，后因开封府阙推官，遂擢任之。由是历兵部郎中、太府司农少卿、权大理卿，周旋省寺二十余年，颇著劳效。昨因使事北廷，在路遇疾。比及湖南，服勤二年，失于治养。近蒙恩差知兖州，行次江宁府，遂以不救。道路之间，不及以时致仕。虽尝于江宁府附奏陈乞，一日之后即至捐馆，有碍奏荐恩泽。欲望朝廷察其平昔宣力最多，以其生前尝曾陈请，虽已身亡，特赐指挥，许令奏荐。臣等知其本末，今兹奉使在其前所治部，故敢冒昧奏闻。"

考　证：

题刻在朝阳岩下洞右侧石壁高处。字体阔大厚润，出于程博文之手。

《零志补零》卷下、嘉庆《湖南通志·金石志》、道光《永州府志·金石略》《八琼室金石补正》、光绪《湖南通志·金石志》著录。

道光《永州府志·金石略》："王煦等《省志》云：案右刻见零陵县《宗志》，据石鼓山题名，程敏叔有'行部湘东'之语，则敏叔必官荆南提刑转运者。"

《留云庵金石审》："右正书，五行，字径数寸。"

《八琼室金石补正》卷八十五："《通志·职官》：刘蒙，知永州。不详里贯，此署临川，可以补之。邢恕，监酒，《志》云'阳武人'，'阳'盖'原'字之误，当校正之。程博文，不见于《官志》。壬申为元祐七年，又案《闽书》：程博文，乐平人，元丰间知州事，政尚宽平，以僧牒募民凿黯淡之险，行舟无患，历官司农少卿。当即此题名之人。此刻在元祐，当是自闽易湘者，其称司农者，最后之官阶也。"

今按：陆增祥据石刻所云"阳武"为"原武"之误，不确。阳武属开封，原武属郑州，二地本相邻，《宋史·地理志》："郑州荥阳郡，熙宁五年废州，以管城、新郑隶开封府，省荥阳、荥泽县为镇入管城，原武县为镇入阳武。"文献载邢恕为阳武人，石刻作原武系用旧称。

元祐壬申季秋庚子日，即元祐七年九月二十日。

刘蒙、邢恕、程博文三人，同日有火星岩题名："程敏叔、刘资明、邢和叔，元祐七年九月二十日，自朝阳岩过此试茶。"见道光《永州府志·金石志》。宗绩辰云："右行楷书，七行，在火星岩，字已蚀损。"又云："案岩侧昔有火星观，故可品茶，今则荒烟颓石，游迹罕到矣。"火星岩在朝阳岩南侧，亦临潇水，自州城出，乘舟，先至朝阳岩，后至火星岩，故可同日而游。今则火星岩已毁，惟存旧拓而已。

刘蒙在永州，又有元祐七年九月二十一日，即此刻之次日，与邢恕、安惇在朝阳岩、火星岩题刻，朝阳岩题刻详下文。

15.刘蒙、邢恕、安惇

临川刘蒙　原武邢恕　河东安惇　元祐七年　二十日　江同游朝阳岩

提　要：

　　题名：刘蒙、邢恕、安惇题名

　　责任者：刘蒙、邢恕、安惇

　　年代：元祐七年（1092）九月二十一日

　　原石所在地：朝阳岩下洞

　　存佚：磨泐

　　规格：高40cm，宽42cm，6行

　　书体：行楷

　　著录：《金石萃编》《潜研堂金石文跋尾》《湖南通志》《永州府志》

释　文：

　　临川刘蒙资明、原武邢恕和叔、河东安惇处厚，元祐七年九月二十一日，泛舟渡江，同游朝阳岩。

人物小传：

　　①刘蒙

　　见刘蒙、邢恕、程博文题名。

　　②邢恕

　　见邢恕《独游偶题》。

　　③安惇

　　安惇，字处厚，广安军（今四川广安市）人。上舍及第，调成都府教授，擢监察御史。哲宗初司马光主国政，罢为利州路转运判官，历夔州、湖北、江东三路。蔡京为相，复拜工部侍郎、兵部尚书。崇宁初，同知枢密院。绍圣初，章惇、蔡卞得政，召为国子司业，三迁谏议大夫，穷治元祐党人，以司马光、刘挚、梁焘、吕大防等为"大逆不道，死有余责"。迁御史中丞。蔡京为相，复拜工部侍郎、兵部尚书。崇宁初，同知枢密院。《宋史》有传。

考　证：

　　题刻在朝阳岩下洞内左侧石壁上，邢恕《独游偶题》诗刻之右，下临流香泉。

　　此前一日，即元祐七年九月二十日，又有刘蒙、邢恕、程博文朝阳岩题刻，详见上文。

　　王昶《金石萃编》卷一百三十四"永州朝阳洞"著录云："高广均一尺五寸，六行，行六字，正书。按《湖南通志》：朝阳岩在零陵县西南三里。唐元结《铭序》：'自舂陵至零陵，爱其郭中有水石之异，泊舟寻之，得岩与洞，以其东向，遂以命之。'《大明一统志》：'在零陵县西，潇江之浒，岩有洞，洞自中流出入湘。'《零陵县志》:'一名流香洞,有石淙源自群玉山,伏流出岩腹,气如兰蕙,从石上泻入绿潭。洞门左右有石壁,黄山谷题名镌其上。岩后有祠,祀唐宋谪官。'盖朝阳岩距城不远,凡游华严岩、澹山岩者,必先经朝阳岩。此题名六段,其中如柳拱辰、张子谅、卢臧、周敦颐诸人,皆已见澹山岩题名者。余如邢恕,见《宋史·奸臣传》,字和叔,郑州阳武人,哲宗立,累迁右司员外郎、起居舍人,坐黜知随州,改汝、襄、河阳,再责监永州酒。此题即监酒时也。安惇亦见《奸臣传》,字处厚,广安军人,上舍及第,调成都府教授,擢监察御史,哲宗初,罢为利州路转运判官,历夔州、湖北、江东三路。是在元祐中未尝官永州,不知何以得与邢恕同游?或者尝官于此,而史脱略耳。"

今按:游澹山岩可经朝阳岩,而华严岩在城内,游者不必先经朝阳岩,王昶所说有误。

钱大昕《潜研堂金石文跋尾》卷十四著录云:"刘蒙等题名,元祐七年九月。右刘蒙等题名,六行,在永州朝阳岩。其文云:……此三人者,惟蒙不见于《宋史》,恕、惇皆在《奸臣》之列。恕本程门弟子,为温公所知,而险忮反复,遂与章、蔡为死党。惇,西蜀名士,东坡送诗有'旧书不厌百回读,熟读深思子自知'之句,当亦矫矫自好者。其后章惇兴同文狱,两人甘心为之鹰犬,欲追废宣仁,诬元祐诸贤以悖逆,可谓丧心病狂者矣。惇一入枢府,恕仅终侍从,生前所得几何,乃令后人见其姓名诟骂不置,小人之无忌惮,可恶亦可悲也。恕坐蔡确事,责监永州酒,史有明文。惇传但云'哲宗初政','罢为利州路转运判官,历夔州、湖北、江东三路',不知何由至永,当考。惇,广安军人,而自署河东,盖举郡望而言。恕自题'原武',而史作'阳武',恐是史误。"

今按:邢恕题刻自署原武人,《宋史》本传称邢恕为阳武人,方志或称邢恕为郑州人,《程氏遗书》附录《门人朋友叙述并序》邢恕又自署河间人。河间则邢氏郡望,晋大夫韩宣子之族食采于邢,后以为氏,故有郡望出河间之说。原武、阳武、郑州、河间四说并行,非史误。

道光《永州府志》卷十八中《金石略》著录,题为"宋刘蒙等朝阳岩题名"。宗绩辰曰:"行书轻逸,盖恕笔也。(《留云庵金石审》)"

光绪《零陵县志》、光绪《湖南通志》综引之。

近人叶昌炽有评。叶氏《语石》卷八曰:"邢和叔、张天觉、曾子宣,皆以热中比匪,虽蒙恶名,要非梼杌穷奇,无从湔洗。况翰墨之妙,不减苏、黄诸公乎?零陵之朝阳、华严两岩,皆有邢恕题名。朝阳岩一通,与河东安惇处厚同游。安惇,《宋史》亦列《奸臣传》。张天觉有《李长者庵记》(政和戊戌)、《林虑山圣灯记》(元祐五年),草书精妙,非许安仁可及。曾子宣为子固之弟,文章名位,辉映一时,宦辙所至,到处留题。余收得其题名最多,益都之云门山、太原之晋祠、方山之李长者旧居、广南之九曜石、广西之临桂诸山,摩崖累累,风流好事,可见一斑。《宋史》入之《奸臣传》,未敢以为定论也,故别论列之。此非余一人之私言也,竹汀先生之说也。"

今按:张商英,字天觉。曾布,字子宣。曾巩,字子固。钱大昕,号竹汀。钱大昕《潜研堂金石文跋尾》卷十四元丰元年正月"曾布等题名"一条云:"右曾布等题名,在广东学院公廨后圃九曜石上。

予以甲午冬奉使到此,每公事小暇,即徙倚其间,摩挲题字,徘徊往复,不知日之移晷。因叹曾子宣为子固之弟,风流儒雅,辉映一时,不幸附和绍述,致位宰相,史家遂入之《奸臣》之列,所得几何,乃蒙千载诟病。然子宣虽不为公论所与,而能与章惇、蔡京立异,亦张天觉之流也。天觉既可列传,曾独不可列传乎?若史弥远之奸邪,甚于侂胄,而转不在《奸臣》之数。史家于此未免上下其手,读史论世者所以不可无识也。"

安惇与蔡确、吴处厚、邢恕、吕惠卿、章惇、曾布同在《宋史·奸臣传》,故知邢恕、安惇二人当有政见相近、利益相通之处。不过在元祐八年哲宗亲政以前,二人权力皆未炽,而必有其声气相投、才情相仰慕之一面。

特别是安惇何以会来永州,史书缺载,其居官与外任旅途均与永州无关,而其在永州与邢恕另有同日游群玉山的题刻,又恰恰磨泐了"□行经"一个关键词,因而无由得知确解。

刘蒙、邢恕、安惇三人另有群玉山题刻,言游朝阳岩事。道光《永州府志·金石略》载:"宋安惇等群玉山题名:河东安惇处厚□行经零陵郡□□,临川刘蒙资明、原武邢恕和叔,同□□□朝阳□。时元祐□□秋九月二十一日□□□。"宗绩辰曰:"右正书九行,在拱秀亭侧。字已剥蚀殆尽,约略可辨。(《金石审》)"又见光绪《零陵县志》卷十四。陆增祥未见拓本,《八琼室金石补正》卷九十四"群玉山、群玉亭"云:"右群玉山题刻十段:据《永州府志》所载,尚有元祐间安惇等题名一刻,未得拓本。""元祐"下缺二字,当为元祐七年。群玉山题刻已毁,亦未见旧拓收藏。

今按:元祐七年九月二十日,刘蒙、邢恕、程博文同游朝阳岩、火星岩。次日,元祐七年九月二十一日,刘蒙、邢恕、安惇同游朝阳岩、火星岩。两次出游,前后相接,路径相同,同游者刘蒙、邢恕二人不变,所异者前为程博文,后为安惇,大约有刘蒙、邢恕奉陪程博文、安惇之意。

检《续资治通鉴长编》卷三百六十二:元丰八年十二月,"监察御史安惇为利州路转运判官"。同书卷三百六十四:元祐元年春正月,"御史安惇言,开封府推官胡及纵狱子胡义拷无罪人死"。此后直到同书卷四百八十六:绍圣四年四月,才有"右司员外郎安惇试秘书少监",中间元祐数年无载。《东都事略》卷九十七《安惇传》:"以上舍释褐为雅州司户参军,成都府教授,除监察御史,出为利州路转运判官,移夔州路,又为荆湖北路转运使,徙江东路,绍圣初召为国子司业,改右司员外郎,权吏部侍郎,迁右谏议大夫。"其中以荆湖北路转运使任职最具可能来永。而《宋史·地理志四》,荆湖北路辖江陵、德安二府,鄂、复、鼎、澧、峡、岳、归、辰、沅、靖十州。潭、衡、道、永、邵、郴、全七州则属荆湖南路。

然既云"行经",可知在永州滞留时间不久。此前一日,九月二十日刘蒙、邢恕、程博文同游朝阳岩、群玉山,安惇不与,大约尚在途中。

群玉山,在朝阳岩南数百米,山岩延伸至潇水之中。康熙三十三年《永州府志》载:"群玉山,西河二里,巨竹萧森,古木樛曲,怪石万状,地势清幽,奇甲一郡。"六十年代村民炸山烧制石灰,群玉山已夷为平地。

题刻字体,于楷书中略带行书笔法,以风格判断,当是邢恕手书。

刘蒙、邢恕、周玠、阮之武另有朝阳岩题名。道光《永州府志·金石略》载:"临川刘蒙资明,守零陵。原武邢恕和叔,责监盐酒税。长沙从事南阳周玠元锡沿徼过郡,同钱。倅舟陵阮之武子文拣兵营道,置酒沧州亭,遂游朝阳岩。是夕子文宿火星岩僧舍。元祐八年癸酉四月十一日。"宗绩辰《留云庵金石审》:"右行书十行,'倅'字下当是'海'字,'莒道'实'营道',末尚有'记'字。"陆增祥《八琼室金石补正》:"右刘蒙等再题名,瞿氏未见拓本,故仍县志之讹。宗氏似见之,而所录仍未更正,何邪!《通志·职官》失载周玠、阮之武二人。"光绪《湖南通志》亦载:"案右刻见零陵县《宗志》,'倅舟'下当有脱字,'莒道'恐是'营道'之讹。阮之武时通判永州,见后淡山岩刘蒙题名。"题刻已佚。沧州亭,《永志》云在朝阳洞临江,而不详其建置之始。

程博文、刘蒙、邢恕另有火星岩题刻。道光《永州府志·金石略》载:"宋程敏叔火星岩题名:程敏叔、刘资明、邢和叔,元祐七年九月二十日,自朝阳洞过此试茶。"宗绩辰曰:"右行楷书七行,在火星岩,字已蚀损。(《留云庵金石审》)案:岩侧昔有火星观,故可品茶,今则荒烟颓石,游迹罕到矣。"陆增祥《八琼室金石补正》亦有著录云:"程敏叔等题名:高一尺七寸五分,广三尺三寸五分,七行,行四字,字径三寸四五分,正书。"题刻仅存旧拓,存北京大学图书馆。

火星岩,又称德星岩,岩上旧有火星观,供奉火德星君。其址当在旧日群玉山之一峰,邻近朝阳洞而居其上。明弘治《永州府志》卷二:"火星岩:在县西,即群玉山之岩。石壁所镌先贤题识高下鳞次,穷日之力乃能尽阅。"清康熙三十三年《永州府志》卷八《山川》:"火星岩,易三接曰:亦是群玉之所为,在朝阳岩之上。众石林立,白云集之,生人隐思矣。石上多镌宋人题识。太守唐有怀,荆川之父也,易其名曰德星岩。"道光《永州府志》卷二上《名胜志》:"火星岩山间旧有太青亭、拱秀亭,其名仅存于石洞,久荒塞。宋侍郎董居谊以后,访其迹者罕矣。居谊常建群玉亭,有记,其言山之景最详。"引《方舆胜览》云:"火星岩地胜景清,为零陵最奇绝处。"同书卷十八《金石略》:"唐火星岩石壁题刻:佚。"引《天下金石志》云:"唐宋名贤题识甚多,在永州府。"引《湘侨闻见偶记》云:"火星岩在朝阳之背,其地稍僻,崖石峭直,易受风雨,有六七处古刻,洗剔再三,不能□识,所存者宋刻而已。"

刘蒙、邢恕、程博文另有朝阳岩题名:"元祐壬申季秋庚子日同临川刘蒙资明、原武邢恕和叔来游朝阳洞,鄱阳程博文敏叔书。"元祐壬申季秋庚子日,即元祐七年九月二十一日。石刻尚存。

孙览、刘蒙、邢恕、卢约另有朝阳岩题名:"高邮孙览传师,自桂林移庆阳,同临川刘蒙资明、原武邢恕和叔、永丰卢约潜礼,游朝阳岩,时资明守零陵。元祐癸酉三月八日。"元祐癸酉即元祐八年。石刻尚存。

刘蒙、阮之武、邢恕另有华严岩题刻,道光《永州府志·金石略》:"刘蒙等题名:临川刘蒙资明,静海阮之武子文,原武邢恕和叔,同游华严岩。宋元祐甲戌正月丁丑,和叔题。"宗绩辰曰:"王煦等《省志》云:案右刻见零陵县《宗志》。案:《宗志》脱'阮之武子文'五字,以年月置前。"又见《八琼室金石补正》卷八十八、光绪《零陵县志》卷十三《艺文·金石》、光绪《湖南通志》卷二百七十二。陆增祥曰："刘蒙等题名:高一尺一寸,广七寸,五行,行七字八字。《通志》未见此刻,据零陵县《宗志》录之,而舛错甚多。脱'静海'八字,'华严岩宋'四字,并以'元祐'八字置于'临川'之上,'题'字下误多'记'字,其上又脱'和叔'二字。元祐甲戌即绍圣元年。"元祐甲戌正月丁丑,即元祐九年(绍圣元年)正月初五日。石刻不存,拓本未见。

此刻为邢恕真迹,石刻尚存,完好如新。题名在其《独游偶题》绝句右侧,绝句用笔柔婉圆润,此刻则略感劲爽峻秀。宗绩辰曰"行书轻逸,盖恕笔也",亦可见其欣喜之状。

16.孙览、刘蒙、邢恕、卢约

提　要:

题名:孙览、刘蒙、邢恕、卢约题名

责任者:孙览、刘蒙、邢恕、卢约

年代:元祐八年(1093)

原石所在地:朝阳岩

存佚:磨泐

规格:高92cm,宽46cm,5行

书体:楷书

著录:《古泉山馆金石文编》《湖南通志》《永州府志》《零志补零》《零陵县志》

释　文:

高邮孙览传师,自桂林移庆阳,同临川刘蒙资明、原武邢恕和叔、永丰卢约潜礼,游朝阳岩,时资明守零陵。

元祐癸酉三月八日。

人物小传:

①孙览

孙览,字传师。孙觉弟,孙觉从胡瑗受学,官至吏部侍郎、御史中丞、龙图阁学士兼侍讲。《宋史·孙觉传》有附传,事迹详见毕仲游《西台集》卷十三《朝请大夫孙公墓志铭》。

《宋史》略云:孙觉,字莘老,高邮人。……弟览。览字传师。擢第,知尉氏县。神宗壮其材,以为司农主簿。出提举利州、湖南常平,改京西转运判官,入为右司员外郎。荆湖开疆,命往相其便。使还,为河东、河北转运副使,加直龙图阁,历知河中应天府、江淮发运使。进宝文阁待制,由桂徙广,又改渭州。夏人入边,檄大将苗履御之,履称疾移告,立按正其罪,窜诸房陵,辕门肃然。召知开封府,至则拜户部侍郎。以龙图阁直学士知太原,策勋,加枢密直学士。览虽立边功,议论多触执政,屡遭绌削,历知河南、永兴,徙成都。辞不行,降为宝文阁待制。卒,年五十九。

瞿中溶称《宋史》证以题名"桂林移庆阳"之语皆合,谓《宋史》有"由桂徙广,又改渭州"一语。今按:以题刻校《宋史》亦不尽合。"桂"指桂州,"广"指广州。《宋史》"由桂徙广",谓孙览先为桂州知州,后为广州知州。若依《宋史》,自桂州至广州,则不须经过永州,且题刻言"自桂林移庆阳",又未言"徙广"。孙览当是有广州知州之命,尚未赴任,即改庆阳,故北行,经永州。又庆阳与渭州皆在陕西路,但非一地。题刻谓"移庆阳",《宋史》谓"又改渭州",当是庆阳知府之命亦未赴任,即改渭州知州。《续资治通鉴长编》卷四百八十:元祐八年正月,"庚子,知桂州、直龙图阁、左朝请郎孙览,为宝文阁待制、知庆州。知庆州、直龙图阁、左朝散大夫章粢,权户部侍郎。知渭州、直龙图阁、左朝散大夫谢麟,权知桂州。知澶州、雄州团练使张利一,知渭州。"原注:"孙览自庆改渭在二月初八日,章粢改同州在三月十八日。"

《宋史·苗授传》附苗履传,"历熙、延、渭、秦四路钤辖,知镇戎军","以事窜房州,起为西上阁门副使、熙河都监",李之亮《宋川陕大郡守臣易替考》系于元祐八年。此即由孙览"立按正其罪,窜诸房陵,辕门肃然"也。

乾隆《江南通志》卷一百十九《选举志》:"孙览,高邮人,治平进士。"

同书卷一百四十四《人物志·宦绩·扬州府》:"孙览,字传师,觉之弟,由进士历右司员外郎。荆湖开疆,命往相其便,览言:'沅州所招溪洞百三十,宜从本郡随事约束,勿遣官置戍以为民困。自诚州至融江口,可通西广盐,以省北道饷馈。'悉从之。拜户部侍郎,与蔡京论役法不合,出知太原。西夏据横山并河为寨,秦、晋之路皆塞,览击败之,复取葭芦戍,城之而还,策勋加枢密直学士。"

《御定佩文韵府》卷五十七:"孙览,《宋史》有传。览字传师,知太原,夏人据横山并河为寨,秦、晋之路皆塞,览谋复取葭芦,夏人大入,览奋击败之,遂城葭芦而还,策勋加枢密直学士。"

《万姓统谱》卷二十一:"孙览,觉弟,举进士,累迁直学士,徙知永兴军成都府,后请祠。览为人刚直,在朝敢论诤,不肯阿附,于吏事亦精敏。"

《名贤氏族言行类稿》卷十四:"孙览,字传师,举进士,后知尉氏县。将官御下苛酷,士卒谋就大阅杀将以叛,览闻之,亟往喻之曰:'将官暴虐,诚有罪也,然汝曹衣食县官,县官顾负汝耶?何敢为族灭计!'众皆感悟听命,遂帖服。神宗嘉之,以为司农寺主簿,出为湖南提举、京西转运,召为右司,除河北转运,又帅延安,进枢密直。览治边数有功,而议事多与执政异,坐军期落职,俄复待制,知光州,徙河南,复龙学,知渭州,徙永兴、成都,请祠,卒。览精于吏事,甚有能政,所至善良,得职云。"

《古今事文类聚外集》卷十四《一谕止叛》:"孙览,字传师,知尉氏县,将官御下苛酷,士卒谋就大阅杀将以叛。览喻之曰:'将官暴虐,诚有罪也,然汝曹衣食县官,县官顾负汝耶?'众皆感悟听命,遂帖服。神宗嘉之,以为司农寺主簿。(《东都事略》)"

孙览在桂州知州任上,有独秀山、雉山题记。

《续资治通鉴长编》卷四百三十五:元祐四年十一月甲申,"直龙图阁孙览权知桂州"。

雍正《广西通志》卷五十一《秩官·宋》:"知桂州孙览,高邮人,元祐五年以宝文阁待制任。"

《桂故》卷四《先政》中:"孙览,字传师,高邮人,以宝文阁待制知桂州,所著有独秀山《五咏堂记》,及雉山有题名。"

雍正《广西通志》卷一百九《艺文》载孙览《五咏堂记》,略云:"独秀山山(复)[腹]有岩,可容十许人,萧爽虚凉,坐却烦暑。……余元祐五年,被命承乏于此,视事累月,闻斯岩名,嘉颜延年好尚不凡,访求故迹。而荒崖断石,榛莽芜秽,殆不可见。乃命寺僧芟刘营茸之,创为堂轩。以面岩曲,而唐人名刻犹有存者,因镌其旁曰'颜公读书岩'。"又见嘉庆《临桂县志》卷十八《古迹》。

《粤西丛载》卷二《雉山》载孙览题名云:"元祐六年三月二十四日,自逍遥楼出桂江,泛舟至雉山观岩洞。微雨不可登绝顶,泝流过寿宁,复还逍遥置酒。高邮孙览、温陵谢季成、涟水孙杰、荆渚朱衮、宣城董必、曲江谭捒、刘玮同游。"又见《粤西金石略》卷四。

此前,孙览曾任湖南常平,又以右司员外郎出使荆湖,开疆拓壤。

《续资治通鉴长编》卷三百四十:元丰六年冬十月,"遣京西提举官孙览,覆度湖南元议官修建堡寨等事,即以览试右司员外郎"。同书卷三百四十四:元丰七年三月,"诚州言:右司员外郎孙览建议于新开路多星、收溪置二寨堡,已遣侍禁刘诏以兵往护役。诏赐多星堡公使钱岁百五十千,土丁月给钱,人三百"。同书卷三百四十五:元丰七年夏四月,"庚子,诏荆湖南提举常平司,会计两路所置溪峒州县城寨,岁费实数以闻。从右司员外郎孙览请也"。

又《大明一统志》卷六十六《靖州·名宦·孙览》:"荆湖开疆,命览以员外郎往相其便,览言:'沅州所招溪洞,勿建官置戍以为民困。''自诚州至融江口,可通西广盐,以省北道馈饷。'悉从之。"

雍正《湖广通志》卷四十六《名宦志·直隶靖州》:"宋孙览,《宋史·列传》:高邮人,字传师。荆湖开疆,命往相其便,览言:'自诚州至融江口,可通西广盐,以省北道饷馈。'悉从之。"

雍正《湖广通志》卷四十六《名宦志·辰州府》:"孙览,《宋史·列传》:高邮人,字传师。神宗时荆湖开疆,命往相其便,览言:'沅州所招溪峒百三十,宜从本郡随事要束,勿建官置戍以为民困。'从之。"

②邢恕

见邢恕《独游偶题》。

③卢约

卢约,字潜礼,江西永丰人,一作上饶人。

乾隆《江南通志》卷一百十九《选举志》、乾隆《武进县志》卷七《选举》有武进人卢约,治平四年丁未许安世榜进士,里籍不合,未知是否为同一人。

卢约绍圣二年为朝散郎、经略安抚使司勾当公事。绍圣四年知昭州,又为开封府判官,旋改成命。

《续资治通鉴长编》卷四百九十二:哲宗绍圣四年冬十月,"丙午,朝散郎卢约为开封府推官,从知府路昌衡荐也。"

同书卷四百九十三:绍圣四年十一月,"辛亥朔,权殿中侍御史蔡蹈言:'朝廷近用知开封府路昌衡荐,除朝散郎卢约为推官。按约向知昭州日,辄请以昌衡出帅广东,所迁两官,易近上职名,原其用心,专在邪谄。而昌衡一无嫌忌,复有荐论。望罢约恩命,责昌衡论荐狥私。'诏罢约新除,令昌衡别举官以闻。又诏:'自今开封府荐推判官,并俟召对取旨。'"原注:"卢约除府推在前月二十六日。"

《全宋文》卷二二三五据《长编》录作蔡蹈《论路昌衡荐卢约狥私奏》,"出帅"误作"出师"。

卢约绍圣二年在广西,有弹子岩、白龙洞、龙隐岩题刻。见《桂胜》卷二、《粤西丛载》卷二、《八琼室金石补正》卷一百七、《金石续编》卷十六、《粤西金石略》卷四及卷八、嘉庆《临桂县志》卷五及卷九。

临桂冷水岩题刻云:

卢约潜礼、胡田耕道、刘川子至、胡义修茂方、楼禹邻元弼、叶世隆振卿、阎淳质夫、傅谅友冲益、方元哲允迪,绍圣乙亥初伏游。

白龙洞题刻云:

上饶卢潜礼,济北段微之,毗陵胡茂方,同郡楼元弼,武夷叶振卿,绍圣乙亥秋九月中澣游。

《八琼室金石补正》卷一百七,陆增祥曰:"潜礼名约,时经略安抚使。茂方名义修,时瀛州防御推官。元弼名禹邻,时和州防御推官。振卿名世隆,时澧州录事参军。"

《金石续编》卷十六,陆耀通曰:"按绍圣二年九月,卢潜礼等游白龙洞题字,潜礼、微之皆字而非名也。是年初伏冷水岩题名,有卢约潜礼、胡义修茂方、楼禹邻元弼、叶世隆振卿。七月龙隐岩题名,则书朝散郎、经略安抚使司勾当公事卢约,瀛州防御推官管勾书写机宜文字胡义修,和州防御推官权管勾机宜文字楼禹邻,澧州录事参军勾当公事叶世隆,五人名位已详其四,段微之俟考。"

龙隐岩题刻云:

朝散郎经略安抚使司勾当公事卢约,瀛州防御推官管勾书写机宜文字胡义修,和州防御推官权管勾机宜文字楼禹邻,[澧]州录事参勾当公事叶世隆,绍圣二年七月癸丑游。

《粤西丛载》(文渊阁《四库全书》本)著录龙隐岩题刻误作"绍圣壬午七月游",按绍圣无壬午,"二年""壬午"形近而讹。

卢约绍圣元年、元符元年、元符二年均曾经过永州,有澹岩、浯溪、层岩题刻。

《金石萃编》卷一百三十三:澹山岩题名六十段:"绍圣元年甲戌九月七日,临川刘用之行可,帅永丰卢约潜礼,富川吴克礼子仁,同游零陵澹山岩,刘苣、卢景防侍行。"

《八琼室金石补正》卷九十:浯溪题刻三十九段:"卢约等题名:元符二年七月甲子,上饶卢约潜礼,长沙孙钦臣仲恭,莆阳吴耕深夫,同游浯溪,纵观东西峰诸亭台,遂还邑(洇)。"陆增祥曰:"案卢约淡岩题名,自署里贯曰永丰。"题刻今存。

《古泉山馆金石文编》卷四瞿中溶曰："正书六行,在摩崖壁间。案约有绍圣元年九月澹山岩题名,见前。此盖其自广西罢任过浯溪时也。"

光绪《永明县志》卷五十《艺文志七·卢约层岩题名》："元符元年十一月庚戌,卢约潜礼,傅懋□德夫,李华应□时,李师道子常,偕岩主人何三杰季箫同游。"

④何三杰

何三杰,字季箫,宋永明(今永州市江永县)人,元祐三年举人,有《学易堂记》。光绪《永明县志》卷三十八《人物志》："何三杰,字季萧。宋元祐癸酉,漕荐计偕不遇,归家教授。居近层山,有岩幽邃,水流其中,何氏世业也。旧颇有亭台,官吏以为浏览胜迹。至是,三杰复跨涧为梁,以石作垤台砌谷,景物益胜,岩亦渐显。三杰读《易》其中,名曰'学易堂',始志于隐,不复出矣。"

考　证：

题刻在朝阳岩下洞右侧高处。题刻左下角被明代陈洋榜书"观澜"二字打破,幸未伤字。

《古泉山馆金石文编》《零志补零》卷下、道光《永州府志·金石略》、光绪《零陵县志·艺文·金石》、光绪《湖南通志·金石志》著录。

《古泉山馆金石文编》卷四："孙览,《宋史》有传,历官江淮发运使,进宝文阁待制,由桂徙广。又广西临桂雉山有其元祐六年三月题名,证以此题名有'桂林移庆阳'之语,皆合。"

道光《永州府志·金石略》："王煦等《省志》云:'案右刻见零陵县《宗志》。'"

《留云庵金石审》："行书,五行。"

题刻书法似邢恕,而不及邢恕灵动。揣文意,当出孙览之手。

17.徐武、陶豫、黄庭坚、黄相、崇广

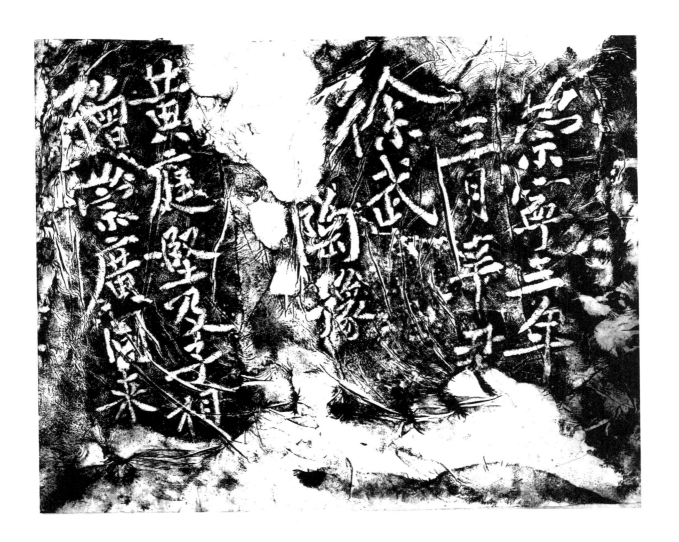

提　要：

题名：徐武、陶豫、黄庭坚、黄相、崇广题名

责任者：徐武、陶豫、黄庭坚、黄相、崇广

年代：崇宁三年（1104）三月

原石所在地：朝阳岩

存佚：完好

规格：高52cm，宽64cm，6行

书体：楷书

著录：《八琼室金石补正》《金石汇目分编》《湖南通志》《永州府志》《零陵县志》

释　文：

崇宁三年三月辛丑，徐武、陶豫、黄庭坚及子相、僧崇广，同来。

人物小传：

①徐武

徐武，字靖国。光绪《湖南通志·职官》载："徐武，永州司法参军。"父徐长孺，字彦伯，黄庭坚为之作《徐长孺墓碣》。

②陶豫

见黄庭坚《中兴颂诗引并行记》

③黄庭坚

见黄庭坚《中兴颂诗引并行记》

④黄相

黄相，黄庭坚子，小名拾德。

考　证：

题刻在朝阳岩下洞石壁间。石壁未经打磨，凹凸不平，且有裂缝，题记随形写刻，拓本亦成圆弧状。推测当时情状，似直接题墨于壁，故而不待摩崖，即行刻石。

道光《永州府志·金石略》《八琼室金石补正》、光绪《零陵县志·艺文·金石》，及光绪《湖南通志·金石志》、吴式芬《金石汇目分编》卷十五等著录。然各家之中，仅陆增祥曾见拓本，余皆转述，故均讹误。

道光《永州府志》云："黄庭坚朝阳岩题名：未见。"引零陵县《武志》云："朝阳岩洞门左右，石壁如

半环,黄山谷题名于壁,磨石镌之。"

光绪《湖南通志》、吴式芬《金石汇目分编》亦皆援引零陵县《武志》。

"零陵县《武志》"即嘉庆《零陵县志》,武占熊纂修。按嘉庆《零陵县志》卷十二《名胜志上》原文云:"朝阳岩:城西潇水之浒。岩东向,元次山始名之曰'朝阳'。晓烟初生,朝暾才上,秀横苍立,独游静观,然后知元公命名之美。有洞曰流香,石淙源源自群玉山,伏流出岩腹,色如雪,声如琴,气如兰蕙,冬夏不涸,从石上奔入绿潭而去。洞门左右石壁如半环,昔人作钓台,嵌其中,去水只数尺。黄山谷题名于壁,磨石镌之……"

对比可知,道光《永州府志》所引零陵县《武志》,并非嘉庆《零陵县志》的原文,而是节录。

而嘉庆《零陵县志》这段文字,又是节录易三接《零陵山水记》等三处文献。

"城西潇水之浒"一节,已见雍正《湖广通志》卷十一《山川志》:"朝阳岩,在城西潇水之浒。岩有洞,名流香洞。唐元结以岩东向,遂名'朝阳',且为之铭。"

"岩东向"至"元公命名之美"一节,已见易三接《零陵山水记》,但字有减省。康熙九年《永州府志》卷八《山川志》引易三接《山水记》,原文曰:"岩东向,元公名之曰'朝阳'。'朝阳'二字,殊绘此岩之神。当其晓烟初生,朝暾才上,秀横苍立,可以远视,可以独游,可以静观,然后知元公命名之美。"

"有洞曰流香"一节,见康熙九年《永州府志》卷八《山川志》。

据此可知,武占熊纂修嘉庆《零陵县志》,也是转述,非出亲见。乃至"磨石镌之"一语,递相沿误。

光绪《零陵县志》云:"黄庭坚题名未见。朝阳岩洞门左右石壁如半环,黄山谷题名于壁,磨石镌之。(《旧志》)"

于"黄彪题名"下又云:"按山谷题名,久失所在。杨翰守永州,补葺朝阳岩,幕客谭仲维乃于岩洞石侧见山谷刻,文云:'黄庭坚及子相、僧崇广同来',又四行:'崇宁三年三月辛丑,徐武、陶豫'十二字,未间名。考山谷卒于崇宁四年,定为山谷书。"

光绪《零陵县志》对黄庭坚题刻的著录,完全正确。但也有细节可商。

其一,题刻共计六行,本为完整的一通,光绪《零陵县志》所见似是分开的两通,并且是先著录后面二行,再著录前面四行。这一方面表明石刻环境特殊,采拓不易,另一方面则表明光绪《零陵县志》没有见到完整的拓本,故而句读不能连续。

其二,光绪《零陵县志》谓题刻得自"杨翰守永州,补葺朝阳岩"。朝阳岩现存同治三年杨翰刻黄庭坚《游朝阳岩》诗,杨翰跋云:"朝阳岩余既补刻元次山铭,寻山谷诗亦不可得,见黄氏题名,有'观伯父摩刻'语,怅然久之,因书此诗,补刻岩上。"可知当时杨翰也只是找到了黄彪题名,并未见到黄庭坚的亲笔题刻。杨翰《息柯杂著》卷六《跋朝阳岩刻山谷像》又云:"去郡后数年,于石洞上竟得山谷题刻,物之显晦有时也。"二事相隔数年,然则光绪《零陵县志》依据什么而对题刻作了准确的著录,仍待考证。("未间名"一语不知何意。)

《八琼室金石补正》卷八十五："黄庭坚题名：高广不计，六行，行字数大小不一，正书。崇宁三年三月卒丑，徐武（下空）、陶豫、黄庭坚及子相、僧崇广同来。"

陆增祥按语："右山谷题名，瞿氏、宗氏皆未之见，今始搜得之。拓本分两纸，'陶豫'以上为一刻，后二行为一刻，审之前四行亦是山谷手笔，殆分刻左右也。徐武为永州司法参军，见《通志·职官》。陶豫见浯溪诗刻。'徐武'下似无字。"

陆增祥《八琼室金石补正》所著录，"崇宁"写作"崇甯"，避清讳。"辛丑"作"卒丑"，显然有误，不知陆氏何以如此。（目录作"辛丑"不误。）

其所见拓本亦分为两通，但著录句读连贯无误。

叶昌炽《语石》"湖南二则"盛称陆增祥、陆继辉父子二人曰："太仓陆星农先生，笃嗜金石之学。蔚庭太守，其哲嗣。而潘文勤师，其高足弟子也。先生观察楚南时，遍访五溪诸岩，所得拓本，父子赏析著录，以其副本驰寄辇下，赏碑之邮络绎于道。余所得五溪拓本，即文勤旧藏。先生手书及蔚庭缮写碑目，发函尚在。共浯溪一百二十余通，澹山岩四十余通，江华朝阳岩十一通，阳华岩十通，寒亭九通，寒岩、暖谷各二通，狮子岩三通，华严岩二通。曩在都门，从蔚庭借《八琼室碑目》校之，尚多阙如，盖当时随拓随寄，后出者或不与焉。然已十得六七矣。"（"江华朝阳岩"误，当作"零陵朝阳岩"。）

陆增祥本人是否到过永州，尚未见到明确记载。而帮助他搜讨的人，则有永州知府杨翰（杨海琴）、道州知州瞿秉枢（瞿斗南）、鄜人谭振纲（谭仲维）、碑估袁裕文。其中谭振纲得力尤多。谭振纲，永州祁阳人。同治《鄜县志》卷十四《选举·国朝保举》："谭振纲，祁阳城工，议叙国子监典簿衔。"

杨翰、陆增祥、谭仲维大率同时人，光绪《零陵县志》谓黄庭坚题刻拓本得自杨翰、谭仲维，也可能与陆增祥为同一来源。要之，杨翰、陆增祥、谭仲维诸人搜讨之功，可表彰也。

18.邹浩、邹柄、邹栩、张绶、蒋湋、成权、姝逸道人、文照、伯新、义明

提 要:

题名:邹浩、邹柄、邹栩、张绶、蒋湋、成权、姝逸道人、文照、伯新、义明题名

责任者:邹浩、邹柄、邹栩、张绶、蒋湋、成权、姝逸道人、文照、伯新、义明

年代:崇宁四年(1105)二月五日

原石所在地:浯溪

存佚:磨泐

规格:6 行

书体:楷书

著录:《湖南通志》《永州府志》

释 文:

晋陵邹浩,子柄、栩,零陵张绶、蒋湋,祁阳成权、姝逸道人、文照、伯新、义明同游。

崇宁四年二月五日。

人物小传:

①邹浩

邹浩,字志完,别号道乡,常州晋陵人。元丰五年进士,官终直龙图阁,赠宝文阁学士。谏争不屈,危言谠论,朝野推仰。宋哲宗时,上疏谏立刘后,章惇用事,诋其狂妄,削官编管广东新州。宋徽宗时,蔡京用事,素忌邹浩,再贬衡州别驾,永州安置,寻窜广西昭州。著《道乡集》四十卷。《宋史》有传。

邹浩于崇宁元年贬居湖南永州,自永州贬居广西昭州,崇宁四年自昭州返常州又途径永州,题名作于此时。邹浩于崇宁四年正月五日在祁阳有《甘泉铭》。邹浩在零陵澹岩有诗六首。邹浩在零陵暗岩有《自淡山来游诗》。在零陵朝阳岩、火星岩,有《冒雪渡江,游朝阳、火星二岩,既归戏作》。在愚溪,有《示愚溪守道山主》及《奉和邢舍人寄望之愚溪朝阳岩》二首。在零陵城内东山高山寺,有《高山》诗。又有《题仙居阁》《谒女贞何氏祠》,及赠诗《吕四》五首。又作《别零陵》云。

邹浩有二子,长子邹柄,次子邹栩。

②邹柄

邹柄,字德久,邹浩长子,杨时弟子,程颐再传弟子,著《伊川语录》一卷。历官宣教郎、左承事郎、枢密院编修官、衢州通判、台州知州(天台守)。

③邹栩

邹栩,字德广,累官处州太守,后犯赃免官,事见《建炎以来系年要录》《建炎以来朝野杂记》。

④蒋湋

蒋湋,字彦回,零陵人。事迹见杨万里《诚斋集》卷一百十七《蒋彦回传》。邹浩有《寄蒋彦回》诗,又有《题蒋彦回绯桃轩》《蒋彦回出所藏雷式琴求铭因为之铭》。

⑤成权

"祁阳成权",黄庭坚崇宁三年浯溪题名称之为"太医成权"。祁阳成权、姝逸道人曾与黄庭坚同游浯溪,太医成权而居祁阳,疑为贬官。

⑥姝逸道人

"姝逸道人",名成逸,成权之侄。号少隐,又号"浯溪画隐"。工画,曾绘《浯溪图》,又名《浯溪造极图》。

⑦文照

文照,祁阳女尼,据邹浩《妙高亭》诗及题注,知为四望山长老,年长。

⑧伯新

伯新,又称僧伯新、浯溪伯新,浯溪禅寺(即中宫寺)住持。

⑨义明

义明,祁阳定慧庵僧人,年长于邹浩,邹浩称之为"师""老僧"。

考　证:

黄庭坚在永州时,曾与士人陶豫、李格、蒋大年、石君豫、成权,成逸、萧裦、李唯(李宗古)、蒋湋(蒋彦回)等人交往。又与僧尼人物浯溪伯新、明远庵道卿、僧守能、志观、德清、义明等人交往。邹浩在黄庭坚之后一年游浯溪,故与诸人再度来往。

19.胡寅、胡宁、胡宏、胡安国、吴郊、黎明

提　要：

题名：胡寅、胡宁、胡宏、胡安国、吴郛、黎明题名

责任者：胡寅、胡宁、胡宏、胡安国、吴郛、黎明；僧文照上石

年代：绍兴元年（1131）十二月初六

原石所在地：九龙岩

存佚：完好

规格：高55cm，宽54cm，题名6行，上石1行

书体：行楷

著录：《艺风堂金石文字目》《湖南通志》

释　文：

武夷胡寅、宁、宏，侍家府自邵之春陵过此，门人江陵吴郛、湘潭黎明从，绍兴元年十二月初六日。

永州东安县九龙岩寿圣院僧文照上石。

人物小传：

①胡安国

胡安国（1074—1138），又名胡迪，字康侯，号青山，谥号文定，学者称武夷先生，后世称胡文定公。崇安（今福建省武夷山市）人。绍圣四年（1097）进士。为太学博士，旋提举湖南学事，后迁居衡阳南岳。胡安国潜心研究《春秋》，著《春秋传》行世。绍兴元年，在湘潭县隐山与次子胡宏共同创办"碧泉书堂"（文定书院前身），开创"湖湘学派"。又著《资治通鉴举要补遗》一百卷，《文集》十五卷，《宋元学案》中有《武夷学案》，明正统间从祀孔庙。《宋史·儒林》有传，子寅、宁、宏附。

②胡寅

胡寅（1098—1156），字明仲，学者称致堂先生。崇安（今福建武夷山市）人，后迁居衡阳。胡安国弟胡淳子，奉母命抚为己子，为长子。宣和三年（1121）进士。历官司门员外郎、起居郎、永州知府、中书舍人、礼部侍郎兼侍讲、徽猷阁直学士。与弟胡宏一起倡导理学，致力于发展湖湘学派。著作有《论语详说》《读史管见》《叙古千文》《斐然集》等。《宋史》有传。

③胡宁

胡宁（约1109—？），字和仲，号茅堂，学者称茅堂先生。崇安县（今福建武夷山市）人，胡安国幼子（三子）。荫补将仕郎。秦桧当权，召他为试馆删定官。胡宁博览群书，著《春秋通旨》。

④胡宏

胡宏（1102—1161），字仁仲，号五峰，学者称五峰先生。崇安（今福建武夷山市）人。胡安国之

子,湖湘学派创立者。幼事杨时、侯仲良,以荫补承务郎。著作有《知言》《皇王大纪》《易外传》等。《宋史》有传。

全祖望《经史问答·书〈宋史·胡文定〉传后》曰:"致堂、籍溪、五峰、茅堂四先生并以大儒树节南宋之初,盖当时伊洛世适,莫有过于文定一门者。"所云"籍溪",为胡安国从子胡宪。

⑤吴郛

吴郛,字卫道,又字纬道,江陵(今荆州)人。

胡宏《五峰集·题祖妣志铭》:"庚戌岁,得祖妣志铭于吴郛卫道。卫道,先君门人也。"

曹彦约《昌谷集·跋胡吴春秋答问后》:"吴郛字纬道,后改名郁。条具春秋问目,有文定亲书答其后,江陵李南公所藏也。读前辈经传,便知义理谨严处;读前辈答问,便知论辨宏阔处。不谨严无以垂法来世,不宏阔无以启迪新功。经传成书,所以反说约也。师弟子答问,其博学详说之时乎? 二者不可偏废,皆有益后学。此编手泽俨然,其可以表里《春秋传》者,信矣。嘉定丁丑夏五月戊午,东汇泽曹某谨书。"

考 证:

楷书,六行,末行七字外,他皆六字。

"胡寅"下有七小字,惟"九仙岩"三字可辨。考九龙岩碑刻,"九仙岩"自阮之武改名,阮之武九龙岩诗云:"野老相传有九仙,尝游此地忽升天。霓旌鹤驭今何往,千古空岩锁暮烟。"后题:"静海阮之武子文倅郡零陵,行县游芦洪九仙岩。绍圣改元甲戌岁七月七日题□,以正其名。"然"九仙岩"之名仅见于此。

题名云:"武夷胡寅、宁、宏,侍家府",则当是胡寅所书。

题名后小字注云:"永州东安县九龙岩寿圣院僧文照上石。"

僧文照,生平未可考,宣和五年正月二十五日钱怀哲九龙岩诗、宣和五年二月黄朝散九龙岩诗、宣和五年三月二十日曹省九龙岩诗皆由文照上石。黄朝散九龙岩诗刻后,文照作记云:"伏承通判朝散黄公按部过九龙岩,书诗八首,文照不敢秘藏,谨刊于石,时宣和五年癸卯岁三月望日,侍持僧文照□记。"另,靖康元年黄仲堪题名有言:"岩主照师燃香烹茶,使人洒然有仙意。"

所云"家府"者,即胡寅之父胡安国。

《宋史·胡寅传》:"建炎三年,高宗幸金陵,枢密使张浚荐为驾部郎官,寻擢起居郎。金人南侵,诏议移跸之所,寅上书……疏入,宰相吕颐浩恶其切直,除直龙图阁,主管江州太平观。二年五月,诏内外官各言省费、裕国、强兵、息民之策,寅以十事应诏……疏上不报,寻命知永州。"

胡寅《斐然集·悼亡别记》:"(建炎)己酉岁春二月旦,女真轻兵渡淮,扬州溃,寅脱身至常、润间,久之,召还复为省郎,迁左史。秋九月,请奉祠,得之。其时荆门已为盗区,家君度洞庭而南,寓居湘潭,而寅行次临川。值敌兵方下江西诸郡,甚梗……辛亥春,巨盗马友、孔彦舟交战于衡、潭,兵漫原野。四月,奉家君西入邵。席未暖,他盗至,又南入山……十二月,盗曹成败,帅兵于衡,又迁于全,西南至灌江,与昭接境,敝屋三间,两庑割茅遮围之,上下五百余指,度冬及春,瘴雾昏昏,大风不少休。郁薪御寒,粢食仅给。壬子春,家君有掖垣之命,寅与弟宁侍行,季弟宏守舍。"所经路程为:四月自湘潭西入邵,十二月趣全州。而九龙岩摩崖所题时次为绍兴元年十二月初六日。

嘉靖《湖广图经志书·永州府·东安县图》:北至宝庆府邵阳县界一百八十里,东至零陵县五十里,南至全州界二十里,西至武冈州新宁县界三十五里。

九龙岩在永州东安县。道光《永州府志·名胜志·东安》:"县北百里芦洪之东,有名岩焉。山形陡起,奇石错立,若卧龙状,曰九龙岩。岩中物象毕具,出泉寒洌。岩前有池,洞门高敞,循磴而下有隙,仅可容身,蛇行可深入。相传昔有樵者遇黄衣九士,谓曰:'吾九龙居此久矣。'语讫不见。唐宋名贤游此者众。"

20.吴国长公主、驸马潘正夫

提　要：

题名：吴国长公主、驸马潘正夫题名

责任者：吴国长公主、潘正夫、赵子珊、赵子佩、赵节夫、赵尧夫、潘长卿、潘粹卿、潘端卿、潘温卿

年代：绍兴元年（1131）

原石所在地：浯溪

存佚：磨泐

规格：7行

书体：楷书

著录：《八琼室金石补正》《古泉山馆金石文编》《永州府志》

释　文：

吴国长公主之荆湖，驸马都尉潘正夫侍亲同来。渡湘江，宿浯溪寺，观唐中兴碑。亲属被旨从行者，舅赵子珊、子珮，兄节夫，弟尧夫，男长卿、粹卿、端卿、温卿侍。

人物小传：

①吴国长公主

吴国长公主，宋哲宗第三女。

《宋史·公主列传》："秦国康懿（大）长公主，帝第三女也。始封康懿（懿康），进嘉国、庆国。政和二年，改韩国公主，出降潘正夫。改淑慎帝姬。靖康末，与贤德懿行大长公主（庆寿公主）俱以先朝女留于汴。建炎初，复公主号，改封吴国。觐上于越，以玉琯笔、小玉山、奇画为献，上温辞却之。避地至婺州。"

②潘正夫

潘正夫，字蒙著，河南人。

《宋史》载，吴国长公主曾为潘正夫请求，除使相，开府。潘正夫官至少傅、少保、昭化军节度使、醴泉观使、封和国公。潘正夫历事四朝，薨于绍兴二十二年。

《宋史》又载，绍兴四年，吴国长公主入见，其子尧卿等五人各进官一等。绍兴十九年，吴国长公主又入朝，其子长卿、粹卿、端卿皆自团练使升观察使。隆兴二年以前，其子温卿为宁国军承宣使，长卿为宁江军承宣使，端卿为昭信军承宣使，清卿为容州观察使，墨卿、才卿并带团练使，"从所请也"，"其盛如此"。

据此可知，潘正夫与吴国长公主共有八子：潘尧卿、潘长卿、潘粹卿、潘端卿、潘温卿、潘清卿、潘墨卿、潘才卿。

考　证：

题款一行磨泐。

题记记载了潘正夫与吴国长公主夫妇二人，以及赵宋皇室宗亲赵子珊、赵子珮、赵节夫、赵尧夫四人，和诸子潘长卿、潘粹卿、潘端卿、潘温卿四人，共计十人游历浯溪的经过。

潘正夫与钱伯言在澹山岩有和韵诗。

《古泉山馆金石文编》卷四、道光《永州府志·金石略》《八琼室金石补正》卷九十一著录。兹从陆增祥，定题记为绍兴元年（1131）。

21.杜绾

提 要：

题名：杜绾题名

责任者：杜绾；李直清

年代：绍兴九年（1139）九月

原石所在地：阳华岩

存佚：完好

规格：题名3行，款跋2行

书体：题名隶书，款跋楷书

著录：《八琼室金石补正》

释 文：

通判学士留题阳华岩。

会稽杜季杨，绍兴己未九月庚子行县，暇日率令、丞、巡尉来游。

右文林郎、道州江华县令李直清命工刻。

人物小传：

①杜绾

杜绾，字季杨。文献或作季扬、季阳。号云林居士。会稽人，一作山阴人。杜绾祖父杜衍，字世昌，庆历四年为相，五年罢相。著有《云林石谱》三卷，以此知名。

近年著作多认为"杜绾编著出中国第一部论石专著"，《云林石谱》为"最早的专门记述中国奇石的专著"，"堪称奇石有谱著录的开山之作"。

朱汉民总主编、肖永明主编《湖湘文化通史》第3册《近古卷》2015年版《矿物学和奇石工艺》一节说道："关于矿物学理论研究最为突出的是杜绾。杜绾，字季阳，号云林居士，两宋间山阳（今浙江绍兴）人。由于社会生活中，人们对观赏性奇异矿石也表现很大兴趣，官家甚至有'花石纲'之类征调，他幼受父亲熏陶，嗜石成癖，竭资收购，曾居广、连、澧、郴诸州，经常游览石灰岩洞穴，以收集研究各种奇石为趣，成《云林石谱》3卷。杜绾对石头的研究不仅限于一般考察，还大胆怀疑旧说，并辅之以可行的实验。如晋顾恺之曾在《启蒙记》中记载了所谓'零陵石燕遇雨则飞'。北魏郦道元对此作了进一步描述：'雷雨相薄，则石燕群飞。'杜绾不轻信权威，亲往调研。他涉高岩，见'石上如燕形者颇多'。他联系当地气候和石质在温度剧变时会迸裂的客观现象，设计'证伪'之法：他以笔在岩石上形如燕者上做记号，当'石为烈日所曝，偶遇骤雨过，凡所识者，一一坠地'。由此得出石燕'盖寒热相激坠落，不能飞尔'的结论，否定了传说中的观点。全书的科学价值因这样的巧妙研究方法而得到提升。"

《四库全书总目提要》:"《云林石谱》三卷:宋杜绾撰。绾字季扬,号云林居士,山阴人,宰相衍之孙也。是书汇载石品凡一百一十有六,各具出产之地,采取之法,详其形状色泽,而第其高下。然如端溪之类兼及砚材,浮光之类兼及器用之材,不但谱假山清玩也。"

②李直清

李直清,江华知县,同治《江华县志》、道光《永州府志》均载:"李直清,绍兴九年任。"

考　证:

题名隶书,三行,大字,左行,杜季杨笔。款跋,二行,楷书,小字,分列左右两边。右边一行字尤小,"直清"二字最小,可知款跋为李直清笔。

陆增祥《八琼室金石补正》著录,并云:"杜季杨判道州,《志》所不载。《志》载李直清,以绍兴九年令江华,与此正合。"

22.刘蕘

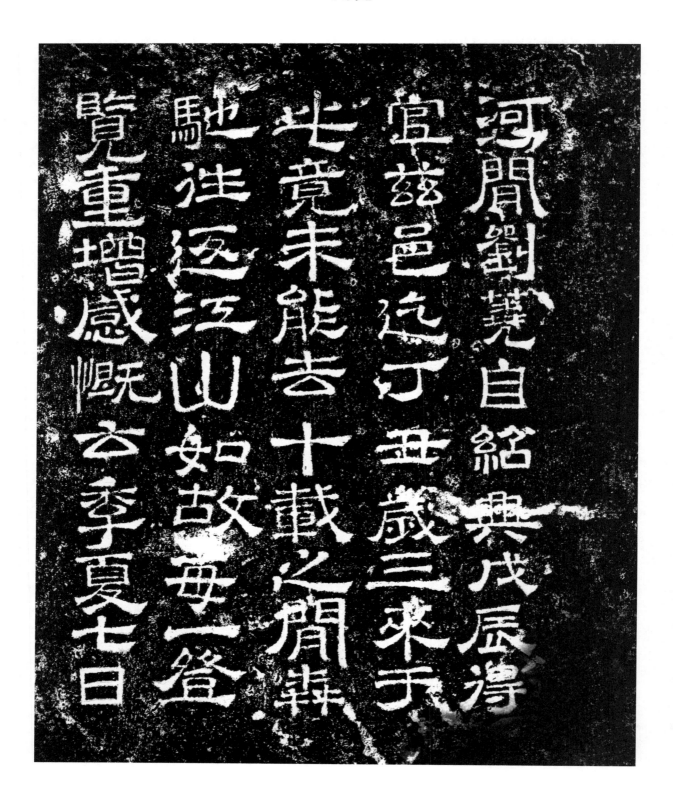

提 要:

题名:刘尧题名

责任者:刘尧

年代:绍兴二十七年(1157)六月初七

原石所在地:浯溪

存佚:完好

规格:5 行

书体:隶书

著录:《古泉山馆金石文编》《湖南通志》《永州府志》

释 文:

河间刘尧,自绍兴戊辰,得官兹邑,迄丁丑岁,三来于此,竟未能去。十载之间,犇驰往返,江山如故。每一登览,重增感慨云。季夏七日。

人物小传:

刘尧,河间人。绍兴十八年至绍兴二十七年任祁阳县知县。

考 证:

季夏七日即六月初七日。

23.刘芮、侍其光祖、赵公衡、吴大光

提 要：

题名：刘芮、侍其光祖、赵公衡、吴大光题名

责任者：刘芮、侍其光祖、赵公衡、吴大光

年代：隆兴二年（1164）六月

原石所在地：浯溪

存佚：完好

规格：6 行

书体：隶书

著录：《古泉山馆金石文编》《八琼室金石补正》《湖南通志》《永州府志》

释 文：

河间刘芮，以常平茶盐职事行部。祁阳令侍其光祖，监南岳庙赵公衡，寓士吴大光，送别浯溪，读《中兴颂》，阅古今题字，煮泉酌茶而行。

隆兴甲申六月戊寅题。

人物小传：

①刘芮

刘芮，字子驹，号顺宁。刘跂（学易先生）孙，刘挚（元祐间为相）曾孙。先世为河间永静东光人，刘挚十岁而孤，鞠于外氏，就学东平，因家东平，南渡后徙居长沙，遂为长沙人。官至湖北提点刑狱。著有《顺宁文集》二十卷，杨万里作序。

弘治《永州府志》卷三《历代名宦》有传云："刘芮，字子驹，吉州人（当作东平人）。绍兴十八年为司理，鞫狱，为法家疏驳。芮谓：'今观疏驳者之设意，大与古人用心不同。从古惟闻死中求生，不闻生中求死。岂列圣诏书钦恤之意？头或可断，节不可渝。'托疾而归。未几达于朝，除大理司直。"

《宋元学案》有传，略云："刘芮，字子驹，东平人也。忠肃公挚之曾孙，学易先生跂之孙。南渡后居湘中。刘氏自学易以来，三世守其家学，不求闻达，虽阀阅亚于韩吕，而节行与之埒。先生学于孙奇甫，其后遍游尹和靖、胡文定之门，所造粹然。其为永州狱掾，与太守争议狱。"

刘芮与胡铨（字邦衡）、张栻（字敬夫，避翼祖讳，改字钦夫）、刘芮（字耕道）为好友。

②侍其光祖

侍其光祖，复姓侍其，名光祖。隆兴二年至乾道初任祁阳县知县。

考　证：

隶书,六行,左行。

刘芮在永州,为方畴作《困斋铭》,刻于零陵华严岩,"八分书,十七行"。《困斋铭》云:"方耕道通判武冈,气直而好义,临事不避难,力平溪洞积年之寇,一境安静,施及旁郡。亡何,忌嫉者不欲显白其功,附势者又能文致其罪,坐狱逾年,赖天恩深厚,姑谪零陵。耕道感激修省,思有以报称。于是胡邦衡名其室曰'困斋',张钦夫记之。耕道又以铭见属,芮何敢辞。铭曰:泽无水困,有言不信。柔能掩刚,乐天弗竞。岂无人为,拯此困病。拔本塞源,遂志致命。我观圣人,惟深惟几。三而陈之,穷测万微。或以乐死,或以忧生。或明而晦,或晦而明。春水发源,漫漫浮天。霜风冽冽,草枯木折。六爻降升,吾义则正。二体变化,吾心则定。泽下而谷,刚得其中。水上而冽,惟塞必通。呜呼至哉!德辩益明,穷通寡怨。谁谓困中。有此至善。"署名"大谷山刘芮"。石刻今佚。

"常平茶盐职事",指在提举常平茶盐司任职。

24.胡邦实、周公美、颜子进、王德任、郭元德、陈世荣

戌子秊冬十有二日郡丞

胡邦實以職事來江華公

餘遊寒亭暖谷獅子巖來

興至陽華為終日之欵同

至者周公美顏子進王德

任郭元德邑令陳世榮書

提　要：

题名：胡邦实、周公美、颜子进、王德任、郭元德、陈世荣题名

责任者：胡邦实、周公美、颜子进、王德任、郭元德、陈世荣

年代：乾道四年（1168）十月十二日

原石所在地：阳华岩

存佚：完好

规格：6 行

书体：楷书

著录：《八琼室金石补正》《湖南通志》

释　文：

戊子孟冬十有二日，郡丞胡邦实，以职事来江华，公余游寒亭、暖谷、狮子岩，乘兴至阳华，为终日之款。同至者，周公美、颜子进、王德任、郭元德，邑令陈世荣书。

人物小传：

胡华公，字邦实，长乐人，时任道州同知。

乾道七年（1171），胡华公升任邵州知州。

道光《宝庆府志》卷第百五《政绩录》有传，云："胡华公，乾道初知邵州。先是，治平四年摄守邵州周子，以学宫旧建牙城内，卑陋弗称，因迁于城之东南。其后兴废不常，已更惑于阴阳家言，徙就他所。华公至，慨然叹曰：'周子倡明绝学于千载之下，其所建学，后之人宜谨守，以时修治，而贻之于无穷可也，奈何惑于阴阳家言，妄为易置耶？'于是即治平故基迁建，绘濂溪先生像于东庑祀之。时同议者，为州学教授陈伯震，而捐缗钱以相其事，则转运判官提举事黄沃也。及庆元初，沃来知邵州，见所迁学庑阁塞门，峻级逼道，又悉为夷平，通直殿阁、堂庑、庖湢、垣墉皆一新之，于是尽复濂溪之旧。时与其事者，通判陈岐、司法参军张球、教授留祺也。并见杨万里《邵州重复旧学记》。沃字叔启，莆田人。"

道光《宝庆府志》卷第二《大政纪二》："（乾道）八年，知邵州胡华公修复治平旧学，立濂溪先生祠。"

道光《宝庆府志》卷第八十七《礼书一》："周元公之祀于邵州也，自乾道八年始。其年州学复于治平旧址，知州胡华公，绘濂溪先生像于学之东庑而祀之。"

考　证：

孟冬为冬季的第一个月，即农历十月。

《八琼室金石补正》卷一百六著录。"右胡邦实题名。首题戊子而不详纪元,以寒亭一刻证之,知戊子为乾道四年。邦实为华公之字。周公美诸人名,俱见彼刻。陈邦庆以乾道四年令江华,与《志》正合。"

《八琼室金石补正》卷一百六又著录"江朝议并陈邦庆诗"刻,有陈邦庆跋:"乾道庚寅冬十月,府判朝议江公行县,公余游阳华留诗,并以《道中》二绝示僚属,句新语妙,泉石有光,谨摹刻以永其传。左从政郎道州江华县令主管学事劝农营田公事陈邦庆跋。"并载邑令陈邦庆《谨次府判朝议江公之韵》。

卷一百十四又著录万石山"胡华公等题名":"长乐胡华公,丞郡潇阳,摄事是邦,以乾道己丑六月中休日,偕西洛石长蒨来游,男梓、孙浚侍行。"陆增祥云:"胡华公号邦实,见寒亭题名。"

卷一百三又著录寒亭"胡华公等题名":"长乐胡华公邦实,行县之暇,拉陈邦庆世荣、周匹休公美、颜敏修子进、王轮德任、郭武仲元德,同游狮子岩,饭罢如寒亭。乾道戊子下元前三日。"陆增祥云:胡华公有万石山题名,云'丞郡潇阳',此刻云'行县之暇',盖道州司马也。省府志均失载。陈邦庆时为江华令,以乾道四年任。周匹休等四人疑皆邑僚,而志均不见其名。陈邦庆,字世荣,湖南郴州安仁县人,绍兴二十六年举人,绍兴二十七年进士。

道光《永州府志》卷十一下《职官表·江华》载,陈邦庆于乾道四年任江华县令。

嘉庆《安仁县志》卷九《选举志》、同治《安仁县志》卷九《选举志》:"进士:宋绍兴二十七年丁丑科王十朋榜:陈邦庆。""举人:宋绍兴二十六年丙子科:陈邦庆。"又见康熙《衡州府志》卷十二、乾隆《衡州府志》卷二十三。

胡华公另有邵阳县南七里桃花洞题名石刻,见道光《宝庆府志》卷第百三。

25.黄彪父子表侄

本郡史南昌雷森甫父暇日
携乃子佽稜洺荣荦荦樹戈
遊朝陽巖摩拂苍崖觀
俛父太史題刻歎慨火火
表姪九江夏孝章同來
乾道辛卯百五日

提　要：

题名：黄彪父子表侄题名

责任者：黄彪、黄伙、黄袮、黄溆、黄荣、黄荜、黄樾、黄莶、夏孝章

年代：乾道七年（1169）

原石所在地：朝阳岩上洞

存佚：完好

规格：高85cm，宽52cm，6行

书体：楷书

著录：《八琼室金石补正》《金石萃编》《零志补零》

释　文：

主郡吏南昌黄彪彪父，暇日携子伙、袮、溆、荣、荜、樾、莶，游朝阳岩，摩拂苍崖，观伯父太史题刻，叹慨久之。表侄九江夏孝章同来。

乾道辛卯百五日。

人物小传：

黄彪，字彪父，一作彪甫，南昌人，黄庭坚侄。乾道五年任永州知州。

黄彪曾知袁州。

正德《袁州府志》卷六《职官·宋·知州事》："黄彪，右朝请郎，隆兴二年任。"

嘉靖《江西通志》卷三十三《袁州府·秩官·知州》："黄彪，由右朝请郎，隆兴间。"

黄彪自署南昌人，文献又作丰城人。洪迈《夷坚志》"丰城孝妇"条载："乾道三年，江西大水，濒江之民多就食他处。丰城有农夫，挈母妻并二子欲往临川。道间过小溪，夫密告妻曰：'方谷贵，艰食，吾家五口，难以偕生。我今负二儿先渡，汝可继来，母已七十，老病无用，徒累人，但置之于此，渠必不能渡水，减得一口，亦幸事。'遂绝溪而北。妻愍姑老，不忍弃，掖之以行。陷于淖，俛而取履，有石硌其手，拨去之，乃银一笏也。妇人大喜，语姑曰：'本以贫困故，转徙他乡，不谓天幸赐此，不惟足食，亦可作小生计。便当却还，何用去？'复掖姑登岸，独过溪报其夫。至则见儿戏沙上，问其父所在，曰：'恰到此，为黄黑斑牛衔入林矣。'遽奔林间访视，盖为虎所食，流血污地，但余骨发存焉。不孝之诛，其速如此。是时蓝叔成为临川守，寓客黄彪彪父自丰城来，云得之彼溪旁民，财数日事也。右三事皆蓝叔成说。"

考 证:

《金石萃编》卷一百三十四著录云:"横广三尺二寸,高三尺一寸,六行,行九、十字,正书。主郡吏南昌黄彪当是山谷之侄。题云:'观伯父太史题刻'者,即指洞门左右石壁山谷题名也。今山谷题名已失拓矣。"

按其说有误,题刻第一行为十一字,"行九、十字"不确。黄庭坚题刻不在洞门左右石壁,迄今尚存,亦非失拓,惟王昶未见也。

《零志补零》卷下"题名·澹山岩"著录,"游朝阳岩"误作"游朝阳澹山岩",宗霈云:"按《府·官表》误作黄森,黄彪即此一人。""题名·朝阳岩"又著录:"乾道辛卯春,主郡吏南昌黄彪彪父,携子俊、祢、滋、荣、荦、樯、鋆,观伯父太史题刻。""祢"皆当作"祢"。

按:宗霈澹山岩、朝阳岩二题名误倒。

道光《永州府志·金石略》:"王煦等《省志》云:'案零陵县《宗志》,作澹山岩题名,文中"朝阳"下多"澹山"二字。''彪父',《省志》误作'彪文'。《零陵补志》作'澹山'者亦误。"

《八琼室金石补正》卷八十五:"《萃编》已载,'祢'误'祢'。右刻在补元厂内。'苍崖',《永志》作'崖',又案《省志》不作'彪文'。"

今按:陆增祥谓黄彪第二子之名从"示"作"祢",是也。

"百五日",当孟夏四月之月中。

黄彪在永州万石山、澹岩亦有题名。

道光《永州府志·金石略》载乾道五年春正月万石山题记:

南昌黄彪彪甫,乾道己丑仲秋十有一日假郡事,越二年春八日题此,以纪岁时。子俊、祢、滋、荣、荦、樯、鋆侍行。

《留云庵金石审》:"右刻八分书,五行,在梅孝女祠内李拔诗刻之左。隶法瘦劲,年久石渐平滑,就读约略得半,拓之仅见数字耳。"

又见光绪《零陵县志·艺文·金石》,刘沛云:"案杨翰守永州,见石尽泐,乃为重摹,不失原石真面,可垂永久。"

道光《永州府志·金石略》载乾道五年十一月澹岩题记:

郡守黄彪,祷晴于顺成侯庙。祀事毕,天宇廓然,因至澹岩,观二父遗刻,感叹久之。时乾道己丑十一月二日,男俊、祢、滋、荣、荦、樯、鋆继来。

《留云庵金石审》:"案柳昭昭、毕若卿题名,祷雨零陵王。杨英甫题名,祠零陵王。盖公愿题名,祠灵显。曹季明题名,祠灵显应惠侯。而此又作祀顺成侯。或云所祀乃龙神,亦闻即唐刺史昌图之祠。所举四朝封号有异同耳。未知孰是也?"

《八琼室金石补正》卷九十六:"右刻《通志》失载。文云'观二父遗刻'者,一指山谷诗,一指宣和壬寅谀诗题刻也。《江西通志》:黄霖字彪甫,临川人。慎于用刑。子荦,官至大府卿。孙堮,知肇庆府。己丑为乾道五年。"

所说"宣和壬寅谀诗",道光《永州府志·金石略》称作"宋黄□□澹山岩题名",《八琼室金石补正》卷九十六称作"黄郡守题记"。其文云:"豫章修水之源,楚相春申之裔,伯氏之亚,于菟之俦,有宋宣和,岁在壬寅,澹山之麓,劳农班春,劓之崖壁,零陵守臣,爵里姓氏,爰告后人。子绊、樊、楚,孙辰拱从行。并观九兄山谷老人二诗,为之怃然。"

《留云庵金石审》:"案山谷诸舅,有大临、仲堪,皆以八元命名。此人隐寓其文,殆叔豹也。《官表》宣和时守仅有黄同,而署江夏旧望,又无一言及山谷,当又是一人,阙以俟考。"

陆增祥按:"右刻《通志》失载。笔意颇似山谷。案麻阳有《重修同天寺碑》,黄叔豹撰,时在熙宁间,叔豹为县尉也,见《湖南通志》。壬寅为宣和四年,相距三十余年矣。"

宗绩辰谓黄彪万石山题名"隶法瘦劲",刘沛谓杨翰为之重摹。今审朝阳岩题刻,笔划厚润,不知是否亦经杨翰重摹。

要之,万石山、澹岩今已毁坏,黄庭坚、黄叔豹、黄彪诸刻,惟此独存,亦可宝贵矣。

26.赵汝谊、赵赓、章颖

汉国赵汝谊天水

岭南郡章颖下两道

过穿岩方暑如坐盧

复徧览洞石赏其环

异浮照己亥秋戊子

提 要：

    题名：赵汝谊、赵赓、章颖祷雨题名

    责任者：赵汝谊、赵赓、章颖

    年代：淳熙六年（1179）

    原石所在地：月岩

    存佚：完好

    规格：5 行

    书体：行书

    著录：《八琼室金石补正》《金石汇目分编》《湖南通志》

释 文：

    汉国赵汝谊，天水赵赓，南郡章颖，祷雨道过穿岩。方暑，如坐广厦。遍览洞石，赏其瑰异。

    淳熙己亥秋戊子。

人物小传：

    ①赵汝谊

    赵汝谊，赵宋宗室，浙江平江府人，赵善良之子，官至右奉直大夫。

    淳熙四年（1177）任道州知州。五年，重修濂溪祠、濂溪书院。六年，在月岩祷雨题刻。

    宋龚维蕃《道州重建先生祠记》："前此未有先生祠。绍兴己卯五月，太守向子忞始奉祀于州学之稽古阁，编修胡公铨记之。淳熙乙未，郡博士邹眘迁于敷教堂。戊戌，太守赵汝谊以其逼仄，更创堂四楹，并奉二程先生像，南轩张公为记。"

    明王会《濂溪书院图说》："右濂溪书院，在州学西，以祀先生者也。……知州事赵汝谊重建，并塑二程先生像。"

    赵汝谊精于书法，淳熙十年曾校刻《急就篇》传世。

    ②赵赓

    见赵赓祷雨题名。

    ③章颖

    章颖，字茂宪，又作茂献，江西临川人，道州教授。曾撰《濂溪故里祠记》，纂修《舂陵图志》十卷。

    宋龚维蕃《道州重建先生祠记》：淳熙"庚子，郡士胡元鼎与其乡人何士先、义太初、孟坦中、欧阳硕之创舍设像，教授章颖为记"。

    宋陈振孙《直斋书录解题》："《舂陵图志》十卷，教授临江章颖茂宪撰。淳熙六年，太守赵汝谊。"

考　证：

赵汝谊、章颖在道州含晖洞亦有石刻。

27.赵赓

提　要:

　　题名:赵赓祷雨题名

　　责任者:赵赓

　　年代:淳熙九年(1182)六月

　　原石所在地:月岩

　　存佚:残缺

　　规格:2行

　　书体:行书

　　著录:《八琼室金石补正》《湖南通志》

释　文:

　　浚仪赵赓,承流兹邑,千二百有四日矣。岁遇夏,或以旱告,赓侍郡侯凡三谒于灵济祠下。其善应金仙,可不勒诸石以纪神之赐?

　　淳熙壬寅六月中瀚书。

人物小传:

　　赵赓,赵宋宗室,河南浚仪人,一作开封人,淳熙六年(1179)间任道州营道县令。

考　证:

　　原刻仅余二行,"岁遇夏"以下,石面崩裂残毁,据宗绩辰《留云庵金石审》、陆增祥《八琼室金石补正》、光绪《湖南通志·艺文·金石》及《全宋文》补。

　　隆庆《永州府志》:"龙母山,在月岩西,山有龙母祠,岁旱祷之立应。"道光《永州府志》:"月岩之西有龙母山,上有龙母祠,岁旱祷之多应。"光绪《道州志》:"龙母山,在州西四十里月岩之西,有龙母祠,岁旱祈雨,祷之多应。"陆增祥曰:"案月岩之西有龙母山,上有龙母祠,岁旱祷之多应,或即宋之灵济祠欤?"

28.薛子法、李亨时、夏小原、褚彦渊、陈亨仲

提　要：

　　题名：薛子法、李亨时、夏小原、褚彦渊、陈亨仲题名

　　责任者：薛子法、李亨时、夏小原、褚彦渊、陈亨仲

　　年代：绍熙三年（1192）

　　原石所在地：浯溪

　　存佚：残缺

　　规格：6行

　　书体：行书

　　著录：《永州府志》《祁阳县志》

释　文：

　　河东薛子法、祁山李亨时、江南夏小原、东鲁褚彦渊、长乐陈亨仲，涉江览古，过浯溪寺。

　　大宋绍熙壬子仲春中浣。

人物小传：

　　据石刻，薛子法，河东人。李亨时，祁山人。夏小原，江南人。褚彦渊，东鲁人。陈亨仲，长乐人。

五人生平均不详。

考　证：

　　书体隽逸，惜每行下二字均残毁，据道光《永州府志·金石略》补。

　　《全宋文》卷六五二五据同治《祁阳县志》卷五收录，题为"浯溪寺题名记"。

29.王淮、王沈、朱致祥

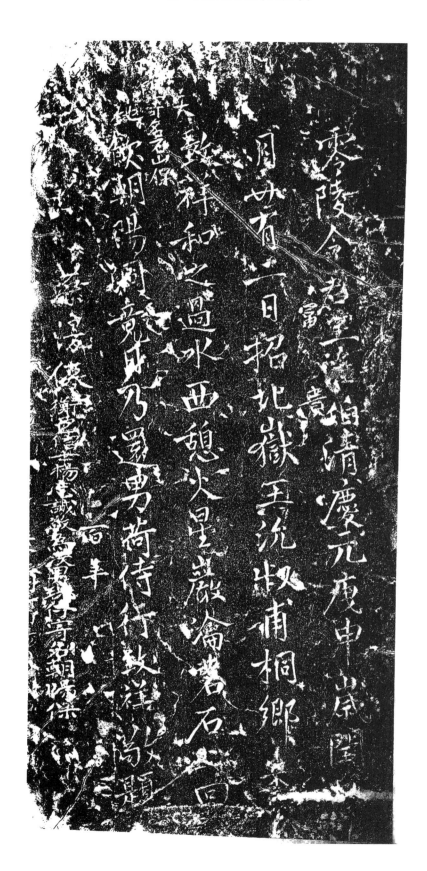

提　要：

题名：王淮、王沆、朱致祥题名

责任者：王淮、王沆、朱致祥

年代：庆元六年（1200）闰二月二十二

原石所在地：朝阳岩

存佚：磨泐

规格：高 87cm，37 宽 cm，4 行

书体：行楷

著录：《八琼室金石补正》《金石萃编》《零陵补志》《永州府志》

释　文：

零陵令君王淮伯清，庆元庚申岁闰二月廿有二日，招北岳王沆叔甫、桐乡朱致祥和之，过水西，憩火星岩，瀹茗石上，回饮朝阳洞，竟日乃还。男荷侍行。致祥敬题。

人物小传：

①王淮

王淮，字伯清，历官零陵知县、临武知县。

道光《永州府志·职官表·零陵·知县·嘉泰》："王淮，夷门人。"

光绪《零陵县志·官师·知县》："王淮，夷门人，嘉泰时任。"

同治《临武县志》卷三十二《政绩志》载其小传，云："王淮，字伯清，理宗嘉定间来知县事。博雅好古，理政之余，则寄兴于山水间，《秀岩记》乃其手笔也。"

又同书卷二十九《职官志·宋知县》："王淮，夷门人，嘉定中任，详见《秀岩记》。有传。"

康熙《衡州府志》卷十《秩官志中》："宋王淮，字伯清，夷门人，嘉定中知县事。博雅好文，理政之暇，寄情山水，常作游秀岩记。"

今按：零陵、临武两县志均载王淮为夷门人，此由王淮诸石刻自署而知。但夷门非县名，乃镇名。五代有夷门镇，在大梁。《旧五代史·梁末帝纪》："夷门，太祖创业之地，居天下之冲，北拒并汾，东至淮海，国家藩镇，多在厥东。"宋王权撰《大梁夷门记》一卷。战国时侯嬴曾为大梁夷门监者，见《史记·魏公子列传》。王淮以此为荣，遂自署为夷门人。至史书、方志，则当称开封人。

又《永州府志》《零陵县志》均称王淮为零陵知县在嘉泰时。按王淮朝阳岩题刻，明言"庆元庚申""零陵令君"，不当更云嘉泰。嘉泰元年乃是庆元六年之次年。

又宋有同名者王淮，字季海，婺州金华人，孝宗朝宰相。淳熙二年除端明殿学士、签书枢密院事，

八年拜右丞相兼枢密事。《宋史》本传载："初,朱熹为浙东提举,劾知台州唐仲友。淮素善仲友,不喜熹,乃擢陈贾为监察御史,俾上疏言:'近日道学假名济伪之弊,请诏痛革之。'郑丙为吏部尚书,相与叶力攻道学,熹由此得祠。其后庆元伪学之禁始于此。"此则自是别一人。

②王沇

王沇,字叔甫,北岳人。历知温州、衡州、绵州。其人与庆元党禁有关。

《宋史·宁宗本纪一》:庆元三年十一月,"丁酉,以知绵州王沇请,诏省部籍伪学姓名"。

同书《奸臣传四》:"王沇献言令省部籍记伪学姓名,姚愈请降诏严伪学之禁,二人皆得迁官。"

《建炎以来朝野杂记·甲集》卷六"学党五十九人姓名"条:"自庆元至今以伪学逆党得罪者凡五十有九人。……庆元三年十二月丁酉,知绵州王沇朝辞入见,请自今曾系伪学举荐升改、及举刑法廉吏自代之人,并令省部籍记姓名,与闲慢差遣。……沇,故资政殿大学士韶曾孙也。五年六月己丑,擢沇利路转运判官。"

《宋元学案》载王沇为"衡州守"。

③朱致祥

朱致祥,字和之,桐乡人。生平不详。

考 证:

题刻在朝阳岩上洞。题刻首行左侧有"富贵"二字,右侧有一行人为凿磨痕迹,推测为某某寄名石山保。

题刻末行左侧,有"蔡潒仙"三字,字体稍大。其下有"衡山信士杨志诚敬为次男珙仔寄名朝阳保"一行及"百年""长寿"等字,字体稍小。题刻顶部,又有"□门寄名石山保天长地久",伤及"饮"字。

庆元庚申,即庆元六年(1200)。"闰二月",石刻"二"字不清,按此年闰二月,据补"二"字。

《金石萃编》《零陵补志》、道光《永州府志》《八琼室金石补正》等著录。

《金石萃编》卷一百三十四:"四行,行十四、十六字,行书。此刻在黄麓之左。零陵令君王淮,字伯清。《宋史》有王淮传,字季海,婺州金华人,历仕高、孝二朝,未尝令零陵,则别一人也。题云:'过水西,憩火星岩。'《方舆胜览》:火星岩在永州西江外,地胜景清,为零陵最奇绝处。《零陵县志》:岩在群玉山之侧,明嘉靖中改名德星岩。余俱无考。"

"西江外",道光《永州府志》、光绪《零陵县志》、光绪《湖南通志》均误引作"西江县"。

《零陵补志》卷下著录,仅录"庆元庚申岁闰月,零陵令君王淮伯清"二句,且颠倒其次序。

道光《永州府志·金石略》:"案《零陵补志》仅首二十二字,盖由拓本不全。"

《八琼室金石补正》卷八十五:"王淮题名,庆元六年。《萃编》已载。'王沇','沇'误作'沇'。

'朱致祥',缺末字。'回饮朝阳洞',缺'回'字。浙中三茅观胡桀题名,内有北岳王沇叔甫者,盖即此题之王沇也。彼题于嘉定十年,后此十七年。"

光绪《零陵县志·艺文·金石》、光绪《湖南通志·金石志》亦著录。

王淮在永州零陵,曾刻米芾"秀岩"二字于朝阳岩西亭,今已不存。

隆庆《永州府志》卷八《创设》:"西亭,在朝阳岩上,本唐守独孤恤、窦泌所建茅阁,柳宗元乃名西亭,宋县令王淮镌米元章'秀岩'二大字于上。"

康熙九年《永州府志》卷三《建置志》:"西亭,在朝阳岩,本唐守独孤恤所建茅阁,柳宗元乃名西亭,宋令王淮镌米元章'秀岩'二字于上。"

道光《永州府志·金石略》:"宋米芾书'秀岩'二字,未见。朝阳崖西亭,宋邑令王淮镌米元章'秀岩'二字于上。(零陵县《武志》)案:'秀岩'二字,临武亦有之,亦王淮所刻。盖淮素藏此书,所至模勒耳。"

王淮又曾游历澹岩,创兴柳岩,刻"澹岩""柳岩"大字榜书,均有《记》。

道光《永州府志·金石略》:"宋澹岩二篆字,存。'淡岩'。(字长四尺,广三尺。)庆元己未重阳日通判徐大节(右款),零陵令王淮刊(左款)。《古泉山馆金石文编》:'澹山岩洞门外上镌篆书"澹岩"二大字,长丈许。'"

王淮《澹岩记》,《大明一统志》、弘治《永州府志》、康熙九年《永州府志》、康熙《零陵县志》、嘉庆重修《大清一统志》、道光《永州府志》、光绪《零陵县志》诸书节引之,略云:"岩去城二十五里许,山有二门,壁立万仞。东南角有一石窍,遥瞩云日。昔传有澹姓者家其下,故名澹岩。《旧经》云:有周正实者,秦始皇时人,遁居于此。凡一切成败未来之事,皆能先知之。始皇三召不起,后尸解焉。"

按文献所载各家澹岩记,有柳拱辰、柳应辰、蒋之奇、胡寅、朱衮、茅瑞徵、卢崇耀、黄佳色等多篇,王淮《澹岩记》亦可宝贵,惜未见全文,未知当日是否上石。

道光《永州府志·金石略》:"王淮柳岩题刻,存。'柳岩',横榜篆书。'伯清令男稽书',旁款小篆字。"

《留云庵金石审》:"右刻在柳文惠祠后里许平地石岩上。岩石久为石工所侵削,已失真面,岩口惟存王伯清一《记》。伯清以前题刻久失之矣。"

王淮有《柳岩记》:"零陵人世传有岩在愚溪之右,柳司马尝游焉。既而失厥所在,三四百年间,守令屡遍索不获,郡人常以为恨。予来为邑,乃得此岩。谷中荆榛筱簜,楚茨葛蔓,绸缪错杂,蒙茸其上。即命翦伐芟荑,烈火而焚之,谷崖始突然而出。峥嵘削拔,委曲延袤,如张屏鄣,岩扃豁然于中。岩之内爽垲宽洁,可游可宴,其奥窈窕。岩之外,窍穴如鼻如口,如牖如户,逶邃贯通,不可悉数。观者无不骇愕叹息,皆曰:此岩密迩愚溪,寥寥数百年莫有知者,今一旦轩豁呈露,岂非地灵固秘,有所待而后出耶?予以为柳司马纪永之山水最详,远至于黄溪,微至于石渠,皆为之记。兹岩近且显,倪尝游焉,宁无一语及之？若以为传之者妄，今乃果有是岩。此殆不可晓也。然既尝传其名，固当藉柳以为重。柳在零陵郁堙久矣，岩昔似之，兹乃得披蒙昧而睹天日，予诚有力焉。柳游西山，然后知'向之未始游，游于是乎始'。予于此亦云。助予访古寻胜者，邑士潘立国、立基。嘉泰元年四月朔，夷门王淮伯清记，黄才云刻。"宗绩辰道光《永州府志·金石略》、《八琼室金石补正》、光绪《零陵县志·艺文·金石》、光绪《湖南通志·金石志》著录，祝穆《方舆胜览》卷二十五节录。

宗绩辰《留云庵金石审》："右行书三十四行，用笔绝似《兰亭叙》。岩石皆黑，而此石独白，质细润，惜为乞人熏烁，非复本色矣。丁亥伏日，余始游斯岩，为廓清其地，扫除乱石，洗涤尘涴，伯清之迹于是始彰。"

宗绩辰《躬耻斋诗文集》载《溪山纪游诗》，序云："丁亥六月二十二日，晓偕萧斋出太平门，唤小船渡潇，入愚溪。……过石桥而东，至柳岩。岩旧在山巅，后为人塞其窦，不可得入，自宋以来，始在中野。有宋王淮伯清《记》，字尚可读，恨为村俚削凿，形象索然，大可怆叹。"

隆庆《永州府志·提封》："柳岩，县西四里，宋令王淮有《记》。"

道光《永州府志·金石略》："唐柳宗元柳岩题刻，佚。"引《名胜志》云："零陵县柳岩、愚溪等处，多有柳题刻者。"引《零陵县志》云："柳岩在愚溪右，柳侯祠西里许，柳侯所常游也，故名亦因之。崖可容数十人。宋邑宰王淮搜得之，为之《记》。"引《湘侨闻见偶记》云："柳岩今在平地，有王伯清《记》者，闻愚溪赵秀才云非其元处，古岩乃在此岩之南山上丛石间。昔人以内藏逋逃，故闭塞之，岁久石理连结，竟不能通。其说似可信也。"

《八琼室金石补正》卷一百十七："右王淮《柳岩记》，在零陵县。《湖南通志》所未载，《永州府志》载此刻，阙'助予'二字及'夷门''夷'字。并误'如牖'之'牖'为'窗'，据石补正之。石所阙泐，仍据《永志》补入。《永志》所载末有'黄才云刻'四字，则未之见也。后刻'王困道'等题名，此四字不知处所。考《通志》引《一统志》云：柳岩在县西南。又引《方舆胜览》云：岩在潇水西五里。《永州志》云：县西南愚溪之右有柳岩，距今柳祠西里许。《方舆胜览》谓在潇西五里，误也。岩在黄茅白苇之间，突出怪怒，中可容数十人。《宋史》有《王淮传》，字季海，金华人，孝宗时相，卒于淳熙十六年。此刻在其殁后十三年，籍贯、官位均不符合，盖别一人。《宋史》又有王沔之弟，亦名淮，济州人，任殿中丞，谪定远主簿，亦非此题记之王淮也。《记》文云：'予来为邑'，是零陵县令也，与朝阳岩题名合文。"

王淮又有嘉定五年临武秀岩石刻，在朝阳岩石刻之后五年。

雍正《湖广通志》卷十一《山川志·临武县》："秀岩，在县南十五里，石室天成，可坐数百人，四壁璀璨，彩色俱备。下有二穴，水出其左为溪流。二百余步，复入右穴，伏而不见，泠泠之音，乍远乍近，宋邑令王淮以米南宫所书'秀岩'二字镌诸石壁以名之。"

同治《临武县志》卷四十三《金石志》："'秀岩'二大字，宋米南宫书，知县王淮镌于凤岩石壁上，有记，载《艺文》。"

同书卷四十一《艺文》中载王淮《秀岩易名记》云："临武县南十有五里,有岩焉。在官道之右。石崖嵚然峻拔,岩居其高之半。崖下左右两穴。水出于左穴为溪,广十寻,经岩前,流二百步有奇,复入于右穴。岩之门八九仞,广亦如之,其中若大厦然,中高而平,豁然明旷,可坐数百人。其奥则转而右,逶邃而黑,烛之以入,宇卑而稍下,属于湍流,揭水以往,不可穷也。岩之东北隅,攀援而上,渐高而渐黑,已而大明,有穴通于天。其余嵌空,如便房、侧室者甚众。岩之石,温润如璞,其形如钟磬,如鸟之企,兽之蹲。其流石如芙蕖之倒垂,云气之屯聚。下属于地者,如柱,如几,如格,奇怪万态,殆不可状。夫黄山谷谓淡岩天下希,兹岩之恢奇无以异也,而爽垲过之。至于大溪出于穴而复入穴,非特淡岩无之,天下之所无也。淡岩在昔无闻,虽元道州、柳司马皆弗知。自李西台、周濂溪为倅,游焉而始知名。至鲁直以诗形容之,乃传播于天下。武溪虽僻壤(一作"陋"),而通路于岭南。韩昌黎、刘连州来往经其前,而不一至,何耶?岂非胜境之彰显自有时也。予为宰,因劝农至焉。然予名微言轻,不足为斯岩重,且名是岩者,出于鄙夫之俚语,不雅驯,观者难言之。予家有米南宫所书'秀岩'二大字墨书,乃摹而镵诸石,以为之名,庶藉名书,得显名于天下。虽然,岩之奇秀初未尝求显于世也,显与不显,何所增损,人自扰耳。山神闻之,特为之一笑也。嘉定五年六月望日记。"(又见嘉靖《衡州府志》卷二、明周圣楷《楚宝》卷三十八。)

所说"予家有米南宫所书'秀岩'二大字墨书",与宗绩辰"盖淮素藏此书,所至模勒"之推测,完全相合。

《八琼室金石补正》卷一百十八:"秀岩石刻九段,在临武。米芾'秀岩'二字,高二尺三寸,广四尺九寸。横列二字,字径一尺五寸许。款一行,字径二寸。立石人名一行,字径一寸。均正书。'秀岩'襄阳米芾书。嘉定五年六月望日,通直郎、知桂阳军临武县事夷门王淮立,李昌荣刊。"

陆增祥按:"零陵县《武志》载:朝阳岩西亭宋令王淮镵米元章'秀岩'二字于上。今未之见,疑即此刻之传讹。然《湖南通志》两收之也。"

光绪《湖南通志·金石志》:"案米襄阳便养官长沙,在熙宁、元丰之间,故浯溪题诗在熙宁乙卯,麓山寺碑题名在元丰庚申,凡其所书必在是时也。"

其后临武秀岩又更名凤岩,清临武县训导谭绍程有《游凤岩记》。

王沈有四川绵州富乐山题名,见刘喜海《金石苑》卷五,云:"河南王沈,庆元□年冬被命来守左绵,明年秋蒙恩移漕。"刘喜海云:"王沈,按《宋史》本传:知绵州王沈乞置伪学之籍,仍目令曾受伪学荐举关升,及刑法廉吏自代之人,并令省部籍记姓名,与简慢差遣。未几,擢沈利路转运判官。"

王沈另有浙江三茅观摩崖题名,见阮元《两浙金石志》卷十一,云:"宋胡槼题名,嘉定十年六月五日,庐陵胡槼仲方,携家游三茅后圃,举酒锡庆堂,题名橐驼峰之侧,盘礴竟日。外弟北岳王沈叔甫,洙幼甫,兄倩玉牒,赵崇斌履全,犹子炎晦叔咸集。男燨、煒、耀、煓、煌侍,陶茂先刻。"

此刻书法,楷中带行,笔画隽秀,惜颇磨泐,所见不甚精致。宗绩辰谓王淮《柳岩记》"用笔绝似《兰亭叙》",柳岩今已不见,此刻可藉想象也。

30.赵彦櫹、冯祖德、赵炬夫、赵焯夫

开封赵彦櫹被命来
莭廣右道由浯溪揽
冲與磨崖碑颂遊想
颜二公風烈徘徊父
三歎而退時嘉泰甲
子林二十日客零陵冯祖
德同遊男炬夫焯夫侍
仲德上石

提　要：

题名：赵彦橚、冯祖德、赵炬夫、赵焯夫题名

责任者：赵彦橚、冯祖德、赵炬夫、赵焯夫；妙应上石

年代：嘉泰四年（1204）九月二十日

原石所在地：浯溪

存佚：磨泐

规格：7 行

书体：楷书

著录：《艺风堂金石文字目》《金石萃编》《湖南通志》《永州府志》

释　文：

开封赵彦橚，被命持节广右，道由浯溪，拭目中兴磨崖碑颂，遐想元颜二公风烈，徘徊久之，三叹而退。

时嘉泰甲子季秋二十日。客晋陵冯祖德同游，男炬夫、焯夫侍。

住山妙应上石。

人物小传：

赵彦橚，字文长，号子钦，赵宋皇室宗亲。

《宋史·宗室列传》有传，略云："迁广西提刑。诸郡鬻官盐，取息之六以奉漕司，后增至八分，彦橚复其旧，以苏民力，朝廷从之。""迁湖广总领。旧士卒物故，大将不落其籍，而私其月请，彦橚置别籍稽核之。或传军中有怨言，彦橚曰：'不乐者主帅耳，何损士卒？'持之三年，挂虚籍者赢三万，额减钱百万缗，用度以饶。比去，余七百万，而诸路累积通负犹四百万，尽蠲之。"

《古泉山馆金石文编》著录，瞿中溶云："考《宋史·宗室传》，彦橚字文长，悼王七世孙，登乾道二年进士第，尉乐清，又官福建路运干。庆元初，知晋陵县，多善政，擢登闻检院。时韩侂胄当国，朝士悉趋其门，彦橚切叹惋，出知汀州，迁广西提刑。侂胄死，诏户部侍郎，兼枢密院检详，迁湖广总领。又知平江府，［请割］昆山县，并奏分置嘉定县。转宝谟阁待制，卒于官，年七十一。此正由汀州迁广西提刑时，道经浯溪所题。《朱子大全集》有《与赵子钦彦橚书》，子钦盖其号也。"

叶适撰《故宝谟阁待制知平江府赵公墓铭》，略云："公质刚而行良，先难后获，贵义贱利，以治道隆替消长为身否泰，以善人进退用舍为己忧乐。"又载："侂胄始得志，郁挫天下士，使不自容，后颇悔，曰：'此辈岂可无吃饭处耶？'稍收拾铢寸与之，士甘其晚悟，未深虑也。侂胄既亟败，忌者反指为党，疑似锄剥不少借。公常痛愤，谓：'始坐伪学废，终用兵端斥。苟欲锢士，何患无名？而益友之类绝

矣！材尽而求不获,有国之公患;冤甚而谤不息,非士之私耻也。'每进退,未尝不恳激为上言。"见《水心先生文集》卷二十三。

赵彦樀祖父赵训之,字海道,屡与人言:"契丹旧盟未可渝,金人新好未可恃。"建炎三年知吉州永丰县,简兵抗金,率数十辈拒战,厉声骂贼,被害。《宋史·忠义传》有传。朱熹、陈亮、周必大曾称道其事迹。

绍熙三年春二月壬辰,新安朱熹书《跋赵直阁忠节录》:"直阁赵公,忠义之节,为诏所褒,著在信史,不可泯没。而考其平生所立,始终巨细,未尝一念不在国家,又足以见见危致命之诚,非出于一时事势之偶然也。其孙彦樀,力学有志,又将有以大其门者。间以书来,视予此录,病中读之,蹶然起坐,为之三叹,不能自已。因书其后,以见区区慕仰之私云。"(见《晦庵集》卷八十三)

考　证:

七行,楷书。又上石款一行,小字。

季秋即农历九月。

书法带魏碑笔意,故方正苍劲。瞿中溶审为正书,谓"颇有晋人风骨"。宗绩辰审为行书,谓"行书古拙,有魏晋间意,而用笔偏锐,仍是初唐法嗣"。

31.杨长孺、洪璞、宗强、符叙

提　要：

题名：杨长孺、洪璞、宗强、符叙题名

责任者：杨长孺、洪璞、宗强、符叙

年代：开禧元年（1205）六月初九

原石所在地：阳华岩

存佚：完好

规格：5行

书体：行书

著录：《八琼室金石补正》《湖南通志》

释　文：

开禧元年，岁在乙丑，夏六月九日，庐陵杨长孺伯子、严陵洪璞叔玉、金华宗强周卿、南丰符叙舜工，同来。

人物小传：

杨长孺，杨万里长子。字子伯，号东山先生、东山潜夫，晚号农圃老人。淳熙元年以《书经》荐名，举于乡，荫补，赏修职郎，初仕为零陵县主簿。著有《东山文集》《知止》《休官》《万花谷》等。

杨长孺有廉吏之称。

宋罗大经《鹤林玉露》"清廉"条载："士大夫若爱一文，不直一文。陈简斋诗云：'从来有名士，不用无名钱。'杨伯子尝为予言：'士大夫清廉，便是七分人了。盖公忠仁明，皆自此生。'伯子，诚斋冢嗣，号东山先生，清节高文，趾美克肖。其帅番禺，将受代，有俸钱七千缗，尽以代下户输租。有诗云：'两年枉了鬓霜华，照管南人没一些。七百万钱都不要，脂膏留放小民家。'又《别石门》诗云：'石门得得泊归舟，江水依依别故侯。拟把片香投赠汝，这回欲带忘来休。'盖晋吴隐之守五羊，不市南物，归舟有香一片，举而投诸石门江中，用此事也。其帅三山，不请供给钱，以忤豪贵劾去。作诗贻先君云：'与世长多忤，持身转觉孤。黉缘新齿舌，收拾老头颅。我已诃泷吏，君谁诵《子虚》。同归灯火读，家里石渠书。'时先君与之同入闽故也。陈肤仲作《玉壶冰》《朱丝弦》二诗送之。林自知《送行诗》云：'公来无琴鹤，公去有芒鞋。'又有《幕官诗》云：'从渠腰下有金带，何处山中无菜羹。'真西山入对，主上问当今廉吏，西山既以赵政夫为对，翌日又奏：'臣昨所举廉吏未尽。如崔与之之出蜀，唯载归艎之图籍；杨长孺之守闽，靡侵公帑之毫厘。皆当今廉吏也。"

明宋端仪《考亭渊源录》："杨长孺，字伯子，庐陵人，万里之子。少颖悟超群，书一过目成诵。历官知南昌县，县号繁剧，前政多不支，长孺处之裕如。嘉定中知湖州，清狱讼，折强横，人称神明。擢知广州,蠲除苛政,一道肃然,及代,积俸钱七千缗,尽以代下户输租。除刑部郎中,知福州。以直敷文阁致仕。理宗初立,用真德秀荐,召为屯田郎中。初,长孺饯胡梦昱诗,有'吾乡小澹庵'之语,至是,御史梁成大以拟非其伦,党和邪说,不宜立朝,诏长孺奉祠。"

嘉靖《赣州府志》:"杨长孺,吉安吉水人,以荫补,知湖州,有廉名。与秀邸相持,谮之。问:'要钱否?'曰:'不要。'宁宗曰:'不要钱是好官。'真德秀入对,宁宗问当今廉吏,对曰:'杨长孺当今廉吏也。'寻改赣州。端平中,以理宗之立非正,累召不起,以集贤殿修撰、守中大夫致仕。号东山潜夫,有《东山集》。卒年八十,赠大中大夫。"

嘉靖《江西通志》:"杨长孺,字伯子,一名寿仁,吉水人。以忠节公荫补,守湖州,兼使节。与秀邸相持,谮之宁宗。宁宗问:'要钱否?'曰:'不要。'宁宗曰:'不要钱是好官。'经略广东,以己俸代下户输租。安抚福建,治强宗累年负租者以法。真德秀入对,宁宗问当今廉吏,德秀以长孺对。端平间,谓理宗之立非正,去位,累召不起。加集英殿修撰、守中大夫致仕。绍定初,起判江西宪台,增田养士,发廪赈荒,乡人德之。"(光绪《江西通志》:"迁福建安抚使,置强宗累年负租者于法。")

崇祯《吴兴备志》:"杨长孺,字伯子,吉水人,万里子。以荫补,知湖州,清狱讼,折强横,人称神明。与秀邸相持,谮之。问:'要钱否?'曰:'不要。'宁宗曰:'不要钱是好官。'真德秀入对,宁宗问当今廉吏,对曰:'杨长孺当今廉吏也。'寻改赣州。端平中,以理宗之立非正,累召不起,以集贤殿修撰、守中大夫致仕。号东山潜夫,有《东山集》。(《赣州志》,参《考亭渊源录》)"

雍正《江西通志》:"杨长孺,诚斋长子,年七十余致仕,家居与云巢曾无疑友善,往来倡酬,时称其风味不减平园、诚斋二老。"

《宋史翼》:"杨长孺,字伯子,别号东山潜夫。以荫补永州零陵主簿。嘉定四年,守湖州,弹压豪贵,牧养小民,政声赫然,郡之士相与画像祠于学宫。除浙东提刑,累官至广东经略安抚使、知广州事。每对客曰:'士大夫清廉,便是七分人矣。'岭南群吏独有长孺清白,著于时,有诏奖谕,谓其清似隐之,故长孺赋诗有'诏谓臣清似隐之,臣清原不畏人知'之句。改安抚福建。真德秀入对,宁宗问当今廉吏,德秀以长孺对。端平中,以忤权贵劾去。加集英修撰,致仕。绍定元年,起判江西宪台,寻以敷文阁直学士致仕。年七十九卒。郡人立像,与吴隐之合祠。"

《江西诗征》:"杨长孺,长孺字伯子,自号东山潜夫,吉水人,万里子。淳熙元年举制科,嘉定间为番禺帅,理宗朝累召不起,以集英殿修撰致仕。家居晚号农圃老人,有《知止》《休官》《东山》等集。"

万历《粤大记》、嘉靖《广东通志初稿》、道光《广东通志》、光绪《广州府志》有传,略同。

零陵县丞:

康熙《零陵县志》卷七《职官考》:杨长孺,万里子,进士。

光绪《零陵县志》卷六《官师》:杨长孺,万里子,进士,庆元时任。

道州通判:

道州知州舒师皋《御书阁记》:"嘉泰癸亥,臣以愚不肖嗣领郡事……逾岁,通守臣杨长孺实来,遂与协力,革其旧而新是图。"见道光《永州府志》卷三下、光绪《道州志》卷十一上(误作"杨长儒")。

光绪《道州志》卷四《职官·通判》:杨长孺,嘉泰间任,见舒师皋《御书楼记》。

考 证:

《八琼室金石补正》卷一百六著录,"杨长孺等题名":右杨长孺等题名。长孺时判道州,洪璞时令江华,均见《官表》。宗强时为邑丞,见前刻。符叙非簿即尉,《志》俱不载。

杨长孺又有寒亭暖谷小飞来亭诗刻:

江华县前寒亭暖谷,闻其绝胜,栈道朽腐,欲登弗果。徘徊其下,水石崖树,清奇可喜,甚似天竺、灵隐之间。有亭未名,予以小飞来扁之,并赋二诗。

庐陵杨长孺伯子。

阴森古木石心栽,清澈寒溪镜面开。斗起孤峰三百尺,从今唤作小飞来。

拔地齐天可上不,倚岩危栈半空浮。偶然忆得垂堂戒,前猛还成新懦休。

东山杨先生昔为郡丞,行县,临流赋诗。越四十载,颙□丞于此,访诸刻未之见,因冰壶孙李焯录示,辄命工勒于先生小飞来字之左。淳祐癸卯,同里周颙谨书。(按:□,同治《江华县志》作"复"。)

《八琼室金石补正》卷一百三著录,题为"小飞来亭杨长孺诗":"右小飞来亭诗,杨长孺作,历四十年,周颙书而刻诸石。'栽'当是'栽'字。《省》《府志》均失访。'小飞来亭'亦不见于《永志·建置》。《通志·职官》:宁宗朝杨长孺,吉水人,零陵主簿,见《鹤林玉露》,与此言郡丞者不符,岂先为邑簿,后为郡丞,而遗其后官邪?《永志》于庆元时载其为零陵丞,不载其为簿,又于嘉泰时载其为道州通判,彼此均不相合。周颙姓名,《省》《府志》亦失载,皆可据此补正之。冰壶孙李焯,见奇兽岩铭。长孺,杨万里之长子也。颙下所缺似'复'字。明李邦燮《游寒亭记》云:'历仄径,有大石向人欲压,前人题云小飞来,以拟灵隐之飞来峰',此即杨长孺所题者,惜未得其额拓。"

32.赵崇宪、赵崇尹、赵崇模、赵崇夏

提　要：

题名：赵崇宪、赵崇尹、赵崇模、赵崇夏题名

责任者：赵崇宪、赵崇尹、赵崇模、赵崇夏

年代：嘉定八年（1215）、宝庆二年（1226）、宝庆三年（1227）

原石所在地：浯溪

存佚：磨泐

规格：10 行

书体：楷书

著录：《八琼室金石补正》《古泉山馆金石文编》《艺风堂金石文字目》《粤西金石略》《金石汇目分编》《永州府志》

释　文：

赵崇宪、洪友成同游。嘉定乙亥四月廿四日。

弟崇尹，同侄必益、必矩，乡人曹全，日舟行，越三日继至。

后十二年，宝庆丙戌九月二十五日，崇模被命守桂，实继先兄吏部前躅，道由浯溪，敬瞻题墨，为之泫然。男必珂侍，万涣之、陈定孙、万时偕行。

宝庆丁亥十一月二十一日，弟崇夏以邑令之镡津，避兄经略，亲挈家还乡，□经浯，裴回半日，得□。必枢、必柄、必爽、必□、道隆、郭从朴。

人物小传：

①赵崇宪

赵崇宪，字履常，赵汝愚长子，编集诸贤祭文挽歌，与嘉定更化之后昭雪诬枉改正史牒本末，为《赵丞相行实》一卷、附录二卷。朱熹弟子，《宋元学案》有传，题为“安抚赵先生崇宪”。

赵崇尹、赵崇模、赵崇夏系赵崇宪弟，见下文瞿中溶考述。

②洪友成

洪友成，字士源，乐平人。曾任衡州知州。

同治《乐平县志》卷八《人物志》有传云：“洪友成，字士源，大中从孙。少受学于乡先生张文之，习闻考亭之说。知兴国，以损上益下为政。邑旱，以蠲赋八分请，守拒不听，友成纳印径去，守惭，贻书勉留。入为审计司，迁大理寺丞。因奏对，援师说俾县令与丞尉同讯狱，梁成大诋为迂阔，友成不为屈。绍定权臣不满于真、魏、洪三君子，将处友成言路，使一网空之。友成曰：‘吾安能为人作杖直耶？’寻以亲老丐郡，得衡，改瑞。简易为政，州人甚便之。自以平生受用考亭学，在郡刊《年谱》传之。为文

清丽俊逸，自成一家。著有《碧涧集》。"

康熙《江西通志》卷三十一《饶州府·人物》有传云："洪友成，字士源，乐平人。宰兴国，邑旱，以蠲赋八分请，守拒不听，友成纳印径去，守惭，贻书勉留。入为审计司，迁大理寺丞。因奏对，援师说俾县令与丞尉同讯狱，梁成大诋为迂阔，友成不为屈。寻以亲老乞郡，得衡，改瑞。简易为政，州人便之。"

考　证：

题名共四段，分别题于嘉定八年四月二十四日、二十七日，宝庆二年九月二十五日，宝庆三年十一月二十一日。题名涉及赵宋宗室赵崇宪、赵崇尹、赵崇模、赵崇夏四人，及子侄辈赵必益、赵必矩、赵必珂、赵必枢、赵必柄、赵必爽等六七人。

《古泉山馆金石文编》卷四、道光《永州府志·金石略》《八琼室金石补正》卷九十二著录。

瞿中溶有详考云：

浯溪有赵崇宪、崇尹、崇模、崇宽（夏）四题名，皆在磨崖之左崖凹间，以次续题，自南而西北。第一赵崇宪，四行；次崇尹，四行；次崇模，五行；次崇宽（夏），五行。皆正书，字大小不齐。考《宋史·宗室世系表》，崇宪、崇尹俱汉王元佐之后，赠太师申国公不求之曾孙，善应之孙。必益乃崇宪之子，必柄、必爽皆崇尹弟崇夏之子，必枢乃崇尹同八世祖崇瀚之子也。

崇瀚兄崇澍之子有必榘，即必矩也。

崇模不见于《表》，而以必珂系于崇宪弟崇夏之兄崇槭下，非'崇槭'，乃'崇模'之误，即必珂上脱去'崇模'二字。

崇宽（夏）名亦不见于《表》，恐皆《表》之脱误也，据此可以正之。

《表》有两'崇宪'，皆系汉王之后。以前后四题名证之，此崇宪当是汝愚之子，崇尹乃汝愚弟汝抽长子也。

浯溪又有赵必愿题名，必愿亦汝愚之孙、崇宪之长子也，《史》有传。

崇宪，《史》附其父汝愚传。字履常，淳熙八年对策第一，越三年，复以进士对策，擢甲科。初仕为保义郎、监饶州赡军酒库，换从事郎、抚州军事推官。汝愚帅蜀，辟书写机宜文字。改江西转运司干办公事，监西京中岳庙。汝愚既贬死，海内愤郁，崇宪阖门自处。居数年，复汝愚故官职，多劝以仕。改奉议郎、知南昌县事。奉行荒政，所活甚多。升籍田令，以父冤未白，上疏力辞。俄改监行在都进奏院。复引陈瓘论司马光、吕公著复官事申言之，乞以所陈下三省集议，辨其父之诬谤，显其父之功德。乞下史官改正诬史。又请正赵师召妄贡封章之罪，究蔡琏与大臣为仇之奸，毁龚颐正《续稽古录》之妄。诏两省史官考订以闻。复以诬史未正，进言复玉牒所卒《重修龙飞事实》。未几,赠汝愚太师,封沂国公。擢崇宪军器监丞,改太府监丞,迁秘书郎,寻为著作佐郎,兼权考功郎。又因闵雨求言上封事,请外知江州。疏蠲江州民和籴。又以瑞昌民负茶引钱,请以新券一偿旧券二,以纾民困。受赐者千余家,刻石以纪其事。修陂塘以广溉灌数千所。提举江西常平,兼权隆兴府,及帅漕司事。迁转运判官,仍兼帅事。修复汝愚捐创养济院,更复社仓。以兵部郎中召,寻改司封,皆固辞。遂直秘阁,知静江府,广西经略安抚。静江属邑之赋再加蠲减,县民立祠刻石。劾琼守激黎峒之变。民何向父子,导峒蛮为寇,系置之法。严民夷交通之禁,又条上复捍扞防溪峒之议,朝廷颇采用之。

天性笃孝。居父丧月余始食,小祥始茹果实,终丧不饮酒食肉,比御犹弗入者久之。

此题名盖崇宪知静江府、经略广西时,道经浯溪所题也。

又广西临桂有新潭州善化县主簿张茂良《广西经略显谟赵公德政颂碑》云:'绍定四年秋有诏,帅广西赵公进直显谟阁,易镇宝婺。桂人德公之久结恋不释。'又云:'公,丞相忠定之三子,名崇模,模字履规。'《粤西文载》谓崇宪弟崇模亦知静江,有美声,盖后崇宪二十六年。今据题名,则崇模知静江府乃宝庆二年,在崇宪十二年之后,又五年而易镇婺州去任也。《文载》作二十六年,误。

此四刻,前人皆未见。

《粤西金石略》载有嘉定丙子曾仝、洪友成、赵必益、必矩等题名,以此刻证之,'曾仝'恐是'曹仝'之讹。

又云:"右赵崇夏题名,省府志误作崇宽,余亦多所阙讹,据石校正之。"

33.桂如篪、万俟诚之、翟畞、詹甫、陈忻

舂陵郡丞富川桂如篪仲
應淞撤行縣同邑令衡陽
万俟誠之子成丞䆣川翟
畞邦邑簿武夷詹甫憲卿
尉廬陵陳忻戌之柔遊時
嘉定丁丑十二月十二日

提　要：

题名：桂如篪、万俟诚之、翟畎、詹甫、陈忻题名

责任者：桂如篪、万俟诚之、翟畎、詹甫、陈忻

年代：嘉定十年（1217）十二月十二日

原石所在地：阳华岩

存佚：完好

规格：6 行

书体：楷书

著录：未见

释　文：

春陵郡丞富川桂如篪仲应，沿檄行县，同邑令衡阳万俟诚之子成，丞雪川翟畎邦臣，簿武夷詹甫宪卿，尉庐陵陈忻成之，来游。时嘉定丁丑十二月十二日。

人物小传：

①桂如篪

桂如篪，字仲应，江西贵溪人。

桂如篪履历：

一、绍熙元年进士

同治江西《贵溪县志》卷七之二《选举·进士·绍熙元年庚戌余复榜》："桂如篪，知柳州，加赠朝请大夫。"

同治江西《贵溪县志》卷十之四《轶事》：引《桂氏文献录》："宋桂如篪试乡闱，命题以蟋蟀为赋。考官阅篪卷，忽有蟋蟀鸣其上，异而取之。及试天官，篪卷号得'忠厚'字。光宗览之甚喜，御笔批云：'我家以忠厚开国，臣子以忠厚报君，合置前列。'遂以第六名登第，时绍熙元年庚戌也。"（又见同治《广信府志》卷十二。）

二、曾任江西新建县令

同治江西《贵溪县志》卷十之四《轶事》引《续文献通考》："监司卫泾荐桂如篪，与王观之等十二人同疏，略云：'奉议郎、知隆兴府新建县桂如篪，儒行吏能，俱有足取，安于平近，廉不近名，服勤邑事，行且受代。臣察其听断之间，并无过举。'"（卫泾《奏举王观之等十二人状》，见卫泾《后乐集》卷十三，又见明王圻《续文献通考》卷五十一、《古今图书集成·选举典》第五十二卷）

《湖北金石志》载《兴国新建军学门堤记》："迪功郎军学教授闻人谟撰，奉议郎、知隆兴府新建县

主管劝农营田公事赐绯鱼袋桂如篪书,修职郎前黔州□□参军□□□篆额。"

为奉新县撰《华丰楼记》。

同治江西《奉新县志》卷四:"县署始于唐神龙二年,新吴丞高良弼创建于冯水之北。宋嘉祐八年,县令丁铼修饰,颜堂曰'希宓',铼自为《记》。政和中,县令上官允若创楼。嘉定间,县令张国均重建,赵彦章《记》,并建华丰楼于治右,奉议郎桂如篪《记》。"

桂如篪《华丰楼记》:"天地至和之气,聚于人心之微,散于万物之表,虽无形以名,有形以应,故以和召和,则嘘为祥风,蒸为甘雨,孕为华黍,熏为丰年。斯人之情有莫知其所以然而然者,此华丰楼所由作也。新吴跨冯水以画疆,而治于其北,气象平衍,面势宏博,北趋江淮,南凑荆越,道路四达,商贾会通,井邑繁盛,民生殷阜,号为江西望县。然官有榷酤,而市无酒楼,不足以导斯民欢忻怡愉之情。邦人数有请,莫克建立。盱江张令尹,以嘉定庚午八月来宰是邑。本之以慈祥乐易,而行之以勤果练密,苏醒溃疣,濯垢剔蠹,百里之民,日相安于无事。一年大熟,二年又熟,三年如始至之年,租赋不督自办,耕夫馌妇,扶老携幼,闲行于桑畴麦陇之外。邑之士大夫耆老合词请曰:'人之情,久郁而忽畅则舒,久抑而忽怤则喜。吾邦厄于旱蝗,几年于兹。自公之来,岁乃屡丰,盍思有以遂其情?'令曰:'登春台者不期适而适,游醉乡者不期乐而乐,诸君其有意乎?'于是鸠工抡材,因农隙以役民,创于县治之右。其崇三十尺,广五十有八尺,而深减广之半。中为阁以延高阳之徒,后为便室以增壮丽之势。涂茸于壬申九月,辍手于癸酉年正月。楼成未名,令曰:'是楼之设,非以纵民之饮,将以快民之欲也;非以罔民之利,将以迪民之和也。人之喜莫喜于时和岁丰,昔人尝取其义以名诗,今我揭其字以名楼,何不可耶?'群然曰:'甚盛甚休!'乃复走书白其兄西昌丞君曰:'邑之令于兄有旧,今又同寮,幸及此意,为我记之。'仆辞以不文,不获,因缀其实,以纪岁月。夫由古以来,莫不以作邑为难,而为政之道,亦不无先后次第。今能从容不迫,易其所难,无一毫促急之政,以感召和气,非材具不凡者能之乎?迨抚字策勋,又不忘所以纳民于纵快酣适之地,以为新吴山川无穷之壮观,可谓知所先后矣。然则登斯楼也,醉春风于四时,咏华黍之遗意,功将谁归?邑民尝状其政以借留,又尝载歌诗以序乡饮,不系于建楼本末,故不书。令名国均,尚书简肃公之孙,故其设施皆有条理云。嘉定六年八月十五日记。"

(又见同治《南昌府志》卷七)

三、曾任道州同知

"舂陵郡丞"即道州同知,见石刻。

四、曾任柳州知州

《宋诗纪事补遗》卷五十九:"桂如篪,江西贵溪人,绍熙元年进士,嘉定十年以朝奉郎权知柳州军州事,借紫。(《广西通志·金石略》)"

柳州《罗池庙迎享送神诗碑》,韩愈文,苏轼书。南宋关庚、桂如篪、廖之山刻石柳州,明刘克勤翻刻于永州,清魏绍芳再刻,廷桂又刻。

关庚（一作关良）跋：

宰相进退百官，贤之遇否系焉。柳侯名重一世，竟老遐陬，繫谁之责？嘉定丁丑春，庚赴柳幕，道长沙，谒帅相安公。（湖南安抚使、知潭州安丙，字子文）先生临别，授坡仙大书韩昌黎《享神诗》，俾刻之庙，伤其不遇也。庚甫到官，摄邑柳城，继易金宾州，回白郡太守桂公，慨然从庚。于戏！侯贤而文，诚获遇先生，必始终光显于朝，奚至一摈不复用？韩之文得苏而益妙，苏之书待先生而后传，邦人聚观咸叹，谓若昔不遇，畴非遇于今邪？先生察百官之进退，有贤如柳，尚何憾？如韩如苏，盖同一际遇，大庆也。

重阳门生、从政郎、柳州军事推官、权金判天台，关庚谨跋立石。

朝奉郎、权知柳州军州事、借紫、永兴桂如箎，命迪功郎、柳州州学教授、豫章廖□（廖之山或廖之正）书丹。

魏绍芳重刊跋：

右柳州柳侯庙享神诗，诗昌黎韩公作之，东坡苏公书之，与柳河东之德政，世称'三绝'。先宋时柳州金判关公庚等刻于罗池庙，明时永州司理刘公克勤刻于愚溪庙中，兵燹之后，复经焚毁，字已湮□。今芳谨将元本重勒上石，以复旧观。顺治己亥岁孟秋月，永州府知府、文安后学魏绍芳重刻。

廷桂跋：

柳州罗池碑号"三绝"，以河东迹、昌黎文、长公书也。永祠有碑自国朝魏太守绍芳摹刻始，历年久，为无赖所摧，字灭半。海琴都转尝就残本集祠联，亦存真迹于什一矣。余自丙寅来守郡，既拔公裔染衣等而教之，复得公题名碣于华严岩。检《府志》，知公弟宗一为柳氏居永鼻祖，于其族谱揭之。家玉符兄又以公《年谱》邮示，补刊入集。敬念公之遗徽往迹，幸已搜访无余，而是碑独任其剥落焉，毋乃犹有憾乎？适谭仲维明经出是本见赠，盖得自柳州太守孙子福同年者。余既获是本，知长公碑版尚屹南天，是宜亟寿贞珉，以妥三贤而存遗翰。爰属郭粹安学博董其役，招手民郑兰来郡俾上石。析碑为四，嵌诸壁，怂再摧也。捐金为同志倡，醵钱为买石缮墙及勒石费，逾月工竣。遂叙得碑原委而为之跋。

时同治戊辰孟夏朔日，知湖南永州府事、满洲廷桂跋。

《全宋文》卷七四七六收录《跋陈少阳遗稿》一篇,作者误作"桂如虎"。

《宋集珍本丛刊·宋陈少阳先生文集》明刊本亦误作"桂如虎"。

《全宋诗》第五三册小传亦误作"桂如虎",云:"桂如虎,一作如篪"。

②万俟诚之

万俟诚之,字子成,衡阳人,时任江华县令。道光《永州府志·职官表》江华县令作嘉定十三年任,疑误。

考　证:

未见前人著录。

桂如篪之名、字,皆可由石刻考明。

阳华岩另有桂如篪七言诗一首并序,与该题名作于同日。云:

> 春陵郡丞桂[如篪同]江华令尹、邑丞、簿、尉,游阳华岩。或谓不可无语纪岁月,应之曰:"毋贻元史君笑。"因口占五十六字。时嘉定丁丑十二月十二日。

> 天作高山势已空,地开岩窦巧玲珑。卷成瑠屋垂琼佩,擘破苍崖漱玉虹。云气拥时来座上,尘埃飞不到亭中。品题自有元郎句,我辈聊书一笑同。

同治《江华县志》卷一、《宋诗纪事补遗》卷五十九著录,无序。清廖元度《楚风补》收录,无序,作者误作"桂如虎"。道光《永州府志》卷二下《名胜志下·道州》收录,无序,作者误作"桂如虎"。卷十八下《金石志》:"宋桂如虎阳华岩诗,未见。诗录《名胜志》。"

34.熊桂、赵希鹄、李挺祖

提　要：

题名:熊桂、赵希鹄、李挺祖题名

责任者:熊桂、赵希鹄、李挺祖

年代:嘉熙三年(1239)中秋

原石所在地:阳华岩

存佚:完好

规格:12 行

书体:行书

著录:未见

释　文：

嘉熙己亥中秋,熊桂摄县之暇,与长沙法掾赵希鹄、邑士李挺祖来游。弦琴觞酒,尽一日而返。

人物小传：

①熊桂

熊桂,字岩伯,衡山人,一作湘潭人。

光绪《湖南通志》卷二百八十一《金石》引《金石补正》:"熊桂,衡山人,字岩伯,见咸淳壬申龙隐岩题名,署称'幕书简省'。而其在江华时不知何职? 邓光荐《(文丞相)督府忠义传》以为湘潭人,云咸淳十年进士,通判赣州,年七十余,与赵璠、张唐同起兵复衡山等县,明年,文天祥兵败,元兵复陷所复诸县,桂被害,并屠其家。"

《宋史·文天祥传》:至元十四年,四月,入梅州。五月,出江西,入会昌。六月,入兴国县。七月,"潭赵璠、张虎、张唐、熊桂、刘斗元、吴希奭、陈子全、王梦应起兵邵、永间,复数县,抚州何时等皆起兵应天祥"。至元十五年,十二月,"张唐、熊桂、吴希奭、陈子全兵败被获,俱死焉"。

文天祥《文山先生全集》卷十九附邓光荐《文丞相督府忠义传》:"赵璠,衡山人,登甲戌进士第。岁丁丑三月,张虎起兵宝庆府,环邵争应之,复邵之新化,潭之安化,益阳、宁乡、湘潭诸县。湖南行省遣萨里蛮提兵屡至,虎辄败,失马动以百计。五月朔,璠与其叔父漂起兵湘乡,同督府以璠书达行朝,授璠军器监,号召勤王。于是朝奉郎张唐,长沙人,南轩张宣公诸孙也;前通判赣州熊桂,湘潭人,进士,年七十余;刘斗元、别省魁,皆起兵。复潭之衡山、湘潭、攸三县。明年,同督府败归汀州,人心大失望,潭省兵陷,所复诸县攻焚,下岳祠,璠、漂走不知所终。执唐至行省,参政崔斌欲降之,唐骂曰:'绍兴至今百五十年,乃我祖魏公收拾撑拓者,今日降而死,何以见魏公于地下!'遂遇害。桂为湘潭人所掩杀,并屠其家。"(按:"别省魁"之"别",《四部丛刊》初编本《文山先生全集》作"别",道光《宝庆县志》、同治《新化县志》、光绪《邵阳县志》作"刘"。)

《宋元学案》卷五十《南轩学案·朝奉张先生唐》:"张唐,潭人,广汉张敬夫后也。景炎二年,与赵
璠、张虎、熊桂、刘斗元、吴希奭、陈子全、王梦应,起兵邵永间,复数县,抚州何时等皆起兵应文丞相。
明年十二月,丞相见执,先生与熊桂、吴希奭、陈子全兵败被获,死焉。"

乾隆《长沙府志》卷之二十八《人物志》:"熊桂,湘潭进士,年七十余,同张镗(即张唐)起兵,复衡
山、湘潭、攸三县。明年,督府败,归汀州,潭省兵陷落,被执死之。"

康熙《邵阳县志》卷十六:"赵璠,咸淳中进士,德祐二年丁丑三月,张虎起兵宝庆,潭州等处大扰,
元将萨里蛮破之。璠起兵勤王,自潭州驰奏,行在授璠军器监。于是长沙张唐、湘潭进士熊桂、省魁刘
斗元皆应之。"(康熙《宝庆府志》卷二十五《人物传》、卷三十八《杂述》略同。)

同治《临川县志》卷三十六上《选举志·进士》:乾道二年丙戌萧国梁榜:熊桂。

②赵希鹄

《四库全书提要》:"《洞天清录》一卷,宋赵希鹄撰。希鹄本宗室子,《宋史世系表》列其名于燕王
德昭房下,盖太祖之后,始末则不可考。据书中有嘉熙庚子自岭右回至宜春语,则家于袁州者也。"

"长沙法掾",当是潭州司法参军。

赵希鹄另有淳祐四年诸暨县《文应庙记》,又名《汉朱太守买臣庙碑记》,署款"开封赵希鹄",见
雍正《浙江通志》、乾隆《诸暨县志》等。

③李挺祖

见刘锡"不比弋阳名浪传"。

考　证:

未见前人著录。

熊桂又有咸淳八年壬申(1272)龙隐岩题名:

> 咸淳壬申,嘉平中澣,道山(缺)之月,幕书简省,衡山熊桂岩伯(缺)千载,长沙严龛应之,庐
> 陵王□(中缺),管浚发季源,衡阳尹可继子善(以下缺)。

见谢启昆《粤西金石略》卷十三、嘉庆《临桂县志》。钱大昕《潜研堂金石文跋尾》、孙星衍《寰宇
访碑录》误作"熊桂岩等题名"。

35.杨履顺、周士模、胡兴祖、黄晋孙、杨昔孙、杨益孙

提 要:

题名:杨履顺、周士模、胡兴祖、黄晋孙、杨昔孙、杨益孙题名

责任者:杨履顺、周士模、胡兴祖、黄晋孙、杨昔孙、杨益孙

年代:咸淳四年(1268)中秋

原石所在地:浯溪

存佚:磨泐

规格:5 行

书体:行书

著录:《古泉山馆金石文编》《金石萃编》《湖南通志》《永州府志》

释 文:

咸淳戊辰中秋,京兆杨履顺,偕庐陵周士模、宝峰胡兴祖、剑门黄晋孙来游。侄昔孙、子益孙侍。

人物小传:

①杨履顺

杨履顺,京兆人。

道光《永州府志·金石略》:"杨履顺,巨源之后,时守永州。"

杨巨源,字子渊,倜傥有大志,善骑射,涉猎诸子百家之书。吴曦叛,巨源阴有讨贼志,结义士三百人。巨源持诏乘马,自称奉使,入内户,执杀曦。奏功于朝,以巨源为第一。详见《宋史》本传。杨履顺即杨巨源次子。京兆为杨氏郡望。

清代永州东安文氏,由江西吉水迁居,实文天祥后裔。其宗祠刻文天祥遗笔"忠孝廉节"四字于壁,字大数尺。见《湘侨闻见偶记》。

永州贡院有"贡院"二字榜书,宋度宗咸淳九年文天祥书,杨履顺立。文天祥有《回永州杨守履顺(巨源之后)》云:"某尝论一世人物,紫朱其绶,唱呵车尘,若是者骈肩矣。求其忠义贯日月,处汉贼危疑之间,临大节而不可夺,至于杀贼奴,取累累金印,此事付度外,岂不凛凛大丈夫哉!父母讲传,百年间,吾见先太师一人而已。某官钟岷峨之秀,嗣彝鼎之勋,忠臣之门,天人之所共佑,国士之器,君相之所柬知,石崖齐天,唐中兴颂功处也。公来其间,宁不感慨?今蜀道难,蜀道难。公收拾群人,手挥天戈,一节之还,从甘棠刻第二颂。旗常濯濯,光于前闻人。某何幸,身亲见之。归隐空山,望湘云千里,不图使者遽涉吾境。仰惟明公张主斯文,经始棘院,以相龙飞兴贤之盛,大张门颜,使某也得执事从,君侯所以厚我不同他人。小人虽无能为役,乌乎敢辞?'贡院'二字,僭易奉上,进之退之惟命。未谐握手,往来心声,庶几古道之概。临纸拳拳。"(见《文山先生全集》卷六)"先太师"即指杨巨源。

零陵群玉山有王熊等题名云："三山王熊祥甫,昌元崔天觉道夫,庐陵周士模叔规,京兆胡兴祖隆父,京兆杨益孙直翁,泸南李泰孙伯和,时咸淳丙寅菊节前同登。"正书五行,今佚。杨益孙即杨履顺之子,字直翁。

据石刻,可知杨履顺咸淳二年至咸淳四年间在永州知州任上。

②周士模

周士模,字叔规,庐陵人。

③胡兴祖

胡兴祖,字隆父,京兆人。题名自署"宝峰人"。

考　证:

《古泉山馆金石文编》卷四著录,瞿中溶云:"杨履顺题名,行书五行,在磨崖左壁。"

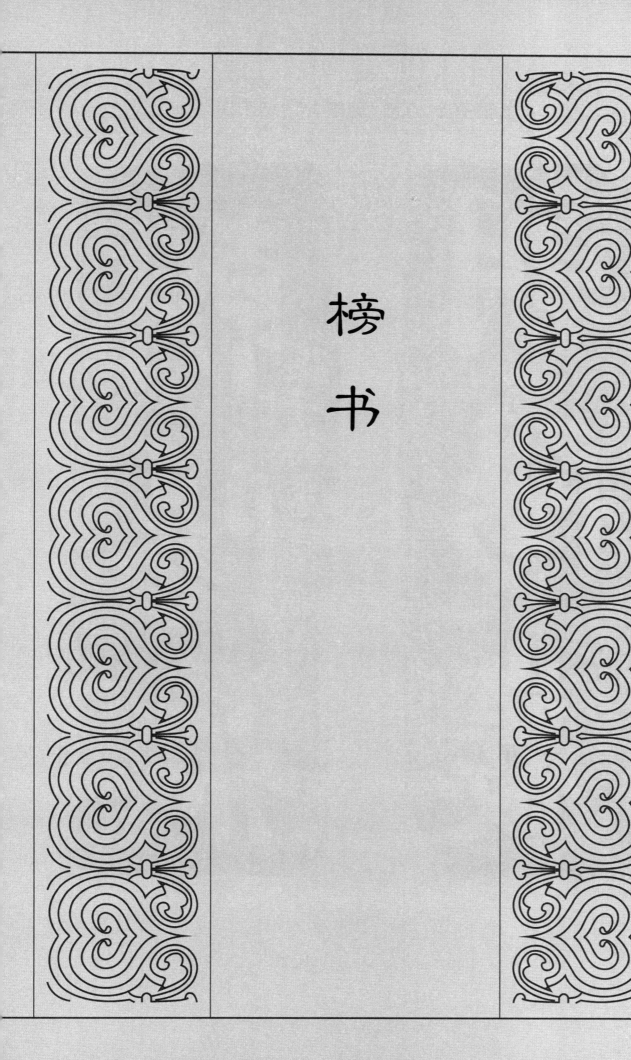

榜书

1.张子谅、卢臧"朝阳岩""朝阳洞"

提　要：

题名:"朝阳岩""朝阳洞"

责任者:张子谅、卢臧

年代:嘉祐五年(1060)二月五日

原石所在地:朝阳岩

存佚:完好

规格:高142cm,宽47cm;高145cm,宽48cm,3行

书体:楷书

著录:《八琼室金石补正》《潜研堂金石文跋尾》《寰宇访碑录》《金石汇目分编》《湖南通志》《永州府志》《零陵县志》

释　文：

嘉祐五年二月五日。

朝阳岩

张子谅书,卢臧题记。

嘉祐五年二月五日。

朝阳洞

张子谅书,卢臧题记。

人物小传：

张子谅,见张子谅、陈起、麻延年、魏景、卢臧、夏钧题名。

卢臧,见卢察《再题浯溪》。

考　证：

①"朝阳岩"

石刻在朝阳岩上洞,高142cm,宽47cm。张子谅大字榜书,卢臧颜书署款。

《金石萃编》卷一百三十四:"零陵县朝阳岩题名六段:朝阳岩,嘉祐五年二月五日,张子谅书,卢臧题记。""高五尺七寸,广二尺,三行,中三大字,左右年月、人名。"

王昶按语:"按《湖南通志》,朝阳岩在零陵县西南三里,唐元结《铭序》:自舂陵至零陵,爱其郭中有水石之异,泊舟寻之,得岩与洞,以其东向,遂以命之。《明一统志》:在零陵县西潇江之浒,岩有洞,洞自中流出入湘。《零陵县志》:一名流香洞,有石淙源自群玉山,伏流出岩腹,气如兰蕙,从石上泻入

绿潭。洞门左右有石壁,黄山谷题名镌其上。岩后有祠,祀唐宋谪官。盖朝阳岩距城不远,凡游华严岩、澹山岩者,必先经朝阳岩。此题名六段,其中如柳拱辰、张子谅、卢臧、周敦颐诸人,皆已见澹山岩题名者。"

此刻末署"臧题",宗绩辰《留云盦金石审》云"极肖颜书"。徐大方等澹山岩题名,末亦署"臧题"。宗绩辰道光《永州府志·金石略》云:"案右刻极似平原《家庙碑》,臧可谓深于学颜者矣。"可知此刻大字为张子谅所书,盖其人擅长大字;署款为卢臧所书,盖其人擅长颜体。

②"朝阳洞"

石刻在朝阳岩下洞,高145cm,宽48cm。张子谅大字榜书,卢臧颜书署款。

《八琼室金石补正》卷八十五:"朝阳洞题榜:高四尺四寸半,广一尺四寸半,一行三字,字径一尺许,旁款两行,字径二寸五分,均正书。'嘉祐五年二月五日',此行在右。'张子谅书,卢臧题记',此行在左。"

道光《永州府志·金石略》:"案张子谅'朝阳岩'三字在上岩,'朝阳洞'三字在下洞水涯。"

今按:张子谅书、卢臧题记"朝阳岩"榜书与"朝阳洞"榜书,仅一字之异,一在上洞,一在下洞,盖因上洞为半边穹窿,下洞较深邃,有溶洞,生钟乳,古人或有岩、洞之分别。其实亦皆岩也,亦皆洞也。二榜书为同日所书,书体、规格、款识均同,张子谅书"朝阳岩"稍流美,书"朝阳洞"稍端厚,卢臧乃谨守颜体。

"朝阳岩"与"朝阳洞"二榜书,今在石壁最明显处,故多刻写"石山保",幸整体尚保存完好。

2.方信孺"九疑山"

提　要:

题名:"九疑山"

责任者:方信孺书;谭源上石

年代:嘉定六年(1213)

原石所在地:琯岩

存佚:完好

规格:单字高180cm、宽190cm,4行

书体:楷书

著录:《八琼室金石补正》《金石汇目分编》《湖南通志》《永州府志》《宁远县志》《九疑山志》

释　文:

大宋嘉定六年岁次癸酉正月旦刻。

九疑山

权发知道州军州事、莆田方信孺书。

宁远县尉、庐陵谭源监视。

人物小传:

①方信孺

方信孺,字孚若,号诗境甫,自号紫帽山人,又自号好庵。福建兴化军莆田县人。历官番禺县尉、萧山县丞、兼淮东随军转运属官、国信所参议官、肇庆府通判、新州知州、韶州知州、临江军知军、道州知州、提点广西刑狱、广西转运判官、再摄帅阃(即兼摄广西经略安抚使事)、提点湖北刑狱、大理寺丞、淮西转运判官、淮东转运判官兼提刑兼知真州、主管华州云台观、主管建康府崇禧观。

《宋史》有传,称方信孺"有隽材,未冠能文,周必大、杨万里见而异之";又称"信孺性豪爽,挥金如粪土,所至宾客满其后车"。年三十,充奉使金国通谢国信所参议官,"自春至秋,使金三往返,以口舌折强敌"。事迹详见刘克庄《宝谟寺丞诗境方公(方信孺)行状》。

方信孺于嘉定五年(1212)知道州军州事,次年离任。

②谭源

谭源,字文饶。江西吉安人,吉安古称庐陵,故石刻自署庐陵人。嘉定六年时任宁远县尉,方志失载。

同治《新淦县志》卷八《人物志·名臣·宋》:"谭源,字文饶,以贡举廷对,任应山尉。时权豪开边衅,源料金必渝盟,浚筑濠寨,团结义勇,为守御计,民赖以安。擢肇庆推官,年未七十致仕,僚属作诗

钱之,有'山色不如归兴浓'之句。"

同治《永新县志》卷十一《选举志》:"童子科嘉定四年辛未赵建大榜:谭源。""举人嘉泰元年辛酉解试:谭源。嘉泰四年甲子解试:谭源。嘉定三年庚午解试:谭源,四年进士。"又见嘉靖《江西通志》卷二十六《吉安府·科目》。

考　证:

"九疑山"榜书,单字高 180cm,宽 190cm 米,笔划间有后人题刻多幅。

"监视",意谓督工上石。

《九疑山志》著录云:"每字大方丈,画深数寸,笔力遒劲。"

陆增祥《八琼室金石补正》,吴式芬《金石汇目分编》,康熙、道光《永州府志》,嘉庆《宁远县志》,光绪《湖南通志·金石》亦著录。

蒋镆《游九疑记》:"岩曰'玉琯',汉奚璟得玉琯十二处也。岩仅一席许,如石屋。上有蔡邕书《九疑铭》,有宋刺史方信孺大书'九疑山'三字,土人以为法物。岩后即何侯宅。"

邓云霄《游九疑记》:"汉蔡邕碑铭,暨宋道州刺史方信孺所书'九疑山'三大字,在崖间。笔法遒劲,犹带古色。"

钱邦芑《玉琯崖记》:"有洞门高一丈七尺,深二丈许,阔三丈四五尺。洞外有树,大十围,斜倚垂映,与洞相得。洞门有磨崖青润,镌'九疑山'三大字,字大六尺五寸,笔法方劲,类欧阳率更体,乃宋嘉定中方信孺所书。"

徐霞客《游楚日记》:"岩不甚深,后有垂石天矫,如龙翔凤翥。岩外镌'玉琯岩'三隶字,为宋人李挺祖笔。岩右镌'九疑山'三大字,为宋嘉定六年知道州军事莆田方信孺笔。其侧又隶刻汉蔡中郎《九疑山铭》,为宋淳祐六年郡守潼川李袭之属郡人李挺祖书。"

徐旭旦《重修玉琯岩记》:"游九疑者,去舜源峰五里许有岩,上刻蔡邕《九疑山铭》及方信孺'九疑山'字。其下轩豁呈露,方广如丈,室则玉琯岩也。"

宗绩辰《游疑载笔》:"岩峭立突兀,不依群岫。上有淳祐中李挺祖题额,及八分书汉蔡邕《九疑山铭》。旁有方信孺'九疑山'三字甚大,历代题刻甚多。"又曰:"此石在岩内西壁,石理莹滑,春夏津润白生,而山罅出泉,飘洒而下,毡蜡不能施,必冬日始可拓。近日土人多以钩填,作伪甚多。"

方信孺在浯溪有题名:"莆田方信孺,绍熙癸丑、嘉定丁[丑],三访浯溪。"绍熙癸丑为绍熙四年(1193),嘉定丁丑嘉定十年(1217)。

瞿中溶《古泉山馆金石文编》卷四:"方信孺题名,七行,每行一二三字不等。正书,大径六寸许。卧刻于浯溪石门右北小石上,面向上,半没土中,余发土搜剔出之。'三'上一字,石已损缺。……按今广西临桂岩洞多信孺题刻,乃自嘉定六年三月讫八年八月,官广西提点刑狱兼转运判官时也。据吴猎撰信孺父故广西转运判官方崧卿祠堂记,崧卿于绍熙壬子四月至桂林。此题名云'绍熙癸丑'者,盖信孺于壬子次年赴父任时经浯溪也。考宁宗戊辰年改元嘉定,终于十七年甲申,其十年当为丁丑,《粤西金石略》谓信孺嘉定九年十二月尚为本路运判,则此'丁'下所缺一字必是'丑'字。盖信孺于十年去广西任,复经浯溪,而又两游其地,故云三访耳。此刻前人未著录。"

开禧三年(1207)正月,方信孺至山阴向陆游问诗,陆游为其大书"诗境"二字。之后,方信孺辗转于广东、湖南、广西等地任职,每到一处,都会挑选山水秀美之所,将"诗境"二字摹刻于其上。嘉定四年(1211),方信孺将陆游所书"诗境"二字摹刻于韶州(今广东韶关)九成台。跋曰:"开禧丁卯正月书。时信孺丞萧山,而放翁退居镜湖,年八十三矣。后五年嘉定辛未,信孺假守曲江,谨樵刻于武溪深碑阴。九月旦莆田方信孺识。"次年,方信孺知道州(今湖南道县)军州事,期间建"九嶷环观""太史合""诗境",并撰《九疑环观记》,云:"……余以嘉定壬申(1212)春,曲江拜命,来守兹土。……既至郡,入太守之居,其城因嶷山之陵,其隍则潇水也。右有飞楼,以莱公扁,风景殊特,冠冕于南服。然复隔一隅,公事鞅掌,不容日涉。偶见其储材,可以立层阁,相攸正堂之东偏,规见彷佛,于是字其扁曰'九嶷环观',中曰'太史阁',外曰'诗境'。凡度其宜山灵川,后咸以状自效,已是奇事。又考之记注云:'太史公以九嶷先圣所葬,有古册文,故窥之。'古册文不可得而见矣,将以畅绝学而嗣前修,则图史所不可缺。偶前守委四方之书数十种于帑吏,亟令匮藏于阁之两壁,稍益其所未备,甲乙鳞次,置簿史司其出入,助暇日之翻绎。直诗境,异石亡数,累然相负。……"该记见弘治、隆庆、康熙、道光《永州府志》,光绪《道州志》、嘉庆《宁远县志》、光绪《湖南通志》等。嘉定七年(1214),方信孺在桂林龙隐岩再次刻下"诗境",跋云:"此字始刻于韶之武溪,再刻于道之宓尊,三刻于桂之龙隐岩。嘉定七年正月望,方信孺孚若。"

今道县元山有"诗境"榜书石刻,署款"兴隆五年陆游题"。审其字迹,与龙隐岩拓本不类。且南宋无"兴隆"年号,只有"隆兴",隆兴仅二年,次年为乾道元年。清光绪《道州志》称"陆放翁题有'诗境'二字,今磨灭"。由此可见,元山"诗境"二字当是近人模刻。今桂林桂海碑林、绍兴沈园诗境园的"诗境"均系模刻。桂林独秀峰读书岩有道光间广西巡抚梁章钜所刻"诗境",罗城县主簿余应松为之跋,曰:"宋方孚若尝镵陆放翁所书'诗境'于龙隐岩,盖至此凡三刻,其倾倒于剑南者至矣。恐其久而漫漶,乃乞福州梁大中丞重书,模刻于读书岩石壁,为名山增一墨宝,犹方志也。"

3.游何"空翠亭"

提 要：

题名："空翠亭"

责任者：游何书；董埦上石

年代：约绍兴十五年（1145）

原石所在地：寒亭暖谷

存佚：完好

规格：3行

书体：篆书

著录：《八琼室金石补正》《湖南通志》

释 文：

京兆游何书

空翠亭

曹南董埦立。

人物小传：

游何，字萧卿，京兆人，又作潏川人、幕谷人。高宗绍兴十五年为荆湖南路转运判官。

《宋诗纪事补遗》卷四十九收录《游澹岩诗》，云："游何，字萧卿，淄州人。"《全宋文》卷四三七七收录《奇兽岩记》《浯溪题名》两篇，作者小传云："游何，字萧卿，淄州人，绍兴十五年寓永州。"均不确。

考 证：

《八琼室金石补正》卷一百三"篆为游何所书。游何阳华岩诗作于绍兴乙丑秋仲，此三字亦必其时所书，系绍兴十五年八月之末。游何浯溪、阳华岩题名里贯称'潏川''潏上'，此刻称'京兆'，盖居京兆、潏水之间也。"今按：潏水即潏河，发源于长安区秦岭北坡。幕谷在今陕西乾县北，又作漠谷、莫谷。宋金时长安属京兆府下辖，潏川、幕谷在京兆内，里贯称"潏川""潏上""京兆"均可。

游何有《运属游公题阳华岩诗》：

　　西风卷痴云，欲压不堕地。化作碧屏颜，融结在空际。是名阳华岩，造物一何异。东山雨脚断，明月招我至。傍窥嵌窦深，密恐鬼神闷。细度沉寥风，旧无卑湿气。虚阁架其中，榜以浮岚美。下有潺湲溪,翻雪轰雷比。阁背两桥分,岩胁双龙起。石如缨络垂,整整翠绫委。又如鼙鼓形,挝击声颇厉。溪水相与喧,铿鞳乱宫微。岩穷天忽开,木杪风自靡。坐久发毛寒,兴逸诗语绮。无人共一尊,有客自千里。山僧颇殷勤,相伴亦忘寐。拂石要题诗,挥毫留汉隶。绍兴乙丑秋仲,冒雨独游阳华岩,胜绝未让淡山岩,恨古今诗人未有奇句。潚上游何,临清流以赋之,且棕鞵桐帽,恨不一陪浮溪先生、金华居士以徜徉。丙寅绍兴十六年十月十五日,住山僧□□□立石。

诗为行书,游何笔。题名、署款为楷书,刻石时补写。"运属游公",尊称也。陆增祥《八琼室金石补正》卷一百六著录:"右游何诗,横额题云'运属游公',当是转运判官,而《通志·职官》失载。澹岩、浯溪均有其题名,浯溪题名旧作'瀶州游何',瞿氏谓是'淄州'之讹,余以拓本审之,定为'潚川',今得此刻,称'潚上',知曩所校勘为不谬矣。'浮溪先生'谓汪藻,'金华居士'谓何麒也,麒自称云'金华隐居'。碑书'征'字缺末笔,避仁宗嫌名,故称唐魏征作'魏证',书'纳征'作'纳成',亦作'纳币','宫征'之'征'又或作'祉'也。《江华新志·山川》内'相伴'作'求伴',误。"

又见同治《江华县志》卷一。刘华邦按:"跋中金华居士一语,似指金华隐居何麒。而何麒诗系绍兴戊辰十八年作,后乙丑三年,或别有所指,存疑。"

游何又有澹岩诗刻,见王昶《金石萃编》卷一百三十五:

渡过潇江日已曛,影和明月共三人。名岩近郭别州少,好事更谁如我真。绝顶有天浮碧树,凌秋无暑断红尘。终当早弃人间事,来与山僧作并邻。绍兴乙丑七月,懔谷游何萧卿,乘月独游淡岩,书事,兼简零陵宰君李兄秀实。

游何又有浯溪题刻,见《八琼室金石补正》卷九十一"游何题名":

潚川游何□卿,以绍兴乙丑再□浯溪,令尹赵不赜瀛卿,率率(按:衍一"率"字)邑官会于僧寺。锦屏□□连□,蒲版穆沂季渊亦相继至,薄晚浮湘而下,舟中俯仰睇观,江流镜清,崖石壁立,安得……

游何又有狮子岩题刻,见《八琼室金石补正》卷一百十二"游何题名":

仆尝读唐元次山集,而独不载狮子岩,然士大夫称之。此来往迹其处,考其创开岁月,乃主僧慧日之先师合上人熙宁中作也。惜乎湿润,不容借塌一觉,有此余恨。绍兴乙丑夏,游何萧卿。

陆增祥云:"右游何题名,省府志均失载。乙丑为绍兴十五年。志载狮子岩,不详其创开之人名岁月,得此刻知自熙宁间合上人始,故辑志乘者,贵搜金石焉。'塌'当是'榻'之借字。"

图

刻

1.安珪《道州江华县阳华岩图并序》

提　要:

题名:道州江华县阳华岩图并序

责任者:安珪撰;罗晔书

年代:绍兴二十六年(1156)

原石所在地:阳华岩

存佚:完好

规格:标题1行,正文40行

书体:标题篆书,正文楷书

著录:《八琼室金石补正》《金石汇目分编》《语石》《江华县志》

释　文:

仙田　浮岚阁　岩门　思来亭　阳华寺　朝彻亭

(以上图内题字)

道州江华县阳华岩图

予自游宦以来,所过徧历,惟春陵古多奇迹。江山秀丽,浑然天成,如九疑万峰,乃积代圣境,然皆气象荒远,卒无清秀绝特之称。若江华之东南有阳华之岩,可谓甲众观也,乃唐元刺史名之,尝于此招陶别驾焉。次山自为之铭,瞿令问为之书,壮其文辞,嘉其字画,亦足以冠绝后世。加之宗工巨儒,继以诗章,由是声价益高,遍在湘楚,不其韪欤?

上有回山而面南,下有大岩而当阳,岩高且明,洞深气爽,其中石巉然可怪,多不能入画。泉流之清,莹然秀澈,玉漱泠泠之声,与地籁唱和,不待笙磬而五音迭作。前有浮岚阁,后有朝彻亭,次有仙田,高下数顷,长虹架水,萦绕如带,由外而入,宛若壶中,飘飘然忘轩冕之累,浩浩然有远擢之志,信乎人间别有天也。后之人有为山水题评者,当不落天下之第二也。

予顷丞邑,饱谙佳致,每哦松之暇,辄来往其间,似得所乐。及瓜而去,迄今十余年,朝夕恍然若有所失。今岂意复来作邑,造物者有以从人欲也。予尝公余之暇,访于邑之耆髦,乃得思来亭之故基于岩门之外,云已久旷矣。呜呼!废兴成败,不可得而知也,彼兴而成之者若何人,废而败之者又若何人耶?于是怃然悼之,乃创工建亭,以成前贤之志。推废兴成败之理于无穷者,斯亭异日又未可知也,故并以列之。昔唐四明道士叶沉囊蓄古画《桃源图》而舒元舆尚为之录记,矧斯岩夐出东南之美,其可不绘而图之,以传诸好事者哉!乃命丹青之士,摹写形容,勒之坚珉,以示无极。虽未能尽臻妙,亦可以见髣髴也。庶往来之人,不特观览,且携其本于外,使传者不虚矣。碑成,须得数语以续之,言不成文,聊以纪其万一尔。

绍兴丙子三月中澣日,右从政郎、江华县令主管学事劝农营田公事安珪序并立石。

豫章罗晔书。

人物小传：

安珪，南阳人，曾任南城主簿、营道县丞、江华知县、乐安知县、清湘知县。

据图序，安珪似曾两度知江华，第一次约在绍兴十六年（1146）。

康熙《永州府志》卷十九、道光《永州府志》卷三上、光绪《道州志》卷十一上，均载义太初《鼓角楼记》："至绍兴己巳（十九年，1149）……户曹椽王域、营道丞安珪、尉张毅，皆以材闻。"

雍正《广西通志》卷五十一《秩官·清湘令》："安圭，绍兴中任。"

同治江西《南城县志》卷六之三："主簿：宋绍兴安珪，四年任。"

同治江西《乐安县志》卷六《职官志》："宋知县：安珪，乾道二年（1166）任。"

光绪《抚州府志》卷三十五《职官志·宋·乐安令》："安珪……俱乾道间任。"

考　证：

标题篆书九字为额，正文楷书四十行，有图。

《八琼室金石补正》著录。陆增祥云："安珪图序：高二尺九寸，广四尺五寸，四周有界。线上截图，上列横额，题'道州江华县阳华岩图'九字，字径二寸四五分，篆书。下截高一尺二寸八分，四十行，行十五字，字径五分，正书。"

又云："右安珪图序。据文，安珪尝为江华丞，省府志职官均失载。浮岚阁、朝彻亭，《永志·宫室》亦失载。思来亭仅列其名，亦不详其建置。序云故基云久旷云，'兴而成之者若何人，废而败之者若何人'，盖由来已久，当时已莫考其创始矣。次山《阳华岩铭》云：'将去思来'，亭之命名，盖取诸此。浮岚阁，图内题云'浮岚关'，据图，关即在阁之下也。碑书'境'字缺末笔，避太祖祖讳嫌名，凡'竟''境''镜'等字均所兼避，故石镜县改为石照，《崇文总目》载《韵海镜源》改作'鉴'。丙子为绍兴廿六年。近见《江华新志》，'于无穷'之'于'误作'欲'，'并以列之'之'并'误作'并'。"

吴式芬《金石汇目分编》："安珪阳华岩图并序：两截刻，上截图并篆额，下截序，正书。绍兴丙子三月中瀚日。"

叶昌炽《语石》："李营邱之金碧楼台，米之泼墨，倪之皴笔，固非石刻所能擅场。若夫千岩竞秀，万壑争流，棘猴之技，或能得其精诣。世所传山水诸刻，有如《仙源图》（金大定二年华阴），《阳关图》（李伯时绘，与《归去来图》同一石），融县之《真仙岩图》，江华之《阳华岩图》，北岳图（金大安二年），《中岳庙图》（承安四年），河津之《马峪》《瓜峪》两泉图，皆宋大观间刻，皆以精细界画胜。"

王安中《题阳华岩图》："元子说阳华，巉岩不可家。此招吾已诺，不恨客天涯。"（见《两宋名贤小集》，又见《声画集》卷三，作者题为僧慧洪。）

《阳华岩图》内有地名六处：仙田、浮岚阁、岩门、思来亭、阳华寺、朝彻亭，后人据此增入方志，图绘宋代景观，文献价值极为重要。在永州、道州摩崖中，《阳华岩图》是唯一的石刻地图。

图序亦优美有致，描摹详尽。

参考文献

(一)历代金石文献

欧阳修《集古录跋尾》,吴县朱记荣重校《槐庐丛书》刊本,人民美术出版社 2010 年邓宝剑、王怡琳校注本。

赵明诚《金石录》,《四部丛刊续编》影海盐张氏涉园藏吕无党手钞本。

王象之《舆地碑记目》,中华书局 1985 年。

于奕正《天下金石志》,明钞本。

王昶《金石萃编》,清嘉庆十年(1805)经训堂刊本。

瞿中溶《古泉山馆金石文编残稿》,民国五年(1916)《适园丛书》刊本。

陆增祥《八琼室金石补正》,民国十三年(1924)吴兴刘氏希古楼刊本。

陆增祥《八琼室金石札记》,民国十四年(1925)吴兴刘氏希古楼刊本。

陆增祥《八琼室金石祛伪》,民国十四年(1925)吴兴刘氏希古楼刊本。

陆增祥《八琼室金石偶存》,民国十四年(1925)吴兴刘氏希古楼刊本。

陆耀遹《金石续编》,清光绪十九年(1893)上海醉六堂石印本。

陈善墀《金石摘》,清同治浏阳县学不求甚解斋刊本。

叶昌炽《语石》,《考古学专刊》丙种第四号,中华书局 1994 年;韩锐校注《语石校注》,今日中国出版社 1995 年。

柯昌泗《语石异同评》,《考古学专刊》丙种第四号,中华书局 1994 年。

钱大昕《潜研堂金石文跋尾》,嘉定钱氏潜研堂全书本。

孙星衍《寰宇访碑录》,清嘉庆七年(1802)刊本。

严可均《平津馆金石萃编》,《续修四库全书》影印嘉业堂钞本。

吴式芬《金石汇目分编》,清文录堂刻本。

缪荃孙《艺风堂金石文字目》,清光绪三十二年(1906)缪氏家刻本。

刘喜海《金石苑》,巴蜀书社 2018 年。

朱士端《宜禄堂收藏金石记》,清刻本。

武亿《授堂金石文跋》，清道光二十三年（1843）刻本。

杨殿珣《石刻题跋索引》，长沙商务印书馆 1940 年铅印本；北京商务印书馆 1990 影印本。

《北京图书馆藏中国历代石刻拓本汇编》，中州古籍出版社 1989 年。

《石刻史料新编》，台北新文丰出版公司 1977—2006 年影印本。

《地方金石志汇编》，国家图书馆出版社 2011 年影印本。

《金石学稿钞本集成》，上海书画出版社 2015—2016 年影印本。

张仲炘《湖北金石志》，清光绪刻朱印本。

杨守敬《湖北金石志》，民国十年（1921）朱印本。

谢启昆《粤西金石略》，清嘉庆六年（1801）刻本。

翁方纲《粤东金石略》，清乾隆三十六年（1771）刻本。

周广《广东考古辑要》，清光绪十九年（1893）刻本。

阮元《两浙金石志》，浙江古籍出版社 2012 年。

黄叔璥《中州金石考》，清乾隆六年（1741）刻本。

叶封《嵩阳石刻集记》，四库全书本。

谢棠仁《闽中金石略》，清钞本。

冯登府《闽中金石志》，民国刘氏希古楼刻本。

民国《福建金石志》，民国刻本。

（二）湖南石刻文献

黄焯《朝阳岩集》，明嘉靖五年（1526）刊本。

宗霈《零志补零》，清嘉庆二十二年（1817）刊本。

瞿中溶《湖南金石志》，清嘉庆二十五年（1820）刊本，在嘉庆《湖南通志》内。

陆增祥《湖南金石志》，清光绪五年（1879）刊本，在光绪《湖南通志》内。

宗绩辰《永州金石略》，清道光八年（1828）刊本，在道光《永州府志》内。

宗绩辰《留云庵金石审》，在道光《永州府志》、《躬耻斋文钞》内；李花蕾《清宗绩辰〈留云庵金石审〉辑校》，《湖南科技学院学报》2011 年第 5 期、第 6 期。

刘沛《零陵金石志》，清光绪二年（1876）刊本，在光绪《零陵县志·艺文志》内。

王士禛《浯溪考》，清康熙四十年（1701）刊本。

宋溶《浯溪新志》，清乾隆三十八年（1773）刊本。

祁阳县浯溪文物管理处《浯溪碑林》，湖南美术出版社 1992 年。

桂多荪《浯溪志》，湖南人民出版社 2004 年。

永州市文物处管理处《永州石刻拾萃》，湖南人民出版社 2006 年。

刘刚《湖湘碑刻(一)》,湖南美术出版社 2009 年。

浯溪文物管理处《湖湘碑刻(二)浯溪卷》,湖南美术出版社 2009 年。

张京华、侯永慧、汤军《湖南朝阳岩石刻考释》,中国社会科学出版社 2017 年。

张京华、陈微《道州月岩摩崖石刻》,天津人民出版社 2017 年。

张京华、杨宗君、敖炼《永州摩崖石刻精选》,湖南美术出版社 2019 年。

杨宗君、杨清泉《〈阳华岩铭〉摩崖石刻》,广西美术出版社 2020 年。

(三)方志文献

嘉靖《湖广图经志书》,明嘉靖元年(1522)刊本,书目文献出版社 1991 年影印本。

嘉庆《湖南通志》,清嘉庆二十五年(1820)刊本。

光绪《湖南通志》,清光绪十一年(1885)刊本,岳麓书社 2009 年影印本。

卢峻、成业襄《湖南考古略》,清光绪二年(1876)读我书室刊,光绪五年(1879)守墨书斋刊,光绪八年(1882)长沙枕善山房增刊。

同德斋主人《广湖南考古略》,清光绪十四年(1888)石印本。

洪武《永州府志》,明洪武十六年(1383)刊本。

弘治《永州府志》,明弘治七年(1494)刊本。

隆庆《永州府志》,明隆庆四年(1570)刊本,齐鲁书社《四库全书存目丛书》1996 年影印本。

康熙九年《永州府志》,清康熙九年(1670)刊本,书目文献出版社《日本藏中国罕见地方志丛刊》1992 年影印本。

康熙三十三年《永州府志》,清康熙三十三年(1694)刊本,江苏古籍出版社、上海书店、巴蜀书社《中国地方志集成·湖南府县志辑》2002 年影印本。

道光《永州府志》,清道光八年(1828)刊本,同治六年(1867)重校本,岳麓书社 2008 年影印本。

康熙《零陵县志》,清康熙七年(1668)刊本,江苏古籍出版社、上海书店、巴蜀书社《中国地方志集成·湖南府县志辑》2002 年影印本。

嘉庆《零陵县志》,清嘉庆十五年(1810)刊本。

光绪《零陵县志》,清光绪二年(1876)刊本,江苏古籍出版社、上海书店、巴蜀书社《中国地方志集成·湖南府县志辑》2002 年影印本。

乾隆《祁阳县志》,清乾隆三十年(1765)刊本。

民国《祁阳县志》,民国二十年(1931)刊本。

康熙《宁远县志》,清康熙四十九年(1710)刊本。

光绪《宁远县志》,清光绪元年(1875)刊本。

同治《江华县志》,清同治九年(1870)刻本。

康熙《道州志》,清康熙六年(1667)刊本。

光绪《道州志》,清光绪三年(1877)刊本。

康熙《永明县志》,清康熙四十八年(1709)刻本。

光绪《永明县志》,清光绪三十三年(1907)刻本。

光绪《东安县志》,清光绪元年(1875)刻本。

《九疑山志》,明蒋镶纂,清吴绳祖修,岳麓书社 2008 年。

康熙《长沙府志》,清康熙二十四年(1685)刻本。

乾隆《长沙府志》,清乾隆十二年(1747)刻本。

康熙《邵阳县志》,清康熙二十三年(1684)刻本。

康熙《衡州府志》,清康熙十年(1671)刻二十一年(1682)续修本。

万历《郴州志》,明万历刻本。

康熙《郴州总志》,清康熙二十四年(1685)刻本。

嘉靖《龙溪县志》,明嘉靖刻本。

同治《临武县志》,清同治六年(1867)增刻本

同治《酃县志》,清同治十二年(1873)刊本。

嘉靖《江西通志》,明嘉靖刻本。

康熙《江西通志》,清康熙二十二年(1683)刻本。

光绪《江西通志》,清光绪七年(1881)刻本。

嘉靖《赣州府志》,明嘉靖刻本。

同治《南昌府志》,清同治十二年(1873)刻本。

嘉靖《广西通志》,明嘉靖十年(1531)刻本。

雍正《广西通志》,文渊阁四库全书本。

万历《粤大记》,明万历间刻本。

嘉靖《广东通志初稿》,明嘉靖刻本。

道光《广东通志》,清道光二年(1822)刻本。

光绪《广州府志》,清光绪五年(1879)刊本。

雍正《湖广通志》,清雍正十一年(1733)刻本。

乾隆《江南通志》,清乾隆元年(1736)刻本。

乾隆《武进县志》,清乾隆刻本。

嘉庆《临桂县志》,清嘉庆七年(1802)修,光绪六年(1880)补刊本。

康熙《宝庆府志》,清康熙十二年(1673)刻本。

道光《宝庆府志》,岳麓书社 2009 年影印本。

嘉庆《安仁县志》,清嘉庆二十四年(1819)刻本。

崇祯《吴兴备志》,南林刘氏嘉业堂刊本。

同治《乐平县志》,清同治九年(1870)翥山书院刻本。

同治《贵溪县志》,清同治十年(1871)刻本。

同治《奉新县志》,清同治十年(1871)刻本。

同治《临川县志》,清同治九年(1870)刻本。

同治《新淦县志》,清同治十二年(1873)活字本。

同治《永新县志》,清同治十三年(1874)刻本。

同治《南城县志》,清同治十二年(1873)刻本。

同治《乐安县志》,清同治十年(1871)刻本。

光绪《抚州府志》,清光绪二年(1876)刻本。

雍正《扬州府志》,清雍正十一年(1733)刊本。

嘉庆《扬州府志》,清嘉庆十五年(1810)刊本。

乾隆《江都县志》,清乾隆八年(1743)刊,光绪七年(1881)重刊本。

光绪《增修甘泉县志》,清光绪七年(1881)刊本。

民国《续修江都县志》,民国十五年(1926)刊本。

同治《攸县志》,清同治十年(1871)刻本。

正德《姑苏志》,明正德元年(1506)刻本。

雍正《浙江通志》,文渊阁四库全书本。

光绪《淳安县志》,清光绪十年(1884)刻本。

光绪《严州府志》,清光绪九年(1883)增修重刊本。

民国《元氏县志》,民国二十年(1931)铅印本。

光绪《湘阴县图志》,清光绪六年(1880)县志局刻本。

正德《嘉兴志补》,明正德刻本。

光绪《嘉兴府志》,清光绪五年(1879)刊本。

崇祯《嘉兴县志》,明崇祯刻本。

道光《英德县志》,清道光二十三年(1843)刻本。

同治《饶州府志》,清同治十一年(1872)刻本。

万历《绍兴府志》,明万历十五年(1587)刊本。

乾隆《绍兴府志》,清乾隆五十七年(1792)刊本。

同治《建昌府志》,清同治十一年(1872)刻本。

乾隆《信丰县志》,清同治六年(1867)补刻本。

嘉靖《广信府志》,明嘉靖五年(1526)刻本。

同治《广信府志》,清同治十二年(1873)刻本。

洪武《苏州府志》,明洪武十二年(1379)刊本。

道光《东阳县志》,民国三年(1914)东阳商务石印公司石印本。

万历《泉州府志》,明万历刻本。

同治《连州志》,清同治九年(1870)刻本。

嘉庆《芜湖县志》,清嘉庆十二年(1807)重修,民国二年(1913)重印本。

民国《芜湖县志》,民国八年(1919)石印本。

同治《丰城县志》,清同治十二年(1873)刻本。

绍熙《云间志》,清嘉庆十九年(1814)古倪园重刊本。

光绪《长汀县志》,清光绪五年(1879)刊本。

光绪《吉水县志》,清光绪元年(1875)刻本。

成化《山西通志》,民国二十二年(1933)影钞明成化十一年(1475)刻本。

万历《四川总志》,明万历刻本。

雍正《四川通志》,文渊阁四库全书本。

万历《钱塘县志》,明万历三十七年(1609)修,清光绪十九年(1893)刊本。

景定《建康志》,清嘉庆六年(1801)重刊本。

弘治《八闽通志》,明弘治刻本。

崇祯《闽书》,明崇祯刻本。

乾隆《福建通志》,文渊阁四库全书本。

(四)历代典籍

《二十四史》,中华书局2000年。

《四库全书总目提要》,河北人民出版社2000年。

《大明一统志》,三秦出版社1990年。

《大清一统志》,上海古籍出版社2008年。

嘉庆《重修大清一统志》,民国二十三年(1934)上海商务印书馆影印本。

《永乐大典》,北京图书馆出版社2004年。

《御定佩文韵府》,文渊阁四库全书本。

凌迪知《万姓统谱》,明万历刻本。

章定《名贤氏族言行类稿》,民国二十四年(1935)商务印书馆影印本。

富大用《古今事文类聚外集》,四库全书本。

张鸣凤《桂胜　桂故》,中华书局 2016 年。

全祖望《经史问答》,江苏广陵古籍刻印社 1990 年。

胡宏《五峰集》,文渊阁四库全书本。

曹彦约《昌谷集》,文渊阁四库全书本。

胡寅《斐然集》,中华书局 1993 年。

黄宗羲《宋元学案》,中华书局 1986 年。

陈振孙《直斋书录解题》,上海古籍出版社 1987 年。

李心传《建炎以来朝野杂记》,中华书局 2000 年。

祝穆《方舆胜览》,中华书局 2003 年。

宗绩辰《躬耻斋诗文钞》,民国二年(1913)铅印本。

陆心源《宋史翼》,中华书局 1991 年。

叶适《水心先生文集》,《四部丛刊》影乌程刘氏嘉业堂藏明正统十三年(1448)刊本。

朱熹《晦庵集》,文渊阁四库全书本。

罗大经《鹤林玉露》,中华书局 1983 年。

宋端仪《考亭渊源录》,明隆庆刻本。

北京大学古文献研究所《全宋诗》,北京大学出版社 1998 年。

四川大学古籍研究所《全宋文》,上海辞书出版社 2006 年。

曾燠《江西诗征》,清嘉庆九年(1804)赏雨茅屋刻本。

陆心源《宋诗纪事补遗》,山西古籍出版社 1997 年。

《宋集珍本丛刊》,线装书局 2004 年。

陈思《两宋名贤小集》,清钞本。

孙绍远《声画集》,清康熙四十五年(1706)扬州使院刻棟亭藏书十二种本。

晁公武《郡斋读书志》,文渊阁四库全书本。

阮阅《诗话总龟》,人民文学出版社 1987 年。

计有功《唐诗纪事》,中华书局 1965 年。

厉鹗《宋诗纪事》,上海古籍出版社 2008 年。

王士禛《五代诗话》,人民文学出版社 1998 年。

何汶《竹庄诗话》,中华书局 1984 年。

陶宗仪《说郛三种》,上海古籍出版社 2012 年。

曾巩《元丰类稿》,北京图书馆出版社 2006 年。

邓显鹤《沅湘耆旧集》,岳麓书社 2007 年。

陈世隆《宋诗拾遗》,线装书局 2002 年。

顾贞观《积书岩宋诗选》,清康熙宝翰楼刻本。

陈焯《宋元诗会》,文渊阁四库全书本。

程敏政《明文衡》,《四部丛刊》影无锡孙氏小绿天藏明刊本。

汪森《粤西诗载》,广西人民出版社 1988 年。

汪森《粤西文载》,广西人民出版社 1990 年。

汪森《粤西丛载》,广西民族出版 2007 年。

王称《东都事略》,文渊阁四库全书本。

黄震《古今纪要》,国家图书馆出版社 2005 年。

柯维骐《宋史新编》,明嘉靖四十三年(1564)杜晴江刻本。

《楚宝》,周圣楷编纂,邓显鹤增辑,杨云辉等点校,岳麓书社 2016 年。

毕沅《续资治通鉴》,中华书局 1999 年。

李焘《续资治通鉴长编》,中华书局 2004 年。

徐松《宋会要辑稿》,中华书局 1957 年。

洪迈《容斋随笔》,宋本配明弘治本。

洪迈《夷坚志》,清影宋钞本。

钱若水《宋太宗皇帝实录》,中华书局 2013 年。

释文莹《湘山野录》,中华书局 1997 年。

欧阳修《欧阳文忠公文集》,《四部丛刊》影上海涵芬楼藏元刊本。

沈枺惠《增订欧阳文忠公年谱》,清道光吴江沈氏世楷堂刻《昭代丛书》本。

梅尧臣《宛陵先生集》,《四部丛刊》影上海涵芬楼藏明刊本。

黄庭坚《豫章先生文集》,南宋孝宗刻本。

黄庭坚《山谷集》,文渊阁四库全书本。

刘挚《忠肃集》,中华书局 2002 年。

陶弼《邕州小集》,文渊阁四库全书本。

俞樾《茶香室丛钞》,清光绪二十五年(1899)刻春在堂全书本。

米芾《宝晋英光集》,清钞本。

米芾《宝章待访录》,文渊阁四库全书本。

米芾《海岳名言》,明刻百川学海本。

陈邦瞻《宋史纪事本末》,中华书局 1977 年。

杨仲良《续资治通鉴长编纪事本末》北京图书馆出版社 2003 年。

程颢、程颐《二程遗书》,上海古籍出版社 2000 年。

邵伯温《邵氏闻见录》,中华书局 1983 年。

邵博《邵氏闻见后录》,中华书局 1983 年。

吕本中《紫微诗话》,清乾隆三十五年(1770)刻本。

陈长方《步里客谈》,文渊阁四库全书本。

朱熹《伊洛渊源录》,广陵书社 2020 年。

朱熹、吕祖谦《近思录》,中州古籍 2008 年。

朱熹《二程全书》,明弘治陈宣刻本。

朱弁《曲洧旧闻》,中华书局 2002 年。

王崇庆《元城语录解》,文渊阁四库全书本。

王夫之《宋论》,中华书局 2003 年。

王夫之《读通鉴论》,中华书局 2013 年。

黎靖德《朱子语类》,中华书局 1986 年。

熊克《皇朝中兴纪事本末》,北京图书馆出版社 2005 年。

熊克《中兴小纪》,福建人民出版社 1985 年。

李心传《建炎以来系年要录》,中华书局 2013 年。

留正《皇宋中兴两朝圣政》,《宛委别藏》影宋钞本。

徐乾学《资治通鉴后编》,文渊阁四库全书本。

李心传《道命录》,上海古籍出版社 2017 年。

朱熹《三朝名臣言行录》,《四部丛刊》影海盐张氏涉园藏宋刊本

陈梦雷《古今图书集成》,国家图书馆出版社 2009 年。

柳宗元《柳河东集》,明崇祯蒋氏三径草堂刻本。

王十朋《集注分类东坡先生诗》,《四部丛刊》影南海潘氏藏宋务本堂刊本。

《施顾注东坡先生诗》,苏轼撰,施元之、顾禧注,北京图书馆出版社 2004 年。

曾国藩《十八家诗钞》,岳麓书社 1991 年。

冯应榴《苏文忠诗合注》,桐乡冯氏踵息斋刊本。

王文诰《苏文忠公诗编注集成》,巴蜀书社 1985 年。

钱大昕《十驾斋养新录》,上海书店 2011 年。

熊忠《古今韵会举要》,文渊阁四库全书本。

萧统《文选》,《四部丛刊》影上海涵芬楼藏宋刊本。

马端临《文献通考》,中华书局 2006 年。

张邦基《墨庄漫录》,中华书局 2002 年。

胡应麟《少室山房笔丛正集》,四库全书本。

翟灏《通俗编》,清刻本。

汪藻《浮溪集》,《四部丛刊》影上海涵芬楼藏武英殿聚珍版本。

《历代法书萃英:米襄阳魏泰诗真迹》,上海书画出版社 1983 年。

张庭济《清仪阁题跋》,清光绪振新书社石印本。

吴子良《林下偶谈》,四库全书本。

胡仔《苕溪渔隐丛话》,廖德明点校,人民文学出版社 1962 年。

胡仔《苕溪渔隐丛话后集》,清乾隆刻本。

颜真卿《颜鲁公集》,上海古籍出版社 1992 年。

李刘《梅亭先生四六标准》,中华学艺社借照东京内阁文库藏宋刊本。

黄淮、杨士奇《历代名臣奏议》,上海古籍出版社 2012 年。

吴廷燮《北宋经抚年表》,中华书局 2004 年。

王世贞《弇州山人四部稿》,明万历五年(1577)王氏世经堂刻本。

张扩《东窗集》,四库全书本。

王十朋《梅溪集》,吉林出版集团 2005 年。

马积高、万光治、李生龙《历代词赋总汇·宋代卷》,湖南文艺出版社 2014 年。

《京口耆旧传》,四库全书本。

张栻《张南轩先生文集》,清同治正谊堂刻本。

韩元吉《南涧甲乙稿》,四库全书本。

曾协《云庄集》,民国豫章丛书本。

周必大《文忠集》,明澹生堂钞本。

杨万里《诚斋集》,《四部丛刊》影江阴缪氏艺风堂藏影宋钞本。

周敦颐《周元公集》,周沈珂编,文渊阁四库全书本。

廖元度《楚风补》,清乾隆十四年(1749)际恒堂刻本。

赵闻礼《阳春白雪》,清嘉庆《宛委别藏》本。

刘克庄《后村先生大全集》,《四部丛刊》影上海涵芬楼藏赐砚堂钞本。

李林甫《唐六典》,中华书局 1992 年。

江昱《潇湘听雨录》,清乾隆二十八年(1763)春草轩刻本。

王圻《续文献通考》,明万历三十一年(1603)曹时聘等刻本。

陈鸣鹤《东越文苑》,清同治十二年(1873)刻本。

赵升《朝野类要》,王瑞来点校,中华书局2007年。

苏轼《东坡七集》,陶斋校刊本。

曾肇《曲阜集》,四库全书本。

蔡邕《蔡中郎集》,高儒辑校,海源阁校刊本

戴璟《博物策会》,明嘉靖十七年(1538)高凤鸣刻本。

章樵《古文苑》,《四部丛刊》影常熟瞿氏铁琴铜剑楼藏宋刊本。

钱载《萚石斋诗集》,清乾隆刻本。

朱东润《梅尧臣集编年校注》,上海古籍出版社2006年。

韩维《南阳集》,四库全书本。

魏泰《东轩笔录》,中华书局1997年。

江少虞《宋朝事实类苑》,文渊阁四库全书本。

曾慥《类说》,上海古籍出版社1993年。

苏颂《苏魏公文集》,王同策等点校,中华书局2004年。

《氏族大全》,文渊阁四库全书本。

彭大翼《山堂肆考》,明万历二十三年(1595)刻本。

宫梦仁《读书纪数略》,文渊阁四库全书本。

曹学佺《蜀中广记》,文渊阁四库全书本。

吴泳《鹤林集》,文渊阁四库全书本。

徐梦莘《三朝北盟会编》,文渊阁四库全书本。

戴璟《博物策会》,明嘉靖十七年(1538)高凤鸣刻本。

吕陶《净德集》,文渊阁四库全书本。

冯山《安岳集》,民国宋人集本。

范纯仁《范忠宣集》,文渊阁四库全书本。

度正《濂溪先生周元公年表》,宋刻《元公周先生濂溪集》附。

邓显鹤《周子全书》,清道光二十七年(1847)新化邓氏刻本。

郑獬《郧溪集》,文渊阁四库全书本。

刘攽《彭城集》,清刻武英殿聚珍版丛书本。

华镇《云溪居士集》,文渊阁四库全书本。

郑杰《闽诗录》,清宣统三年(1911)刻本。

李调元《全五代诗》,清函海本。

沈辽《云巢编》,浙江省立图书馆藏明覆宋本。

晁公武《郡斋读书志》,孙猛校证本,上海古籍出版社 1990 年。

曾枣庄等《宋文纪事》,四川大学出版社 1995 年。

（四）研究专著

王河、真理《宋代佚著辑考》,江西人民出版社 2003 年。

张官妹、胡功田《千年文化古村上甘棠》,珠海出版社 2004 年。

吴孟复《吴孟复安徽文献研究丛稿》,黄山书社 2006 年。

易凤葵《大宋状元易祓传》,岳麓书社 2010 年。

李花蕾、张京华《湖南地方文献与摩崖石刻研究》,华东师范大学出版社 2011 年。

侯永慧《零陵朝阳岩诗辑注》,华东师范大学出版社 2011 年。

汤军《零陵朝阳岩小史》,华东师范大学出版社 2011 年。

朱汉民、肖永明《湖湘文化通史》第 3 册《近古卷》,岳麓书社 2015 年。

（五）报刊文章

舒书林《零陵风光·朝阳岩》,《零陵师专学报》1980 年第 6 期。

谷庵（陈雁谷）《朝阳岩胜迹结构谈》,《零陵师专学报》1986 年第 2 期。

何书置《朝阳岩的发现及历代建设》（《朝阳岩志》卷一）,《零陵师专学报》1993 年第 4 期。

张京华《遗产日里说遗产——石角山哀辞》,《永州日报》2006 年 6 月 10 日。

张京华《〈全宋诗〉邢恕十首考误》,《中国文学研究》2008 年第 2 期。

王君知《中国早期的石刻传播——以永州碑刻为例》,《湖南科技学院学报》2009 年第 7 期。

张京华《朝阳岩的几首唐代纪咏诗笺释》,《湖南第一师范学报》2010 年第 2 期。

汤军《朝阳岩沿革述略》,《湖南科技学院学报》2010 年第 2 期。

李花蕾《石刻上的文学史:唐宋文人在湖南的仕宦游历与诗文题记——以永州为中心》,《湖南科技学院学报》2010 年第 3 期。

李花蕾《〈全宋诗〉柳应辰诗补正》,《衡阳师范学院学报》2010 年第 5 期。

张京华《邢恕永州摩崖题刻考》,《南华大学学报》2010 年第 6 期。

李花蕾《唐宋永州摩崖石刻编年》,《湖南科技学院学报》2010 年第 10 期。

张京华《新见唐张舟诗考》,《唐研究》第十六卷,北京大学出版社 2010 年 12 月出版。

张京华《元结与永州水石文化》,《湖南科技学院学报》2011 年第 2 期。

张京华《陆增祥与永州摩崖石刻》,《湖南第一师范学院学报》2011 年第 2 期。

张京华《"北南还是一家亲"——湖南永州浯溪所见越南朝贡使节诗刻述考》,《中南大学学报》

2011 年第 5 期。

户崎哲彦《永州朝阳岩现存柳宗元诗刻与明人朱衮》,《湖南科技学院学报》2011 年第 5 期。

李花蕾《清宗绩辰〈留云庵金石审〉辑校》(上下),《湖南科技学院学报》2011 年第 5 期、第 6 期。

汤军《朝阳岩考察记》,《湖南科技学院学报》2011 年第 6 期。

李花蕾《明代孤本〈朝阳岩集〉初探》,《湖南科技大学学报》2012 年第 1 期。

张京华《〈全唐诗〉牛丛〈题朝阳岩〉正误》,《中国国家博物馆馆刊》2012 年第 2 期。

汤军《零陵朝阳岩小有洞考察记》,《湖南科技学院学报》2012 年第 7 期。

石强《伊祁山石刻勘察记》,《湖南科技学院学报》2012 年第 9 期。

吴大平《朝阳岩石刻的书法艺术特点》,《湖南科技学院学报》2012 年第 9 期。

侯永慧《新见黄庭坚永州朝阳岩题名考》,《河池学院学报》2013 年第 4 期。

李花蕾《朱衮及其〈白房集〉》,《湖南科技学院学报》2013 年第 10 期。

侯永慧《明代朱衮〈朝阳洞阴潜洞志〉的文献学研究》,《长沙大学学报》2014 年第 1 期。

汤军《永州朝阳岩石刻考》(一)(二)(三)(四),《湖南科技学院学报》2014 年第 3 期、第 4 期、第 6 期、第 7 期。

刘瑞《北宋陶弼的一首佚诗——九龙岩诗刻〈古歌赠岩主喜公〉考辨》,《湖南科技学院学报》2014 年第 8 期。

张京华《扪石夜话:说说柳应辰这个人》,《湖南科技学院学报》2014 年第 8 期。

张京华《胡海及其"写心岩"榜书石刻》,《湘学》第六辑,湘潭大学出版社 2014 年 9 月出版。

李花蕾《朱衮与朝阳岩》,《湖南科技学院学报》2014 年第 9 期。

刘瑞《三海岩的开创者——北宋陶弼墓志铭考释》,《广西师范学院学报(哲学社会科学版)》2015 年第 1 期。

周平尚、张京华《摩崖石刻研究的甘苦冷暖》,《湖南科技学院学报》2015 年第 7 期。

张京华《湖南的摩崖石刻》,《中华读书报》2015 年 9 月 9 日。

梁广兆《清人李徽的石刻理学诗》,《湖南科技学院学报》2016 年第 3 期。

唐司妮《阳明后学胡直与濂溪故里》,《湖南科技学院学报》2016 年第 7 期。

李花蕾《民国月岩石刻考述》,《湖南科技学院学报》2016 年第 7 期。

李花蕾《从〈阳华岩铭〉看元结对永州摩崖石刻景观的缔造之功》,《湖南科技学院学报》2015 年第 8 期。

郭佳鹏《徐爱月岩诗刻考略》,《湖南科技学院学报》2016 年第 9 期。

包涵《刘魁永州诗刻探析》,《湖南科技学院学报》2016 年第 12 期。

秦仪《嘉靖三年林英、吴允迪、邓庆林月岩唱和诗刻探析》,《湖南科技学院学报》2016 年第

12 期。

刘瑶《张乔松湖南石刻与诗文探析》,《湖南科技学院学报》2017 年第 2 期。

敖炼《月岩明代黄九皋诗刻》,《湖南科技学院学报》2017 年第 4 期。

刘姝《阳明后学颜鲸与濂溪故里》,《湖南科技学院学报》2017 年第 4 期。

韩梦星《许岳湖南诗刻四则考述》,《湖南科技学院学报》2017 年第 5 期。

陈南《明人顾璘月岩石刻探析》,《湖南科技学院学报》2017 年第 5 期。

李花蕾《语石》,《读书》2019 年第 12 期。

李花蕾、潘可新《图书馆拓片目录整理研究 70 年综述》,《图书馆杂志》2020 年第 8 期。

(六)学位论文

焦傲《北宋石刻诗研究》,河北师范大学硕士学位论文,2009 年。

王文广《中国古代碑之设计》,苏州大学博士学位论文,2012 年。

刘琳琳《近十年石刻研究文献综述》,吉林大学硕士学位论文,2015 年。

朱效荣《当代石刻档案汇编研究》,辽宁大学硕士学位论文,2017 年。

赵一《〈全宋诗〉订补》,西华师范大学硕士学位论文,2019 年。

李正《高浮雕传拓技艺研究》,郑州大学硕士学位论文,2019 年。

后 记

　　湖南科技学院坐落在潇湘之交,出校门,步行百余步,就是由元结开创的朝阳岩。2003 年,初来乍到的我即为身边有这样一处历史人文遗迹惊喜不已。当时的朝阳岩处于半野生状态,它所依托的朝阳公园人迹罕至,荒草丛生。周围的百姓们都晓得朝阳岩刻了好多字,但没有人关心是谁刻的,刻了些啥;本土的有识之士知道那些石头堪称文物,却不认为它们具有研究价值。2005 年,我与张京华、周欣、杨宗君、张祖爱等人组成了摩崖石刻文献研究团队,以保护文化遗产、传承湖湘文化为宗旨,以永州为中心,对湖南境内的摩崖石刻展开研究。

　　团队创建伊始,大家除了一腔热爱,一无所有。田野调查时,常常吃自备的干粮,住老乡家的堂屋,可谓"筚路蓝缕启山林"。但是每当发现一方新石刻,认出一个新笔画,那种情不自禁舞之蹈之的欢喜,马上就抵消了所有的艰难。渐渐地,团队积累起了经验,比如汛期的寒亭暖谷,下水裤是基础装备;在凹凸不平的山崖面前,乌金拓只能是传说……

　　做为教育工作者,团队成员始终没有忘记传道授业的使命。我们每年都会吸纳优秀的青年学子到团队中来,指导他们进行文史学术的研究,老师把课堂搬到野外,学生则把作业写在一方方摩崖石刻上。15 年来,共指导学生近百名,他们中的一部分人读研、读博,然后又返回本校工作,成为团队的年轻骨干,如敖炼、彭敏、侯永慧等;一部分人仍在深造,如目前在武汉读博的陈微、邓盼、汤军等;还有一部分在省外其他院校或文教机构任职,如刘瑞、彭二珂、石强、陈红权、陈敬友、梁广兆、郭佳鹏、王君知、戴艳、梁宏升等。无论身在哪里,他们都是团队的一员,始终与团队保持着密切合作,大家共同探讨,相互学习,一聊起摩崖和拓片,总有说不完的话题。那些在湖南省外发展的成员,更是将摩崖石刻研究方法带到新土壤,生根发芽。

　　摩崖石刻文献研究是建立在田野调查基础上的,需要身强、眼慧、手巧,需要大量的资金。15 年来,团队克俭克勤,但在田野调查方面还是花费了数十万元,所投入的时间和精力更是无法用数字去衡量的。令人欣慰的是,从 2005 年至今,我团队在湖南摩崖石刻研究领域也取得了丰硕的成果,发表论文一百余篇,出版著作 8 部,承担国家古籍整理出版项目、教育部人文社会科学基金项目、湖南省哲学社会科学规划项目、湖南省教育厅科学研究项目,等等,成为湖南尤其是永州地区摩崖石刻研究方面的重镇。在我们的努力下,阳华岩、朝阳岩、浯溪碑林、月岩、玉琯岩、澹岩、拙岩、九龙岩等摩崖石刻遗迹正被越来越多的人们所关注,相关的保护措施也在一步步完善之中。

对我个人而言,这 15 年是一个不断学习、不断进步的过程。为了更好地完成研究工作,我参加了国家图书馆古籍保护中心举办的传拓班、古籍修复班,师从师有宽、潘美娣、邢跃华等修复大师,学习平面拓、全型拓技术以及拓片修复、装裱方法。如果说我个人取得了什么成绩的话,应该把它归功于团队成员和所有指导过我的老师,在此,我再次向他们献上真诚的感谢。同时,我也要向广西师范大学出版社的老师们表达敬意,他们针对书稿提出的真知卓见令我受益匪浅。

湖南的摩崖石刻很美,美在水石相映,美在情景交融,美在一笔一画的苍凉与厚重,但同时它们又有那么几分幽邃,几分晦涩。希望本书的出版能够让人们在欣赏摩崖石刻外在美的同时,也了解到它们的内在美。

写这篇后记时,正值我校新生开学之际,他们这一届全都是 00 后,每个人脸上都闪耀着自信的光芒。我想,在他们中间,一定隐藏着湖南摩崖石刻研究团队的新成员,他们有能力"把传统的变成现代的,把学术的变成大众的",我们翘首以待。

李花蕾

2020 年 10 月于湖南科技学院图书馆